Sylter Glückskind

Andrea Froh

ANDREA FROH

SYLTER GLÜCKSKIND

ROMAN

Bibliografische Information der Deutschen Nationalbibliothek:

Die Deutsche Nationalbibliothek verzeichnet diese Publikation in der Deutschen Nationalbibliografie; detaillierte bibliografische Daten sind im Internet über http://dnb.dnb.de abrufbar.

Korrektorat: Christine

Covergestaltung: Konstantin

Bildnachweis: iStock: Anski (Stock-Fotografie-ID: 972032088) & FredFroese (Stock-Fotografie-ID: 184295219), pixabay: Paul Brennan

ISBN: 9798359099622

Hinweise, Anregungen oder Fragen an: andrea.froh@gmx.de

www.andreafroh.de

EINS

«Ich bekomme einfach nichts auf die Reihe! In drei Jahren werde ich dreißig und habe gar nichts erreicht», jammerte ich und starrte auf die zartgebräunten langen Beine meiner Freundin Elodie, die sich geduldig meinen Gefühlsausbruch anhörte. Ich kam mir vor wie eine ihrer Mandantinnen, die sich um Kopf und Kragen redet, um ihre Unschuld zu beweisen.

«Einige brauchen länger, um sich zu finden und du gehörst zu dieser Sorte Mensch. Nimm es nicht so schwer. In ein paar Jahren wirst du auch etwas erreicht haben. Als ich aufs Gymnasium kam, wusste ich, dass ich Jura studieren will und nichts sonst. Du hattest nie eine Vision, was du werden möchtest, daher war es für dich nach dem Abitur nicht einfach, dich zu entscheiden», versuchte Elodie mich zu beruhigen. Gewiss hielt sie mich für eine Loserin.

«Ich war mir sicher, dass Biologie das ist, was mich interessiert und wofür ich brennen könnte, aber nach dem zweiten Semester ... und bis zum vierten Semester dachte ich, dass Literaturwissenschaft mein Ding ist und dass ich es locker bis zum Master durchziehen würde ... Nun jobbe ich seit zwei Jahren und fürchte, dass es langsam zu spät ist, um noch eine Ausbildung zu beginnen. Eigentlich kann ich nur noch Influencerin werden oder mir einen reichen Mann suchen», überlegte ich verzweifelt und pickte mir die Rosinen aus der Nussmischung, wenn ich sie schon nicht im Leben bekam.

«Das ist doch Blödsinn! Hast du keine Idee, was du gerne beruflich machen möchtest? Vielleicht was Soziales oder Kreatives? Du kannst doch ganz gut zeichnen oder du wirst eine Schauspielerin.» Meine erfolgreiche Freundin sah mich aufmunternd an und steckte ihr glänzendes, kastanienbraunes Haar hinter ihre kleinen Ohren.

Ich schüttelte den Kopf und ließ ihn wie eine vertrocknete Blume hängen.

«Vielleicht sollte ich mit meiner Mutter nach Ibiza ziehen und am Strand Zumba-Kurse anbieten?»

Gedanklich sah ich mich in einem knappen Bikini und braun gebrannt auf feinem weißem Strand am türkisfarbenen Mittelmeer herumhüpfen. Das war eine schöne Vorstellung!

«Hast du den neuen Freund deiner Mutter schon kennengelernt? Wie heißt er?»

«Sein Name ist Pepe. Klingt nach einem Clown. Nein, ich habe ihn noch nicht zu Gesicht bekommen. Sonja kennt ihn erst seit einem Monat.»

«Nun zieh nicht so ein Gesicht. Wir bestellen uns jetzt noch einen Cocktail und gehen dann ins Alsterhaus. Du suchst dir schon mal was Hübsches zum Geburtstag aus.»

Ich war froh, dass ich Elodie hatte, die immer zu mir stand, egal, was ich auch anstellte.

«Sei mir nicht böse, aber erstens möchte ich nicht, dass du mir schon wieder etwas Teures schenkst, und zweitens habe ich Frau Knoop versprochen, einen Kaffee mit ihr zu trinken. Sie feiert heute ihren 92. Geburtstag.»

«Alles klar! Ich finde es äußerst bemerkenswert, dass du dich um die alte Dame kümmerst. Aber komm nicht auf die Idee, als Pflegerin zu arbeiten. Die werden viel zu schlecht bezahlt und sollten viel mehr verdienen für das, was sie leisten.» Sie griff nach den letzten Nüssen und zückte ihr Portemonnaie. Hätte ich mein Studium durchgezogen, könnte ich mir auch teure Cocktails in dieser schicken Hotelbar leisten, dachte ich deprimiert und sah es als Ansporn.

Neben meiner Freundin kam ich mir so verdammt unbedeutend und blass vor. Elodie, um deren Namen ich sie schon allein beneide, besaß alles, was ich anstrebte, jedoch nicht erreichte.

Seit ihrer Geburt sitzt die bildschöne, erfolgreiche Elodie Leonberger auf einer Glückswolke, die sich niemals aufzulösen scheint. Wann bekomme ich endlich meine Glückswolke? Ich gebe zu, dass ich ein wenig neidisch auf das Glückskind bin, das mit einem super Body ausgestattet ist, mit dem ich alleine schon happy gewesen wäre. Dazu kommt noch, dass sie sich einen heißbegehrten Typen geangelt hat, der aus einer wohlhabenden Familie stammt und ebenfalls eine Glückswolke belagert. Von so einem seltenen Exemplar, das perfekt zu sein scheint, konnte ich nur träumen.

Trotz meines Neids, für die Wissenschaftler ist Neid eine natürliche und spontane Reaktion bei Unterlegenheit, hatte ich Elodie, mit der mich eine lange Freundschaft verbindet, sehr gern. Oftmals hatte ich mich gefragt, warum ich ihr wichtig war und sie sich keine ebenbürtige Freundin suchte. Der Grund war vermutlich, dass ich ihr bei einer gemeinsamen Italienreise ihr junges Leben gerettet hatte.

Während die Schöne, die stets bewundernde Blicke auf sich zog, aus der Bar schwebte, sich geschmeidig in das schnittige Auto ihres Freundes Justus fallenließ und ihrem Hottie einen leidenschaftlichen Kuss verpasste, breitete sich in mir ein grässlicher Frust aus, mit dem ich alleine klarkommen musste.

Vielleicht war es gut, dass ich einen Tag zuvor den stressigen Job in einem angesagten veganen Lokal verloren hatte. Als Fleischesserin hatte ich mich sowieso etwas fehl am Platz gefühlt, auch wenn ich den abgemagerten Geschäftsführern beim Einstellungsgespräch vorgegaukelt hatte, seit einem Jahrzehnt vegan zu leben.

«Carlotta, es tut uns wirklich leid. Du bist eine tolle junge Frau, aber du bist nicht schnell genug … und manchmal so … verträumt», hatten die Chefs sich wie Würmer gewunden, um mir mitzuteilen, dass ich nicht mehr tragbar war. Sie hatten meine Schultern getätschelt, während ich damit beschäftigt gewesen bin, meine Tränen hinter den Augäpfeln zu lassen und verkrampft zu lächeln. Als Trost hatten sie mir zwei Tagesgerichte und einen warmen Handschlag mitgegeben.

Kaum hatte ich das hippe Lokal, das eine Goldgrube war, verlassen, heulte ich los und schenkte einem Obdachlosen das Essen. Sein dankbares Lächeln war ein kleines Pflaster auf meine verwundete Seele.

Ich war zu langsam gewesen! Dabei war ich von Tisch zu Tisch geflitzt wie Ronaldo und hatte die Beine zusammengekniffen, um nicht aufs Klo gehen zu müssen. Ja, ich war zutiefst enttäuscht und musste mich mal wieder auf die Suche nach einem Job machen. So konnte es nicht weitergehen!

ZWEI

Es war der schöne Wonnemonat Mai, der bisher nicht besonders wonnig war. Meine Freude auf den Sommer, meine Lieblingsjahreszeit, bekam einen stabilen Dämpfer, denn weder konnte ich mir eine Reise leisten, noch hatte ich einen Freund, mit dem ich laue Sommerabende im Beach-Klub oder an der See genießen konnte.

Genau genommen war ich total perspektivlos und unzufrieden, wäre da nicht mein Hund Pippa gewesen, der wohl der empathischste Hund der Welt ist und überhaupt nicht geplant war.

Als ich ein paar Wochen für ein ausbeuterisches Transportunternehmen gearbeitet hatte, und ein schweres Paket, das ich kaum tragen konnte, im Tierheim ablieferte, führte uns das Schicksal zusammen. Während ich ungeduldig auf jemanden wartete, bei dem ich das Paket schnell loswerden konnte, stand eine junge Frau mit einem abgemagerten Hundewelpen, der mich aus traurigen Augen anguckte, vor mir. Es war Liebe auf den ersten Blick. Ich wurde von Gefühlen übermannt, die ich bis dahin noch nicht erlebt hatte. Tränen rannen aus meinen Augen, als mir die Tierpflegerin berichtete, wie sie Pippa aus einer vermüllten Wohnung befreit hatte.

«Ich werde sie nehmen», sagte ich, ohne lange zu überlegen, denn ich spürte, dass wir zusammengehörten.

Eine Woche nach unserer emotionalen Begegnung konnte ich den Welpen mitnehmen und schenkte dem kleinen Wesen all meine Liebe und Aufmerksamkeit, die er mit niemandem teilen brauchte.

Als ich vom Treffen mit Elodie nach Hause kam, wurde ich von Pippa stürmisch begrüßt. Es machte mich glücklich, nicht alleine zu sein und so herzlich empfangen zu werden.

«Hallo meine Kleine. Da bin ich wieder und werde dich in den nächsten Tagen nicht so lange alleine lassen. Wir drehen jetzt unsere Runde und müssen dann zu Frau Knoop», redete ich mit dem Hund, der jedes meiner Worte verstand. Ich kam mir vor wie eine ältere, einsame Dame und musste schmunzeln.

Im Supermarkt um die Ecke besorgte ich einen reduzierten Blumenstrauß, aus dem ich die welken Rosen entfernte. Zudem verpackte ich Pralinen, die ich selbst geschenkt bekommen hatte.

Meine Nachbarin Frau Knoop begrüßte mich überschwänglich, denn wie sich herausstellte, war ich ihr einziger Gast, für den sie zwei Torten und eine Etagere mit Keksen aufgefahren hatte.

«Leider konnten die anderen Gäste nicht kommen. Sie erzählten etwas von einem Unwetter», erklärte mir die leicht demente Frau und bot mir einen Platz auf dem durchgesessenen Sofa an, auf dem eine gehäkelte Decke lag, die braune Flecken zeigte.

«Haben Sie die Kuchen gebacken? Die sehen toll aus», sagte ich laut, damit sie mich verstehen konnte.

«Nein, die hat meine Tochter gebacken.» Frau Knoops Tochter war vor zwei Jahren verstorben und hatte weder einen Mann noch Kinder hinterlassen.

Ich nickte und stellte mir vor, wie es sein würde, wenn man sich nicht mehr an alles erinnern kann. Was ich mir jedoch nicht vorstellen konnte. Frau Knoop machte einen zufriedenen Eindruck und schenkte mir Kaffee ein, der schwarz war wie die Nacht. Hätte ich ihr bloß nicht gesagt, dass ich gern starken Kaffee trank. Merkwürdig, dass sie das nicht vergaß!

«Sie hätten doch auch ihren Freund mitbringen können. Er ist so ein netter Mann und hat schönes Haar. Mein Fritz hatte ganz schwarze Haare, die er immer sonntags ölte. Er war so stolz auf seine Haare ...»

Frau Knoop erzählte viel von früher, vermutlich weil sie in ihrem tristen Alltag nichts mehr erlebte.

Als ich meine betagte Nachbarin die ersten Male besucht hatte, fand ich die Geschichten über den schrecklichen Krieg und die schwere Nachkriegszeit interessant, aber nach zwei Jahren wusste ich bereits jedes Detail über Frau Knoops langes Leben und hätte ihre Memoiren verfassen können.

Nach zwei Stückchen Kuchen und vier Keksen wurde mir etwas übel. Ich sehnte mich nach meinem Sofa, aber schaffte es nicht, die einsame Frau an ihrem Geburtstag alleine zu lassen; so blieb ich bis zum Abendbrot. Es gab eine Gulaschsuppe, die ich mir reinzwängen musste, obwohl sie gut schmeckte.

Zum Glück wurde meine Nachbarin kurz vor acht Uhr müde und war nicht traurig, als ich mich verabschiedete. Ich nahm mir nach dieser herzbewegenden Feier vor, alles dafür zu tun, um im Alter nicht alleine und einsam zu sein.

DREI

«Ich werde euch besuchen, aber muss jetzt erst mal zusehen, dass ich schnell einen neuen Job finde», erklärte ich meiner Mutter gereizt und nahm einen Schluck aus der Tasse, die mein Ex-Freund Claudius mir zu Weihnachten geschenkt hatte. Ich weiß noch, wie enttäuscht ich gewesen bin, als ich die Katzentasse ausgepackt hatte. Er wusste doch, dass ich Hunde lieber mochte als Katzen! Kurz nach Weihnachten hatten wir uns getrennt, was vielleicht auch an der Tasse lag.

«Ja, ich fahre euch zum Flughafen und werde pünktlich sein. Keine Sorge!»

Ich verdrehte die Augen, denn Sonja ritt auf meiner Unpünktlichkeit herum, auf die ich nicht stolz war, gegen die ich jedoch nicht viel ausrichten konnte.

«Grüß Pepe unbekannterweise von mir. Nächste Woche stehe ich Punkt sieben vor deiner Haustür», versprach ich leichtfertig und wollte alles daransetzen, um pünktlich zu sein.

Nach dem Telefonat wurde ich schwermütig. Zwar war ich es gewöhnt, dass meine Mutter ständig unterwegs war, dennoch war es ein gutes Gefühl, sie in meiner Nähe zu wissen und sie spontan aufzusuchen, wenn ich sie brauchte. Auch wenn ich Sonja nicht jede Woche traf, war ich geknickt, dass sie Hals über Kopf nach Ibiza gehen wollte, mit einem Mann, den ich nicht mal kannte.

Gedankenverloren lud ich auf eine Brotscheibe eine dicke Schicht Himbeergelee und kleckerte beim Abbeißen auf die Tageszeitung, die Frau Knoop mir abends vor die Tür legte.

Als ich lustlos den Tisch abräumte, wurde ich auf eine Annonce aufmerksam, die sich direkt unter dem roten Himbeerfleck befand. «Wollen Sie auf der schönsten Insel Deutschlands leben und arbeiten, dann melden Sie sich …»

Welche Insel sollte das sein, überlegte ich und wischte mit dem Küchenlappen über die Anzeige, um die Telefonnummer zu erkennen. Das konnte nur Sylt sein! Zwar war ich noch nie auf der Insel der Reichen und Schönen gewesen, da meine Familie, die seit meiner Geburt nur aus Mutter und mir bestanden hatte, weder reich noch auffällig schön waren, aber ich kannte die Insel aus den Klatschspalten. Mir kamen breite Strände, Dünen und schmuckvolle Reetdach Häuschen in den Kopf, die ohne Frage reizvoll waren.

Vermutlich wurden Servicekräfte, die für einen Hungerlohn arbeiten sollten und nicht auf der Insel wohnen konnten, weil sich ein Durchschnittsmensch dort nicht mal ein feuchtes Zimmer leisten kann, gesucht. Vielleicht tat es mir gut, Hamburg für eine Weile zu verlassen, um mein Leben aus einer anderen Perspektive zu betrachten?

Während ich mit Pippa meine morgendliche Runde drehte und glücklich war, dass ich an diesem sonnigen Frühlingstag nicht arbeiten brauchte, ging mir die Stellenanzeige nicht aus dem Kopf. Mich beschäftigte die Frage, um was für einen Job es sich handelte und wählte daher kurz entschlossen die Nummer, die unter dem Fleck nur noch schwer zu entziffern war.

«Guten Tag, mein Name ist Carlotta Buchbinder. Ich habe Ihre Anzeige gesehen und wollte fragen, um welche Art von Arbeit es sich handelt?»

«Guten Tag, Eisner mein Name. Danke, dass Sie sich melden. Ja, also, … ich suche für einen … älteren Herren eine Haushälterin, die sich um den gesamten Haushalt, die Einkäufe und das Kochen kümmert.»

«Ah OK!» Die Arbeit war für mich nicht von Interesse, zumal man kein Trinkgeld bekam. Ich hatte ja nicht mal Lust, meinen eigenen Haushalt zu erledigen.

«Der Herr, für den ich eine Hilfe suche, sitzt im Rollstuhl und hat keine Angehörigen mehr, da sein Sohn ... Wenn Sie Interesse an der Tätigkeit haben, würde ich vorschlagen, dass Sie nach Sylt kommen, um Herrn von Blatter kennenzulernen. Die Chemie muss natürlich stimmen. Wir werden die Fahrtkosten und eine Übernachtung übernehmen.»

«Ja, gut danke. Ich dachte, dass es sich um einen Servicejob in der Gastronomie handeln würde und ... werde es mir überlegen.»

«Rufen Sie mich an, wenn Sie Interesse haben. Die Arbeit wird sehr gut bezahlt und eine kleine Wohnung stellen wir auch zur Verfügung», machte die Dame mir den Job schmackhaft.

«Wollen wir nach Sylt?», fragte ich Pippa und meinte, dass ich ein leichtes Nicken erkannt hatte.

Nachdem ich über eine Stunde hin- und herüberlegt hatte, wählte ich ein zweites Mal Frau Eisners Nummer und vereinbarte kurz entschlossen einen Termin auf Sylt.

VIER

Ich schaffte es nicht, ganz pünktlich zu sein und parkte mit quietschenden Reifen vor dem Reihenhaus, das meine Mutter für unbestimmte Zeit verlassen wollte. Sonja stand mit einer Person am Straßenrand und warf demonstrativ einen Blick auf ihre Armbanduhr, die immer ein bisschen vorging.

«Ich bin pünktlich losgefahren, aber es gab einen Stau und …»

«Das ist Pepe», stellte meine Mutter mir ihre Begleitung vor, die mich zum Schmunzeln brachte. Was hatte sie sich da angelacht! Pepe sah aus, als käme er direkt vom Woodstock-Festival. Sonja hatte ihm nachgeeifert und machte ebenfalls einen auf Flower-Power Girl. Ich verkniff mir einen Kommentar und versuchte, die Gepäckstücke in mein kleines Auto zu laden.

Pepe quetschte sich auf die Rückbank neben Pippa, die sich den bunten Vogel etwas skeptisch betrachtete.

Mutter roch intensiv nach Räucherstäbchen und hatte ihr Haar zu zahlreichen geflochtenen Zöpfchen verarbeitet. Neuer Mann, neues Outfit! Ich war gespannt, wie lange sie es mit ihm, beziehungsweise wie lange er es mit ihr aushielt. Ich kurbelte das Fenster herunter, da mir der zimtlastige Duft Kopfschmerzen bereitete.

«Wo werdet ihr denn wohnen?», erkundigte ich mich, während ich Pepe im Rückspiegel dabei beobachtete, wie er sich an die Tür drückte.

«Pepe hat Freunde auf Ibiza, die uns in der ersten Zeit ein Zimmer zur Verfügung stellen.»

«Und was werdet ihr dort machen?» Bisher hatte ich noch keine Zeit gefunden, mit meiner Mutter über ihre spontane Auswanderung zu sprechen.

«Pepe kann ganz toll Gitarre spielen und ich … werde singen.»

«Du willst singen?», platzte es aus mir heraus. Pepe zuckte mit den Schultern und hielt sein Gesicht aus dem geöffneten Fenster.

«Hast du Angst vor Hunden?», wunderte ich mich und sah im Rückspiegel, dass Pippa an Pepe herangerückt war.

«Nein, ich … habe eine Hundehaarallergie.» Er nieste viermal hintereinander und bekam von Sonja einen mitleidigen Blick und ein Taschentuch gereicht.

«Oh, das tut mir leid. Soll ich anhalten, dann kannst du mit Sonja tauschen.»

«Nein! Dafür haben wir jetzt keine Zeit mehr. Wir sind schon spät dran», meinte meine Mutter und spielte mit einem der vielen Zöpfe.

Ich stellte das Gepäck auf dem Fußweg ab, während Sonja nach Papieren kramte und Pepe immer noch niesen musste.

«Ich wünsche euch eine ganz tolle Zeit», verabschiedete ich das ausgefallene Pärchen, das ich ein wenig beneidete. Sie waren mutig und hatten vielleicht eine tolle Zeit vor sich. Am liebsten hätte ich mich spontan an sie angehängt und das süße Leben auf der angesagten Insel genossen. Vielleicht bin ich auch bald auf einer Insel, auf der es zwar deutlich kälter, aber bestimmt auch schön ist, dachte ich hoffnungsfroh.

«Pass gut auf dich auf, mein Mädchen und wenn irgendetwas sein sollte, melde dich.» Wie oft hatten wir uns schon voneinander verabschiedet? So cool Sonja auch tat, als wir uns umarmten, übermannten sie die Gefühle.

«Nun marschiert los, sonst startet die Maschine noch ohne euch.»

Ich winkte den beiden hinterher und heulte erst, als ich im Auto saß. Zum Glück hatte ich Pippa, die meine Traurigkeit bemerkte und mein Gesicht abschleckte.

FÜNF

Der Zug war rappelvoll, sodass ich es bereute, nicht mit dem Auto gefahren zu sein. Ich konnte Menschenansammlungen nur schwer ertragen und bekam Beklemmungen, sobald mir Fremde nahekamen. Zum Glück hatte ich einen Sitzplatz ergattert und musste mir nicht - wie zahlreiche Fahrgäste - die Beine in den Bauch stehen. Pippa war so lieb und gab die ganze lange Fahrt keinen Mucks von sich, obwohl ich sie in einer Tasche verstaut hatte.

Die Fahrt über den Hindenburgdamm war bereits ein Erlebnis. Ich fragte mich, wie lange an dem Damm gebaut worden war und wollte es googeln, aber hatte kein Netz. Als wir über das Meer fuhren, kam ich mir ein bisschen vor wie Jesus, der übers Wasser gelaufen sein soll. Begeistert schaute ich von links nach rechts und wieder nach links, um ja nichts zu verpassen.

«Der Hindenburgdamm wurde am 1. Juni 1927 eröffnet. Das weiß ich noch so genau, weil mein Mann in dem Jahr geboren wurde. Mich gab es da noch nicht», informierte mich eine betagte Dame, die mir gegenübersaß und während der Fahrt drei Leberwurstbrote verzehrt hatte. Der Geruch von Leberwurst, den ich nicht ausstehen konnte, hätte mich im Normalfall vertrieben, aber da ich woanders keinen Platz gefunden hätte, hielt ich die Luft an.

«Oh, so alt ist der schon! Hoffentlich sackt er heute nicht ab», scherzte ich und sah mit Grauen, dass die alte Frau in ihren Korb griff und zu meiner Erleichterung eine Apfelsine herausholte, die gegenüber dem Wurstgeruch die reinste Aromatherapie war.

«Möchten Sie auch ein Stück?»

«Nein danke. Das ist sehr freundlich.» An der geschälten Apfelsine war noch die weiße Haut, auch eine Sache, die ich nicht leiden konnte.

«Ich kann nicht verstehen, warum der Name des Damms nicht geändert wird. Hindenburg ernannte diesen schrecklichen Menschen, dessen Namen ich nicht in den Mund nehmen mag, zum Reichskanzler und ermöglichte somit die Diktatur der NSDAP. Es ist eine Schande und es kann doch nicht so schwer sein, den Namen umzubenennen?» Die alte Dame hatte vielleicht ihren Vater oder Brüder im Krieg verloren, aber danach fragte ich lieber nicht, denn ich wollte mir meine gute Stimmung nicht verderben lassen.

«Da haben Sie völlig recht. Dieser einmalige Damm hat einen anderen Namen verdient. Vielleicht Sylter Damm oder Inseldamm?», überlegte ich laut.

Ich war froh, als ich auf den Bahnsteig trat und die frische Seeluft tief einatmete. Meine Güte! Gab es auf der Insel etwas geschenkt? Aus dem langen Zug flossen Menschenmassen, die mich erschreckten. Ich stellte mich an die Seite, um den Strom an mir vorüberziehen zu lassen.

Frau Eisner hatte mir versprochen, mich am Bahnhof abzuholen. Ein kalter Wind begrüßte mich, sodass ich in meinem Koffer nach meiner Jacke suchte. Nachdem Pippa ihr Geschäft neben einer Bank erledigt hatte, sah ich am Ende des Bahnsteigs ein tanzendes Schild, auf dem mein Name in großen Lettern stand. Eine kleine untersetzte Frau, deren liebliche Stimme nicht zu ihrem Äußeren passte, wurde fast von einer Horde Kinder umgerannt und geriet auf ihren ausgetretenen Pumps leicht ins Wanken.

«Willkommen auf Sylt. Hatten Sie eine angenehme Anreise?», plapperte Frau Eisner sofort los und wollte mir meinen kleinen Koffer abnehmen.

«Der Zug war ziemlich voll und ...» Der Geruch von Leberwurst ...

«Sylt ist sehr beliebt. Oh, wen haben wir denn da?» Sie bückte sich zu Pippa, die Fremden gegenüber zurückhaltend ist.

«Ich hatte vergessen, Ihnen zu sagen, dass ich einen Hund habe. Ich hoffe, dass es kein Problem ...»

«Ganz im Gegenteil. Herr von Blatter liebt Hunde und hatte früher auch welche.»

Ich konnte es nicht leiden, wenn Leute mir ins Wort grätschten und ich keinen Satz zu Ende sprechen konnte, aber drückte bei Frau Eisner ein Auge zu, da sie mir ansonsten sympathisch war und ich nicht mehr viel Kraft zum Reden hatte.

«Ich bringe Sie jetzt erst mal ins Hotel, wo Sie sich von der Anreise erholen können. Danach zeige ich Ihnen etwas von der Insel. Und am späten Nachmittag fahren wir dann zu Herrn von Blatter.»

Ich nickte und freute mich auf zwei Tage Sylt, die mich keinen Cent kosteten. Selbst wenn ich den Job nicht bekommen sollte oder nicht annehmen wollte, hatte ich immerhin einen netten Kurzurlaub genossen.

Frau Eisner fuhr einen Mini, in den wir nur mit Mühe meinen kleinen Koffer bekamen, da im gesamten Wagen Kartons lagerten, dessen Inhalt mir verborgen blieb.

Frau Eisner besaß einen rasanten Fahrstil, sodass die Landschaft viel zu schnell an mir vorbeizog. Meine Füße standen auf einem Karton, was nach wenigen Minuten unbequem wurde.

«Das ist Ihr Hotel. Ich werde Sie in zwei Stunden abholen. Ziehen Sie sich warm an, denn der Wind ist nicht zu unterschätzen. Dann bis später.»

Frau Eisner brauste davon, während ich vor dem schmucken weißen Reetdach Haus stand und den Garten bewunderte, der von einem typischen Friesenwall umrahmt war. Das Hotel machte einen einladenden Eindruck. Ich war froh, dass ich nicht in einer schlichten Pension mit Möbeln aus den Siebzigern untergebracht war.

An der Rezeption wusste man sofort Bescheid, wer ich bin. Mein Gepäck wurde aufs Zimmer gebracht und Pippa bekam ein paar Leckerlis. Ich drückte dem Pagen zwei Euro in die Hand, was wohl etwas wenig war, aber mehr konnte ich nicht lockermachen.

Das helle, modern eingerichtete Zimmer war geräumig und besaß einen Balkon. Ich schob die tuffige Gardine zur Seite und öffnete die große Schiebetür. Der Ausblick verschlug mir den Atem. Hinter einer wilden Dünenlandschaft zeigte sich die blaue Nordsee, die in der Sonne glitzerte. Was für eine Landschaft! Ich kam mir nicht vor, als wäre ich noch in Deutschland. Das hier war atemberaubend. Entzückt nahm ich auf einem Korbstuhl Platz und genoss die Aussicht. Hier könnte ich es länger aushalten, jedoch hatte ich weder Geld noch Zeit, um mir eine kleine Auszeit zu gönnen.

Nachdem ich mich erfrischt und meine Sachen in den Schrank geräumt hatte, klopfte Frau Eisner zaghaft an die Tür.

«Haben Sie sich etwas ausgeruht?», erkundigte sie sich freundlich und blieb im Flur stehen.

«Ja, das Hotel ist wunderschön. Ich bin gleich so weit. Kann ich Pippa mitnehmen?»

«Natürlich. Ihr Hund braucht doch Auslauf.»

Der Himmel war auf einmal blank geputzt, jedoch war die Luft kühl, sodass ich mir eine Jacke und einen Schal mitnahm.

«Ich werde mit Ihnen ein bisschen über die Insel fahren, damit Sie einen groben Eindruck von der Schönheit Sylts bekommen.»

«Das freut mich, denn wie gesagt, bin ich noch nie auf Sylt gewesen. Leben Sie auf der Insel?»

«Ja seit fünf Jahren und ich möchte hier nicht mehr weg. Ich hatte mit einer Freundin hier Urlaub gemacht und mich Hals über Kopf verliebt, also in die Insel und dann habe ich meinen ganzen Mut zusammengekratzt und den Schritt in die Selbstständigkeit gewagt. Ich habe es nicht bereut, denn es läuft sehr gut.»

«Toll! Was ich bisher gesehen habe, ist wunderschön. Ich könnte mir auch sehr gut vorstellen, hier zu leben.»

«Dann wäre die Stelle ja was für Sie. Schauen Sie! Dort drüben ist der Lange Christian, dessen weißer Turm in der Inselmitte von überall gut zu sehen ist. Insgesamt gibt es fünf Leuchttürme auf Sylt.»

«Ich liebe Leuchttürme. Früher habe ich oft davon geträumt, auf einem zu leben.»

«Das hat sicherlich auch was. Darf ich Sie fragen, was Sie bisher beruflich gemacht haben?» Frau Eisner fuhr schneller als erlaubt. Vielleicht kannte sie die örtlichen Polizisten, die bei ihr ein Auge zudrückten?

«Ich ... habe studiert, aber nicht zu Ende. Nach ein paar Semestern musste ich feststellen, dass es nicht das war, was zu mir passte. Ich fing dann an zu Jobben und bin da hängengeblieben. Zuletzt habe ich in einem veganen Lokal gejobbt und ... habe dort aber aufhören müssen.» Ich wollte Frau Eisner nicht erzählen, dass ich zu langsam gewesen bin und entlassen wurde.

«Ah, OK! Ich habe über acht Jahre beim Finanzamt gearbeitet. Es war so langweilig. Ich sehnte mich nach etwas anderem und habe den Schritt in die Selbstständigkeit gewagt.»

Frau Eisner bremste scharf ab. Mehrere Schäfchen trotteten seelenruhig über die Straße, blieben stehen und warfen einen kurzen gelangweilten Blick in unser Auto.

«Jetzt sind wir in List. Es ist die nördlichste Gemeinde Deutschlands. Haben Sie Appetit auf ein Fischbrötchen?»

«Das hört sich gut an.» Ich liebte Fischfrikadellen, die meine Mutter mir früher oft in einem weiß gekachelten Fischladen, der wie eine Leichenhalle aussah, gekauft hatte.

Frau Eisner wusste, wo man kostenlos parken konnte. Sie zog eine neonfarbene Windjacke über ihren zu großen Blazer, suchte ihre Sonnenbrille im Handschuhfach und zeigte mir den Weg zum Hafen.

«List ist das nördlichste Dorf, hat den nördlichsten Hafen und die nördlichste Fischbude Deutschlands», erklärte sie mir belustigt, als sie im Stechschritt die wenigen Meter zum Hafen antrat.

«Dort drüben werden Austern gezüchtet. Man bekommt sie in allen denkbaren Variationen und absolut frisch. Mögen Sie Austern?»

«Das kann ich Ihnen nicht sagen, da ich bisher noch nie welche probiert habe.» Aber ich mag Fischfrikadellen in einem Brötchen mit Salatblatt und Remoulade, was deutlich günstiger ist als eine Auster, die mir vermutlich zu glibberig ist.

«Bereits in den 20er-Jahren wurden Lister Austern an Restaurants und Feinkostläden in ganz Deutschland ausgeliefert. Von hier aus gibt es eine Fährverbindung zu der dänischen Insel Rømø, zudem werden Ausflugsfahrten ins Wattenmeer, zu den Seehundbänken und vor die Westküste der Insel angeboten.» Frau Eisner zeigte mit ihren kurzen Armen Richtung Norden.

Ich war entzückt von dem maritimen Flair und dem Blick auf die zwei Leuchttürme.

Während ich einen freien Platz im Außenbereich des gut florierenden Fischlokals suchte, besorgte Frau Eisner uns Fischbrötchen und Wasser. Genussvoll biss ich in den kalten, salzigen Matjes und bestaunte das rege Treiben am Hafen, in dem es viel zu gucken gab.

Ich hätte noch länger verweilen können, aber Frau Eisner warf einen Blick auf ihre Smartwatch und sagte: «Wir müssen jetzt leider weiter. Herr von Blatter kann Unpünktlichkeit nicht leiden.»

Ich zuckte zusammen und fühlte mich angesprochen, als hätte ihr jemand verraten, dass ich die Unpünktlichkeit in Person bin. Falls ich den Job bekommen sollte, wollte ich alles daransetzen, niemals unpünktlich zu sein, was für mich eine große Herausforderung darstellen würde.

Als wäre der Seeteufel hinter uns her, rasten wir nach Kampen, einem ländlich romantischen Ort mit prächtigen Reetdach Villen, deren Grundstücke von Steinwällen umschlossen waren.

«Die Gemeinde Kampen zählt etwa 650 Einwohner und die Zahl der Gästebetten ist fast dreimal so hoch. Der hübsche Ort ist zu beiden Seiten vom Meer umgeben und liegt oberhalb der idyllischen Landschaft der Braderuper Heide. In den 20er-Jahren entstanden rund um den alten Ortskern die ersten Sommerhäuser von wohlhabenden Leuten. Nach Ende des Zweiten Weltkrieges wurde Kampen zum Treffpunkt der Reichen und Schönen. Gunter Sachs feierte hier in den Sechzigern seine legendären Jetset Partys und trug so maßgeblich zum heutigen Image der Insel bei. Von Weltruf ist der Kampener Strönwai, an dem sich jede Menge hochpreisige Restaurants, Bars und Edel-Boutiquen befinden. Für viele ist sie die schönste Nobelmeile Deutschlands. Der Strönwai ist auch unter dem Namen «Whiskeymeile» bekannt», erzählte mir die zugezogene Sylterin, die vermutlich nicht in so einem schmucken Reetdach Haus wohnte.

Damit ich mir alles genau ansehen konnte, fuhr Frau Eisner Schritt und bog in eine Sackgasse ein, in der entzückende Reetdach Villen standen, die von den typischen Friesenwällen zur Straße hin abgegrenzt wurden. Ich vermutete, dass Herr von Blatter ziemlich viel Geld besaß.

Mir wurde mulmig zumute, zudem musste ich von dem salzigen Hering ständig aufstoßen und besaß einen zwiebeligen Atem. Dummerweise hatte ich meine Kaugummis vergessen. Im Ablagefach entdeckte ich eine Tüte mit Lutschbonbons, nach denen ich lechzte.

«Dürfte ich mir ein Pfefferminzbonbon nehmen?»

«Ja selbstverständlich, aber die sind schon etwas älter.»

Ich warf einen Blick auf das Haltbarkeitsdatum. Die Bonbons waren zwei Jahre alt! Aber da Zucker meines Wissens nicht schlecht werden kann, steckte ich mir gleich zwei von den angelaufenen Lutschern, die sich ans Papier krallten, in den Mund und bekam sofort einen frischeren Atem.

«Da wären wir!» Frau Eisner warf einen Blick auf ihre Uhr und zupfte an ihrem herzförmig geschnittenen Pony, der sie aussehen ließ wie Mecki, der Igel aus einem meiner Lieblingskinderbücher.

«Das Haus ist ziemlich groß. Wohnt Herr Blatter dort ganz alleine?»

«Ja. Sie müssen sich nicht wundern … Herr Blatter kann manchmal etwas schroff sein. Er ist … verbittert. Stellen Sie nicht zu viele Fragen und seien Sie stets höflich», gab sie mir Tipps, die mich noch unsicherer machten. Ich nickte und wäre am liebsten an den nahe gelegenen Strand geflüchtet, denn offenbar war der Hausherr ein unfreundlicher Mensch, der meine Vorgängerinnen vergrault hatte.

«Soll ich Pippa im Auto lassen?»

«Nein, das müssen Sie nicht. Nun beeilen Sie sich!»

Wir liefen die lange Auffahrt hinauf und standen vor einer charmanten Friesentür, neben der ein aufwendiges Blumenarrangement meine Aufmerksamkeit erregte. Frau Eisner betätigte die Klingel. Nach wenigen Sekunden öffnete sich die massive Tür. Eine kräftige Frau, die ich um die fünfzig schätzte, begrüßte uns freundlich und bat uns ins Haus. Das musste die Pflegekraft sein. Wir liefen durch diverse Räume, die hell eingerichtet waren. In jedem Zimmer duftete es anders.

«Nehmen Sie doch bitte Platz. Herr Blatter wird gleich kommen.»

«Das war Frau Reimers, die Pflegerin. Ich habe Sie auch vermittelt. Sie ist eine tüchtige Frau», flüsterte Frau Eisner und drückte ihren Rücken durch.

Es dauerte keine fünf Minuten, da kam der Hausherr ins Zimmer gerollt. Sein Verhalten zeigte mir deutlich, dass ihm unser Besuch lästig war. Meine Unsicherheit nahm zu. Ich suchte Halt an meiner Handtasche.

«Guten Tag Herr von Blatter.» Frau Eisner sprang auf und reichte dem grimmig schauenden Mann die Hand.

«Tach!», nuschelte er kaum verständlich und blickte mich skeptisch an.

«Guten Tag Herr Blatter, äh, von Blatter», stotterte ich und streckte ihm meine eiskalte Hand entgegen, die er jedoch nicht annahm, da er an die Räder des Rollstuhls fasste und sich zum bodentiefen Fenster bewegte.

«Können Sie die Tür öffnen. Es ist schrecklich stickig. Ich bekomme Kopfschmerzen von schweren Parfums», motzte er und wedelte mit der Hand vor seiner Nase herum.

Frau Eisner öffnete die Tür und sah mich schulterzuckend an.

Hätte Sie mir erzählt, dass Herr von Blatter ein Stinkstiefel ist, hätte ich die Reise nach Sylt niemals angetreten. Da ich mich selbst in einer schlechten Stimmung befand, konnte ich es nicht gebrauchen, Menschen um mich zu haben, die mich noch weiter runterzogen.

Wir folgten Herrn Blatter auf die Terrasse. Er fuhr in den weitläufigen Garten und entfernte sich von uns, obwohl wir ein Vorstellungsgespräch hatten. Vielleicht sollte ich die Sache sofort beenden, dachte ich hoffnungslos. Für so einen Menschen konnte und wollte ich nicht arbeiten!

«Er ist heute besonders schlecht drauf, aber er meint es nicht so. Sie müssen Geduld zeigen», flüsterte Frau Eisner und eilte dem Hausherrn hinterher.

«Ich weiß nicht, ob ich damit umgehen kann und …»

«Kommen Sie! Herr Blatter möchte an seinen Lieblingsort und wird bestimmt gleich umgänglicher sein», versprach sie mir.

Am Ende des Gartens stand eine weiße Holzbank, von der aus man einen grandiosen Blick auf die Nordsee hatte. Was für eine Aussicht! Davon konnte ich nur träumen. Wenn ich aus meinem Wohnzimmerfenster schaute, guckte ich auf den Hinterhof eines Malerbetriebs, wo tonnenweise alte Eimer lagerten.

Herr Blatter richtete seinen Blick fest auf das Meer und tat so, als wenn wir nicht anwesend wären.

Wir ließen uns auf der Bank nieder und warteten, bis der Herr des Hauses so gnädig war, mit uns zu reden.

Er seufzte tief, nahm seine Kappe vom Kopf, fuhr sich mit den Fingern durch sein dicht gewachsenes graues Haar und setzte die Kopfbedeckung wieder auf.

«Sie möchten bei mir arbeiten?», sagte er leise und sah mich nicht an.

«Ja, mein Name ist … Carlotta Buchbinder.»

«Und wie heißt ihr Hund?»

«Pippa. Wenn ich bei Ihnen arbeite, müsste Pippa …»

«Das ist kein Problem. Ich mag Hunde und Ihr Hund ist gut erzogen. Sie haben den Job. Frau Eisner, machen Sie den Vertrag fertig. Ich habe keine Lust, mir noch weitere Bewerber anzusehen.»

Mein Herz schlug bis zum Hals. Ich war überrascht, dass er sich so schnell für mich entschieden hatte, aber wollte ich denn überhaupt für diesen missgestimmten, wortkargen Mann arbeiten?

Frau Eisner lächelte mich zufrieden an, denn ihr Job war beendet.

«Danke, dass Sie … aber ich …»

«Frau Eisner, zeigen Sie Frau …»

«Buchbinder» half sie ihm auf die Sprünge.

«Zeigen Sie Frau Buchbinder das Gästehaus. Wenn etwas fehlen oder nicht gefallen sollte, dann sagen Sie Bescheid.»

«Ja, danke, aber ich …»

«Wir sehen uns am 1. Juni?»

«Ich weiß nicht, ich … gut, das passt.» Ich wurde überrumpelt und hatte nicht die Möglichkeit, über das Angebot nachzudenken, was vielleicht nicht schlecht war, da mir schnelle Entscheidungen schwerfielen.

«Frau Eisner, ich brauche einen anderen Gärtner. Schauen Sie sich die Buchsbäume an. Die sind total verschnitten und die Rosen sehen auch nicht gut aus.»

«Ich werde sofort nach einem versierten Gärtner suchen.»

Ohne mir seine Hand zu reichen oder mich eines weiteren Blickes zu würdigen, rollte Herr Blatter davon und ließ uns einfach stehen.

«Sie haben großes Glück, dass Sie den Job sofort bekommen haben. Herr Blatter ist normalerweise sehr wählerisch. Sie scheinen ihm zu gefallen.»

«Ja, aber ehrlich gesagt, hätte ich noch ein bisschen Zeit gebraucht, über das Angebot nachzudenken.»

«Ich muss Ihnen sagen, dass die letzten Haushälterinnen es nicht mehr als vier Wochen ausgehalten haben. Sie sollten Ihre Wohnung in Hamburg daher behalten.»

Ich sah Frau Eisner entsetzt an. «Das sagen Sie mir, nachdem ich zugesagt habe! Ist Herr Blatter denn so unerträglich?»

«Nein eigentlich nicht. Ich denke, dass er mit den letzten Haushälterinnen nicht zufrieden war. Die Chemie stimmte wohl nicht.»

«Gut, ich werde es versuchen und wenn es nicht funktioniert, müssen Sie sich wohl nach einer anderen Kraft umsehen.»

Ich warf einen letzten Blick aufs Meer, bevor Frau Eisner mir das Gästehaus zeigte, das mir alle Zweifel nahm, den Job zu machen. Das entzückende Häuschen, auf dem sogar ein Reetdach thronte, war urgemütlich und recht geräumig.

«Herr Blatter hat es ganz neu einrichten lassen. Vom Bett aus können Sie aufs Meer gucken. Besser können Sie auf Sylt kaum wohnen.»

«Das ist unglaublich schön! Ich hoffe, dass ich mit Herrn Blatter klarkommen werde und die Chemie zwischen uns stimmt.»

«Da bin ich mir ganz sicher. Sie haben eine ruhige, angenehme Art. Ihre Vorgängerinnen waren zu laut und aufgedreht. Kommen Sie! Ich fahre Sie ins Hotel zurück.»

Ich war aufgedreht, als ich das Hotelzimmer betrat und mich aufs Bett warf. Wird es mir auf der Insel gefallen? Werde ich mit Herrn Blatter klarkommen? Welche Aufgaben erwarten mich? Hundert Fragen schossen gleichzeitig durch meinen Kopf, die erst in den nächsten Wochen beantwortet werden würden.

«Was denkst du Pippa? War das die richtige Entscheidung?»

Ich meinte, erkannt zu haben, dass mein Hund die Frage bejahte.

Was wird Elodie dazu sagen, dass ich ans letzte Ende Deutschlands ziehen und somit unserem wöchentlichen Treffen ein jähes Ende bereiten werde?

Kaum hatte ich an meine Freundin gedacht, rief sie mich an. Ich glaubte an Gedankenübertragung. Sie hielt ihr hübsches Gesicht dicht ans Handy und zupfte an ihrem Haar herum.

«Hi, wie ist es auf der Insel der Reichen und Schönen?», erkundigte sie sich lächelnd und zeigte ihre weißen Zähne, die jahrelang von Brackets erfolgreich aus ihrer Schieflage gebracht worden waren.

«Es ist … einfach wunderschön. Ich hätte nicht gedacht, dass ich so angetan sein werde. Zwar habe ich noch nicht die gesamte Insel gesehen, aber das, was ich gesehen habe, ist der Hammer.»

«Und? Wie war dein Vorstellungsgespräch?»

«Es war … Wie soll ich sagen? Sehr kurz und erfolgreich.»

«Dann hast du den Job?»

«Ja!»

«Natürlich freue ich mich, aber bin auch total traurig, dass wir uns dann nicht mehr so oft sehen werden.»

«Ja ich auch, aber vielleicht halte ich es hier auch nicht lange aus, denn mein Arbeitgeber ist offenbar etwas schwierig.»

«Und, du hast ein Zimmer in seinem Haus?»

«Nein, ich wohne im Gästehaus. Es hat zwei Zimmer und ist ganz neu eingerichtet. Und das Beste ist der Blick aufs Meer», schwärmte ich und versuchte, mich an die wunderschöne Aussicht zu erinnern.

«Na, dann herzlichen Glückwunsch! Wann fängst du an?» Elodie zog ein enttäuschtes Gesicht.

«Am 1. Juni.»

«Was? Schon!»

«Ja, offensichtlich werde ich dringend gebraucht, aber das ist ja kein Problem, denn ich brauche ja nur zwei Koffer zu packen.»

«Du denkst daran, dass Justus am Samstag seine Party schmeißt?»

«Ja natürlich! Wie könnte ich das vergessen.»

Nach einem ausgezeichneten Essen im Hotel zog es mich ans Meer. Frau Eisner hatte mir einen Spaziergang zum Roten Kliff empfohlen. In eine Windjacke gehüllt, machte ich mich voller

Elan auf den Weg zur Westseite, wo sich zwischen Kampen und Wenningstedt das Rote Kliff erstreckt. Fasziniert stand ich auf der Kliffkante, die circa 30 Meter über dem Strand liegt. Das unermüdliche Rauschen des Meeres und das wilde Geschrei der Möwen versetzten mich sofort in Urlaubsfeeling. Tief atmete ich die salzige Luft in meine verschmutzte Großstadtlunge ein. Als ich den Strand erreichte, zog ich meine Schuhe aus und genoss den kühlen, feinen Sand unter meinen Füßen. Sofort kamen mir unsere zahlreichen Ostseebesuche in Erinnerung, die ich als Kind geliebt hatte.

Das Rote Kliff leuchtete im Sonnenuntergang in einer kräftigen Farbe und zog nicht nur meinen bewundernden Blick auf sich. Das Kliff verschafft dem Strand eine besondere Atmosphäre, sodass man denkt, dass man sich auf einem anderen Teil der Erde befindet.

Zahlreiche Spaziergänger kreuzten meinen Weg und genossen genau wie ich die abendliche Stimmung.

Hüpfend wie ein Kind erreichte ich die Wasserkante und beobachtete die beachtlichen Wellen, die laut krachend an Land ausliefen. Das Wasser war kalt, dennoch lief ich ein paar Meter durch das knöcheltiefe Meer und lachte laut, weil Pippa wasserscheu war und mich beleidigt anschaute, als ich sie nass spritzte.

Die Insel hatte mich sofort in ihren Bann gezogen und ich war mir sicher, dass ich die richtige Entscheidung getroffen hatte. Bis es dunkel wurde, hielt ich mich am Strand auf und suchte etwas orientierungslos mein Hotel, das ich erst beim zweiten Anlauf wiederfand.

Vor lauter Aufregung konnte ich nicht einschlafen und schrieb meiner Mutter von meinem neuen Job. Nach wenigen Minuten antwortete sie mir:

«Liebe Carla, merkwürdig, dass es dich ausgerechnet nach Sylt verschlägt. Ich rufe dich in den nächsten Tagen an. Deine Sonja.»

Warum fand sie es merkwürdig?

Als ich weit nach zwei Uhr in den Schlaf gefunden hatte, träumte ich von Herrn Blatter. Er machte mir Angst, denn er schrie mich an und warf mir vor, dass ich eine dicke Staubschicht auf einer Vitrine übersehen hatte. Zudem trat er Pippa, was mich zum Heulen brachte. Mit pochendem Herzen wachte ich erschrocken auf und ging auf den Balkon. Die Luft war sehr kalt und ich zitterte in meinem dünnen Nachthemd. Schnell huschte ich wieder unter die Decke und spürte den warmen Hundekörper an dem meinen.

Leider musste ich nach dem Frühstück die Insel verlassen, aber bald würde ich viel Zeit haben, um Sylt in Ruhe erkunden zu können.

SECHS

Es blieb mir nicht viel Zeit, um mich auf meine Auswanderung an den nördlichsten Punkt Deutschlands vorzubereiten. Ich schleppte zwei große Koffer aus dem Keller in meine kleine Dachgeschosswohnung und packte hauptsächlich Sommergarderobe ein. Zudem viele Bücher und ein paar warme Pullover. Um mich mit dem schweren Gepäck nicht zu belasten und wohlwissend, dass die Züge nach Sylt stets voll waren, wollte ich mit dem Auto auf die Insel fahren.

Als ich versuchte, die vollgestopften Koffer zu schließen, kam Elodie unangekündigt vorbei und fiel mir weinend um den Hals.

«Was ist denn passiert?», erkundigte ich mich besorgt und dachte im ersten Moment, dass Justus sie verlassen hatte.

«Ich werde dich so schrecklich vermissen. Mit wem soll ich denn jetzt über alles sprechen, was man mit einem Mann nicht besprechen kann?» Sie ließ sich federnd in die Knie sinken und von Pippa das Gesicht ablecken.

«Du hast doch deine Mutter, deine Schwiegermutter in spe und außerdem können wir täglich telefonieren.»

«Es ist zwar gemein, aber ich hoffe, dass dir die Arbeit nicht gefällt und du schnell wieder zurückkommen wirst. Zudem ist es nicht etwas unter deinem Niveau, als Haushälterin zu arbeiten? Was musst du denn alles machen?» Sie rümpfte die Nase und setzte sich auf einen Koffer, damit ich den Reißverschluss schließen konnte.

«Den gesamten Haushalt und kochen. Die Arbeit wird sehr gut bezahlt und ich wohne mietfrei», erklärte ich ihr begeistert.

«Du weißt, dass ich es lieber sehen würde, wenn du studierst oder eine Ausbildung beginnst.»

«Es ist ja nur für den Sommer. Danach werde ich dann an meiner Karriere arbeiten.»

«Du weißt, dass es auf Sylt auch im Sommer sehr kühl ist. Sommerkleidchen wirst du so gut wie nicht anziehen können.»

«Ich habe auch ein paar Pullover eingepackt.»

«Ich muss leider los, da Justus' Mutter mit mir ein Geschenk besorgen möchte. Lass dich drücken, solange ich es noch kann.»

Elodie machte mir den Abschied aus Hamburg nicht gerade leicht und mein Herz wurde schwer. Traf ich die richtige Entscheidung?

*

Eigentlich hatte ich keine große Lust auf die Party, aber tat es Elodie zuliebe.

In der gelben Jugendstilvilla, in der Justus' Eltern residierten, fand jedes Jahr Ende Mai eine pompöse Feier statt. Es war nicht meine Welt, in der sich die Hamburger Elite versammelte. Ich kam aus bescheidenen Verhältnissen und hatte noch nie eine Jeans besessen, die teurer als 50 Euro gewesen ist. Der einzige Grund, warum ich mir die Party antat, waren das erstklassige Buffet und die leckeren Cocktails, die ein prominenter Barkeeper mixte.

Ich war mit einer der letzten Gäste, die auf das Anwesen im schnieken Stadtteil Blankenese fuhr. Mein kleiner alter Wagen, der hier und da Rost angesetzt hatte, fiel zwischen all den schwarzen, polierten Luxuskarossen auf. Es kam mir vor wie ein Bilderrätsel. Welches Auto gehört nicht dazu, dachte ich schmunzelnd, als ich in meine Stilettos schlüpfte und die bequemen Treter in den Kofferraum warf.

Ich klemmte mein Geschenk untern Arm und registrierte den amüsierten Blick eines älteren Mannes, der etwas schwerfällig aus seinem Porsche stieg. Warum tat er sich das an?

Elodie stand mit einem Gast vor der Haustür. Als sie mich erblickte, rannte sie die breite Treppe herunter und verlor einen Schuh. Sie sah aus wie eine Prinzessin. Die Szene erinnerte mich an Aschenputtel.

«Da bist du ja! Ich hatte schon Sorge, dass du nicht kommst.»

«Ich hatte kein Geschenkpapier mehr und musste noch mal losfahren, um welches zu besorgen», schwindelte ich.

«Du siehst toll aus! Hast du das Kleid neu?»

«Nein, ich hatte es doch vor zwei Jahren schon mal an.»

«Komm! Du kannst Justus gratulieren und dann stelle ich dir meinen neuen Kollegen vor.» Elodie packte mich sanft am Arm.

«Du willst mich jetzt aber nicht verkuppeln?», fragte ich eindringlich.

Ihr Schweigen war verdächtig. Sie zog mich durchs Haus, bis in den Garten, wo zahlreiche Stehtische aufgebaut waren und unzählige Fackeln für ein gemütliches Licht sorgten.

Sie blieb stehen und hielt Ausschau nach ihrem Freund, der zwischen zwei attraktiven Frauen stand. An ihrer Stelle wäre ich eifersüchtig und hätte oft schlaflose Nächte, denn wie schnell konnte man ein so begehrtes Prachtexemplar an eine andere Frau verlieren.

«Carlotta! Da bist du ja! Elodie hat sich schon Sorgen gemacht», begrüßte mich der Gastgeber, der mir Küsschen auf die Wangen hauchte und sein Geschenk freudig entgegennahm.

«Ich packe es später aus. Was möchtest du trinken?»

«Vielleicht einen Sekt?» Ich drehte mich zur Seite, nahm das Kaugummi aus dem Mund und warf es ins Gras.

«Sekt haben wir nicht. Ich hole dir Champagner.»

Ich stieß mit dem Geburtstagskind an und folgte Elodie durch den Garten, um ihren Kollegen zu begrüßen, der etwas abseits alleine am Pool stand und an einem Wasser nippte.

«Paul! Ich wollte dir meine beste Freundin Carlotta vorstellen.»

«Hallo Carlotta. Schön, dass ich dich persönlich kennenlerne. Elodie hat mir schon viel von dir erzählt.» Seine Hand war warm und weich.

«Oh, aber so viel gibt es doch gar nicht über mich zu erzählen.»

Zwar hatte meine Freundin mir berichtet, dass ihr neuer Kollege attraktiv ist, aber dass er so gut aussieht ....

Der Jurist war mindestens einen Kopf größer als ich und von schlanker Gestalt. Er sah aus wie ein Bubi, denn er besaß feine Gesichtszüge und beim Lächeln entstanden entzückende Grübchen. Sein Haar war kurz geschnitten und hatte einen leicht rötlichen Stich, der mich an ein Eichhörnchen erinnerte. Seine Augen sahen exakt aus wie meine grüne Lieblingsmurmel, die ich noch ab und zu auf meinem Schreibtisch rollen ließ. Paul besaß eine zurückhaltende, etwas schüchterne Art, die mir gefiel. Vorlaute, selbstbewusste Männer konnte ich nicht ausstehen. Sie hatten bei mir kaum Chancen.

«Ich lasse euch mal alleine. Bis später!» Elodie zwinkerte mir zu und verschwand in der Dunkelheit.

Sie konnte es nicht lassen, für mich den passenden Mann zu finden, der nach ihrer Meinung erfolgreich und gut aussehend sein musste.

Etwas scheu standen wir uns gegenüber und lächelten verkrampft, bis wir zeitgleich sprachen und nach einem gescheiten Einstieg in eine oberflächliche Konversation suchten.

«Wollen wir uns vielleicht dort auf die Bank setzen?», schlug er vor.

«Gerne.» Er wartete ab, bis ich Platz genommen hatte und setzte sich in einem größeren Abstand neben mich.

«Elodie hat erzählt, dass du vor Kurzem aus München nach Hamburg gezogen bist?» Ich legte meine Hände in den Schoß und schaute auf den beleuchteten Pool, auf dem ein weißer Schwan stolz hin- und hergetrieben wurde.

«Das ist richtig. Ich brauchte eine Veränderung, einen Ortswechsel. Hamburg hat mich schon immer gereizt.»

«Und gefällt es dir im Norden?» Ich kippte mir den trockenen Champagner in den Mund und musste aufstoßen. Natürlich dezent und hinter vorgehaltener Hand.

«Ja sehr. Ich bin gerade dabei, die Stadt zu erkunden. Es gibt hier so viel zu entdecken und tolle Ecken», berichtete er begeistert und schaute mich aus seinen warmen Murmelaugen an.

«Das ist wahr.» Zweifel, meine Heimatstadt zu verlassen und auf einer winzigen Insel zu leben, die außer einer schönen Natur nicht viel zu bieten hatte, schlichen sich in meinen Kopf und machten mir auf einmal Angst. Eine Woche Urlaub dort zu machen, ist wunderschön, aber mehrere Monate oder länger am ruppigen Meer zu verbringen ...

«Wo arbeitest du?»

Ich räusperte mich und antwortete: «Ich nehme mir eine kleine Auszeit, um in aller Ruhe darüber nachzudenken, was ich zukünftig tun möchte. Ich werde für eine Weile nach Sylt gehen.» Ich verschwieg ihm, dass ich gerade einen Job als Haushälterin angenommen hatte.

«Wie schön! Ich bin zwar noch nie dort gewesen, aber was man so an Bildern sieht, ist beeindruckend. Nicht umsonst kaufen sich dort die ganzen Promis Häuser. Hast du denn eine Wohnung gefunden? Es heißt doch, dass bezahlbarer Wohnraum dort sehr knapp ist.»

«Mein … Großvater besitzt dort ein Haus und ich … kann in seinem Gästehaus wohnen.» Ich war erstaunt über diese fette Lüge, die vermutlich irgendwann auffliegen würde.

«Wow! Das ist toll! Ich hatte auch überlegt, nach meinem Studium ein Jahr einfach ein bisschen rumzureisen, aber entschied mich dann doch dafür, mir einen Job zu suchen.»

«Vielleicht wirst du es irgendwann bereuen?»

«Das kann sein, aber ich bin ganz zufrieden mit meiner Arbeit und habe nette Kollegen und vor allem eine tolle Kollegin.»

«Elodie ist wirklich ein liebes Wesen, mit dem jeder gut klarkommt. Wollen wir uns etwas zu Essen holen?»

«Ja sehr gern. Ich habe mir das Buffet vorhin schon angesehen. Es sieht ziemlich gut aus.»

Da ich den ganzen Tag über kaum etwas gegessen hatte, wurde mein großer Teller sehr voll und ich musste aufpassen, dass mir die Oliven nicht runterkullerten, als wir zurück zu unserer Bank gingen.

Wir aßen schweigend, lächelten uns an und schauten ab und zu auf den Mond, der in einer scharfen Sichel am Himmel stand.

Die Atmosphäre mit dem beleuchteten Pool und den flackernden Fackeln war romantisch, das Essen schmeckte hervorragend und ich befand mich in netter Gesellschaft. Vermutlich lag es am Alkohol, der mich dazu veranlasste, Paul ungehemmt zu küssen. Er hatte mich doch angesehen, als wenn er es auch wollte, aber als ich meinen Mund auf den seinen setzte, spürte ich, dass er es nicht zuließ und den Kuss abbrach.

«Entschuldige! Ich glaube, dass ich zu viel getrunken habe», faselte ich und wischte mir über die Lippen.

«Schon gut, ich … habe gerade eine Trennung hinter mir und … brauche eine kleine Pause.»

«Normalerweise küsse ich nicht so schnell, aber … Ich glaube, dass ich jetzt nach Hause muss. Es war sehr nett, dich kennenzulernen …»

«Ich habe mich auch sehr gefreut. Soll ich dich nach Hause fahren?»

«Danke, das ist nicht nötig.»

Peinlich berührt stand ich auf und torkelte ein wenig über den feuchten Rasen.

Elodie tanzte mit dem Geburtstagskind. Ihr Kopf lehnte an seiner breiten Brust. Es sah so aus, als wenn sie schlafen würde. Ich beneidete sie um ihre Liebe, ihr Leben und ihr ganzes Glück, das ich niemals haben werde, dachte ich frustriert und wartete ab, bis sie die Augen öffnete.

Ich gab ihr ein Zeichen, dass ich mich auf den Weg machen wollte.

«Willst du schon gehen? Es ist doch noch nicht so spät», wunderte sie sich und schaute mich aus ihren riesigen Augen an.

«Ja ... mir ist ... etwas Blödes passiert», druckste ich herum.

«Was denn? Bist du verletzt?»

«Nicht körperlich.»

Meine Freundin legte ihre Stirn in Falten und sah mich forschend an.

«Ich habe zu viel getrunken ... Die Stimmung war so romantisch mit dem Mond und dem ganzen Geflacker im Garten. Ich habe ihn geküsst.»

«Ja und? Das ist doch schön, aber so kenne ich dich gar nicht. Ich muss ja gestehen, dass ich gehofft habe, dass Paul was für dich sein könnte, aber dass ihr so schnell ...»

Ich schüttelte den Kopf. «Er hat meinen Kuss nicht erwidert. Offensichtlich hat er seine letzte Beziehung noch nicht verdaut.»

«Das hat er mir gar nicht erzählt. Ich weiß nur, dass er keine Freundin hat. Magst du ihn denn?»

«Ja schon, aber ... Ich weiß nicht. Es passt ja auch gerade gar nicht, weil ich jetzt nach Sylt gehe.»

«Ich hoffe, dass dir der Abend dennoch gefallen hat? Ich rufe dir ein Taxi und melde mich morgen bei dir.»

«Ja war toll wie immer. Irgendwas klebt unter meinem Schuh ...»

Ich zog meine filigrane Sandalette aus und sah ein grünes Kaugummi auf der Sohle kleben.

«Verdammt!», fluchte ich leise und zog meinen zweiten Schuh aus.

Es war kein gutes Gefühl, von einem Mann zurückgewiesen zu werden. Dabei hatte Paul mich schmachtend angesehen oder hatte ich mir das eingebildet?

*

Elodie brachte mir am nächsten Tag mein Auto und zog wieder ein übertrieben trauriges Gesicht, als wenn sie ohne mich nicht existieren könnte. Dabei hatte sie ein tolles, ausgefülltes Leben, in dem ich eigentlich kaum Platz hatte. Sie warf sich auf mein Sofa und stöhnte.

«Die Party ging noch bis drei Uhr. Ich habe kaum geschlafen. Ach, übrigens soll ich dir von Paul liebe Grüße ausrichten.»

«Oh, tatsächlich?», wunderte ich mich und nahm Pippa auf den Schoß, die sehr viel Liebe brauchte.

«Ich glaube, dass du ihn sehr beeindruckt hast.» Elodie schnappte sich mein Glas und trank hastig.

«Ich weiß nicht. Es hat keinen Sinn, hier jetzt noch etwas anzufangen. Zudem hängt er noch an seiner Ex. Sag ihm, dass … ich …» Was sollte Elodie ihm ausrichten?

«Dass du kein Handy hast?»

«Ja, das ist eine gute Idee!»

«Das war ein Witz. Fernbeziehungen sind gar nicht so schlecht. Sie halten die Liebe viel länger frisch, man entwickelt eine intensive Sehnsucht nacheinander, die die Leidenschaft verstärkt und letztendlich auch zu besserem Sex führt.»

«Wo hast du das denn her?»

«Habe ich irgendwo mal gelesen. Nun komm schon! Ich finde, dass ihr total gut zusammenpasst und vielleicht hältst du es bei dem alten Mann auch gar nicht lange aus.»

«Nein, ich möchte nicht. Dummerweise habe ich Paul auch noch angelogen und gesagt, dass ich bei meinem Großvater auf Sylt wohne.»

«Aber du hast doch gar keinen Großvater.»

«Ach! Tatsächlich! Leider nicht. Kommst du mich bald auf Sylt besuchen? Ich denke, dass ich gerade in den ersten Wochen gut vertraute Gesichter um mich haben möchte.»

«Klar, das werde ich auf jeden Fall tun. Ich muss jetzt los. Heute Abend haben wir noch eine Einladung von Justus' Chef und ich habe noch keine Ahnung, was ich anziehen soll.»

SIEBEN

Ein letztes Mal ging ich durch alle Räume, kontrollierte die Herdplatten und zog die Stecker von sämtlichen Elektrogeräten.

«Mal sehen, ob wir schon bald zurückkommen werden», sprach ich mit meinem Hund, der mich mit schiefem Kopf ansah.

Während ich meinen Wagen belud und ziemlich ins Schwitzen geriet, spürte ich eine Hand auf meiner Schulter, die mich zusammenzucken ließ.

«Verreisen Sie? Davon haben Sie mir gar nichts erzählt?», wunderte sich Frau Knoop und stützte sich auf ihren Rollator.

«Ich habe gestern bei Ihnen geklingelt und wollte es ihnen sagen.»

«Ich war zu Hause. Habe wohl die Klingel nicht gehört. Wissen Sie, mein Hörgerät ist offenbar geklaut worden. Ich kann mir kein neues kaufen, da ich für das Geburtstagsgeschenk meiner Tochter sparen muss. Sie wünscht sich eine Liege. Eine aus Holz und mit zwei Rädern. Es soll schon eine Gute sein.»

Ich nickte, obwohl es mir auf der Zunge lag, der alten Frau zu sagen, dass ihre Tochter nicht mehr am Leben war und sie ihr Geld nicht sparen brauchte.

«Ich werde für eine Weile nach Sylt ziehen und dort arbeiten, da ich den Job in dem veganen Lokal verloren habe», erklärte ich ihr in hochgedrehter Lautstärke, damit sie mich verstehen konnte.

Die alte Dame sah mich entgeistert an. «Oh, dann habe ich ja niemanden mehr zum Klönen. Aber ich habe ja noch meine Tochter.»

«Vielleicht komme ich ja auch bald schon wieder zurück. Mal sehen, wie mir die Arbeit gefallen wird.»

«Arbeiten Sie dort auch in einem Lokal? Ich bin noch nie auf Sylt gewesen, aber meine Tochter hat mir versprochen, dass wir dort hinfahren werden. Vielleicht sehen wir uns dort bald?»

«Ja, vielleicht. Ich muss mich jetzt leider beeilen. In vier Wochen werde ich auf jeden Fall kommen und dann trinken wir zusammen einen Kaffee.»

«Das wäre schön. Eine gute Reise und auf bald.»

Während ich mich auf der Autobahn Richtung Norden gemütlich hinter einen dänischen Laster hängte, gingen so viele Gedanken durch meinen Kopf, dass mir die eintönige Fahrt nicht langweilig wurde. Kurz bevor ich den Syltshuttle in Niebüll erreichte, fing es an, in Strömen zu regnen. Die Scheibenwischer ächzten unter den Wassermassen und ich war kurz davor, den Wagen an den Randstreifen zu steuern, da ich so gut wie keine Sicht mehr hatte. Doch nach wenigen Minuten war das Schlimmste überstanden und ich konnte wieder Gas geben, um rechtzeitig den Autozug zu erreichen.

Ich hatte Pippa auf dem Schoß, als mein Auto und ich eine Pause einlegen konnten und wir über den Hindenburgdamm fuhren. Erst sahen wir viele Schäfchen auf den saftigen Wiesen, die mein Herz bereits höherschlagen ließen. Ich liebe die wolligen Wesen, die Ruhe und Gelassenheit ausstrahlen.

Als das Watt links und rechts zu sehen war, rutschte ich unruhig auf meinem Po hin und her und knipste ein paar Bilder. Diese unendliche Weite war faszinierend und öffnete mein Herz.

Je näher ich der Insel kam, desto aufgeregter wurde ich. Was erwartete mich und wie lange werde ich auf Sylt bleiben, ging es mir durch den Kopf.

Als ich mit meiner Rostlaube vom Zug rollte, brach die Sonne zwischen dicken, düsteren Wolken hervor, als wenn sie mich willkommen heißen wollte.

Bevor ich nach Kampen fuhr, legte ich einen Stopp ein, um mit Pippa ein paar Schritte zu laufen und freute mich auf die Zeit am fremden Ort, der mich hoffentlich inspirierte und weiterbrachte.

Das weiße Friesentor war geschlossen, sodass ich meinen Wagen auf der Straße parkte. Ich nahm meine Handtasche und trank Wasser, bevor ich die Klingel betätigte.

Die Pflegerin Frau Reimers, die ich bereits kennengelernt hatte, stand an der Tür und begrüßte mich freundlich. Ich war mir sicher, dass ich mit ihr gut klarkommen würde.

«Herzlich willkommen. Hatten Sie eine gute Anreise?» Sie streichelte Pippa und zauberte ein Leckerli aus ihrer Jackentasche hervor.

«Es hat alles gut geklappt. Ich habe die Überfahrt sehr genossen.»

«Kommen Sie doch rein. Ich werde Ihnen die Schlüssel für das Gästehaus geben. Der Kühlschrank ist gefüllt.»

«Danke, das ist sehr freundlich. Ich bin ziemlich müde und würde mich gerne etwas ausruhen.»

«Ja tun Sie das. Herr von Blatter möchte, dass Sie um 19 Uhr in die Bibliothek kommen.»

«Prima! Wo geht's zum Gästehaus?»

Sie führte mich zurück zum Ausgang, zeigte mir, wo ich mein Auto parken und wo ich mit Pippa spazieren gehen konnte.

Bevor sie sich verabschiedete, fragte ich: «Sagen Sie, ist Herr von Blatter etwas … schwierig?»

«Er zeigt sich verschlossen und redet nur das Nötigste, möchte einfach seine Ruhe haben. Ich kann Ihnen nur raten, nicht zu viel zu reden und immer pünktlich zu sein.»

Ich nickte und war gespannt, wie sich der alte Mann mir gegenüber verhielt. Als die Pflegerin meine gemütliche Bleibe verlassen hatte, warf ich mich auf das breite Bett, das herrlich weich war. Die Bettwäsche duftete nach Frühling. Ich breitete meine Arme aus und hörte, dass eine Nachricht auf meinem Handy eingegangen war.

«Kannst du mich anrufen?», hatte Mutter geschrieben.

Bevor ich mich bei ihr meldete, öffnete ich alle Fenster, um die herrlich klare Luft ins Haus zu lassen, warf einen Blick in den Kühlschrank, aus dem ich mir eine Wurzel nahm und an der ich wie ein Kaninchen knabberte.

Ich setzte mich in einen bequemen Schaukelstuhl, von dem aus man einen grandiosen Blick auf die Dünenlandschaft und die dahintergelegene Nordsee hatte. Wolken und Sonne wechselten sich ab, sodass die Farbe des Meeres sich ständig veränderte.

«Hallo Carla! Ich wollte dir nur sagen ...»

Pippa entwischte durch die geöffnete Terrassentür und rannte bellend in den Garten, als wenn sie der Wachhund dieses Anwesens wäre. Ich sah Herrn Blatter, der zu der Bank rollte, auf der ich während meines Vorstellungsgesprächs gesessen hatte.

«Entschuldige bitte kurz!» Ich warf das Handy aufs Bett und rannte barfuß in den Garten. Pippa war bereits bei Herrn Blatter angekommen und wedelte fröhlich mit dem Schwanz.

«Pippa! Komm zu mir!», rief ich verärgert und geriet schnell außer Atem. Mein Herz klopfte wie blöd und ich hatte Sorge, dass mein Arbeitgeber mich fristlos entließ.

«Guten Tag Herr von Blatter. Ich bin eben angekommen und …»

«Guten Tag», antwortete er kühl und streichelte Pippa.

«Entschuldigen Sie, aber mein Hund ist mir ausgebüxt. Es ist Ihnen vermutlich nicht recht, dass er frei durch den Garten läuft?»

Bisher hatte ich Herrn Blatter noch nicht lächeln gesehen und auch in diesem Moment schaute er mich mit finsterer Miene an, sodass ich ganz ehrfürchtig wurde.

«Warum sollte ich etwas dagegen haben? Sie sollte nur bitte nicht gegen die Buchsbäume pinkeln, da sie das nicht vertragen.»

Ich war erleichtert und entspannte mich ein wenig.

«Darauf werde ich natürlich streng achten.»

Ich nahm Pippa an die Leine und zog sie sanft von der Bank fort, damit sich nicht auf die Idee kam, sie zu markieren.

«Wir sehen uns um 19 Uhr in der Bibliothek», rief er mir unfreundlich hinterher und hielt seinen Blick fest aufs Meer gerichtet.

Ich band Pippa am Gartentisch fest und nahm mein Handy in die Hand. «Sonja? Bist du noch dran?»

«Ja, was war denn los?»

«Pippa ist weggelaufen. Nun bin ich wieder bei dir.»

«Ich wollte dir sagen, dass ich in den nächsten Wochen …»

Plötzlich war die Leitung tot. «Ma! Sonja?», fragte ich und drückte das Handy gegen mein Ohr. Zehnmal hintereinander rief ich meine Mutter an, aber es ging nur die Mailbox ran, auf die ich aufgeregt sprach. Ich machte mir Sorgen. Was wollte sie mir mitteilen? Ich schrieb mehrere Nachrichten, sah jedoch, dass sie nicht rausgingen. Mir wurde bewusst, dass ich weder Pepes Nachnamen noch seine Handynummer hatte. War der Clown vielleicht ein Psychopath, ein ehemaliger Patient meiner Mutter, der sie in seine Gewalt genommen hatte? Im Geiste malte ich mir die kuriosesten Geschichten aus und regte mich über Sonja auf, die stets jegliche Gefahren des Lebens ignorierte und an das Gute im Menschen glaubte, obwohl sie mit so vielen kranken Menschen zu tun hatte. Natürlich besaß sie dadurch auch ein beneidenswertes Urvertrauen, eine Leichtigkeit, die ich auch gerne gehabt hätte.

Bis zu meinem Gespräch mit meinem neuen Arbeitgeber hatte ich nicht mehr viel Zeit. Begeistert inspizierte ich das Bad, das mit einer Eckbadewanne und einer Regendusche, die ich sogleich ausprobierte, ausgestattet war. Ich schminkte mich dezent und zog mir ein dunkelblaues Kostüm an, in dem ich aussah wie eine Stewardess. Ich verzichtete auf mein Chanel Parfum, das Herrn Blatter vermutlich zu schwer war. Zwischendurch warf ich einen Blick aufs Handy, auf dem keine neue Nachricht eingetrudelt war.

Um pünktlich zu sein, verließ ich rechtzeitig mein neues Zuhause und ging durch den Garten zur Haustür, die offenstand. Etwas unentschlossen, ob ich klingeln sollte oder nicht, betrat ich die Villa und rief nach Frau Reimers, die nach kurzer Zeit erschien.

«Ah, da sind Sie ja. Kommen Sie bitte mit.»

Frau Reimers ging voraus und führte mich in die Bibliothek, in der an jeder Wand deckenhohe Bücherregale lehnten. Ich war beeindruckt. In der Mitte des Zimmers standen ein Sofa, zwei Sessel und ein gläserner Tisch.

«Bitte nehmen Sie doch Platz. Herr von Blatter wird gleich kommen.»

Der sich glücklich Schätzende, der jedoch keinen glücklichen Eindruck machte, ließ nicht lange auf sich warten. Er kam ohne Hilfe von Frau Reimers in den kühlen Raum gerollt und parkte neben einem Sessel.

«Guten Abend Herr von Blatter», begrüßte ich ihn mit dünner Stimme und knetete nervös meine Hände.

«Guten Abend. Nehme Sie doch bitte Platz.» Er räusperte sich und schaute kurz auf, um mir in die Augen zu sehen.

«Gefällt Ihnen das Gästehaus?»

«Oh ja sehr. Ich denke, dass ich mich wohlfühlen werde.»

«Fein. Ich habe eine Liste mit den Aufgaben vorbereitet, die Sie in meinem Haus übernehmen sollen. Kost und Unterkunft sind frei. Ich zahle Ihnen dreißig Euro die Stunde. Dafür erwarte ich äußerste Diskretion. Haben Sie noch Fragen?» Er reichte mir zwei handbeschriebene Zettel, auf die ich meine Augen heftete.

«Ich würde mir gerne in Ruhe alles durchlesen und hätte dann vielleicht noch Fragen.»

«Tun Sie das.»

Als ich begann zu lesen, spürte ich, dass er mich beobachtete.

Ich überflog die gut leserliche Schrift und war erstaunt, wie wenig ich zu tun hatte.

«Können Sie kochen?»

«Ja, aber ich weiß nicht, wie hoch ihre Erwartungen sind.»

«Ich esse hauptsächlich Salate und Gemüse. Zweimal die Woche frischen Fisch und einmal Fleisch. Haben Sie das Gewächshaus gesehen?»

Ich schüttelte den Kopf.

«Dort baut der Gärtner Salat und Kräuter an und im Sommer Gemüse. Sehen Sie sich in Ruhe alles an. Um den Garten müssen Sie sich nicht kümmern, jedoch ernten und einkaufen.»

«Gut, ich denke, dass ich weiß, was ich zu tun haben werde.»

«Nehmen Sie bitte Rücksicht und putzen nicht gerade in dem Raum, in dem ich mich aufhalte.»

«Keine Sorge, das werde ich nicht tun.»

«Gut, dann ... wünsche ich Ihnen noch einen schönen Abend.»

«Danke, den wünsche ich Ihnen auch.»

Herr Blatter nickte und rollte los. Ich sprang auf und öffnete ihm die Tür.

Die unpersönliche Begegnung war kurz und schmerzlos verlaufen. Ich war jedoch zufrieden, vor allem mit der Bezahlung und der feudalen Unterkunft. Gab es noch einen Haken?

Ich verweilte einige Minuten in der Bibliothek und studierte die Titel der Bücher, die mir zum größten Teil nicht fremd waren, da ich seit meinem sechsten Lebensjahr eine Menge Bücher verschlungen hatte. Ich hörte, dass Frau Reimers sich in ihren Clogs näherte und verließ den Raum.

«Und?», fragte sie neugierig und legte sich eine Haarsträhne hinters Ohr, in dem eine zarte Perle steckte.

«Alles bestens. Sagen Sie, sind Sie rund um die Uhr im Haus?»

«Nein, ich komme meistens dreimal täglich.»

«Ah, OK, dann werde ich mal meine Sachen auspacken.»

«Ich wünsche Ihnen eine gute Nacht. Wir sehen uns dann morgen früh. Ich werde Herrn Blatter morgen noch das Frühstück zubereiten. Ab Dienstag übernehmen Sie dann.»

Als ich ins Gästehaus zurückkehrte, schaute ich auf mein Handy, aber es gab noch immer keine Nachricht von Sonja. «Verdammt!» Fluchte ich und ärgerte mich, dass ich ihren neuen Freund nicht unter die Lupe genommen hatte.

Vielleicht hatte sie sich bei ihrer Freundin gemeldet, überlegte ich und wählte kurzerhand Lauras Nummer.

«Hallo Laura. Hier ist Carla. Wie geht es dir?»

«Carla! Das ist ja eine Überraschung! Mir geht es bestens. Hat Sonja dir nicht erzählt, dass ich mir meinen Traum endlich erfüllt habe?»

«Nein, hast du geheiratet?»

«Oh, nein! Ich habe einen kleinen Laden angemietet und werde dort ein Café eröffnen.»

«Das ist ja toll! Gratuliere. Sag mal, hast du heute etwas von Sonja gehört?»

«Nein, wir … hatten eine kleine Meinungsverschiedenheit und daher herrscht zwischen uns gerade Funkstille.»

«Oh, das wusste ich auch nicht. Ich habe mich in letzter Zeit wenig mit meiner Mutter getroffen, weil ich ziemlich viel gearbeitet habe.»

«Der Streit ging um ihren neuen Freund und ihre fixe Idee, mit ihm nach Ibiza zu ziehen», erklärte sie mir ganz offen.

«Du meinst Pepe?»

«Ja genau. Hast du ihn kennengelernt oder weißt du Näheres über ihn?»

«Nein. Ich habe ihn nur ganz kurz gesehen, als ich die beiden zum Flughafen fuhr. Er ist ein ziemlich bunter Vogel und hat eine Hundehaarallergie.»

«Manchmal ist Sonja aber auch sehr … Wie soll ich sagen …»

«Ich weiß, was du meinst. Aber sie lässt sich nichts sagen und macht sowieso, was sie will. Ich bin seit heute auf Sylt und arbeite hier.»

«Wie schön! Eigentlich wollte ich dich fragen, ob du bei mir aushelfen möchtest, aber da bin ich zu spät gewesen. Falls dir dein neuer Job nicht gefällt, dann würde ich mich freuen, wenn du bei mir einsteigst.»

«Sehr gerne. Aber ich habe es wohl ganz gut getroffen …»

Ich erzählte ihr von meinem neuen Traumjob, dem schönen Gästehaus und schwärmte von der Insel, von der ich noch nicht viel gesehen hatte.

Nachdem ich meine Koffer ausgeräumt und in einem Einbauschrank, in dem mehrere Lavendelsäckchen hingen und einen wohligen Duft verbreiteten, verstaut hatte, machte ich mir

Abendbrot. In der kleinen Küche gab es eine Sitzecke, von der aus ich auf die Villa, in der nach und nach die Lichter angingen, sehen konnte. Was machte Herr Blatter den ganzen Tag über? Hungrig stopfte ich mir ein Käsebrot in den Mund und redete zwischendurch mit Pippa, die sich offensichtlich wohlfühlte. Kurz bevor es ganz dunkel wurde, suchte ich den Weg an den Strand. Tief atmete ich die salzige Luft bis in die Lungenspitzen ein und streckte meine Arme über den Kopf. Ich konnte nicht glauben, dass ich mich an diesem wunderschönen Ort befand.

ACHT

Um sechs Uhr wurde ich von meinem Lieblingssong geweckt, der mich jedoch auch nicht aus den Federn reißen konnte. Mit müden Gliedern rappelte ich mich aus dem Bett und schaute mit zusammengekniffenen Augen auf mein Handy. Noch immer kein Lebenszeichen von Sonja.

Bevor ich frühstückte, ging ich mit Pippa an den Strand. Die Luft war kühl, aber herrlich klar und aromatisch. Ich wickelte mir meinen langen Schal um den Kopf und stapfte durch den feinen Sand. Pippa wagte sich an die Wasserlinie und steckte ihre Nase kurz ins salzige Wasser. Wie herrlich es war! Das laute Rauschen der Wellen, der Himmel, der stets seine Farbe änderte und diese unendliche Weite lösten ein Freiheits- und Glücksgefühl in mir aus, das ich in dieser Form noch nie verspürt hatte.

Trotz all der positiven Umstände war ich nicht unbeschwert, da ich zum einen nicht wusste, was mich in der Villa erwartete und mir zum anderen Sorgen um meine Mutter machte. In der Nacht hatten sich gruselige Szenen in meinem Kopf abgespielt. Pepe hatte Sonja mit mehreren Messerstichen am Strand getötet, sie ins Meer gezogen und laut gelacht.

Mit zweiminütiger Verspätung eilte ich in die Villa. Frau Reimers hantierte in der Küche und hatte das Frühstück für ihren Patienten bereits fertig.

«Guten Morgen. Haben Sie gut geschlafen? Haben Sie die Brötchentüte gefunden?»

«Guten Morgen. Das war eine nette Überraschung.»

Ich erzählte der Pflegerin nicht, dass ich eine schlechte Nacht hinter mir hatte und schaute auf das Tablett, auf dem das Frühstück für Herrn Blatter stand.

«Ich werde ihm jetzt das Frühstück bringen, was Sie dann morgen übernehmen werden.»

«Dann werde ich mal die Küche in Ordnung bringen und danach die Bäder und die anderen Räume.»

«Alles klar. Falls etwas mit Herrn Blatter sein sollte, rufen Sie mich an. Meine Nummer hängt dort am Kühlschrank.»

Als Frau Reimers die Küche verlassen hatte, holte ich mein Handy aus der Hosentasche. Elodie hatte mir geschrieben. Sie wünschte mir einen guten ersten Arbeitstag. Ich rief Sonja an, aber es ging wieder nur die Mailbox ran, auf die ich nicht mehr sprach.

Es dauerte über eine Stunde, bis ich mich in der großen Küche, die bestens ausgestattet war, zurechtgefunden hatte. Mittags wollte ich einen Salat und etwas Rührei machen. Ich suchte das Gewächshaus und war erstaunt, wie groß es war. Warme, feuchte Luft schlug mir entgegen, als ich das Glashaus betrat, in dem diverse Kräuter wuchsen, die ich nicht alle kannte. Zudem gab es verschiedene Salate, Mangold und Spinat. Die Gurken- und Tomatenpflanzen trugen Knospen. Vielleicht war ich nicht mehr hier, wenn die Früchte erntereif waren?

Voller Eifer putzte ich die drei Bäder und nahm mir danach weitere Räume vor, in denen ich geschwind mit einem Staubwedel über die Schränke streifte, auf denen ich kein Staubkörnchen sehen konnte.

Ich wusste nicht, wo Herr Blatter sich aufhielt und wollte ihn auf gar keinen Fall stören. Bevor ich die Zimmer betrat, klopfte ich daher leise an die Tür und wartete ein paar Sekunden ab. Zuletzt nahm ich mir das Schlafzimmer vor. Ehrfürchtig betrat ich den großen Raum, an dem ein Balkon hing, von dem man einen grandiosen Blick auf die Nordsee hatte. Auf dem

Nachttisch standen einige Bilderrahmen, auf die meine Augen sich neugierig hefteten. Es war nicht korrekt, aber die menschliche Neugierde ist schwer zu unterdrücken. Ich schüttelte das Bettzeug auf dem Balkon aus und machte das Bett besonders akkurat, denn ich wollte den Job auf keinen Fall verlieren.

Ich zückte mein Handy und suchte nach einer Anleitung, die mir zeigte, wie ich aus einem Handtuch einen Schwan formen konnte. Es war nicht einfach und ich brauchte über eine halbe Stunde für einen bezaubernden Schwan, den ich fotografierte und voller Stolz am Fußende des Bettes platzierte.

Im Nu war es Mittag und ich freute mich auf die erste Pause. In der Sonne war es herrlich warm, sodass ich mich auf meine kleine Terrasse setzte und einen Apfel mit Meerblick genoss. Da Herr Blatter erst um 14 Uhr essen wollte, hatte ich ausreichend Zeit, mich von der schlechten Nacht zu erholen.

Ich gab mir viel Mühe mit dem Essen, holte essbare Blüten aus dem Garten und garnierte damit den bunten Salat, den ich mit Olivenöl, Balsamico und Kräutern abrundete. Um zu prüfen, ob der Salat schmeckte, naschte ich ein paar Gabeln und war zufrieden.

Mit pochendem Herzen betrat ich das Esszimmer, das von der Sonne hell erleuchtet war. Während ich den langen Kulissentisch eindeckte, kam Herr Blatter durch die Tür gerollt.

«Es ist angerichtet. Ich wünsche Ihnen einen guten Appetit.» Ich richtete das Besteck und schob einen Stuhl zur Seite.

«Dankeschön. Ich brauche eine halbe Stunde zum Essen. Um 14.30 Uhr können Sie abräumen.»

«Gut. Falls Sie noch etwas brauchen …»

«Danke, ich habe alles», antwortete er in einem unfreundlichen Ton, der mich zusammenzucken ließ.

Leise schloss ich die Tür hinter mir und war etwas enttäuscht, dass der Hausherr sich mir gegenüber äußerst distanziert verhielt. Aber was erwartete ich auch? Ich war seine Haushälterin und nicht seine Gesellschafterin.

Nach einer halben Stunde fand ich ein leeres Esszimmer vor, räumte ab und brachte die Küche in Ordnung, als Frau Reimers von der Apotheke kam und bunte Tabletten in ein Kästchen sortierte.

«Ist Herr Blatter sehr krank?», versuchte ich mehr über meinen Arbeitgeber herauszubekommen, der offensichtlich sehr zurückgezogen lebte.

«Er hatte einen Schlaganfall. Eigentlich könnte er wieder laufen, wenn er trainieren würde, aber er lässt sich gehen und hat leider keinen Lebensmut, keinerlei Motivation. Ich habe ihm eine sehr gute Physiotherapeutin empfohlen, aber bisher hat er ihre Dienste nicht in Anspruch nehmen wollen. Er sträubt sich gegen jegliche Maßnahmen, die zu seiner Genesung beitragen würden und ich fürchte, dass er seine Tabletten nicht schluckt.» Sie hielt eine rote Tablette in die Höhe und legte sie ins Kästchen. «Tja, was soll man da machen?» Sie ging an den Kühlschrank, griff nach einer Milchtüte, schenkte sich ein großes Glas ein und trank hastig.

«Warum ist er so frustriert?», wollte ich wissen und setzte mich zu der Pflegerin, die einen lustigen Milchbart hatte, den sie mit einer Serviette fortwischte.

«Zwei Tage vor seinem Schlaganfall ist sein Sohn auf dem Weg von Hamburg nach Sylt auf der Autobahn tödlich verunglückt. Niels war sein einziges Kind. Das Tragische ist, dass Herr Blatters Frau ein Jahr zuvor ebenfalls bei einem Autounfall ums Leben gekommen ist.» Frau Reimers spülte das Glas aus und setzte sich wieder zu mir.

«Das ist sehr traurig. Ich kann nachvollziehen, dass er keinen Lebensmut mehr hat. Hat er noch weitere Angehörige?»

«Nicht, dass ich wüsste. Sein Bruder starb vor sechs Jahren an Krebs, sein Cousin stürzte mit dem Helikopter ab, als er dreißig war und seine Schwägerin starb bei der Geburt ihres einzigen Sohnes, der schwerbehindert war und mit zehn Jahren verstarb. Es sieht ganz so aus, als wenn ein Fluch über der Familie liegen würde. Da hat Herr Blatter das Glück, so ein schönes Haus in bevorzugter Lage zu besitzen und dann schüttet das Schicksal so viel Pech über ihn aus.»

«Meine Güte.» Ich musste an meine Mutter denken und spürte eine brennende Angst in meiner Brust, dass ihr auch etwas zustoßen könnte. Sonja war meine Familie und wenn sie nicht mehr ist ... Daran mochte ich nicht denken.

«Diese wunderschöne Villa und sein Geld sind für Herrn Blatter bedeutungslos geworden. Ich habe das Gefühl, dass er seiner Frau und seinem Sohn folgen möchte, aber irgendetwas hält ihn noch am Leben», vermutete die Pflegerin, die sich ihre rot lackierten Nägel betrachtete.

«Vielleicht ist es Sylt? Die unglaubliche Schönheit der Insel und die Kraft des Meeres, das Hoffnung anspült», spekulierte ich und empfand Mitleid mit dem einsamen Mann, der seine Familie viel zu früh verloren hatte und vermutlich einsam und traurig war.

«Vielleicht. Ich muss mich jetzt um den Patienten kümmern. Ich glaube, dass sich auf dem Dachboden Mäuse herumtreiben. Vielleicht könnten Sie nachsehen, ob Sie Mäusekot finden. Besorgen Sie doch Mausefallen, damit sie dort oben nicht alles anknabbern.»

«Das werde ich erledigen. Ich habe bereits alle Zimmer fertig geputzt und weiß ehrlich gesagt nicht, was ich noch machen kann.»

«Um 18 Uhr isst Herr Blatter Abendbrot. Haben Sie schon alles besorgt? Im Ort gibt es einen Bioladen, in dem es alles gibt.»

«Ja, das steht auf der Liste, dass ich dort einkaufen soll.»

«Ich muss jetzt los und komme heute Abend noch mal vorbei.»

Nachdem die Küche blitzeblank war, ging ich auf den dunklen Dachboden, der mit zahlreichen Kartons und antiken Möbeln vollgestellt war.

Mit meiner Handylampe suchte ich den Lichtschalter und warf einen Blick aus dem verstaubten Eulenauge, das nicht viel Licht in den kalten Raum ließ. Von hier oben hatte man eine fantastische Aussicht auf die Wattlandschaft. Unerschrocken leuchtete ich in die Ecken und suchte nach Kotspuren, die ich tatsächlich auch fand. Ich hörte ein leises Rascheln, das aus einem Karton kam und vermutete, dass die Maus sich dort versteckt hielt. Zwar gehörten die Nager nicht zu meinen Lieblingstieren, aber Angst hatte ich keine. In dem ausgeblichenen Karton lagerten alte Bücher, Kerzenleuchter und Fotos. Das verschreckte Mäuschen hockte in einer Ecke und schaute mich direkt an. Es sah so aus, als wenn es mir sagen wollte: «Bitte tu mir nichts!»

Ich flüsterte: «Keine Sorge, ich werde dich nicht töten, aber du hast hier nichts zu suchen.» Mit einer schnellen Bewegung stülpte ich einen Topf über das Tier und setzte es im Garten aus. Mission erfolgreich erfüllt! Während ich den Karton wieder einräumte, stieß ich auf einen Stapel Fotos. Ich gab meiner Neugier nach und setzte mich unters Fenster, um mir die Bilder anzusehen. Die Aufnahmen stammten von der Insel. Es waren hauptsächlich Landschaftsaufnahmen, die ihre Farbe verloren hatten. Ein Foto erregte meine Aufmerksamkeit. Ich schaltete meine Handylampe an und war verblüfft. Eine junge Frau, die wie meine Mutter aussah, stand neben einem gut aussehenden Mann, der ihren Arm um sie gelegt hatte. Das Bild war vermutlich am Sylter Strand aufgenommen worden.

«Das kann nicht sein! Die Frau sieht aus wie Sonja», flüsterte ich aufgeregt und schaute auf die Rückseite auf der stand: Sommer 1991. Ich erinnerte mich daran, dass meine Mutter mir erzählt hatte, dass sie ein einziges Mal auf Sylt gewesen ist. Ich konnte mich jedoch nicht daran erinnern, in welchem Jahr das war.

Aufgewühlt kramte ich nach weiteren Bildern und fand zahlreiche Aufnahmen von dem gut aussehenden Mann, der die Frau, die meiner Mutter stark ähnelte, umarmte. Meine Vermutung war, dass es sich um Niels, den verunglückten Sohn handelte. Mein Herz pochte wild. Obwohl ich kein Recht dazu hatte, nahm ich das Foto an mich und versteckte es zwischen meiner Wäsche. Ich musste unbedingt mit meiner Mutter über das Foto reden!

Mit einem mintgrünen Damenrad, an dem ein großes Körbchen am Lenker befestigt war, fuhr ich zum Bioladen, der sehr gut sortiert war. Nach dem Erlebnis auf dem Dachboden war ich derartig durcheinander, dass ich fast die Hälfte vergaß und umkehren musste, um eine Aubergine und Zitronen nachzukaufen.

Herr Blatter hatte mir eine Liste für die anstehende Woche gemacht, was ich wann kochen sollte. Die Rezepte fand ich in einem Ordner. Ich war froh, dass ich mir keine Gerichte ausdenken musste, was mir die Arbeit erleichterte.

Weil meine Gedanken beim Kochen abschweiften, brannten mir die Zwiebeln an, sodass ich neue schneiden musste und in Zeitverzug geriet. Das Essen sollte pünktlich auf den Tisch stehen! Als ich schweißgebadet auf die Uhr schaute, war es fünf nach sechs. Eine leichte Panik, dass Herr Blatter mich rausschmeißen könnte, überfiel mich und ich ärgerte mich über mein schlechtes Zeitmanagement.

Der Hausherr saß bereits mit einem mürrischen Gesichtsausdruck am Esstisch, als ich mit dem schweren Tablett und Schweiß auf der Stirn das Zimmer betrat.

«Entschuldigen Sie bitte die Verspätung aber …» Mir fiel keine überzeugende Ausrede ein. Ich deckte hektisch den Tisch, auf dem eine weiße Damasttischdecke lag.

«Ich wünsche Ihnen guten Appetit.» Ich blieb kurz an der Tür stehen.

«Danke.» Mehr kam nicht von dem Mann, der sich einigelte und offensichtlich keine Freude mehr am Leben hatte. Geräuschlos schloss ich die Tür und verzog mich in die Küche, in der Frau Reimers sich eine Banane schälte und darauf wartete, Herrn Blatter für die Nacht vorzubereiten.

«Ich glaube, dass ich Herrn Blatter verärgert habe. Ich kam mit dem Abendessen fünf Minuten zu spät», erklärte ich mit erröteten Wangen und ließ mich auf einem Küchenstuhl nieder.

«Oh, das ist nicht gut. Er wartet äußerst ungern, aber keine Sorge, deswegen werden Sie den Job nicht gleich verlieren», beruhigte sie mich und packte die Bananenschale in eine Tüte.

«Sie können die Schale auch hier entsorgen.»

«Die hebe ich auf. Wissen Sie, was man mit einer Bananenschale alles anstellen kann?»

«Nein kann man daraus Kaffee machen?»

«Vielleicht auch das. Die wertvolle Schale macht nicht nur schön, sondern man kann sie auch als Blumendünger nutzen oder Lederschuhe, Besteck und Möbel damit aufpolieren. Auch die Zähne bekommt man damit heller und sie helfen bei Insektenstichen.»

«Tatsächlich? Das wusste ich nicht. Dann werde ich sie zukünftig nicht mehr achtlos in den Müll werfen. Sagen Sie, warum ist meine Vorgängerin gegangen?»

«Wollen wir uns vielleicht duzen? Ich bin Ingeborg. Die meisten sagen Inge, und das kannst du auch tun. Wenn wir von Herrn Blatter sprechen, können wir Jo sagen. Eigentlich heißt er Joachim Gustav, aber das ist mir persönlich etwas zu lang.»

«Ja gern. Ich bin Carlotta, aber alle nennen mich Carla», sagte ich erfreut.

«Also, deine Vorgängerin … sie war ein bisschen zu geschwätzig. Das kann Jo gar nicht leiden.»

«Verstehe!» Wenn ich meinen Mund hielt, hatte ich also gute Chancen, nicht rausgeworfen zu werden.

«Hast du Spuren einer Maus gefunden?» Inge steckte sich die restliche Banane in den Mund und kaute lange, bevor sie den Brei herunterschluckte.

«Ja, ich habe sogar die Maus gefunden und sie gefangen», berichtete ich mit Stolz und musste erneut an das mysteriöse Foto denken.

«Lebend?»

«Ja, sie saß in einem Karton und war ganz verschreckt. Ich habe sie fangen können.»

«Ich muss jetzt zu Jo. Du bist ja nach dem Abwasch fertig für heute. Ich wünsche dir einen schönen Abend.»

«Danke. Ebenfalls.»

Pippa brauchte dringend Auslauf. Tagsüber hatte ich es nicht geschafft, mit ihr eine größere Runde zu drehen. Als ich den breiten Strand betrat, ging mein Herz sofort auf. Ich atmete viel bewusster und hätte die Insel vor lauter Freude umarmen können.

Zwar zeigte sich der Himmel bedeckt und das Meer trug eine dunkle Farbe, dennoch genoss ich die Zeit im Freien und den Wind, der mir kräftig ins Gesicht blies.

In meinem Kopf verhakten sich einige Fragezeichen. Warum war Sonja nicht mehr zu erreichen? War die Frau auf dem Foto tatsächlich meine Mutter? Konnte ich es Herrn Blatter auf Dauer recht machen?

Als ich durchgefroren mein Häuschen erreichte, kochte ich mir eine Kanne Tee, setzte mich auf den Schaukelstuhl, der zu meinem Lieblingsplatz wurde, und rief Laura an.

«Hi Laura! Hast du was von Sonja gehört?»

«Nein, sonst hätte ich mich bei dir gemeldet.»

«Ich verstehe einfach nicht, warum sie nicht erreichbar ist. Das ist komisch. Ich mache mir Sorgen. Zudem ist heute etwas sehr Merkwürdiges passiert.»

«Was denn?»

«Ich habe in dem Haus, in dem ich arbeite, auf dem Dachboden ein Foto gefunden, auf dem eine Frau ist, die wie Sonja aussieht.»

«Bist du dir sicher?»

«Ja, ich weiß doch, wie meine Mutter als junge Frau ausgesehen hat. Auf der Rückseite des Fotos steht 1991.»

«Sonja hat mir mal erzählt, dass sie vor langer Zeit auf Sylt gewesen ist, aber mehr weiß ich auch nicht.»

«Das hat sie mir auch gesagt, als ich ihr berichtete, dass ich nach Sylt gehe.»

«Das ist ja verrückt. Hast du Herrn … wie heißt dein Arbeitgeber noch?»

«Herr von Blatter.»

«Hast du ihm das erzählt?»

«Nein natürlich nicht. Ich kann ihm doch nicht sagen, dass ich in seinen Kisten geschnüffelt habe.»

«Ja stimmt.»

«Auf dem Foto wird Sonja von einem gut aussehenden Mann umarmt. Ich vermute, dass es der Sohn von Herrn Blatter ist. Er ist vor zwei Jahren tödlich verunglückt.»

«Sag mal Carla, hast du was genommen oder ist dir die frische Luft zu Kopf gestiegen?»

«Du weißt, dass ich sämtliche Drogen verabscheue. Ich weiß, dass das alles total verrückt klingt, aber es ist wirklich genauso, wie ich es dir gerade gesagt habe.»

«Manchmal schreibt das Leben komische Geschichten …»

«Allerdings. Ich melde mich, sobald ich etwas von Sonja gehört habe. Am liebsten würde ich sofort nach Ibiza fliegen, aber ich will den Job nicht verlieren.»

«Mach dir keine Gedanken. Es wird schon alles gut sein. Vielleicht hat Sonja ihr Handy verloren oder einfach nur keinen Empfang.»

Als ich mich mit einem unguten Gefühl ins Bett legte und zum hundertsten Mal auf mein Handy schaute, sah ich, dass ich eine Nachricht von einem mir unbekannten Kontakt bekommen hatte.

Hellwach las ich die Nachricht: «Hallo Carlotta, nach langem Bitten hat Elodie mir deine Nummer gegeben. Es tut mir im Nachhinein sehr leid, dass ich deinen Kuss, der sehr schön gewesen ist, nicht erwidert habe. Wenn du noch Interesse an mir und meinem Mund hast, würde ich mich sehr freuen, wenn wir uns wiedersehen. Liebe Grüße aus dem schönen Hamburg Paul». Hinter den überraschenden Zeilen hüpfte ein Emoji.

Mein Herz pulsierte kräftig. Ich war erfreut über Pauls Nachricht, mit der ich absolut nicht gerechnet hatte und versuchte, mir sein hübsches Gesicht ins Gedächtnis zu rufen. Vor allem seine wunderschönen Murmelaugen ...

Ich war erleichtert, dass ihn meine ungestüme Art, die ich üblicherweise nicht an den Tag legte, nicht verschreckt hatte. Nachdenklich streichelte ich Pippa, die neben mir lag und mich aus müden Augen anschaute. Sie hatte sich an dem weitläufigen Strand verausgabt.

«Was soll ich Paul antworten?», fragte ich meinen Liebling, der mir alles bedeutete.

Pippa hielt ihren Kopf schief und ich drückte ihr einen Kuss in ihr weiches Fell.

Dreimal las ich Pauls Zeilen, ehe ich ihm schrieb: «Hallo Paul, ich bin zwar etwas sauer auf Elodie, dass sie dir meine Nummer gegeben hat, aber habe mich über deine Nachricht sehr gefreut. Auf Justus' Party war ich ziemlich angetrunken und nicht mehr Frau meiner Sinne. Wie du weißt, bin ich auf Sylt und somit ist ein spontanes Treffen gerade nicht möglich, aber wenn ich in Hamburg bin, melde ich mich. Liebe Grüße Carlotta.»

Ich schickte meine Nachricht, die ich ebenfalls mit Emojis aufpeppte, zögerlich ab. Danach war ich so aufgedreht, dass ich noch bis nach Mitternacht Fernsehen guckte. Zwischendurch nahm ich das fragwürdige Foto in die Hände und versuchte, mit Hilfe einer Leselupe herauszufinden, ob es sich bei der Frau um Sonja handeln könnte.

NEUN

Am nächsten Morgen wurde ich vom böigen Wind, der an den Fensterläden rüttelte, unsanft aus dem Schlaf geholt. Dicke Wassertropfen zierten das Fensterglas, was meine Lust, aus dem warmen Bett zu schlüpfen, nicht besonders anregte. Mein erster Griff ging zum Handy. Noch immer keine Nachricht von Sonja, dafür hatte Paul sich ein weiteres Mal gemeldet. «Liebe Carlotta, ich hoffe, dass du bald in Hamburg sein wirst. Ansonsten wünsche ich dir viel Erfolg bei der Findungssuche. Lieber Gruß Paul.»

Beglückt warf ich das Handy aufs Bett und genoss die Regendusche.

Inge saß bereits in der Küche und sortierte bunte Tabletten, als ich zur Arbeit erschien.

«Guten Morgen. Hast du gut geschlafen?», wollte sie wissen und schenkte sich Milch ein. Wusste sie nicht, dass Kuhmilch ungesund ist?

«Danke sehr gut. Das Wetter sieht heute zum Fürchten aus. Pippa weigerte sich vor die Tür zu gehen.»

«Am Nachmittag soll zumindest der Regen aufhören. Ich muss jetzt zu Jo und ihm beim Duschen helfen. Wir sehen uns später.»

Ich schaltete das Radio ein, wackelte zur Reggae Musik mit dem Hintern und bereitete das Frühstück vor. Um frische Minzblätter zu holen, ging ich ohne Schirm und Jacke nach draußen und war in null Komma nichts klitschnass. Ich trocknete mich in der Küche mit einem Geschirrhandtuch ab und betrat pünktlich das Esszimmer, um den Tisch zu decken. Kurz bevor ich fertig war, erschien Herr Blatter. Er duftete nach einem herben Rasierwasser und zeigte ein flüchtiges Lächeln.

«Guten Morgen Herr von Blatter», begrüßte ich ihn begleitet von einem breiten Lächeln. Ich vermied es, ihm Fragen zu stellen oder Floskeln loszulassen, um mich nicht unbeliebt zu machen.

«Guten Morgen Frau Buchbinder. Danke für das Frühstück.»

Er rollte sich an den Tisch und betrachtete die Melonenkugeln, die ich mit einem Eisportionierer hergestellt hatte. Ich gab mir große Mühe, damit ich den guten Job wenigstens für ein paar Wochen behalten konnte.

Ich verzog mich in die Küche und aß mit Inge einen Obstsalat.

«Heute hat Jo gute Laune», meinte sie und bewunderte meine Melonenkugeln.

«Was macht er den ganzen Tag?», wollte ich wissen und blickte aus dem Fenster in die verregnete Landschaft.

«Er liest oder sitzt einfach nur in seinem Sessel und schaut aufs Meer hinaus.»

«Was hat er denn früher gemacht?»

«Er war Literaturprofessor an der Hamburger Universität.»

«Ah, darum hat er so viele Bücher. Ich lese auch sehr gern, aber kam in den letzten Monaten kaum noch dazu.»

«Ich bin zu Hörbüchern übergegangen. Die kann ich neben der Hausarbeit oder im Auto hören.»

«Das ist auch nicht schlecht, aber ich mag lieber ein Buch in den Händen halten, möchte die Wörter sehen und Seiten umschlagen.»

«Wollen wir heute Abend zusammen essen gehen?», schlug Inge mir vor und schenkte sich noch mehr Milch ein.

«Ja, sehr gern.»

In der Mittagspause überlegte ich, wer Sonjas Freund Pepe kennen könnte, um seine Handynummer in Erfahrung zu bringen. Ich rief drei Bekannte meiner Mutter an, die Pepe jedoch auch nicht kennengelernt hatten. Es blieb mir nichts anderes übrig, als abzuwarten.

Da alle Zimmer staubfrei und ordentlich waren, hatte ich bis zum Mittag nicht viel zu tun. Ich fuhr mit dem Fahrrad zum Bioladen und schlenderte durch Kampen, betrachtete mir mit offenem Mund die Auslagen der Luxusgeschäfte und träumte davon, einmal im Leben ein Gucci Kleid und Schmuck von Cartier zu tragen.

Beim Zubereiten des Mittagessens legte ich mich wieder ins Zeug. Ich schnitzte aus Radieschen Blumen, malte mit Balsamico Schnörkel auf die schlichten weißen Teller und dekorierte den Salat mit essbaren Blüten. Das Ergebnis konnte sich sehen lassen. Überpünktlich deckte ich den Tisch und wartete, bis Herr Blatter ins Esszimmer kam.

Er begrüßte mich höflich, verschwendete jedoch kein weiteres Wort, sodass ich mich zurückzog.

Als ich nach einer halben Stunde den Tisch abräumen wollte, saß er noch im Esszimmer, was mich überraschte.

«Das Essen hat ausgezeichnet geschmeckt und ich weiß ihre Mühe, die sie sich mit dem Anrichten der Speisen machen, zu schätzen. Das Auge isst ja bekanntermaßen mit.»

«Das freut mich. Herr von Blatter, ich … wollte Sie fragen, ob ich noch etwas tun kann. Ich habe alle Räume gesäubert und …»

«Da wäre noch eine Sache … Kommen Sie bitte mal mit.»

Ich folgte dem Rollstuhl in schnellen Schritten.

Vor einer stets abgeschlossenen Tür blieb er stehen und wartete eine Weile, bis er mir erklärte: «Das ist das Zimmer meines Sohnes, der vor zwei Jahren … verstorben ist. Ich würde Sie bitten, die Kleidung aus den Schränken zu entfernen und sie zur Sozialstation zu fahren.»

«Gut, das werde ich tun.»

Ich stellte keine Fragen, obwohl ich mich gern mit Herrn Blatter unterhalten hätte.

«Sie können Ihren Hund gerne mitnehmen, wenn Sie im Haus arbeiten. Ich habe nichts dagegen», schlug er mir überraschenderweise vor.

«Danke. Das wird Pippa freuen.»

«Zum Abendbrot würde ich heute gern geräucherten Fisch essen.» Sein Ton wurde sanfter und ich vermutete, dass er langsam auftaute.

«Ich werde welchen besorgen.»

Kurzentschlossen rief ich Inge an, um in Erfahrung zu bringen, wo ich den besten Fisch bekam. Mit meinem Auto und Pippa machte ich mich auf den Weg nach List.

Wattige, weiße Wolken hingen über der Insel und ließen nur ab und zu ein paar Sonnenstrahlen auf die Erde fallen. Begeistert schaute ich während der Fahrt links und rechts aus dem Fenster. Es war eine gute Entscheidung gewesen, den Job zu machen. Zudem vermisste ich weder Hamburg noch meine kleine Dachwohnung, in der es im Sommer unerträglich heiß werden konnte.

Gierig verschlang ich zwei Fischfrikadellen und beobachtete die kreischenden Möwen, die am Himmel herumlungerten und sich zum Teil trauten, den Menschen das Essen streitig zu machen.

Bevor ich mich ans Kochen machte, ging ich in das Zimmer von Herrn Blatters Sohn, um die Kleidung in große Säcke zu packen.

Ich hatte meine Neugier nicht im Griff. Meine Finger machten sich an der Schublade eines Sekretärs zu schaffen, obwohl sie dort nichts zu suchen hatten. Vielleicht fand ich hier noch weitere Fotos? Als ich ein Geräusch im Flur hörte, griff ich rasch nach einem Hemd und beendete das Schnüffeln, das sich nicht gehörte.

Es bereitete mir Spaß, in der geräumigen Küche zu werkeln. Ich überlegte, wie ich den Fisch nett anrichten konnte. In einer Vitrine im Esszimmer fand ich wunderschönes Geschirr, das ich mich jedoch nicht traute zu nehmen. Ich hatte noch so viele Fragen an den Hausherrn, aber hielt mich zurück.

Pünktlich servierte ich das duftende Essen. Herr Blatter lächelte mich an, als er ins Zimmer trat.

«Das sieht fantastisch aus. Vielen Dank. Den Fisch müssen Sie unbedingt probieren. Mögen Sie Fisch?»

«Ja sehr gern sogar. Ich wünsche Ihnen einen guten Appetit.»

«Danke. Haben Sie die Kleidung schon aus Niels' Zimmer geräumt?»

«Ja, das habe ich und morgen werde ich die Sachen wegbringen.»

«Sehr gut.»

Ich setzte mich zu Inge in die Küche, die in einer Inselzeitung las und ihre Milch trank.

«Schau dir mal diese abgedrehten Immobilienpreise an.» Sie tippte mit ihrem langen roten Nagel auf ein prächtiges Reetdach Haus, das mehrere Millionen kosten sollte.

«Verrückt! Wenn ich hier nicht wohnen könnte, hätte ich vermutlich auch nichts gefunden.»

«Das denke ich auch. Du hast so gesehen einen Spitzenjob. Du kannst nur hoffen, dass Jo noch lange lebt.»

«Er hat heute sogar ein paar Worte mit mir gewechselt. Zudem sollte ich die Kleidung seines Sohnes ausräumen.»

«Ach! Das wundert mich jetzt aber. Er geht mehrmals am Tag in Niels' Zimmer. Dass er sich jetzt von der Kleidung trennt …»

«Irgendwann muss man loslassen», antwortete ich und musste an meine Mutter denken, von der ich nicht wusste, ob es ihr gut ging.

Inge klopfte an meine Terrassentür, sodass Pippa aufgeregt bellte. Ich freute mich auf einen unterhaltsamen Abend, da Herr Blatter sich nicht sehr gesprächig zeigte. Inge hatte sich schick gemacht. Sie trug eine groß gemusterte Bluse und einen Bleistiftrock, der nur kleine Schritte zuließ. Sie war eine burschikose Frau, die sich nicht die Butter vom Brot nehmen ließ.

Wir fuhren mit ihrem Wagen, der schon ein paar Jahre auf dem Buckel hatte und sich anhörte, als müsste man am Auspuff etwas machen.

«Das Restaurant ist einfach, aber das Essen ist ausgezeichnet und die Preise noch bezahlbar.»

Beim Einparkmanöver touchierte der Vorderreifen mehrmals den Bordstein, was Inge stoisch ignorierte.

Fröstelnd steuerten wir auf ein einfaches, mit Reet gedecktes Haus zu, in dem Kerzen in den Fenstern flackerten. Der Gastwirt kannte Inge offensichtlich gut, denn sie umarmten sich. Wir bekamen einen kleinen Tisch am Fenster. Interessiert sah ich mich um und freute mich auf ein gutes Essen. Unzählige maritime Dekorationsobjekte hingen an den Wänden oder standen auf der Fensterbank. Es duftete nach Speck und Zwiebeln.

«Du solltest die Scholle mit Krabben und Bratkartoffeln probieren», meinte Inge und warf einen Blick auf ihr Handy, bevor sie es in der Handtasche verschwinden ließ.

«Das hört sich gut an. Das nehme ich.»

Während wir an einem Alsterwasser nippten und auf das Essen warteten, erzählte Inge mir ihr Leben, das holprig verlaufen war. In Köln geboren, wuchs sie bei Pflegeeltern auf, die kurz nacheinander starben, als sie eine Ausbildung begann. Sie heiratete mit neunzehn Jahren, erlitt eine Fehlgeburt und trennte sich nach nur zwei Jahren von ihrem gewalttätigen Mann. Danach zog sie nach Flensburg, wo sie ihren zweiten Mann, der zwei Jahre nach ihrer Hochzeit an einem Hirntumor verstarb, kennengelernt hatte. Direkt nach dem tragischen Tod ihres Mannes zog sie nach Sylt, wo sie ihre jetzige Stelle bei einem Pflegedienst antrat.

«Ich möchte nicht mehr weg von der Insel», sagte sie nachdenklich.

«Das kann ich sehr gut nachempfinden. Ich hoffe, dass ich eine Weile hierbleiben kann.»

«Jo hat mir heute Morgen von deinem Essen vorgeschwärmt. Das hat er bei deinen Vorgängerinnen nie getan. Ich glaube, dass er von dir ziemlich angetan ist.»

«Ich halte mich an die Regeln und gebe mein Bestes.»

Das Essen wurde serviert. Meine Güte, waren das Portionen! Ich war doch kein Bergarbeiter.

«Warum hast du mich nicht gewarnt. Das ist viel zu viel!»

«Das wirst du schon schaffen und kannst es gut vertragen.»

Und ich schaffte das köstliche Essen tatsächlich und lehnte mich satt und zufrieden zurück. Meine Hände ruhten auf dem vollen Bauch.

«Und nun trinken wir noch einen Klaren. Das hilft beim Verdauen.»

«Wie du meinst.»

Der Korn brannte in meiner Kehle und ich spürte, dass mich eine bleierne Müdigkeit übermannte. Es war bereits nach 22 Uhr. Wir teilten uns die Rechnung und verließen in einem heiteren Zustand das gemütliche Lokal. Ich war froh, dass ich Anschluss gefunden hatte und konnte mir gut vorstellen, mit Inge mehr zu unternehmen, auch wenn sie viel älter war als ich.

Das Essen lag mir in der Nacht schwer im Magen, sodass ich nicht einschlafen konnte.

ZEHN

Am nächsten Morgen weckte mich Pippa. Schlaftrunken öffnete ich die Terrassentür und ließ sie in den Garten laufen, wo sie gegen einen Buchsbaum pieselte. Wenn Jo das gesehen hätte, hätte ich sofort meine Koffer packen können.

Inge saß bereits in der Küche und hatte uns Kaffee gekocht, als ich müde meine Arbeit antrat.

«Guten Morgen. Du hast aber noch kleine Augen», meinte sie und reichte mir eine dampfende Tasse.

«Mit den zwei Schollen im Bauch konnte ich schlecht schlafen.»

Während sie Jo bei der Morgenwäsche half, bereitete ich das Frühstück vor und schob mir ein paar Erdbeeren in den Mund. Pünktlich stellte ich das Frühstück auf den Tisch und wartete, bis Herr Blatter erschien. Er trug ein weißes Hemd und schien gut gelaunt zu sein.

«Guten Morgen Frau Buchbinder. Haben Sie sich schon eingelebt?»

«Guten Morgen. Ja, ich fühle mich außerordentlich wohl und bin bereits verliebt in die Insel. Auch das Gästehaus ist zum Wohlfühlen.»

«Das freut mich. Danke für das Frühstück. Es ist wieder eine Augenweide. Haben Sie als Köchin gearbeitet?»

«Nein, aber mir macht Kochen Spaß. Haben Sie heute noch Aufgaben für mich?»

«Da wäre etwas, was Sie tun könnten. Ich möchte die Bücher in der Bibliothek neu sortieren.»

«Ich bewundere Ihre Sammlung. Ich habe zwar auch einige Bücher, aber so viele …»

«Lesen Sie auch gerne? Was lesen Sie denn? Setzen Sie sich doch kurz zu mir.»

Ich war überrascht und wusste nicht, welchen der zehn Stühle ich nehmen sollte. Da ich vermutete, dass Herr Blatter Abstand halten wollte, wählte ich den Platz am äußersten Tischende.

«Am liebsten habe ich die alten Klassiker, aber ich lese auch gern Romane von neuen Autoren. Bücher, die mir gefallen, lese ich mitunter dreimal. Es gibt Werke, deren Seiten mir seit vielen Jahren vertraut sind und mir aus der Seele sprechen. Einige Geschichten kenne ich auswendig», plapperte ich los und musste mich bremsen.

Herr Blatter sah mich schmunzelnd an und nickte. «Genauso geht es mir auch. Ich habe mich mein ganzes Leben lang mit Literatur beschäftigt. Es ist mein Hobby und war meine Arbeit, die ich mit großer Begeisterung ausgeübt habe.»

«Was für ein Zufall! Ich habe auch ein paar Semester Literaturwissenschaften studiert, aber leider habe ich das Studium abgebrochen.»

«Das ist sehr schade. Warum haben Sie das getan, wenn ich fragen darf?»

«Das kann ich Ihnen nicht so genau sagen. Mich interessierten damals viele Themen und ich dachte, dass ich mit einem anderen Studienfach bessere berufliche Chancen gehabt hätte. Im Nachhinein ärgere ich mich, dass ich das Studium nicht durchgezogen habe.»

«Aber Sie könnten das Studium doch wieder aufnehmen.»

«Ja, das könnte ich tun, aber nun bin ich schon so alt …»

Herr Blatter lachte herzhaft. «Sie und alt. Das ist ein guter Witz. Dann bin ich ja steinalt.»

Es war das erste Mal, dass ich ihn lachen sah, was mich zutiefst rührte.

«Dummerweise habe ich die letzten Jahre mit Jobs verplempert. Nun ist es schwer, da wieder rauszukommen», erklärte ich und zog ein betrübtes Gesicht.

«Es ist niemals zu spät für irgendwas und man ist nie zu alt, um etwas Neues zu wagen. Darf ich Ihnen einen Rat geben?»

Ich nickte.

«Dann schreiben Sie sich wieder ein.»

«Ich werde darüber nachdenken. Ich lasse Sie jetzt in Ruhe essen und werde die Küche machen. Danach kann ich in der Bibliothek anfangen.»

«Sehr schön. Dann können wir uns dort um zehn Uhr treffen.»

Als ich eine halbe Stunde später im Esszimmer abräumen wollte, war Herr Blatter fort. Ich sah ihn im Garten, an seinem Lieblingsplatz, von wo er auf das Meer hinausschaute. Konnte es ihm Trost spenden?

Ich freute mich, dass der Witwer mich mit einer anderen Aufgabe betraute, denn Putzen machte mir nicht viel Spaß.

Kurz vor zehn Uhr begab ich mich in die Bibliothek und wartete auf Herrn Blatter, der pünktlich angerollt kam.

«Da sind Sie ja schon. Ich möchte die Bücher nach dem Alphabet sortieren.»

«Oh, das werde ich heute aber nicht schaffen.»

«Das müssen Sie auch nicht. Wenn Sie Fragen haben, finden Sie mich in meinem Arbeitszimmer.»

«Gut, dann werde ich mal …»

Ich wusste nicht so recht, wie ich vorgehen sollte und stand unentschlossen vor den massiven Holzregalen, schob die Leiter an das erste Regal und holte die Bücher aus den obersten Fächern, die ich auf dem Boden ablegte.

Nach einer Stunde machte ich eine Pause, trank Wasser in der Küche und aß etwas Obst. Immer wieder warf ich nervös einen Blick auf mein Handy.

Ich konnte nicht anders und blätterte in Büchern, die ich nicht kannte und verlor mich in den Anfängen der fesselnden Geschichten. Bis zum Mittag hatte ich nicht viel geschafft und hoffte, dass Herr Blatter nicht enttäuscht von mir war.

Kurz bevor ich die Arbeit für diesen Tag ruhen lassen wollte, kam der Hausherr in die Bibliothek.

«Sie haben ja schon ein ganzes Stück geschafft.»

«Ich muss gestehen, dass ich es nicht lassen konnte, einen Blick in einige Bücher zu werfen und sie anzulesen», war ich ehrlich und klappte ein Buch zu, das ich besonders interessant fand.

«Wenn Sie mögen, suchen Sie sich ein paar Bücher aus. Ich kann Ihnen auch gern welche empfehlen.»

«Oh, das wäre sehr freundlich.»

Herr Blatter rollte von Regal zu Regal und zeigte auf seine Lieblingswerke, die ich auf einem Tisch ablegte. Am Ende waren es über ein Dutzend Bücher.

«Ich muss jetzt das Abendbrot vorbereiten.»

«Gut, und ich werde noch eine Runde durch den Garten fahren. Heute ist die Luft ungewöhnlich mild.»

«Ja, ein herrlicher Tag. Ich werde später noch mit Pippa an den Strand gehen.»

Während ich mich in die Küche verzog, blieb Herr Blatter in der Bibliothek und las vermutlich ein Buch, das er bereits kannte.

Sichtlich bewegt berichtete ich Inge, dass sich Jo länger mit mir unterhalten und eine neue Aufgabe gegeben hatte, die ich mit Begeisterung ausführte.

«Er mag dich offensichtlich.»

Herr Blatter saß bereits im Esszimmer, als ich pünktlich mit dem Tablett in den Raum trat, der in der Abendsonne in einem warmen Orange leuchtete.

«Heute habe ich einen Salat mit Mandarinen, Walnüssen und Staudensellerie zubereitet. Ich hoffe, dass Sie ihn mögen.»

«Das hört sich sehr gut an. Sie sind eine hervorragende Köchin.»

«Danke, aber ich kann nur einfache Gerichte zubereiten.»

Ich verteilte das Geschirr auf dem Tisch und bemerkte, dass er mich eingehend beobachtete, was mir unangenehm war.

«Ist es Ihnen nicht zu einsam? So ohne Freund und Familie?» erkundigte er sich und sah mir fest in die Augen. Erst jetzt fiel mir auf, dass wir dieselbe Augenfarbe hatten.

«Nein gar nicht. Ich genieße die Ruhe und das Alleinsein. Zudem habe ich ja Pippa.»

«Hunde sind die besseren Menschen. Wir hatten früher auch Hunde, aber jetzt ...»

«Jetzt möchten Sie keinen mehr?»

«Dafür bin ich zu alt. Ein Hund braucht viel Auslauf. Außerdem möchte ich nicht, dass der Hund mich überlebt. Für ein Tier ist es auch schwer, wenn sein Herrchen nicht mehr da ist.»

«Da haben Sie recht.» Ich rechnete aus, wie viele Lebensjahre Pippa noch vor sich hatte und mochte gar nicht an ihr Ableben denken.

«Haben Sie schon zu Abendbrot gegessen?»

«Nein noch nicht.»

«Wollen Sie mir Gesellschaft leisten?», bot er mir überraschend an.

«Oh ja, sehr gerne. Ich hole mir nur rasch Geschirr.»

Ich eilte in die Küche und war ganz aufgeregt.

«Jo möchte, dass ich ihm Gesellschaft leiste.»

«Das ist ja eine Ehre. Das hat er mir noch nie angeboten», meinte Inge pikiert. Ich hatte das Gefühl, dass sie neidisch war, weil ich in kurzer Zeit sein Vertrauen erworben hatte.

Herr Blatter wartete mit dem Essen, bis ich mich hingesetzt hatte. Es war ungewohnt, ihn dauerhaft lächeln zu sehen.

«Der Salat schmeckt köstlich. Den können Sie gern häufiger machen.»

«Das freut mich.» Ich hielt mich verbal zurück, obwohl ich viele Fragen an den Witwer hatte.

«Sie können Ihren Hund gern mitnehmen und müssen ihn nicht die ganze Zeit allein im Gästehaus lassen.»

«Pippa ist noch etwas ungestüm. Ich weiß nicht, ob es Ihnen gefallen wird, wenn sie durchs Haus tobt.»

«Mir gefällt es, wenn Leben im Haus ist. Früher ging es hier zu wie im Taubenschlag. Meine Frau liebte es, Bekannte und Freunde einzuladen und sie zu bekochen. Und auch mein Sohn hatte immer Freunde um sich.» Er bekam einen traurigen Gesichtsausdruck und verfiel in Gedanken. Die unvergesslichen Tage waren unwiederbringlich vorbei, konnten aber immerhin durch die Gedanken zurückgebracht werden. Die Tatsache, dass es niemals wieder so werden wird wie früher, konnte sehr wehtun und einen in Schwermut versetzen.

«Warum laden Sie keine Freunde ein?», wagte ich zu fragen.

Er überlegte und sagte: «Vielleicht, weil sie mich zu sehr an schöne Zeiten erinnern würden.»

Ich schwieg eine Weile und wollte das Thema wechseln, weil ich bemerkte, dass er melancholisch wurde.

«Welches Buch lesen Sie gerade?» Bücher waren seine große Leidenschaft und konnten ihn gewiss ein wenig von seinen traurigen Gedanken ablenken.

«Ein großartiges Werk von einer jungen, brillanten Nachwuchsautorin …»

Seine Augen fingen auf einmal an zu leuchten, seine Stimme wurde fester und er war ganz in seinem Element, als wenn er in einem voll besetzten Hörsaal stehen würde.

Ich hatte das erste Mal die Gelegenheit, mir den Witwer genau anzusehen. Betrachtete mir seine Nase, die markant war, seine blaugrünen Augen, sein volles graues Haar, seine buschigen Augenbrauen und seine gepflegten Hände, an dem ein Ehe- und ein Siegelring steckten.

«Von der Autorin habe ich gehört, aber noch nichts gelesen.»

«Sobald ich das Buch durchhabe, werde ich es Ihnen geben.»

«Sehr gern. Ich werde jetzt abräumen und dann noch eine Runde mit Pippa laufen, bevor es dunkel wird. Ich wünsche Ihnen eine gute Nacht.»

«Danke, dass Sie mir Gesellschaft geleistet haben.»

Inge hatte die ganze Zeit über in der Küche gewartet.

«Habt ihr euch solange unterhalten? Es ist schon spät. Ich habe nachher noch einen Patienten», zischte sie mich vorwurfsvoll an.

«Tut mir leid. Wir haben uns angeregt über Literatur unterhalten.»

Schnaubend machte sie sich auf den Weg ins Schlafzimmer und war sichtlich wütend, weil wir ihren Zeitplan durcheinandergebracht hatten.

Es war ein herrlicher Abend. Die untergehende Sonne versetzte den Himmel und das Meer in prächtige Farben. Ich zog meine Schuhe aus und lief über den kühlen feinen Sand. Es waren noch eine Menge Leute unterwegs, die die herrliche Abendstimmung genossen.

Ich war erfreut, dass Herr Blatter sich mit mir unterhielt, dass er sich für mich interessierte und offensichtlich jemanden suchte, dem er sein Herz ausschütten konnte.

Als ich vom Strand, der mein Wohlfühlort geworden war, zurückkehrte, stellte ich fest, dass mich jemand aus dem Ausland angerufen und eine Sprachnachricht hinterlassen hatte.

«Hallo Liebes, sorry, dass ich mich nach dem letzten Telefonat nicht mehr gemeldet habe. Mir geht es sehr gut. Wir machen eine digitale Entgiftung, die unglaublich guttut. Du solltest es auch mal probieren. Es ist traumhaft hier und mir geht es besser denn je. Pepe passt perfekt zu mir. Ich hoffe, dass es dir auf Sylt gefällt? Ich werde mich jetzt eine längere Zeit nicht melden können, aber schicke dir Postkarten. Ganz wie früher! Ich würde mich freuen, wenn du mir auch schreibst. Dicken Kuss Deine Ma.»

Leider hatte sie vergessen, ihre Adresse anzugeben, sodass ich ihr nicht antworten konnte. Erleichtert ließ ich mich aufs Sofa plumpsen und informierte sogleich Laura, die sich auch Sorgen gemacht hatte. Was für Ängste und absonderliche Träume hatten mich in den letzten Tagen geplagt. Nun war ich beruhigt und konnte mich auf meine Arbeit und Zukunftspläne konzentrieren. Ich schnappte mir ein Buch, das ich aus der Bibliothek mitgenommen hatte und las mehrere Stunden, bis ich müde in die Kissen fiel.

ELF

Pippa weckte mich, bevor der Wecker sich meldete. Gut gelaunt ging ich an den Strand und machte mich rechtzeitig an die Arbeit. Ich holte Kräuter aus dem Gewächshaus und sah nach den Erdbeerpflanzen, die bereits Früchte angesetzt hatten. In einer Ecke des Gartens entdeckte ich Johannisbeer-, Brombeer- und Himbeersträucher, die sicherlich eine reichhaltige Ernte brachten.

«Mich hat es heftig erwischt», erklärte Inge mit heiserer Stimme.

«Du siehst nicht gut aus. Hast du Fieber?»

«Keine Ahnung. Ich muss ja trotzdem arbeiten.»

«Ich kann mich um Jo kümmern. Sag mir einfach, was ich machen muss.»

«Ich weiß nicht. Ich könnte beim Pflegedienst anrufen und Ersatz anfordern, aber die sind auch gerade alle überlastet.»

«Du gehörst ins Bett. Ich werde das schon schaffen.»

Inge erklärte mir, was ich tun musste und schleppte sich hustend zu ihrem Auto zurück.

Etwas aufgeregt klopfte ich an Herrn Blatters Schlafzimmertür. Würde er sich von mir helfen lassen?

Der Witwer saß aufrecht im Bett und las in einem Buch. Er trug eine Brille und sah mich verwundert an.

«Guten Morgen Herr von Blatter. Frau Reimers ist krank und ich … habe ihr angeboten, für sie einzuspringen, wenn es Ihnen recht ist», erklärte ich und blieb im Türrahmen stehen.

«Guten Morgen. Wollen Sie das wirklich?» Er nahm die Brille ab und schaute mich aus freundlichen Augen an.

«Ja, damit habe ich kein Problem. Frau Reimers hat mir erklärt, was ich tun muss und ich denke, dass ich es hinkriegen werde.»

«Gut. Dann helfen Sie mir doch bitte aus dem Bett.»

Ich vermutete, dass es ihm unangenehm war, als er unbekleidet vor mir stand und ich ihm in die Dusche half, in der er sich hinsetzte, selbst einseifte und abbrauste.

Das Waschen und Ankleiden dauerte länger als bei Inge, aber ich war der Meinung, dass ich eine ganz passable Pflegerin abgab. Ich beeilte mich damit, das Frühstück herzurichten und kam ins Schwitzen.

Den ganzen Tag über war ich gut beschäftigt und kam nicht mal dazu, die Bücher zu sortieren. In dem großen Haus fiel mehr Arbeit an, als ich zunächst gedacht hatte.

Geschafft fiel ich am Abend ins Bett und las mit Entsetzen eine Nachricht von Paul. «Hi, ich bin ab morgen für vier Tage auf Sylt. Ich würde dich sehr gerne sehen. Schicke mir deine Adresse. Liebe Grüße Paul.»

Plötzlich hellwach und erschrocken, nagte ich an meinen Nägeln. Nun würde meine Lüge, dass ich bei meinem Großvater wohnte, vermutlich auffliegen.

«Da habe ich mir was Schönes eingebrockt», bemerkte ich laut und schaute Pippa, die ihre Ohren spitzte, nachdenklich an.

Lange überlegte ich, was ich Paul antworten sollte und tippte mit beiden Daumen geschwind: «Hallo Paul, das ist ja toll, dass du auf die Insel kommst! Freue mich, dich zu sehen. Tagsüber habe ich keine Zeit, weil ich mich um meinen Großvater kümmern muss. Wir könnten uns in Westerland treffen? Lieber Gruß Carlotta.»

Am nächsten Tag nahm ich Pippa mit ins Haupthaus, so wie Herr Blatter es gewünscht hatte. Sie legte sich unter den Küchentisch, während ich das Frühstück zubereitete. Die Luft war kühl, aber die Sonne blinzelte ab und zu zwischen wattigen Wolken hervor und lächelte durchs Fenster.

Leise klopfte ich an Joachims Schlafzimmertür. Mit kräftiger Stimme sagte er: «Treten Sie ein Frau Buchbinder.» Kaum hatte ich die Tür geöffnet, sauste Pippa ins Zimmer und war so übermütig, dass sie aufs Bett springen wollte. «Nein!», rief ich laut und war verwundert, dass sie auf mich hörte.

«Guten Morgen Herr von Blatter. Entschuldigen Sie, aber ich habe Ihnen gesagt, dass Pippa etwas wild ist. Haben Sie gut geschlafen?»

«Hunde müssen sich austoben. Ich habe gut geschlafen. Danke der Nachfrage.»

Er streichelte Pippa und lächelte entspannt. Es war nicht zu übersehen, dass er ein Herz für Tiere besaß.

Zu meiner Verwunderung begleitete mich Herr Blatter nach der Körperpflege in die Küche, trank dort einen Tee und sah mir dabei zu, wie ich den Obstsalat zubereitete.

«Und? Haben Sie sich schon überlegt, ob Sie ihr Studium wieder aufnehmen werden?»

Ich stoppte mit dem Schneiden der Kiwi und sah ihn nachdenklich an.

«Ehrlich gesagt noch nicht.»

«Sie sollten Ihr Leben nicht mit schlecht bezahlten Jobs verschwenden.»

«Da haben Sie vollkommen Recht, aber im Moment bin ich gerade sehr zufrieden mit meiner Arbeit und vor allem mit meinem Arbeitsumfeld.»

«Ich wäre traurig, wenn Sie gehen, aber dennoch wäre es für Sie das Vernünftigste.» Er sah mich nachdenklich an und kam mir vor wie ein Vater, den ich niemals hatte.

«Ich werde es mir bald überlegen. Sie dürfen Pippa nicht zu sehr mit Streicheleinheiten verwöhnen, sonst werden Sie sie nicht wieder los.»

«Ich habe sie gerne bei mir. Pippa ist ein toller Hund.»

«Ja, sie ist etwas ganz Besonderes. Das habe ich sofort bemerkt, als ich sie das erste Mal gesehen habe.»

Herr Blatter machte sich um mich Gedanken, was mich bewegte und mich in meinen Plänen vielleicht auch beeinflusste.

Ich war tagsüber wieder gut beschäftigt; kümmerte mich um das Haus, das Essen und sortierte in der Bibliothek die Bücher.

Paul war am Mittag auf Sylt angekommen und hatte mir mehrere Nachrichten geschickt. Unter anderem schrieb er, dass er in einem Hotel in Kampen untergekommen war, was mich in Panik versetzte, denn sein Hotel lag nur ein paar Straßen von mir entfernt.

Als ich das Mittagessen servierte, bemerkte Joachim offenbar meine Anspannung.

«Mute ich Ihnen zu viel zu?», erkundigte er sich mit gerunzelter Stirn.

«Nein gar nicht. Es ist nur … Ein Freund ist heute auf der Insel angekommen und … wir wollten uns treffen.»

«Dann tun Sie das doch. Machen Sie gleich Feierabend. Ich komme alleine klar.»

«Nein, das kann ich nicht zulassen. Vielleicht könnte Frau Reimers am Abend kommen?»

«Das tut wirklich nicht nötig. Gehen Sie nur. Sie hatten bisher noch keinen freien Tag und waren so fleißig.»

«Gut, aber dann werde ich das Abendbrot schon vorbereiten.»

«Wenn Sie darauf bestehen.»

Paul wollte wissen, wo ich wohne, doch ich ging nicht auf seine Frage ein, damit er nicht unangekündigt in der Villa auftauchte und meinen Großvater begrüßen wollte.

Wir verabredeten uns in einem Lokal in Westerland, das Inge mir empfohlen hatte. Ich schlüpfte in mein Lieblingskleid, tuschte meine Wimpern, was ich sonst nicht mehr tat, und sprühte einen blumigen Duft an meinen Hals. Bevor ich mich auf den Weg machte, rief ich Inge an, die noch erkältet klang.

«Ich wollte dir nur sagen, dass Jo mir den halben Tag freigegeben hat. Er bestand darauf und meinte, dass er alleine klarkommt. Meinst du, dass das OK ist?»

Inge hustete und krächzte: «Das geht gar nicht! Ich werde ab sofort wieder übernehmen.»

«Gut, wie du meinst. Das Abendbrot habe ich schon vorbereitet.»

«Triffst du dich mit jemanden?»

«Ja, ein Freund aus Hamburg ist für ein paar Tage hier.»

«Ein Freund oder ein Freund?»

«Ich habe ihn vor meiner Abreise nach Sylt auf einer Party kennengelernt und das ist heute unser zweites Treffen. Ich habe noch keine Ahnung, was für ein Freund er ist.»

«Dann viel Spaß und vielleicht bekommst du es ja heute Abend heraus.»

«Weiterhin gute Besserung.»

Enttäuscht musste ich feststellen, dass Hunde im Lokal verboten waren. Genervt stellte ich mich neben den Eingang und wartete auf Paul.

In der Ferne sah ich ihn in schnellen Schritten herbeieilen. Mein Herz fing an zu galoppieren und ich musste an mein verunglücktes Kussmanöver denken. Als er mich entdeckte, winkte er mir freudig zu.

«Hallo Paul, das ist Pippa. Vielleicht begrüßt du sie zuerst. Sie ist sehr eifersüchtig.»

«Alles klar.» Er ging in die Knie und streichelte meinen Hund ohne Scheu.

«Leider sind Hunde in diesem Lokal verboten. Wir müssen uns ein anderes suchen.»

«Oder hast du Lust zu laufen?»

«Gerne, das wird vor allem Pippa sehr gefallen.»

Wir liefen in einem gemütlichen Tempo die Friedrichstraße entlang, die sich optisch und von den Geschäften kaum von anderen Innenstädten unterscheidet, außer dass am Ende des Weges der offene Blick auf die Nordsee lockt.

Wir sahen aufs Meer hinaus, das tobte und schäumte.

«Ganz schön heftig, aber schön», kommentierte Paul die raue See.

Wir ließen uns auf einer Bank nieder und lächelten uns an. Paul war kein Mensch, aus dem es heraussprudelte, was mich nicht störte.

«Wie lange bleibst du auf der Insel?», wollte er wissen.

«Ich weiß es ehrlich gesagt noch nicht. Ich denke, ein paar Wochen könnten es noch werden.»

«Ist ja auch toll hier und wenn du die Möglichkeit hast, bei deinem Großvater zu wohnen …»

«Ja, das ist schon nicht schlecht.» Ich fühlte mich nicht wohl dabei, ihn zu belügen und hoffte, dass er mir nicht zu viele Fragen stellte.

«Geht es deinem Großvater denn nicht gut?»

«Er sitzt im Rollstuhl und hat eigentlich eine Pflegerin, aber die ist gerade krank.»

«Und deine Eltern?»

«Ich habe nur eine Mutter und die ist nach Ibiza ausgewandert. Mein Vater ist bei einem Unfall ums Leben gekommen.»

«Oh, das tut mir leid.» Paul wusste nicht so recht, was er sagen sollte und schien mich zu bedauern.

«Wo wohnt dein Großvater denn?» Er hörte nicht auf, mich mit Fragen zu löchern, was ich ihm nicht verdenken konnte.

«Er wohnt in …» Es machte keinen Sinn zu lügen. «In Kampen.»

«Da ist mein Hotel. Dann hätten wir uns ja auch in Kampen treffen können», meinte er verwundert.

«Äh, … ich dachte, dass es in Westerland interessanter wäre. Zudem muss ich hier noch was besorgen.»

«Carlotta, es tut mir so leid, wie ich auf der Party reagiert habe. Ich hatte das Gefühl, noch nicht so weit zu sein», versuchte er sich zu erklären.

«Du musst dich nicht rechtfertigen. Ich war angetrunken und nicht mehr Herr meiner Sinne.»

«Im Nachhinein hätte ich mich für meine Reaktion ohrfeigen können und hätte dich sehr gerne geküsst.»

«Paul, ich mag dich wirklich gerne und vermutlich bist du meinetwegen nach Sylt gekommen, aber ich sage dir ganz ehrlich, dass ich im Moment keine Beziehung eingehen möchte. Ich habe mich ja hierher zurückgezogen, um den Kopf freizubekommen.»

«Alles gut, ich wollte mir die Insel schon immer mal ansehen. Du musst auch nichts mit mir unternehmen, wenn du keine Zeit oder Lust hast.»

«Lust hätte ich schon, aber keine Zeit. Ich muss mich um meinen Großvater und den Haushalt kümmern.»

«Kein Problem. Vielleicht kannst du mir noch ein paar Tipps geben, was man sich auf Sylt unbedingt angeschaut haben muss.»

«Ja … natürlich.» Bisher hatte ich selbst noch nicht viel gesehen, jedoch vorweislich in einem Reiseführer geblättert und gab mein mageres Wissen an Paul weiter.

Nach einem längeren Spaziergang kehrten wir in ein Lokal ein und teilten uns eine Haupt- und Nachspeise.

Paul war mir etwas zu ruhig, dafür besaß er einen trockenen Humor, der mich sehr erheiterte. Er war ein liebenswerter und attraktiver Mann, aber mein Herz blieb stumm.

Als wir mit meiner Klapperkiste nach Hause fuhren, war es bereits stockdunkel. Ich setzte Paul vor seinem Hotel ab und wartete darauf, dass er ausstieg, was er jedoch nicht tat. Seine Augen fixierten mich. Doch an diesem Abend verspürte ich nicht den Wunsch, ihn zu küssen.

«Das war ein sehr schöner Abend …», hauchte er.

«Wir könnten uns morgen noch mal treffen?», bot ich ihm an. Schließlich war er meinetwegen auf die Insel gekommen und erhoffte sich zumindest meine Gesellschaft.

«Das wäre schön. Schlaf gut, Carlotta.» Er hatte verstanden, dass ich keine Zärtlichkeiten austauschen wollte und öffnete zögerlich die Wagentür.

«Ciao Pippa!» Er klappte den Vordersitz zurück und ließ es sich nicht nehmen, den Kopf des Hundes zu streicheln. Dafür bekam er einen Pluspunkt. Mein zukünftiger Partner musste tierlieb sein und Pippa genauso lieb haben wie mich.

Es tat mir leid, dass sich Paul offensichtlich mehr erhofft hatte, aber außer Sympathie hatte ich an diesem Abend nichts empfunden.

Als ich um die Villa herum zum Gästehaus lief, sah ich, dass in Jos Schlafzimmer Licht brannte. Vermutlich las er noch.

Elodie hatte mir über zwanzig Nachrichten geschickt, die ich schmunzelnd zur Kenntnis nahm. Natürlich wollte sie wissen, wie es mit Paul gelaufen war und hoffte, dass wir ein Paar wurden.

«Es war nett, aber mehr ist da im Moment nicht drin. Hast du Paul geraten, mich zu besuchen? Das war keine gute Idee», schrieb ich meiner Freundin, die ich vermisste.

ZWÖLF

Inge saß am nächsten Morgen vor einem vollen Milchglas und machte einen passablen Eindruck.

«Moin, hattest du einen schönen Abend?»

«Ja danke. Wir haben einen langen Spaziergang unternommen und waren essen.»

«Und? Ist er nun ein Freund oder dein Freund?», fragte sie neugierig.

«Vermutlich ist er nur ein Freund. Paul ist wirklich sehr gut aussehend und lustig, aber ...»

«Es fehlt die Anziehung», beendete sie meinen Satz.

«Ja, so ist es. Schön, dass du wieder auf dem Damm bist. Sag mal, Jo kann ja alleine aufstehen und ein paar Schritte mit einem Stock laufen.»

«Ich habe dir doch gesagt, dass er wieder imstande wäre zu laufen, dass ihm aber der Antrieb fehlt.»

«Merkwürdig, dass er nicht das Bestreben hat, wieder laufen zu können.»

«Das Problem sitzt in seinem Kopf. Die immense Trauer lähmt ihn noch immer. Er muss aus ihr herausgerissen werden, aber das ist nicht so einfach. Mir gegenüber öffnet er sich nicht und ist sehr wortkarg, aber offensichtlich hast du einen guten Einfluss auf ihn und könntest etwas bewirken.»

«Mal schauen.»

Herr Blatter saß bereits am Esstisch, als ich mit geringer Verspätung das Frühstück servierte.

«Guten Morgen Frau Buchbinder. Hatten Sie einen netten Tag?», erkundigte er sich freundlich und half mir dabei, die Sachen vom Tablett zu räumen.

«Ja danke. Wir sind in Westerland gewesen.»

«Sie können sich gerne zwei Tage freinehmen, um mit ihrem Besuch etwas zu unternehmen», bot er mir großzügig an.

«Das ist wirklich sehr aufmerksam, aber … das tut nicht nötig. Ich habe mich für heute Abend verabredet.»

«Gut, wie Sie meinen.»

«Ich wollte heute in der Bibliothek weiterarbeiten.»

«Fein. Es eilt aber gar nicht.»

Als ich mich beim Büchersortieren in ein interessantes Buch vertieft hatte, kam Herr Blatter in den Raum gerollt und schmunzelte, denn ich hatte es mir in einem Sessel bequem gemacht.

«Das ist auch ein hervorragendes Werk, das ich Ihnen empfehlen kann.»

«Es nimmt einen sofort in den Bann. Ich habe … eine kleine Pause gemacht und habe schon einiges geschafft.»

«Ich habe Ihnen doch gesagt, dass Sie sich viel Zeit lassen können und wenn Sie lesen möchten, habe ich auch nichts dagegen.»

Er fuhr zum Regal und zog ein Buch heraus.

«Mögen Sie Thomas Mann?»

«Ja, ich habe viele Bücher von ihm gelesen, aber dieses noch nicht.»

Er reichte mir das Buch und schaute sich das Regal an, das ich bereits eingeräumt hatte. «Sehr schön», murmelte er, während ich den Klappentext las.

«Zu Beginn des 20. Jahrhunderts entwickelte sich in Kampen ein regelrechtes Künstlerzentrum. Schriftsteller, Maler und Musiker genossen die Abgeschiedenheit. Emil Nolde, Heinrich Vogeler, Thomas Mann, Max Liebermann, Rainer Maria Rilke,

Carl Zuckmeyer, Max Frisch und viele andere zählten zu den Menschen, die sich hier inspirieren ließen.

«Es gibt keinen schöneren Ort, um kreativ zu sein.»

«Der erste Sylturlaub inspirierte Thomas Mann zu einigen Zeilen für seinen Roman «Der Zauberberg».»

«Ach, das wusste ich nicht.»

«Der großartige Schriftsteller badete täglich in der Brandung, die er als Prankenschläge, nach denen er sich das ganze Jahr zurücksehnte, bezeichnete. An seinen Bruder schrieb er: «Die Reize dieser Insel sind keusch und karg und lenken den Sinn auf Grog.»»

«Als keusch und karg würde ich Sylt nicht bezeichnen, aber vielleicht sollte ich mal den Winter abwarten.»

Gerne hätte ich ihm Fragen zu seinem Sohn gestellt, aber hielt mich zurück und wartete geduldig ab, bis er mir von alleine mehr erzählte.

«Ich werde jetzt das Mittagessen vorbereiten. Ich habe einen herrlich frischen Fisch bekommen.»

«Darauf freue ich mich. Vielleicht kann ich heute auf der Terrasse essen?»

«Ich denke, dass es warm genug sein wird.»

Inge war noch ziemlich am Husten. Ich hatte das Gefühl, dass sie mich falsch einschätzte, weil sie mir gegenüber auf einmal einen anderen Ton an den Tag legte. Passte es ihr nicht, dass ich mich so gut mit Jo verstand?

Als der Fisch im Ofen garte, reinigte ich die weißen Korbmöbel auf der Terrasse, fuhr die Markise aus und nahm die Abdeckung vom Strandkorb, in den ich mich gern gesetzt hätte. Ich ließ meinen Blick verträumt durch den großen Garten schweifen und stellte mir vor, in einem so schönen Haus zu leben, was jedoch aussichtslos war, denn mit Jobs konnte ich niemals reich werden.

Nachdem ich das Abendessen serviert hatte, holte ich Paul an seinem Hotel ab. Ich fuhr ziellos über die Insel, da ich mich selbst noch nicht so gut auskannte und hielt an einem Strandübergang, der einen netten Eindruck machte. Barfuß liefen wir bis zur

Wasserkante, an der die Wellen seicht ausliefen. Der Himmel verfärbte sich in spektakulären Rottönen. Wir standen mit hochgekrempelten Hosen knöcheltief im Wasser und beobachteten einen Kutter, der vielleicht Krabben aus der Nordsee fischte.

«Sylt ist wirklich ein wunderschönes Fleckchen Erde. Ich dachte, dass die Alpen nicht zu toppen wären, aber nun bin ich anderer Meinung. Du bist vermutlich schon x-mal hier gewesen?»

Ich räusperte mich. Es blieb mir nichts anderes übrig, als zu lügen.

«Ja sehr oft. Hast du Hunger? Ich weiß, wo es die besten Fischbrötchen gibt.»

«Ich hatte heute zwar schon eine Scholle, aber ein Fischbrötchen geht wohl noch rein.»

Wir veranstalteten ein Wettrennen, wobei Paul mit großem Abstand als Erster den Holzbohlenweg erreichte. Er war sportlich und kam bei Weitem nicht so außer Atem wie ich.

«Der Sieger muss ein Fischbrötchen ausgeben», rief ich ihm hinterher und bekam Seitenstiche.

«Das mache ich doch sehr gern.» Er lachte und legte mir eine Hand auf die Schulter, als ich mich beugte und nach Luft rang.

«Machst du regelmäßig Sport?», fragte ich ihn keuchend.

«Ja, ich spiele American Football.»

«Wow! Ich kenne zwar nicht genau die Regeln, aber ich denke, dass man bei dem Spiel viel laufen muss.» Ich stellte mir Paul in der Kluft eines Football Spielers vor, was ihn anziehend machte.

«Das stimmt. Und was machst du?»

«Ich gehe dreimal am Tag mit Pippa spazieren», erklärte ich ihm lächelnd. Man könnte denken, dass ich mich täglich mit Work-outs abmühte, weil ich eine schlanke Figur besaß, aber die hatte ich ganz alleine meinen guten Genen zu verdanken.

An diesem Abend stellte sich heraus, dass Paul unglaublich lustig war. Er brachte mich so sehr zum Lachen, dass mein Zwerchfell schmerzte. Als er mir seine duftende Jacke behutsam um meine Schultern legte und Pippa auf den Arm nahm, rührte sich mein Herz und ich dachte, dass vielleicht mehr als nur gute Freunde aus uns werden könnten.

Wir verabredeten uns für den nächsten Tag. Ich ging das Risiko ein, ihn zu mir einzuladen. Was sollte schon passieren? Herr Blatter war die meiste Zeit über in seinem Haus.

Elodie hatte mich wieder mit mehreren Nachrichten bombardiert, die ich beim Zubettgehen las.

«Ich muss dir was Unglaubliches erzählen», hatte sie mir unter anderem mitgeteilt. Dieser Satz ließ mich neugierig werden. Aber es war schon zu spät, um mit ihr zu klönen und so verschob ich es auf den nächsten Tag. Vermutlich wollte sie mir berichten, dass Justus ihr eine Hermes Handtasche aus Paris mitgebracht hatte oder ihre Schwiegermutter ihr zur Hochzeit die Rubinkette ihrer Großmutter vermachen wollte.

Paul hatte großes Glück mit dem Wetter, denn die Sonne schien von früh bis spät und die Temperaturen waren für Sylter Verhältnisse ganz ordentlich. Ich plante für Paul zu kochen und am Abend am Roten Kliff den Sonnenuntergang mit einem Glas Wein in der Hand zu bestaunen.

Als ich das Frühstück servierte, bot Herr Blatter mir nochmals an, dass ich mir freinehmen könnte, was ich jedoch dankend ablehnte.

In der Mittagspause rief ich Elodie an, die gerade bei unserem Lieblingsitaliener, den ich ein wenig vermisste, speiste. Ich musste an seine köstlichen Spaghetti mit Garnelen denken und hatte den Geschmack im Mund.

«Hi, was gibt es denn Unglaubliches?», fragte ich gut gelaunt und machte es mir auf einer Liege bequem.

«Du wirst es nicht glauben und ich kann es auch noch nicht fassen …» Sie trank hörbar und hüstelte. «Ich werde … eine Mama.»

«Was? Das ist … das ist toll! Wow! Damit hätte ich jetzt nicht gerechnet.» Aber Elodie wollte doch erst mit 33 ihr erstes Kind haben!

«Es war nicht geplant, aber Justus ist total aus dem Häuschen. Mir kommt es ganz recht, denn ich kann eine Pause vom Job gut gebrauchen.»

«Gratuliere. Und wollt ihr vor der Geburt noch heiraten?»

«Justus Eltern bestehen darauf und ich finde das auch gut. Oh, ich bin so aufgeregt und würde dich so gerne sehen. Was hältst du davon, wenn ich nächstes Wochenende nach Sylt komme?»

«Das wäre super! Du kannst auch bei mir schlafen.»

Einerseits freute ich mich für Elodie, andererseits betrübte mich ihre Schwangerschaft, die mir wieder deutlich vor Augen führte, dass ich nichts erreicht hatte. Warum schaffte ich es nicht, etwas durchzuziehen? Warum hielt ich es mit keinem Mann länger als vier Monate aus und warum hatte ich keinen Plan, was ich beruflich tun sollte?

Lag es an meiner Erziehung? Hatte mir ein Vater gefehlt, der mir Grenzen gesetzt und Erwartungsdruck aufgebaut hätte? Ich mache Sonja keine Vorwürfe. Sie ist eine tolle Mutter. Dennoch hatte ich mir oft eine richtige Familie mit Vater, Mutter und Geschwistern gewünscht. Stattdessen gab es viele Stiefväter, die sich nicht wirklich für mich interessiert hatten, ganz viel Freiheit und ein unkonventionelles Leben, das ich im späten Teenageralter nicht mehr als cool empfunden hatte.

Frustriert ging ich der Hausarbeit nach und sortierte Bücher, die allesamt in einem tadellosen Zustand waren, als hätte sie niemand zuvor in den Händen gehalten.

Die Sonne heizte den Raum auf. Ich öffnete die Tür und sah in den Garten hinaus. Herr Blatter hielt sich an seinem Lieblingsplatz auf. Sein Blick war fest aufs Meer gerichtet. Was erwartete er von der Zukunft? Vermutlich vermisste er seine Frau, seinen Sohn, sein schönes vergangenes Leben, in dem er sorglos und glücklich gewesen war. In diesem Moment des Sinnierens fasste ich den festen Entschluss, dass ich mich beruflich verändern wollte. Es würde mir zwar schwerfallen, mich von Sylt und dem Job zu trennen, aber es musste sein.

Dem Treffen mit Paul sah ich freudig entgegen, denn er entpuppte sich als ein äußerst humorvoller und liebevoller

Mensch. Vielleicht war er der Mann, mit dem ich auf Dauer glücklich werden konnte?

Nachdem ich Jo das Abendbrot gebracht hatte, eilte ich ins Gästehaus, räumte auf und ging mit Pippa spazieren. Ich spürte, dass mein Puls schneller ging als normal. Um zu vermeiden, dass Paul klingelte, holte ich ihn zu Fuß an seinem Hotel ab.

Als ich ihn, der ein weißes Hemd und eine dunkelblaue Jeans trug, gegenüberstand, spürte ich auf einmal ein Kribbeln im Bauch und musste feststellen, dass sein bloßer Anblick großartige Gefühle in mir entfachte.

In schnellen Schritten eilte ich durch den Garten bis zum Gästehaus und hoffte, dass wir Jo nicht begegneten, sonst hätte ich ein Problem gehabt. Paul zeigte sich begeistert von dem Anwesen und dem traumhaften Blick aufs Wattenmeer. Er stellte zu viele Fragen, die ich mit Lügen beantworten musste.

Ich wärmte das Essen vom Mittag auf und deckte den kleinen Esstisch mit einem schlichten weißen Geschirr, während mein Besucher mit Pippa spielte.

«Heute habe ich die Insel erkundet und bin mit dem Bus von Hörnum nach List gefahren.»

«Und? Gefällt dir Sylt?»

«Ja ausgezeichnet. Ich kann mir zwar nicht vorstellen, hier zu leben, aber Urlaub machen, ist wirklich schön.»

«Ich habe vergessen, dich zu fragen, ob du irgendetwas nicht magst.»

«Ich esse fast alles und wie ich sehe, hast du genau meinen Geschmack getroffen. Schade, morgen muss ich schon wieder zurück. Ich hätte liebend gern noch ein paar Tage hier verbracht.»

«Kannst du deinen Urlaub nicht verlängern?» Auch ich hätte es schön gefunden, wenn er noch geblieben wäre, denn ich fühlte mich ein wenig einsam, auch wenn ich Pippa hatte und sich Herr Blatter langsam gesprächiger zeigte.

«Nein, Elodie geht ja jetzt in den Urlaub und ich werde gebraucht. Ist das dein Großvater?» Paul schaute aus dem Fenster und beobachtete Jo, der zu seinem Lieblingsplatz rollte.

«Ja, das ist er. Du magst gewiss noch ein Dessert?», versuchte ich von meinem vermeintlichen Großvater abzulenken, was jedoch nicht funktionierte. Ich holte Eis aus dem Tiefkühler und wurde sichtlich nervös.

«Lebt dein Großvater ganz alleine in diesem Haus?» Paul nahm ein Kochbuch in die Hand, das zum Inventar gehörte.

«Ja.» Ich lief rot an und verschwand im Wohnzimmer, um zwei Schalen aus der Vitrine zu holen.

«Was hat er früher gemacht? Er sieht aus wie ein Professor.»

Paul blätterte in dem Kochbuch und blieb auf einer Seite interessiert hängen.

«Er sieht nicht nur so aus, er ist auch einer. Er ist Literaturprofessor.»

Während wir das Eis löffelten, drehte ich den Spieß um und fragte Paul aus. Dabei beobachtete ich Jo, der eine ganze Weile draußen blieb. Am liebsten wäre ich zu ihm gegangen und hätte ihm eine Decke über die Beine gelegt, da ich Sorge hatte, dass er sich verkühlen könnte.

«Bist du ein Einzelkind?», fragte ich und betrachtete verzückt seine Grübchen.

«Ja, das bin ich, aber frage mich nicht, ob ich darüber glücklich bin oder nicht.»

«Ich hätte auch gern Geschwister gehabt und stelle mir manchmal vor, wie es wäre, wenn ich einen großen Bruder oder eine kleine Schwester hätte. Leider werde ich auch keine Nichten und Neffen haben, was ich sehr bedaure.»

«Das ist schade, aber da ich ein paar eigene Kinder haben möchte, ist es nicht ganz so schlimm.» Er leckte den Löffel genüsslich ab und brachte mich zum Staunen.

«Du möchtest gleich ein paar Kinder haben?» Ich hatte vermutet, dass er Karriere machen wollte und Kinder keinen Platz in seinem Leben haben würden.

«Mindestens drei.» Er lachte, während ich ihn mir als Vater vorstellte. Seine ruhige, gelassene Art und sein Humor kamen bei Kindern gewiss gut an.

«Oh! Da hast du dir ja was vorgenommen.» Ich wollte zwar auch Kinder, aber zwei waren definitiv genug.

«Möchtest du denn auch Kinder haben?» Er schaute mir tief in die Augen und sah mich vielleicht gedanklich als perfekte Mutter seiner Kinderschar.

«Ja schon, aber das wird sich noch nach hinten verschieben müssen, da ich gestern beschlossen habe, mein Studium wieder aufzunehmen», verriet ich ihm, obwohl ich mir noch nicht hundertprozentig sicher war.

«Das finde ich gut. Dann bist du also bald wieder in Hamburg?» Seine Augen fingen an zu leuchten.

«Ja, so sieht es aus.»

«Darf ich fragen, warum du dein Studium damals aufgegeben hast?»

«Ich hatte das Gefühl, dass es nicht das Richtige für mich ist und wollte die Sache lieber rechtzeitig beenden. Nach meinem zweiten Studium habe ich jedoch festgestellt, dass mir Literaturwissenschaften doch mehr lagen, aber da konnte ich nicht schon wieder wechseln. Damals hatte ich einen Freund, bei dessen Eltern ich im Lokal jobbte und danach ging es immer weiter mit Jobs.» Ich faltete meine Serviette zu einem Boot und ließ es auf dem Tisch fahren.

«Es ist wirklich nicht leicht, als junger Mensch zu entscheiden, was man die nächsten vierzig Jahre arbeiten will. Ich hatte Glück, denn mein Vater ist Anwalt und für mich war von klein auf klar, dass ich nichts anderes werden möchte als ein Jurist, ohne dass meine Eltern mich dabei beeinflusst haben.»

«Sie haben dich insofern beeinflusst, weil du eine Vorbildfigur hattest. Dein Vater und sein Beruf haben dich beeindruckt und deine Neugier entfacht.» Ich wurde nachdenklich und musste an Elodie denken, die ein Kind erwartete, während ich noch immer dabei war, mich zu finden.

«Ich habe geplant, zum Roten Kliff zu fahren, um dort den Sonnenuntergang zu bewundern. Der Himmel ist klar. Es wird sicherlich beeindruckend werden», schlug ich Paul vor, der

Pippa die ganze Zeit über gestreichelt hatte. Die beiden waren bereits ein Herz und eine Seele.

«Ja sehr gern. Ich habe schon von dem Roten Kliff gehört.»

Wir zogen uns dicke Pullover an und ich wickelte mir einen Schal um den Hals, da der steife Ostwind Kälte brachte.

Als wir durch den Garten huschten, sah ich Jo auf dem Balkon. Ich winkte ihm zu und hoffte sehr, dass er meinen Besucher nicht ansprach.

«Guten Abend!», rief Paul laut und hob seine Hand zum Gruß.

«Schlaf gut!» warf ich hinterher. Jo winkte und rollte ins Zimmer, sodass ich erleichtert war, denn sollte meine Lüge auffliegen, wäre es außerordentlich peinlich gewesen.

«Dein Großvater sieht traurig aus», stellte Paul fest.

«Er kann den Tod seiner Frau nur schwer verwinden. Meine Oma war die Liebe seines Lebens.»

«Wenn man solange zusammen ist, dann fällt einem der Abschied vom Ehepartner vermutlich noch schwerer. Er ist sicher glücklich, dass er dich hat und du bei ihm bist.»

«Ja, so ist es. Wir müssen nach rechts gehen.»

Ich führte Paul zur «Düne-Uwe», auf der ich selbst noch nicht gewesen war. Mit Leichtigkeit erklomm er die 110 Stufen, während ich schnaubend auf der Hälfte der Holztreppe eine Pause einlegen musste.

«Jetzt stehen wir auf dem höchsten Punkt der Insel. Ich glaube, dass es 50 Meter sind. Ist das nicht ein grandioser Weitblick? Da ist Westerland …» Ich streckte meinen Finger aus und zeigte Richtung Süden, als würde ich mich bestens auskennen.

«Wow! Das ist toll! Darf ich dich fotografieren?»

«Wenn es sein muss. Der Wind hat mich total zerzaust …»

«Du siehst wunderschön aus und passt hervorragend in diese atemberaubende Kulisse.»

Ich setzte mein Fotogesicht auf und zeigte Zähne, die jahrelang mit Brackets in die richtige Position gebracht worden waren.

«Und warum heißt die Düne Uwe?», wollte Paul wissen.

Gut, dass ich mich auf den Ausflug vorbereitet hatte, denn schließlich dachte Paul, dass ich jeden Stein auf Sylt kannte.

«Sie ist nach einem Kollegen von dir benannt. Uwe Jens Lornsen war ein Jurist und Vorkämpfer für ein vereintes und unabhängiges Schleswig-Holstein. Er wurde 1793 geboren, wenn ich es richtig in Erinnerung habe.»

Paul konnte sich von der Aussichtsplattform gar nicht trennen und fotografierte in jede Himmelsrichtung.

Wir liefen weiter zum Roten Kliff. Als wir den Strand betraten, zog Paul seine Schuhe aus und band sie am Rucksack fest. Er freute sich wie ein kleiner Junge, der zum ersten Mal das Meer sieht. Ich bewunderte seine Begeisterungsfähigkeit, die ansteckend war. Wir rannten, drehten uns mit ausgestreckten Armen und wateten durchs flache Wasser. Die Wellen krachten ans Land und liefen weit auf dem Strand aus. Es war ein ohrenbetäubendes Spektakel und wir mussten schreien, um uns zu verstehen. Die Nordsee wechselte permanent ihre Stimmung und kam mir vor wie ein launisches Ungeheuer.

Fasziniert standen wir vor dem Roten Kliff. Das circa vier Kilometer lange und 30 Meter hohe Kliff leuchtete in einem wunderschönen warmen Rotton in der abendlichen Sonne.

«Das ist ja unglaublich! Das Kliff erinnert mich an den Ayers Rock. Du weißt doch bestimmt, warum es rot ist?»

Natürlich wusste ich es, denn auch auf diese Frage hatte ich mich vorbereitet.

«Es ist der eisenhaltige Lehm, der mit Sauerstoff reagiert. Er rostet sozusagen. Früher diente das Kliff der Schifffahrt zur Orientierung, weil es an der Nordseeküste einzigartig ist. Durch die starken Sturmfluten ist die Abbruchkante des Kliffs gefährdet und es werden alljährlich Sandvorspülungen vorgenommen», erklärte ich eifrig und war froh, dass ich mir das alles gemerkt hatte.

«Toll! Ich bin sprachlos. Sylt ist wirklich ein ganz besonderer Ort. Du hast Glück, dass dein Großvater hier lebt.» Vielleicht dachte er daran, dass ich irgendwann das Millionenobjekt in Kampen erben würde und eine gute Partie war?

«Wollen wir uns dort drüben niederlassen?», schlug ich vor und stiefelte durch den kühlen Sand.

Aus meinem Rucksack, den ich bereits mittags gepackt hatte, zauberte ich eine Decke, zwei Gläser und eine Flasche Rotwein hervor.

«Voilà! Ich dachte, dass ein Schluck Wein gut zum Sonnenuntergang am Roten Kliff passt.»

«Auf jeden Fall. Lass mich die Flasche öffnen.»

Schweigend sahen wir der Sonne dabei zu, wie sie sich vom Tag verabschiedete. Ich konnte mich nicht daran erinnern, jemals eine so romantische, wunderschöne Stimmung erlebt zu haben. Das beeindruckende Farbenspiel des Himmels, das Krachen der Wellen, die erfrischende Gischt, die in der Lunge prickelte und Paul, der sich für die Naturschönheit der Insel genauso begeistern konnte wie ich, versetzten mich in Euphorie und hoben mich auf eine Glückswolke, nach der ich mich gesehnt hatte.

«Magst du über … deine letzte Beziehung reden?», begann ich zögerlich, weil ich das Gefühl hatte, dass Paul sentimental wurde und vielleicht an seine Freundin denken musste, die er noch immer liebte.

«Was möchtest du wissen?», sagte er ernst, nippte am Rotwein und heftete seinen Blick fest aufs Meer.

«Warum ihr euch getrennt habt.»

«Tja, der entscheidende Grund war, dass Maja keine Kinder möchte. Das hatte sie mir in unserer Kennenlernphase jedoch nicht gesagt, obwohl sie wusste, dass ich mir Kinder wünsche.» Paul griff nach einer Muschel und befreite sie vom Sand.

«Das war nicht fair von ihr. Sie hätte es dir gleich sagen sollen.»

«Maja ist ebenfalls eine Juristin und will unbedingt Richterin werden. Von Kindern hat sie nie geträumt. Hätte ich das gleich gewusst, hätte ich mich gar nicht mit ihr eingelassen.» Er bohrte seine Füße in den Sand und wirkte wütend.

Ich äußerte mich nicht und wartete ab, dass er mir sein Herz ausschüttete.

«Wir schienen das perfekte Paar zu sein, aber dann ...»

«Hat sie einen Neuen?»

«Ja, einen ehemaligen Kommilitonen, der früher schon ein Auge auf sie geworfen hat.»

«Das tut sicherlich weh?»

Paul nickte und reichte mir die außergewöhnliche Muschel.

«Die ist wunderschön. So eine habe ich hier bisher noch nie gesehen.»

«Ich schenke sie dir.»

Wir waren die letzten Seelen am Strand, als es dunkel wurde und wir gerade noch den Weg zum Parkplatz finden konnten. Erst im warmen Auto spürte ich, dass ich eiskalte Hände hatte. Weil ich mich in Pauls Gesellschaft nicht nur wohlfühlte, sondern mich offensichtlich auch etwas in ihn verliebt hatte, lud ich ihn auf eine Tasse Tee ein, die er ohne lange zu zögern annahm. Ich drehte die Heizung auf und nahm mir vor, Herrn Blatter am nächsten Tag zu fragen, ob ich den Kamin nutzen durfte.

Wir schlürften am «Schietwetter Tee» lächelten uns schweigend an und waren noch geflasht vom schönsten Sonnenuntergang, den wir jemals erlebt hatten.

«Dann werde ich mal aufbrechen», meinte Paul nach zwei Tassen Tee. Seitdem er mir von Maja berichtet hatte, war seine Heiterkeit einer Melancholie gewichen und ich ärgerte mich, dass ich das sensible Thema angeschnitten hatte.

Er tat mir leid. Ich hatte das Bedürfnis, ihn zu trösten und ihm zu zeigen, dass er ein wundervoller Mensch ist. Zudem sehnte ich mich nach Zärtlichkeiten und einem Mann, der sich für mich interessierte und mich aufrichtig liebte.

Ich weiß nicht mehr genau, wer zuerst die Initiative ergriff. Wir wollten es beide und hatten zeitgleich das Bedürfnis, uns zu berühren.

Paul nahm meine Hand und führte mich aufs Sofa, auf dem ich mich wie in Trance niederließ, meine Augen schloss und seine warmen Lippen auf den meinen spürte. Sein Kuss war zurückhaltend, kaum spürbar. Er setzte Küsse auf meinen Hals und meine Arme, die ich genoss. Noch nie zuvor hatte mich ein Mann so zärtlich mit seinem Mund und seinen Händen verwöhnt. Paul roch gut, hatte reine Haut und gepflegte Hände. Er war ein wundervoller Mensch mit einem angebrochenen Herzen, das ich hoffentlich reparieren konnte.

«Lass uns ins Schlafzimmer gehen. Dort ist es bequemer», flüsterte ich ihm ins Ohr und konnte es nicht erwarten, von Paul entkleidet zu werden und seinen kräftigen, warmen Körper zu spüren.

Pippa wurde eifersüchtig und sprang bellend an Paul hoch, als wir das schmale Sofa verließen.

«Pippa, ich glaube, dass wir jetzt alleine sein möchten.» Ich trug sie aus dem Schlafzimmer und schloss die Tür, was mir nicht leichtfiel.

Pauls zurückhaltende Art machte sich auch im Bett bemerkbar. Ich genoss es, dass er sich viel Zeit ließ. Ungestüme Männer, die es eilig hatten, konnten bei mir nicht landen.

Bis zum nächsten Morgen blieb Paul an meiner Seite liegen und wurde nicht müde, meinen Körper zu streicheln. Ich war glückselig und mir sicher, dass ich es mit ihm länger als vier Monate aushalten könnte.

Kurz vor sechs Uhr wurden wir von meinem Handy geweckt. Ich musste den Klingelton, einen krächzenden Hahn, den Paul schrecklich fand, ändern.

Kaum war Paul erwacht, fuhr er mit seinen weichen Händen über meinen nackten Körper, sodass ein angenehmer Schauer über meine Haut huschte.

«Ich muss jetzt leider los. Du kannst gerne noch bleiben.»

«Carlotta, ich liebe dich und ich war ein Hornochse, dass ich deinen ersten Kuss nicht erwidert habe.» Er verschränkte die Arme hinter seinem Rücken und zeigte seine weißen Zahnreihen. Erst jetzt sah ich seine muskulösen Oberarme, die ihn verdammt begehrenswert machten.

«Da hast du recht.» Ich setzte mich auf ihn und studierte sein Gesicht, fuhr mit meinem Zeigefinger über seine Grübchen und küsste sie sanft. Es fiel mir schwer, mich von ihm zu trennen. Der Gedanke, dass er in ein paar Stunden die Insel verließ, war schmerzhaft.

Nachdem wir uns ein weiteres Mal geliebt hatten, eilte ich ins Badezimmer und hätte vor Glück schreien können. Paul schien perfekt für mich, denn er wollte Kinder genau wie ich und war ein liebevoller, humorvoller Mensch. Was wollte ich mehr? Ich war Elodie dankbar, dass sie uns zusammengebracht hatte.

«Wann geht dein Zug?», fragte ich in einem traurigen Tonfall, bevor ich das Haus verließ.

«In vier Stunden.» Paul küsste mich zum Abschied voller Hingabe, sodass meine Liebe zu ihm förmlich explodierte und es mir das Herz zerriss, mich von ihm zu lösen.

«Kommst du bald nach Hamburg? Ich weiß nicht, wie lange ich es ohne dich aushalte.»

«Ich werde mich beeilen. Jetzt muss ich aber los. Zieh einfach die Tür zu.»

Während ich mit Pippa in die Villa eilte, spürte ich bereits, dass mein Herz schwer wurde und ich daran dachte, in den nächsten Tagen den Job zu kündigen, um zurück nach Hamburg zu gehen.

Joachim saß bereits im Esszimmer, als ich mit leichter Verspätung eintrudelte. Ich hatte mir geschworen, immer pünktlich zu sein und ärgerte mich, dass ich es wieder nicht geschafft hatte. Der Witwer zeigte sich nicht verärgert und hatte gute Laune.

«Sie hatten gestern Besuch?», klopfte er auf den Busch.

«Ja, ich habe Ihnen doch erzählt, dass ein Freund von mir gerade Urlaub auf Sylt macht.» Hatte er etwas dagegen, wenn ich Herrenbesuch empfing?

«Ja stimmt. Machen Sie heute in der Bibliothek weiter?»

«Ja, das hatte ich vor.»

«Ich werde Ihnen helfen.»

«Gut, das ist schön.»

Als ich das Esszimmer verlassen wollte und mich noch einmal umdrehte, erblickte ich mit Schrecken, dass Herr Blatter vom Stuhl rutschte und bewusstlos auf den harten Holzboden fiel.

Für wenige Sekunden stand ich unter Schock und betrachtete tatenlos und heulend den Ohnmächtigen, ehe ich den Rettungsdienst alarmierte. Inge hatte das Haus gerade verlassen und konnte mir in diesen bangen Minuten nicht beistehen.

Eifrig leckte Pippa Jos Gesicht ab, um ihn ins Leben zurückzuholen. Ich schubste sie sanft zur Seite und brachte ihn in die stabile Seitenlage, klopfte kräftig auf seine Wangen und spürte, wie sehr der Witwer mir ans Herz gewachsen war.

Herr Blatter wurde in den Rettungswagen geschoben. Er war wieder bei Bewusstsein und hob seine Hand, als ich ihn verabschiedete und mir sehr auf die Zunge beißen musste, um meine Tränen zu unterdrücken.

Heulend saß ich in der Küche und hatte große Angst, dass Herr Blatter sterben könnte. Meine gute Stimmung, meine frische Verliebtheit und meine Pläne, die Insel zu verlassen, wurden verdrängt von der Sorge um Jo, der mehr für mich war als mein Arbeitgeber.

Um mich abzulenken, sortierte ich die Bücher. Inge fuhr ins Krankenhaus und wollte sich bei mir melden, sobald sie Näheres wusste.

Paul schrieb mir Liebeszeilen aus dem Zug. Ich teilte ihm nicht mit, dass mein Großvater zusammengebrochen war.

Am Nachmittag kam die erleichternde Meldung, dass Herr Blatter nur einen Schwächeanfall erlitten hatte, jedoch noch ein paar Tage zur Beobachtung im Krankenhaus bleiben sollte.

Weil ich nicht allein sein mochte, lud ich Inge zum Abendbrot ein. Ich weihte sie noch nicht in meine Pläne ein, Sylt der Liebe wegen alsbald zu verlassen.

Nachdem Inge sich verabschiedet hatte, rief ich Paul an, der mich schrecklich vermisste und unser Telefonat nicht beenden wollte. Wir redeten bis weit nach Mitternacht, um unsere Sehnsucht auf diese Weise zu stillen.

Elodie hatte ich von den vielen Neuigkeiten schriftlich berichtet, auf die sie merkwürdigerweise nicht reagierte. Machte sie auch digital Detox, um ihr Ungeborenes zu schützen?

DREIZEHN

Am nächsten Morgen konnte ich ausschlafen, wurde jedoch von Paul geweckt, der meine Stimme hören wollte.

«Ich vermisse dich. Wann kommst du nach Hamburg?», wollte er zum wiederholten Male wissen und hielt eine Tasse mit Herzchen, die er für mich gekauft hatte, in die Handykamera.

«Ich freue mich schon auf deine erste Übernachtung bei mir. Du bekommst einen erstklassigen Kaffee aus dieser Tasse. Gefällt sie dir? Einen Zahnputzbecher habe ich auch schon für dich gekauft.»

«Das ist süß von dir. Ich kann es kaum erwarten, aus der Tasse zu trinken. Leider kam mein Großvater gestern ins Krankenhaus. Zum Glück hatte er nur einen Schwächeanfall. Ich werde noch ein paar Tage bleiben müssen.»

«Wie soll ich die Tage ohne dich aushalten? Schau mal! Ich habe mir ein Foto von dir und Pippa ausgedruckt. Es steht auf meinem Nachttisch.» Er hatte das Foto am Roten Kliff aufgenommen. Die Farben waren kitschig schön. Das Bild steckte in einem schlichten weißen Rahmen.

«Du bist wirklich verrückt. Ich muss jetzt unter die Dusche und du ja wohl in die Kanzlei. Hast du was von Elodie gehört? Sie hat sich gestern nicht bei mir gemeldet.»

«Sie hat doch ab heute Urlaub.»

Vermutlich hatte sie Paul noch nichts von ihrer Schwangerschaft erzählt.

Aufgewühlt nahm ich die Muschel in die Hand, die Paul mir geschenkt hatte, und betrachtete sie nachdenklich. Vielleicht könnte ich mir daraus einen Kettenanhänger machen lassen?

Es ärgerte mich, dass ich nicht mit meiner Mutter reden und ihr auch nicht schreiben konnte. Was sollte diese alberne Medienabstinenz bringen? Ich musste ihr unbedingt von dem Foto erzählen, musste wissen, ob sie Joachims Sohn gekannt hatte.

Weil ich Langeweile hatte, sortierte ich weiter die zahlreichen Bücher und fand einige Erstausgaben, die vermutlich sehr wertvoll waren. Ganz vorsichtig nahm ich sie in die Hände und setzte mich in den schweren Ohrensessel, um ein wenig zu lesen.

Als ich in «Candide oder der Optimismus» blätterte, bemerkte ich, dass in der Mitte des Buches ein Brief ruhte.

«Was haben wir denn da?» Der Umschlag war unbeschriftet und verklebt. Hatte Herr Blatter den Brief in das Buch gelegt?

Natürlich war meine Neugier immens, dennoch legte ich den Umschlag zurück und wollte Joachim über meinen Fund informieren.

Kurz bevor es schummrig wurde, lief ich barfuß über den Strand und betrachtete die faszinierende Wolkenbildung, die interessanter war als jedes Fernsehprogramm. In Hamburg hatte ich jeden Abend vor dem Fernseher gehockt, aber auf Sylt trieb es mich ins Freie, egal wie das Wetter war. Das Meer verhielt sich an diesem Abend still, als würde es sich zur Nachtruhe begeben. Da kaum Menschen unterwegs waren, ließ ich Pippa frei laufen. Sie nutzte es weidlich aus und rannte hundert Meter vor, drehte sich jedoch alle paar Schritte nach mir um, um sich zu vergewissern, dass ich noch da bin.

Mit zusammengekniffenen Augen erkannte ich in der Ferne, dass mir eine Person entgegenkam, die ebenfalls einen Hund bei sich führte.

«Pippa!», rief ich laut und pfiff mit einem Finger im Mund so laut, dass die Vögel sich erschreckten. Mit anliegenden Ohren kam sie angetrabt. Ein junger Mann, der einen großen Hund neben sich herführte, der auf den ersten Blick wie ein Kalb aussah, näherte sich uns in großen Schritten.

«Moin!» begrüßte er mich, als wir uns begegneten.

«Moin!», antwortete ich im plattdeutschen Slang, obwohl mir diese Begrüßung noch nicht locker über die Lippen ging.

Wir gaben den Hunden die Gelegenheit, sich zu beschnuppern. Als das Riesenvieh an Pippas Hinterteil schnupperte, wurde Pippa unruhig.

«Sie mögen sich», kommentierte der Fremde die Szene, während ich nicht seiner Meinung war und weitergehen wollte. Verstohlen betrachtete ich mir den smarten Typ, der noch größer war als Paul, herrlich blonde Locken auf seinem Haupt trug und mich mit seinen hellblauen Augen fröhlich anfunkelte. An seiner Windjacke klebte ein hochpreisiges Modelabel, sodass ich vermutete, dass er kein armer Mann war.

Kurz bevor ich weitergehen wollte, schnappte das Ungeheuer zu und biss Pippa ins Ohr. Mein Liebling jaulte herzzerreißend auf, sodass mein Körper schmerzte und ich hysterisch schrie.

Sein Herrchen, das sich ebenfalls erschreckt hatte, zog geistesgegenwärtig an der Leine, schimpfte laut und schlug mit seiner flachen Hand wütend aufs Hinterteil des Monsters.

«Verdammt!», schrie ich wütend und hatte Tränen in den Augen, denn Pippas Ohr blutete und das arme Wesen war verängstigt. Ich war so froh gewesen, dass sie zutraulich geworden war und nun dieser dumme Vorfall.

«Entschuldigen Sie. Ich habe keine Ahnung, was mit Ben los ist. Das hat er noch nie gemacht.»

Diese Aussagen kannte ich nur zu gut von Hundebesitzern, die ihre Tiere nicht im Griff haben.

Ich nahm Pippa auf den Arm, drückte einen Kuss auf ihren Kopf und redete beruhigend auf sie ein.

«Ich fahre Sie zum Tierarzt.»

«Hat denn jetzt noch jemand Bereitschaft?»

«Kommen Sie mit! Ich bringe Ben nur schnell nach Hause und dann fahren wir zum Arzt.»

Ich nahm sein Angebot an, da ich keine Ahnung hatte, wo sich der nächste Tierarzt befand und ich zudem viel zu aufgeregt war, um mein Auto zu steuern.

Mit dem Hund auf dem Arm folgte ich dem Mann, der auf eine prächtige Reetdach Villa zusteuerte, die direkt neben Herrn Blatters Haus thronte.

«Warten Sie kurz!» Ich blieb auf der Auffahrt stehen und betrachtete mir zwei Luxuskarossen, die vor der Doppelgarage ziemlichen Eindruck schindeten.

Es dauerte nur wenige Minuten, bis der Blondschopf mit einem Autoschlüssel in der Hand herbeieilte.

«Wollen Sie Ihren Hund auf den Schoß nehmen?» Dachte er, dass ich Pippa in den Kofferraum verfrachten würde? Vermutlich hatte er Sorge um die feinen, hellen Ledersitze.

Ich nickte und ließ mir die Beifahrertür öffnen.

«Ich heiße übrigens Mattia Martinelli. Es tut mir wirklich so leid, dass ihr Hund verletzt wurde. Ich verstehe nicht, was in Ben gefahren ist. Er ist wirklich kein aggressiver Hund», versuchte er sich zu erklären, konnte mich jedoch nicht besänftigen.

Mattia überschritt die Höchstgeschwindigkeit, was mir recht war, denn Pippa sollte so schnell wie möglich versorgt werden.

«Ich bin Carlotta Buchbinder», informierte ich ihn kurz angebunden.

«Machen Sie hier Urlaub?»

«Nein, ich bin Ihre direkte Nachbarin und wir können uns gerne duzen.»

«OK! Das ist ja ein Zufall. Meine Eltern haben das Haus erst vor Kurzem gekauft. Ich bin das erste Mal zu Besuch und dann muss mir gleich so was Blödes passieren.»

Ich zuckte mit den Schultern und hoffte, dass wir bald am Ziel waren, denn Pippa fiepte, weil sie vermutlich Schmerzen hatte.

«Gleich sind wir da. Ich kenne den Arzt, weil wir gestern gerade bei ihm waren.» Mattia lächelte mich an, aber ich lächelte nicht zurück, denn zum einen war meine Stimmung im Keller und zweitens fand ich ihn arrogant.

Er half mir aus dem Wagen und ging vor, um die Klingel zu drücken. Nach wenigen Minuten erschien ein älterer Mann in legerer Kleidung und begrüßte Mattia, der auf mich deutete.

«Kommen Sie doch bitte rein. Oh, das muss genäht werden», stellte der Tierarzt fest, als er einen ersten Blick auf das angebissene Ohr warf. Mattia und ich mussten assistieren. Pippa war so tapfer. Ich sprach die ganze Zeit mit ihr und lobte sie.

Nach über einer Stunde verließen wir die Praxis. Meine Aufregung hatte sich gelegt, zumal Pippa das Leckerli vom Doc angenommen hatte.

Auf der Rückfahrt wurde ich etwas gesprächiger und betrachtete mir Mattia, der wirklich verdammt gut ausschaute, von der Seite. Um seinen Mund herum, der wahrlich zum Küssen einlud, sprossen blonde Haare aus der gebräunten Haut.

«Leben deine Eltern das ganze Jahr hier?»

«Nein, das wäre ihnen wohl zu langweilig. Die meiste Zeit leben sie in Rom, haben aber auch ein Haus in Cannes.»

Toll! Er ist ein verwöhntes Söhnchen und führt ein Jetset-Leben, während ich nicht weiß, wie ich die Reparatur für mein altes Auto bezahlen soll.

«Und wo lebst du?»

«In Berlin. Aber erst seit einem Jahr.»

«Und gefällt es dir?», fragte ich nicht wirklich interessiert und streichelte Pippa.

«Ja, im Moment ist es gut, aber auf Dauer werde ich dort wohl nicht bleiben wollen. Und du lebst das ganze Jahr über auf Sylt?»

«Nein, ich … lebe in Hamburg.»

Er parkte vor Jos Haus und öffnete mir wieder die Wagentür.

«Die Ledersitze sind sauber geblieben.»

«Alles klar. Als Entschädigung möchte ich dich gerne zum Essen einladen.»

«Das tut nicht nötig. Pass in Zukunft besser auf deinen Hund auf oder besuche mit ihm eine Hundeschule», schlug ich in einem kühlen Ton vor und öffnete die Pforte.

«Ben gehört meinen Eltern. Ich werde es ihnen sagen.»

Was war das für ein Tag! Vor meiner Tür fand ich einen Stapel Briefe, die Elodie mir nachschickte, dazwischen war eine Postkarte von Sonja, die ich ungelesen auf den Küchentisch legte, um sie später in Ruhe zu lesen. Erschöpft warf ich mich aufs Bett und checkte die Nachrichten auf meinem Handy. Elodie hatte sich gemeldet. Sie war zwei Tage mit ihrer Schwiegermutter unterwegs gewesen, um sich nach Brautkleidern umzusehen. Ich war gekränkt, denn ich hatte gehofft, dass sie das mit mir, ihrer besten Freundin, tun würde.

Nachdem ich mir einen Tee gekocht und ein Brot geschmiert hatte, schnappte ich mir Sonjas Postkarte und legte mich aufs Bett.

«Liebe Carla, unser Medien Detox geht noch zwei Wochen. Danach rufe ich dich an. Mir geht es bestens. Die Insel ist wunderschön und ich würde mich freuen, wenn du mich besuchst. Kuss Sonja.» Dieses Mal hatte sie ihre Adresse angegeben. Ich nahm mir für den nächsten Tag vor, eine Postkarte zu besorgen und ihr mitzueilen, dass ich keine Zeit hatte, um einen Abstecher nach Ibiza zu machen.

Paul hatte mir fünfzig Nachrichten mit hunderten Kuss Emojis geschickt. Ich rief ihn an und fühlte, wie mein Herz wild wummerte, als ich seine ruhige Stimme hörte.

«Hallo, sorry, aber ich war lange am Strand spazieren und hatte mein Handy nicht bei mir. Stell dir vor, was passiert ist …»

Ich erzählte ihm die dramatische Attacke auf Pippa in Kurzform und streichelte nebenbei das Opfer, das mich aus traurigen Augen anschaute.

VIERZEHN

Nach drei Tagen wurde Herr Blatter aus der Klinik entlassen, was mich freute, denn ich hatte ihn vermisst und mir Sorgen gemacht.

Mittags holte Inge Joachim im Krankenhaus ab und brachte ihn in sein Schlafzimmer, während ich das Mittagessen zubereitete.

Pünktlich stellte ich das Essen auf den Tisch und wartete auf Herrn Blatter, der auf sich warten ließ. Vielleicht war er zu schwach oder wollte nichts essen, überlegte ich und legte einen Deckel auf den Teller.

Kurz bevor ich nach ihm sehen wollte, kam er durch die Tür gerollt. Er machte keinen guten Eindruck und zeigte kein Lächeln.

«Guten Tag Herr von Blatter. Schön, dass Sie wieder zu Hause sind.»

«Ich habe keinen großen Appetit und werde nur den Salat nehmen. Vielleicht mögen Sie den Fisch essen?»

«Ja, sehr gern.»

«Dann nehmen Sie ihn bitte mit. Ich mag ihn nicht riechen.» Er rümpfte die Nase und saß eingefallen im Rollstuhl.

Geschwind nahm ich den Teller und verließ den Raum. Was war los mit ihm? Inge saß in der Küche und trank ihr zweites Glas Milch.

«Was ist denn mit Jo passiert? Er macht einen geknickten Eindruck.»

«Heute ist der Todestag seiner Frau. Ich denke, dass es auch die Ursache für seinen Schwächeanfall gewesen ist.»

«Das kann natürlich sein. Magst du den Fisch haben?»

«Nein, danke. Ich muss jetzt zu meinem nächsten Patienten.» Sie trank hastig ihre Milch und wischte sich die Lippen mit dem Handrücken trocken.

Als ich zum Abräumen ins Esszimmer trat, war Herr Blatter nicht mehr da. Er hatte nicht mal den Salat aufgegessen.

Am Nachmittag ging ich wieder in die Bibliothek und hoffte, dass Herr Blatter zu mir stieß, aber er blieb den ganzen Tag in seinem Schlafzimmer.

Kurz bevor ich das Abendbrot zubereiten wollte, klingelte es an der Tür. Auf der Überwachungskamera sah ich Mattias hübsches Gesicht.

Bevor ich ihm öffnete, warf ich einen Blick in den Spiegel, zog meinen Pferdeschwanz stramm und schleuderte die Küchenschürze auf eine Kommode. Meine Augen stießen zuerst auf einen riesigen Blumenstrauß, den er sich vors Gesicht hielt.

«Hallo, die Blumen sind für dich und das ist für deinen Hund.» Er reichte mir eine Tüte, in der sich Leckerlis befanden.

«Danke», sagte ich kühl, obwohl ich langsam Sympathie für den smarten Mann entwickelte.

«Wie geht es Bippa?»

«Pippa», korrigierte ich ihn. «Ihr geht es ganz gut.»

«Die Einladung zum Essen steht noch.»

Mattia zeigte keinerlei Verunsicherung und machte einen überaus selbstbewussten Eindruck, der mir imponierte.

«Gut, dann nehme ich sie an.»

«Wie wäre es mit morgen Abend?»

«Das passt.»

«Prima, dann hole ich dich um acht Uhr ab.»

«Ich werde vor dem Haus auf dich warten. Bitte nicht klingeln, weil mein … Großvater dann schon schläft.»

«Alles klar!»

Als ich Jo das Abendbrot brachte, zeigte er sich noch immer wortkarg und schwermütig. Ich redete nur das Notwendigste und ließ ihn in Ruhe.

Er nahm nicht mal wahr, dass Pippa verletzt war und ihn aufmunternd anschaute.

Paul fragte mich täglich, wann ich nach Hamburg kommen würde, was ich selbst noch nicht wusste, denn weder hatte ich mich um einen Studienplatz bemüht, noch hatte ich den Elan, das gemütliche Gästehaus zu verlassen und meinen gut bezahlten Job aufzugeben. Meine Liebe zu Paul war offensichtlich nicht so groß, dass ich Sylt sofort aufgeben konnte.

*

Mal wieder schaffte ich es nicht, pünktlich zu sein und rannte keuchend auf die Straße, auf der Mattia bereits in einer lässigen Haltung am Zaun lehnte. Er trug ein langärmeliges, weißes Hemd, ein dunkles Sakko und eine Stoffhose. Mir war sofort klar, dass ich in meiner verwaschenen, zerlöcherten Jeans und dem kuscheligen Hoodie zu leger gekleidet war.

«Entschuldige die Verspätung aber ...» Mir fiel auf die Schnelle keine passende Ausrede ein.

«Kein Problem. Das Restaurant befindet sich hier im Ort. Wir können laufen, wenn du magst?»

«Ja klar.»

Ich hatte Mühe, mit ihm Schritt zu halten und tippelte neben ihm her wie ein Kleinkind.

«Geht es Pippa gut?»

«Ja, aber sie ist durch den Vorfall wieder scheu geworden. Ich habe sie aus dem Tierheim. Sie hatte bei ihrem Vorbesitzer keine gute Zeit. Ich musste mir ihr Vertrauen hart erkämpfen.»

«Das tut mir echt leid. Mein Vater will mit Ben zum Hundetrainer.»

«Das ist vernünftig.»

Nach wenigen Metern erreichten wir das Restaurant. Es war, wie ich erwartet hatte, ein Schickimicki Schuppen. Inge hatte mir von dem Lokal, in dem sich vornehmlich Promis aufhielten, erzählt.

Als ich mir die Gäste in dem gut besetzten Lokal betrachtete, war mir sofort klar, dass mein Outfit erbärmlich war. Die flinke Servicekraft, ein wunderschönes, dünnes Mädel mit künstlichen Wimpern, die bis zur Stirn reichten, führte uns tänzelnd an unseren Tisch, den Mattia reserviert hatte. Während wir auf die Speisekarte warteten, sah ich mich mit großen Augen um.

«Bist du hier noch nie gewesen?», wunderte sich Mattia und legte sein Handy neben das Besteck.

«Doch, aber irgendetwas hat sich hier verändert ...» Wieder musste ich lügen, was langsam zur Routine wurde.

«Wie lange wohnen deine Eltern denn schon auf Sylt?»

Ich spürte, dass ich rot anlief und nervös auf meinem Hintern herumrutschte.

«Das Haus gehört meinem Großvater und ich besuche ihn hin und wieder.»

«Ah, OK.»

«Und was machst du so in Berlin?», stellte ich eine Gegenfrage, um von mir abzulenken.

«Ich habe vor Kurzem ein kleines Start-up gegründet. Wir entwickeln Programme für Firmen ...» Mattia erzählte mir lang und breit von seinem Unternehmen, während meine Gedanken ganz weit abdrifteten. Als die Speisekarte gereicht wurde, legte er eine Pause ein.

Sollten die Zahlen neben den Gerichten die Preise sein oder eine Bestellnummer? Ich war froh, dass Mattia mich einlud und vermutete, dass sein Unternehmen bereits einen größeren Gewinn abwarf.

Ich studierte die Karte, auf der weder eine Currywurst noch Pizza angeboten wurden, rauf und runter und hatte keine Ahnung, was ich nehmen sollte.

«Ich werde die Lammkeule nehmen», entschied Mattia sich ohne lange zu überlegen und klappte die Karte zu.

«Babytiere esse ich nicht. Ich nehme nur einen Salat.»

«Isst du gar kein Fleisch? Stört es dich, wenn ich Lamm esse?», fragte er rücksichtsvoll.

«Ab und zu esse ich Fleisch, aber nicht von Jungtieren. Du kannst das Lamm essen, wenn es dir schmeckt.»

«Magst du einen Aperitif?»

«Nein danke.»

«Einen Weißwein?»

«Ja, ein kleines Glas.»

Mattia bestellte unser Essen und eine Flasche Weißwein, den er sich empfehlen ließ. Ich beobachtete ihn und konnte nicht leugnen, dass er mich beeindruckte, denn er war eloquent und besaß die Souveränität der Elite, die sich ihres Status bewusst ist und von ihrem Umfeld Anerkennung und Bewunderung erwartet. Elodie hätte er gefallen. Der junge Mann hatte ein blühendes Leben vor sich, während ich mich um meine Zukunft sorgte und kein großes Erbe zu erwarten hatte.

Man brachte uns einen Gruß aus der Küche, der mit einem Happs aufgegessen war und keine Explosion meiner Geschmacksnerven auslöste.

«Und was machst du in Hamburg?» Er brach ein Stück vom Brot ab und lächelte mich an.

Sollte ich wieder lügen und ihm erzählen, dass ich studiere?

«Ich … habe mir gerade eine kleine Auszeit gegönnt. Ich finde, dass es wichtig ist, dass man mal innehält und darüber nachdenkt, was man vom restlichen Leben erwartet und welche Richtung man endgültig einschlagen will», erklärte ich überzeugend und spielte am Hals des Weinglases.

«Da ist richtig. Ich habe das Gleiche nach dem Abitur gemacht und bin ein Jahr durch verschiedene Länder gereist. Das hat mir eine ganz andere Perspektive gegeben. Ich wusste danach, dass ich mein eigener Herr sein möchte, habe Informatik studiert und mich dann selbstständig gemacht.»

«Toll! Und so wie ich heraushöre, läuft deine Firma?»

«Ich kann mich nicht beklagen.»

Der Salat konnte überzeugen und der Wein war kein Vergleich zu der Ware, die ich ab und an im Discounter kaufte.

Mattia war nicht so arrogant, wie ich vermutet hatte. Er erzählte zwar etwas viel, aber da ich nicht gerne über mich redete, war es mir ganz recht. Ohne mich zu fragen, bestellte er zwei Espressi und ein Dessert, das ich gierig verschlang. Als wir das Lokal verließen, war es bereits dunkel und es fing an zu tröpfeln.

«Ist dir kalt?»

«Es geht», log ich und zitterte bereits leicht, da es mir vorkam, als wäre das Thermometer unter die Nullgradmarke gesackt.

Ohne zu zögern entledigte sich Mattia seines Sakkos und legte es mir behutsam über die Schultern. Eine Szene, die ich in zahlreichen Liebesfilmen gesehen, aber bisher noch nie selbst erlebt hatte.

«Danke!»

«Kannst du Tennis spielen?», erkundigte er sich und blieb stehen.

«Ja, ein bisschen.» In der Schule hatte ich in einer Projektwoche einen Kurs belegt und die Bälle tatsächlich übers Netz gebracht.

«Hast du Lust, morgen mit mir zu spielen?»

«Morgen habe ich leider keine Zeit. Ich muss mich um meinen Großvater kümmern.»

«Den ganzen Tag?»

«Ja, ihm geht es nicht so gut.»

«Schade. Hättest du denn morgen Abend Zeit?»

«Theoretisch ja, aber übermorgen bekomme ich Besuch von meiner Freundin und muss noch ein bisschen aufräumen.»

Warum wollte er sich mit mir treffen? Waren seine Eltern an dem Nachbargrundstück interessiert?

«Du kannst es dir ja überlegen.» Er reichte mir sein Handy und ich tippte meine Nummer ein.

In einem gemächlichen Schritt erreichten wir Jos Haus.

«Ich hoffe, dass es Pippa schnell wieder gut geht und du nicht mehr allzu sauer auf mich bist.»

«Nein, ich bin nicht mehr sauer, nur ziemlich wütend.» Ich lachte und spielte mit den Zipfeln meines Schals.

«Falls du morgen doch noch Zeit haben solltest, dann schreibe mir einfach eine Nachricht», ließ er nicht locker und machte mich fast wahnsinnig, da er so süß und wohlerzogen war.

Ich nickte. «Danke für die Einladung und eine gute Nacht.»

«Von meinem Zimmer aus kann ich auf euren Balkon gucken. Ist das dein Zimmer?»

«Nein, das ist das Zimmer meines Großvaters. Ich wohne im Gästehaus und habe dort mein eigenes Reich.»

«OK. Dann schlaf gut, Carlotta.» Es berührte mein Herz, wie schön betont er meinen Namen aussprach.

Als ich die Tür zum Gästehaus aufschloss, bemerkte ich, dass ich vergessen hatte, Mattia das Sakko zurückzugeben.

Ich erzählte Paul nicht, dass ich mit meinem Nachbarn essen gewesen bin, stattdessen tischte ich ihm eine Lüge auf, was sich nicht gut anfühlte, aber wollte vermeiden, dass er eifersüchtig wurde.

Herr Blatter wollte nicht frühstücken, was mich beunruhigte. Hatte er endgültig seinen Lebensmut verloren, weil er den Tod seiner Frau nicht verwinden kann, weil er es nicht schaffte, ohne sie glücklich zu sein?

Zum Mittag besorgte ich frischen Fisch im Lister Hafen. Vielleicht konnte ich den traurigen Witwer mit einem guten Essen erfreuen?

Nachdem ich pünktlich angerichtet hatte, ließ Herr Blatter auf sich warten, sodass der Fisch kalt wurde. Gerade als ich nach ihm sehen wollte, kam er angerollt. Er begrüßte mich flüchtig und zeigte noch immer das Gesicht eines grimmigen alten Mannes, der am Leben keinen Spaß mehr hatte.

«Lassen Sie es sich schmecken», sagte ich freundlich und lächelte ihn aufmunternd an.

«Danke!» war alles, was von ihm kam. Ich registrierte, dass er nicht mit mir kommunizieren wollte und verzog mich in die Küche, in der Inge sich aufhielt.

«Und wie war dein Date mit dem Nachbarsjungen?», fragte sie neugierig.

«Das Essen schmeckte hervorragend und wir haben uns nett unterhalten.»

«Ich habe ihn gestern zum ersten Mal gesehen. Er sieht ziemlich gut aus. Weißt du, was seine Eltern machen?»

«Keine Ahnung! Das interessiert mich auch nicht.»

Inge sah mich forschend an, als wenn sie vermutete, dass ich ihr etwas verheimlichen würde.

Als ich das Geschirr abräumen wollte, saß Herr Blatter noch im Speisezimmer. Er hatte nur die Hälfte gegessen.

«Hat es Ihnen nicht geschmeckt?»

«Doch hervorragend, aber ich habe keinen Appetit. Machen Sie die Portionen doch bitte zukünftig kleiner.»

«Gut, wie Sie wünschen. Herr von Blatter, ich … habe beim Sortieren der Bücher einen verschlossenen Umschlag gefunden. Ich wollte es Ihnen nur sagen, weil …»

«Einen Umschlag? Können Sie mir den bitte geben», bat er mich verwundert, sodass ich vermutete, dass er den Brief nicht in das Buch gelegt hatte.

Ich eilte in die Bibliothek und suchte den Brief. Etwas außer Atem stand ich vor Herrn Blatter und legte den Umschlag auf den Tisch.

«Danke! Sie können jetzt gehen.»

«Herr von Blatter, ich wollte Sie noch fragen, ob meine Freundin, die morgen zu Besuch kommt, bei mir wohnen darf?»

«Ja, warum denn nicht?»

«Hätte ja sein können, dass Sie … Vielen Dank.»

Zu gerne hätte ich gewusst, von wem der Brief war und was in ihm stand. Ich rechnete damit, dass ich es niemals erfahren würde.

Elodie reiste mit viel Gepäck an und kam mir vor wie eine Königin, die ihre Koffer jedoch selbst schleppen musste.

Kreischend fielen wir uns in die Arme. Bewundernd schaute ich auf ihren Bauch, der sich unter einer weiten Bluse versteckte.

«Da ist noch nichts zu sehen. Bei meiner Mutter sah man bis zum siebten Monat nicht, dass sie schwanger war.»

«Du bist zu dünn. Isst du denn auch gut?», erkundigte ich mich besorgt.

«Ja, Mama. Darauf achten meine Schwiegermutter und meine Mutter ganz genau. Du kannst dir nicht vorstellen, wie sie mich nerven. Es ist ihr erstes Enkelkind und die beiden sind so was von aus dem Häuschen. Sie wollen jetzt schon ein Spielzimmer in ihren Häusern einrichten und haben sogar schon Schaukeln und Sandkästen in ihren Gärten bauen lassen.»

«Euer Kind wird es richtig guthaben mit so engagierten Großeltern.» Ich musste an meine Kindheit denken. Sonja hatte mir zwar nicht viel kaufen können, aber dennoch war ich ein glückliches Kind gewesen. Es ist nicht das Materielle, was einen zufrieden stimmt, sondern die tiefe Liebe und die Aufmerksamkeit der Eltern. Obwohl ich zugeben muss, dass ich auf Elodies Wohlstand manches Mal neidisch gewesen bin.

Die werdende Mutter zeigte sich begeistert von meinem Heim, dem Grundstück und dem entzückenden Reetdach Haus.

«Du hast es wirklich gut getroffen, aber dennoch kannst du nicht weitere Jahre hier verschwenden», fing sie wieder an, mich zu bekehren. «Zudem wartet Paul auf dich und hat sogar schon ein Bild von dir und Pippa in der Kanzlei stehen. Ich finde es so toll, dass ihr beide …»

«Es ging alles ein bisschen schnell und ich weiß nicht, ob es mit uns auf Dauer funktioniert. Wir müssen uns erst mal besser kennenlernen und sehen, wie wir uns im Alltag verstehen», bremste ich ihren Enthusiasmus aus. Wenn ich die magischen vier Monate mit Paul überstehen sollte, konnte ich einigermaßen sicher sein, dass wir eine gemeinsame Zukunft vor uns haben könnten.

«Ich glaube, dass man mit Paul nichts verkehrt machen kann. Er ist total umgänglich und wird seine Partnerin bestimmt verwöhnen. Und zudem sieht er richtig gut aus. Hat er dir erzählt, dass er Football spielt? Das ist ziemlich sexy.»

«Ja hat er.»

«Ist das Sakko von Paul?» Elodie fuhr mit ihren Fingern über den edlen Wollstoff. Sie erkannte sofort, dass es sich um einen hervorragenden Zwirn handelte.

«Nein, es gehört … dem Nachbarssohn.»

«Und warum ist sein Sakko hier? Carla du …» Sie sah mich forschend an.

«Weil er mich gestern zum Essen eingeladen hat. Ich hatte dir doch erzählt, dass der Nachbarshund Pippa ins Ohr gebissen hat. Als Entschädigung bekam ich diese Blumen und eine Einladung in ein Spitzenlokal.»

«Aber wenn ein Mann einer Frau sein Sakko zärtlich über die Schultern legt, dann hat das schon etwas zu bedeuten.»

«Es bedeutet nur, dass mir kalt war und ich bereits mit den Zähnen klapperte, weil es auf Sylt auch im Sommer nachts arschkalt ist», meinte ich aufgebracht, weil Elodie in Mattias Fürsorge zu viel hineininterpretierte.

«Wollen wir an den Strand gehen?», schlug ich vor, da ich keine Lust hatte, mir weitere Predigen anzuhören.

«Ja unbedingt und danach muss ich drei Fischbrötchen essen.»

Herr Blatter hatte mir zwei Tage frei gegeben und wurde von Inge mit Essen versorgt, sodass ich den ganzen Tag mit Elodie verbringen konnte. Es war so schön, sie wieder an meiner Seite zu haben, denn sie ist meine Sonne, die mich wärmt, die Licht in mein Leben bringt und stets aufrichtig ist.

Wir mieteten uns einen Strandkorb und genossen die Sonne auf unserer blassen Haut, wagten uns bis zur Hüfte ins kalte Meer und suchten wie kleine Kinder voller Begeisterung nach Muscheln.

Am Abend lud Elodie mich zum Essen ein und lästerte unentwegt über ihre Schwiegermutter, die für mich ein Grund gewesen wäre, Justus nicht zu ehelichen.

Als wir eine abendliche Runde mit Pippa drehten, kam uns Mattia entgegen, der Ben an der kurzen Leine führte.

Pippa fing sofort hysterisch an zu bellen. Sie hatte die hinterhältige Attacke nicht vergessen.

«Guten Abend Mattia. Ich glaube, dass Pippa nicht gut auf euch zu sprechen ist.»

«Sieht ganz so aus»

«Das ist meine Freundin Elodie.»

«Hallo Elodie. Kommst du auch aus Hamburg?»

«Ja.»

«Ich habe noch dein Sakko. Soll ich es schnell holen?»

«Eilt nicht. Ich habe noch mehr. Dann gehe ich mal lieber weiter, damit Pippa sich beruhigt.»

«Schönen Abend!» riefen wir ihm hinterher. Elodie drehte sich nach ihm um.

«Das ist ja der absolute Wow-Typ. Der sieht ein bisschen so aus wie dieser Tennisspieler ... Ich komme gerade nicht auf seinen Namen.»

«Keine Ahnung, wen du meinst. Apropos Tennis. Wollen wir morgen mal spielen?»

«Du hast doch zuletzt in der Schule gespielt und nicht besonders gut.»

«Ja schon, aber ich hätte mal wieder Lust dazu.»

Als wir uns weit nach Mitternacht unter eine Decke kuschelten, so wie wir es schon so oft getan hatten, entdeckte Elodie das Foto, das ich auf dem Dachboden gefunden hatte.

«Ist das das Foto, von dem du mir erzählt hast?»

«Ja, diese Frau sieht meiner Mutter doch sehr ähnlich.»

«Allerdings!» Sie drehte das Foto um und las laut: «1991».

«Sag mal, bist du dir sicher, dass du aus einem anonymen Spendersamen ...?»

Ich sah meine Freundin entgeistert an. «Ja!» Wie konnte sie das anzweifeln? Warum sollte meine Mutter mir all die Jahre eine so gravierende Lüge unterbreiten?

«Entschuldige, aber vom Jahr her hätte das gepasst», sagte sie kleinlaut und legte das Bild zurück.

«Vielleicht hatte Sonja Herrn Blatters Sohn kennengelernt, aber deswegen muss er nicht mein Vater sein», wurde ich laut und hätte Elodie fast aus meinem Bett geworfen, weil sie dabei war, meine Mutter als Lügnerin hinzustellen und mit ihrer

Vermutung meine Vorstellung von meiner Entstehung total auf den Kopf stellte.

Als meine Mutter mir vor zwanzig Jahren erklärt hatte, dass ich wie eine wunderschöne Blume aus einem ganz kleinen Samen entstanden war, den der Wind in ihren Bauch transportiert hatte, fühlte ich mich wie ein besonderes Geschöpf und allen anderen Kindern überlegen. Später erzählte mir Sonja, dass ein freundlicher Mann seinen Samen zur Verfügung gestellt hatte, damit Frauen, die ihr Kind ohne Mann großziehen möchten, auch Kinder haben können. Oftmals hatte ich mir vorgestellt, wie mein Vater aussieht, was er beruflich macht und ob er mir ähnelt. In meiner Vorstellung war er groß, attraktiv, ein gebildeter Mann, der ganz viel Humor besitzt.

«Wenn meine Mutter wieder ein Handy in die Hand nehmen darf, werde ich ihr das Foto von Niels zeigen.»

«Du machst einen gereizten Eindruck. Was ist los mit dir?» Ich wusste, dass Elodie mich wirklich gernhatte, fast wie eine eigene Schwester und nur das Beste für mich wollte. Gewiss auch, weil ich ihr das Leben gerettet hatte und sie mir bis an mein Lebensende dankbar dafür war, dass sie nicht mit achtzehn Jahren ihr wunderschönes Leben verloren hatte.

«Irgendwie weiß ich nicht, was ich tun soll. Soll ich wirklich wieder mein Studium aufnehmen? Soll ich eine Beziehung mit Paul wagen und zum zehnten Mal auf die Nase fallen, weil unsere Liebe dem schnöden Alltag nicht standhält?»

«Soll ich dir einen Rat geben?» Es war rücksichtsvoll, dass sie mich fragte.

«Ja.» Ich schmiegte mich an ihren warmen Körper und streichelte Pippa, die sich neben mich gedrängelt hatte, obwohl es im Bett schon recht eng war.

«Nimm dein Studium auf, heirate Paul und ziehe in meine Nähe.»

«Du denkst nur an dich, du wunderschöne Egoistin.» Ich kitzelte Elodie, die sich wie ein Wurm krümmte, durch. Diese vertraute, ausgelassene Zweisamkeit hatte ich in den letzten Wochen vermisst.

«Jetzt mal ernsthaft. So einen Mann wie Paul wirst du nicht so schnell wiederfinden. Du musst ja auch dein Alter berücksichtigen. Wenn du noch länger wartest, ist der Markt leer gefegt und du kannst dir denken, was dann noch übrig bleibt. Faules Obst oder Retouren, die beschädigt sind.»

«Ich weiß, aber ich kenne Paul noch nicht richtig. Es kann sein, dass er Macken hat, mit denen ich nicht zurechtkomme. Ich befürchte auch, dass er ein Mensch ist, der zu sehr klammert. Ich brauche noch Raum für mich. Er bombardiert mich mit Nachrichten und ruft mehrmals am Tag an. Das ist mir ein bisschen too much.»

«Er meint es gut. Ihr müsst ja nicht gleich zusammenziehen. Lasst es ruhig angehen.»

«Nun lass uns schlafen. Ich bin wirklich müde und dein Baby braucht jetzt auch Ruhe.» Ich legte meine Hand auf ihren Bauch und schlief sehr schnell ein.

Am nächsten Morgen wurde ich gegen fünf Uhr wach. Meine Gedanken fingen sofort an zu kreisen, sodass ich nicht wieder einschlafen konnte. Ich schlich mich ins Badezimmer und unternahm einen Spaziergang, während die Sonne auf die Tagesbühne trat.

Elodie schlief lange. Vermutlich machte sie die Schwangerschaft müde. Als sie in einem seidenen Morgenrock gähnend ins Wohnzimmer trat, fand sie einen gut gedeckten Frühstückstisch vor.

«Schade, dass ich nicht länger bleiben kann. Es ist wunderschön hier.»

«Nun weißt du, warum mir der Abschied so schwerfällt. Ich glaube, dass Herr Blatter auch traurig sein wird, wenn ich gehe.»

«Irgendwann musst du Paul wohl gestehen, dass Herr Blatter nicht dein echter Großvater ist. Hoffentlich kann er dir das verzeihen.» Elodie schnappte sich eine Cocktailtomate, schnitt sie in zwei Hälften, ließ Honig darüber laufen und rundete die eigenwillige Mischung mit Salz und Pfeffer ab.

«Isst man das jetzt in gehobenen Kreisen? Das muss ich auch probieren.»

«Du kannst dir nicht vorstellen, was ich alles Komisches esse.»

«Solange es dem Kind nicht schadet. Im Nachhinein bereue ich diese Lüge, aber werde sie erst mal aufrechterhalten. Herr Blatter hat den Tod seines Sohnes und seiner Frau noch nicht überwunden und hat keine Freude mehr am Leben. Ich glaube, dass er den beiden am liebsten folgen würde. Es macht mich traurig, dass er nicht das genießt, was ihm geblieben ist.»

«Das ist wirklich traurig. Vor allem, wenn Kinder vor den Eltern sterben. Oh Gott, wenn ich daran denke, dass unser Kind … Da bekomme ich glatt eine Gänsehaut.»

Als Elodie sich die Haare kämmte, rieb ich meine Zähne mit dem Inneren einer Bananenschale ab, da Inge mir erzählt hatte, dass man davon weiße Zähne bekommt.

«Was machst du denn da? Kannst du dir keine Zahnpasta mehr leisten?», wunderte sie sich und sah mich entgeistert an.

«Wusstest du nicht, dass man auf diese Weise weiße Beißerchen bekommt?»

«Nein, ich gehe lieber zum Zahnarzt. Schmeckt das nicht eklig?»

Ich schüttelte den Kopf und hatte den Eindruck, dass meine Zähne schon heller geworden waren.

Nachdem ich Elodie die Kampener Luxusmeile gezeigt hatte, die sie mächtig beeindruckte und schöner war als der Neue Wall, fuhren wir zur nördlichsten Spitze der Insel, die mich am meisten faszinierte. Laut meines Reiseführers sollte es einen Aussichtspunkt in den Dünen geben, den wir suchten und fanden. Begeistert schauten wir auf List mit den Wanderdünen, den grünen Salzwiesen und dem lebendigen Königshafen. Zudem hatten wir einen herrlichen Blick auf den Ellenbogen und zur dänischen Nachbarinsel Rømø, auf der Elodie als kleines Kind gewesen war.

Nach einem ausgedehnten Spaziergang am Strand, bei dem uns der Wind mächtig ins Gesicht pustete, genossen wir einen Fischteller im Freien.

Obwohl ich noch nicht lange auf der Insel war, fühlte ich mich heimisch und pudelwohl. Ich genoss die unberührte Natur, die raue See und den steten Wind, der mich überhaupt nicht störte.

Vielleicht war das der Ort, an dem ich landen, an dem ich mein Glück finden sollte? Wenn ich an Hamburg dachte, bekam ich einen erhöhten Puls, denn der Autolärm, der Tag und Nacht in meine Wohnung drang, die schlechte Luft und die gestressten Menschen machten mir auf einmal Angst. Zudem fühlte es sich an, als wäre Sylt mein Zuhause, in das ich gehörte. Herr Blatter war mir so sehr ans Herz gewachsen, dass ich ihn nicht alleine lassen mochte. Außerdem hatte ich das Gefühl, dass ihm meine Gesellschaft guttat.

Über dem aufgewühlten Meer brauten sich dunkle Wolken zusammen, die sich rasch der Insel näherten. Der Wetterbericht hatte heftige Schauer für den Nachmittag angekündigt, sodass wir eilig zum Auto liefen und heimfuhren. Als wir durch den Garten zum Gästehaus huschten, sah ich Jo an seinem Lieblingsplatz sitzen. Bemerkte er nicht, dass es regnet? Ich eilte zu ihm.

«Herr von Blatter. Sie werden ganz nass. Soll ich Ihnen ins Haus helfen?»

«Nein danke. Ich bleibe noch kurz hier.»

«Aber Sie werden sich noch erkälten», sagte ich besorgt und hielt mir meine Tasche über den Kopf.

«Ich friere nicht. Gehen Sie ins Haus. Sie haben doch heute Ihren freien Tag.»

«Wie Sie meinen. Wir sehen uns dann morgen früh.»

Es gefiel mir gar nicht, dass Jo im kalten Regen saß und eine Lungenentzündung riskierte. Ich empfand tiefes Mitleid und wollte ihm so gerne helfen und hoffte, dass er in den nächsten Tagen wieder gesprächiger sein würde.

Elodie rubbelte sich ihr nasses Haar mit einem Handtuch trocken und lachte ausgelassen, als ich nachdenklich das Haus betrat.

«Was ist mit ihm?»

«Keine Ahnung. Ich hoffe nicht, dass er Blödsinn macht. Ob wir auch so voller Trauer wären und das Leben nicht mehr genießen könnten, wenn wir unseren geliebten Partner verlieren? Wenn Jo doch wenigstens Enkel hätte oder gute Freunde, die ihn ablenken und aufmuntern könnten.»

«Ich kann mir überhaupt nicht vorstellen, dass Justus stirbt und ans Altern möchte ich ehrlich gesagt auch noch nicht denken. Es ist bestimmt nicht so witzig. Wenn ich an meine Oma denke, die ständig neue Gebrechen hat und am Jammern ist ...»

«Ich mache gleich den Kamin an und koche uns einen Tee. Ich habe auch noch Kekse, die Inge mir geschenkt hat.»

«Ich muss mal eben Justus anrufen. Seitdem ich schwanger bin, ist er so besorgt um mich und will stündlich wissen, wie es mir geht. Er ist so happy und ist fest davon überzeugt, dass es ein Junge wird.»

«Er hofft wohl, dass es ein Junge wird.»

«Mir ist das Geschlecht total egal, Hauptsache, unser Kind wird so hübsch wie ich.»

Ich mochte es, wie Elodie lachte, wie sie sich bewegte und wie sie sprach. Bereits als Kind hatte ich versucht, sie zu imitieren. Wusste sie, wie sehr ich sie bewunderte und mein Leben sofort gegen das ihre eingetauscht hätte? Sie konnte die glücklichste Frau der Welt sein, da ihr seit ihrer Geburt alles in den Schoß gefallen war. Ich hätte gerne gewusst, wie es sich anfühlt, wenn man so schön und erfolgreich ist. Zwar war ich mit meinem Äußeren ganz zufrieden, aber Elodie strahlte vor Schönheit und zog alle Blicke auf sich wie eine seltene Blume.

«Das wird es bestimmt. Ich kann mir dich als Mutter noch nicht so recht vorstellen. Wir waren doch selbst noch vor Kurzem Kinder. Weißt du noch, als wir uns die Kissen unter den Pullover gesteckt haben und spielten, dass wir hochschwanger wären?»

«Ja, als wäre es gestern gewesen. Oder als wir uns die High Heels meiner Mutter stibitzten und du dir den Knöchel dabei verstaucht hast.»

Wir erinnerten uns gerne an unsere Kindheit und gemeinsamen Schuljahre, die uns zusammengeschweißt hatten, zurück. In der 8. Klasse wäre es beinahe zum Bruch zwischen uns gekommen, weil Elodie sich mit der Klassenbesten Annalena befreundet und ich vor Eifersucht getobt hatte. Zum Glück zog meine Konkurrentin fort, sonst hätte ich Elodie höchstwahrscheinlich an sie verloren?

Auf dem kleinen Sofa schlürften wir Tee, knabberten Kekse und verwöhnten Pippa abwechselnd mit Streicheleinheiten, die unsere Zuneigung sichtlich genoss.

Da der Regen nicht aufhörte, blieben wir im Haus und guckten uns eine Komödie an, die wir bereits vor zehn Jahren gemeinsam angeschaut hatten. Offenbar hatte sich unser Humor verändert, denn wir konnten nicht mehr lachen wie früher.

Elodie schlief neben mir ein. Ich deckte sie zu und ging ins Schlafzimmer, um mit Paul, der bereits sehnsüchtig auf meinen Anruf wartete, zu telefonieren.

«Heute haben wir leider Regen und können nichts unternehmen.»

«Hier regnet es auch. Du siehst heute bezaubernd aus.» Paul verteilte großzügig Komplimente, die nicht immer überzeugend klangen.

«Bist du beim Friseur gewesen?»

«Ja gefällt es dir?»

«Sehr gut. Ich würde jetzt gern über deinen Kopf streicheln.»

«Kannst du nicht mit Elodie zurückfahren?»

«Nein, du weißt, dass mein Großvater mich braucht. Sobald es ihm besser geht, werde ich kommen.»

Elodie kam gähnend ins Schlafzimmer und hatte nicht bemerkt, dass ich telefoniere.

«Oh, sorry! Ich wollte euch nicht stören.»

«Du störst nicht. Schau mal, Paul! Hier ist deine nette Kollegin.»

«Hi Elodie. In der Kanzlei ist heute das totale Chaos. Sei froh, dass du Urlaub hast.»

«Ich glaube, dass ich nicht zurückkommen werde. Mir gefällt es bei Carla. Das Bett ist vielleicht etwas schmal, aber sonst ist es hier sehr gut auszuhalten.»

«Hat Carlotta denn Zeit für dich? Sie muss sich doch um ihren Großvater kümmern.»

«Ja, doch ich helfe ihr und …», spielte Elodie mit, obwohl ich wusste, dass es ihr gegen den Strich ging, aber sie war nun mal meine Freundin und hielt zu mir, auch in Lügenzeiten.

«Dann werde ich euch mal in Ruhe lassen. Ich muss sowieso noch arbeiten.»

Paul hauchte Küsse in die Kamera.

«Er ist so süß. Es war doch ein Glück, dass er in unsere Kanzlei kam.»

«Ja, das stimmt. Ich mache uns jetzt noch was zum Abendbrot.»

Am nächsten Morgen mussten wir uns schon wieder trennen.

«Es war zwar kurz, aber schön. Und komme bitte so schnell es geht nach Hamburg zurück, denn nicht nur Paul wartet auf dich.»

«Pass gut auf dein Baby auf.»

Wir verdrückten ein paar Tränen, ehe ich das Haus verließ und in der Küche auf Inge stieß.

«Guten Morgen, hattest du eine schöne Zeit mit deinem Besuch?»

«Ja, nur war das Wetter gestern nicht so toll.»

«An das Wetter musst du dich noch gewöhnen. Es gibt hier nicht so viel Sonne wie in Hamburg.»

«Inge, ich habe mich entschieden, die Stelle hier bald aufzugeben. Ich will mein Studium wieder aufnehmen.»

«Oh, hast du das schon Jo gesagt?»

«Ja, er hat mir doch dazu geraten, mein Studium abzuschließen.»

«Das ist wirklich schade, denn du kommst gut mit ihm aus und erledigst die Hausarbeit gründlich.»

«Eigentlich fühle ich mich auch total wohl hier und möchte nicht gehen, aber ich brauche eine gescheite Ausbildung, um nicht mein Leben lang zu jobben.»

«Da hast du recht. Im Moment sieht es auch so aus, als wenn Jo nicht mehr leben möchte. Vielleicht braucht er uns bald nicht mehr, weil er …»

Ich war geschockt über ihre Worte und mochte nicht daran denken, dass der Witwer starb. Vielleicht konnte ich es schaffen, ihn für irgendetwas zu begeistern, ihm Lebenslust einzuhauchen, überlegte ich und fragte mich, ob er den Briefumschlag schon geöffnet hatte.

«Jo hat mir eben gesagt, dass er im Bett frühstücken möchte. Er hat wohl nicht mal Elan aufzustehen.»

«Hat er denn gesundheitliche Probleme?»

«Nein, im Gegenteil. Ich habe mit seinem Arzt gesprochen und der meinte, dass er organisch gesund ist. Es ist nur die Psyche, die krankt.»

«Vielleicht können wir ihm irgendwie helfen? Ich könnte einen Ausflug mit ihm machen oder zu einer Lesung fahren? Ich habe gerade heute gesehen, dass eine Autorin nach Westerland kommt.»

«Du kannst es ja versuchen. Mit mir redet er nur das Notwendigste und über meine Witze, die eigentlich ganz gut sind, lacht er auch nicht.»

«Oh, erzähl mir mal einen.»

«Moment! Lass mich überlegen. Was machen Ostfriesen bei einem Stromausfall? Sie gehen zur Nordsee ein Kilo Watt holen.»

«Der ist wirklich gut. Den muss ich mir merken. Über den konnte Jo nicht lachen?»

«Ne, er hat mich aus traurigen Augen angeschaut und nicht reagiert.»

«Dann werde ich ihm mal das Frühstück bringen.»

Ich klopfte dreimal kräftig an die Tür und vernahm ein leises «Kommen Sie rein.»

Herr Blatter trug einen Pyjama im Paisley Muster und war frisch rasiert. Es duftete nach einem herben Parfum. Das Fenster war gekippt. Kalte frische Luft strömte in den abgedunkelten Raum.

«Guten Morgen Herr von Blatter. Haben Sie gut geschlafen?», fragte ich fröhlich und stellte das Tablett auf dem Nachttisch ab.

«Danke», antwortete er einsilbig und legte die Tageszeitung zur Seite, damit ich das Tablett aufs Bett stellen konnte.

«Haben Sie noch einen Wunsch?»

Er schüttelte den Kopf und griff nach dem Teebecher, aus dem es dampfte.

Kurz bevor ich den Raum verlassen wollte, sagte er: «Hatten Sie eine schöne Zeit mit Ihrem Besuch?»

«Ja, danke. Meine beste Freundin war hier. Ich kenne sie seit der Grundschulzeit.»

«Die Freundschaften, die in der Kindheit entstehen, sind oftmals die haltbarsten. In der 1. Klasse war Rudi mein bester Freund. Wir haben viel dummes Zeug angestellt. Wollten so sein wie Max und Moritz. Rudi wollte Pilot werden und das schönste Mädchen im Dorf heiraten, doch seine Träume konnten nicht in Erfüllung gehen …»

Jo zog ein betrübtes Gesicht und starrte in die Tasse.

«Ist er im Krieg gefallen?»

Er nickte. Bisher bin ich auf noch keiner Beerdigung gewesen und ich hoffte, dass mir das in den nächsten Jahren auch erspart bleiben würde, ging es mir durch den Kopf.

«Diese verdammten Kriege. Hoffentlich wird die Welt endlich mal friedlicher.»

«Das glaube ich nicht. Es gibt genug verrückte Herrscher, die gern Krieg spielen.»

«Herr von Blatter … ich wollte Sie fragen, ob wir beide einen Ausflug unternehmen wollen? Vielleicht nach List?»

«Einen Ausflug?» Er überlegte, als müsste er eine gravierende Entscheidung treffen. «Wissen Sie, ich bin mit meinem Sohn oft dort gewesen, um ihm beim Surfen zuzusehen und wir haben im Lister Hafen unzählige Fischbrötchen gegessen. Wenn ich da jetzt hinfahre, kommen diese ganzen Erinnerungen in mir hoch und das macht mich noch trauriger. Ich bin am Leben und meine Frau und mein Sohn, die viel mehr Leben vor sich gehabt hätten, mussten gehen. Das ist nicht fair! Bevor meine Frau starb, hatte ich das beste Leben, das man sich vorstellen kann, und ich wusste es nicht zu schätzen. Erst im Nachhinein wurde mir bewusst, wie gut es mir ging. Das ärgert mich jetzt sehr.»

«Sie sollten sich nicht ärgern und ihr Leben genießen. Sie haben es hier so schön. Ihre Frau und Ihr Sohn hätten gewollt, dass sie nicht in Ihrer Trauer versinken, sondern versuchen, ohne sie glücklich zu sein. Inge erzählte mir, dass Sie organisch gesund sind und … auch wieder laufen könnten, wenn Sie es wollen», wagte ich zu sagen und bereute es sofort, denn der Witwer bekam einen verzerrten Gesichtsausdruck und meinte: «Ich möchte jetzt alleine sein.»

Als Herr Blatter im Garten war, holte ich das Tablett aus seinem Schlafzimmer. Er hatte kaum etwas gegessen. Mein Blick wanderte suchend durch den Raum. Ich entdeckte den Briefumschlag, den ich gefunden hatte. Er hatte ihn geöffnet. Bevor meine Neugier Oberhand gewinnen konnte, verließ ich den Raum und beobachtete vom Wohnzimmer aus kopfschüttelnd den sturen Mann, der sich nicht helfen lassen wollte.

In einer trüben Stimmung erledigte ich die Hausarbeit, denn Elodie war fort und ich konnte noch keine klare Entscheidung treffen, ob ich die Insel wirklich verlassen sollte.

Am Abend saß ich mit einem Bier auf meiner Terrasse und grübelte. «Pippa, sag mir doch, was ich tun soll?»

Sie gab mir ihre Pfote und ich wusste nicht, was das bedeuten sollte.

Am nächsten Tag nahm ich mir vor, Mattias Sakko zurückzubringen. Am Nachmittag stand ich vor dem verschlossenen Tor der Nachbarvilla und lugte durch den Zaun, hinter dem sich das prächtige Anwesen versteckte.

«Ja bitte?», vernahm ich eine weibliche Stimme.

«Guten Tag. Mein Name ist Carlotta Buchbinder. Ich wollte etwas abliefern.»

«Einen Moment bitte. Ich komme ans Tor.»

Nach wenigen Minuten erschien eine ältere Frau, die etwas humpelte. Eigentlich hatte ich gehofft, dass ich auf Mattia stoßen würde, der mich gern ein weiteres Mal zum Essen einladen durfte. Sie öffnete das Tor und musterte mich skeptisch.

«Würden Sie dem Sohn des Hauses das Sakko geben und Grüße ausrichten.»

«Von wem?»

«Von … der Nachbarin.»

Als ich bereits auf dem Fußweg war, hörte ich Mattias Stimme.

«Carlotta! Warte!»

Er rannte das kurze Stück und lächelte mich erfreut an. Sein breiter Oberkörper steckte in einem schlichten weißen T-Shirt, seine stark behaarten Beine waren muskulös und gut gebräunt.

«Moin Mattia. Ich habe dir das Sakko zurückgebracht. Sorry, ich wollte es dir schon früher geben, aber ich hatte Besuch und …»

«Kein Problem! Hast du vielleicht Lust, heute am Strand zu picknicken?» Er stemmte seine Hände in die Hüften und sah mich erwartungsvoll an.

«Ich weiß nicht … Ich habe noch einiges auf dem Zettel und …» Mir fiel auf die Schnelle kein triftiger Grund ein.

«Wie wäre es gegen acht am Strand?»

«Ja, ich weiß nicht …»

«Ich weiß aber, dass wir es tun sollten. Es ist herrliches Wetter. Ich bringe alles mit. Du musst dich um nichts kümmern. Ich warte auf dich am Strand.»

«Überredet, dann bis heute Abend», sagte ich nicht gerade begeistert, weil ich nicht wusste, warum Mattia sich unbedingt mit mir treffen wollte. Suchte er einfach nur guten nachbarschaftlichen Kontakt?

Als ich Herrn Blatter das Abendessen servierte, war er noch immer in sich gekehrt.

«Frau Buchbinder, in welchem Buch haben Sie den Brief gefunden?»

«Er war auf der hundertsten Seite in «Candide oder der Optimismus».»

«Danke!»

Hatte ihn der Brief in diese trübe Stimmung versetzt, schoss es mir in den Kopf. Waren es Zeilen von seiner Frau oder seinem Sohn? Handelte es sich um ein Familiengeheimnis, von dem er nichts gewusst hatte?

Nach Feierabend zog ich mich rasch um, schminkte mich dezent und packte Pralinen ein, die Elodie mir aus einer Hamburger Confiserie mitgebracht hatte.

Mattia saß bereits auf einer karierten Decke und hatte einen großen Picknickkorb neben sich stehen. Sein Lächeln haute mich um. Alles an ihm schien perfekt zu sein; von den Zähnen bis zu seinen Füßen, die ich hätte küssen können. Noch nie zuvor hatte ich so wohlgeformte, gepflegte Herrenfüße gesehen.

Der Abend war milder als die Tage zuvor, dennoch hatte ich einen dicken Pullover und einen Schal dabei.

«Hallo, schön, dass du gekommen bist. Hi Pippa! Das Ohr sieht ja schon ganz gut aus.»

«Ja, aber dennoch ist sie noch verstört.»

«Das tut mir leid. Wenn ich noch was tun kann …»

«Ist schon gut. Das ist ja ein richtig professionelles Picknick.»

«Ich gebe mein Bestes, damit du nicht mehr sauer auf mich bist.»

Mattia begann damit, den Korb auszupacken. Er holte Porzellangeschirr und Silberbesteck hervor und verteilte ein Dutzend kleine Schüsseln zwischen uns. Übermütig warf er eine Melone in die Luft und zückte ein großes Messer, um sie geschickt zu schlachten. Ich sah ihm lächelnd und bewundernd dabei zu und konnte mich nicht daran erinnern, dass ich jemals so fürstlich gepicknickt hatte.

«Da hast du ja ganz schön was aufgefahren. Kommen gleich nach Freunde von dir?»

«Nein, wir dürfen das alles alleine genießen.»

Mattia schenkte den Prosecco zu schnell ein, sodass er munter über den Rand des Glases sprudelte. Ich reichte ihm eine Serviette und lachte.

Während ein roter Feuerball im Meer versank und das Rauschen der Wellen unser Radio war, probierte ich die vielen Delikatessen, die köstlich schmeckten. Kein Wunder, denn sie stammten aus einem Feinkostladen, in dem ich für Herrn Blatter Käse gekauft hatte.

«Meine Eltern veranstalten bald eine Nachbarschaftsparty. Habt ihr unsere Einladung bekommen?»

«Mein Großvater hat es mir erzählt», log ich und dachte, dass es höchste Zeit war, Sylt zu verlassen, bevor meine Lüge aufflog.

Er schob sich eine gefüllte Olive in den Mund und sah mich an, als wäre ich ein Gemälde. Das machte mich verlegen. Ich vergrub meine Füße im Sand und beobachtete eine Möwe, die sich zögerlich näherte.

«Ich denke, dass mein Großvater nicht kommen wird.»

«Wie schade. Aber du wirst doch kommen?»

Ich nickte, aber war mir sicher, dass ich an diesem Tag etwas Dringendes vorhatte. Mir reichte Justus Party, auf der ich mich wie ein Esel unter Araberpferden fühlte. Zudem besaß ich nicht das richtige Outfit und keinen echten Schmuck, mit dem ich glänzen konnte.

«Und kommt deine Freundin auch?», klopfte ich auf den Busch. Ich war mir sicher, dass er eine bildhübsche, erfolgreiche Frau an seiner Seite hatte.

«Ja, meine Eltern haben Jule eingeladen, aber wir sind nicht mehr zusammen.»

«Dann gehst du allein durchs Leben?»

«Ja. Ich arbeite über zehn Stunden am Tag und ich glaube, dass es keiner Frau gefallen würde. Zudem bin ich ein Chaot, was Ordnung betrifft.»

«Dann bist du also keine gute Partie.»

Er lachte. «Und, was ist mir dir?»

«Ich habe einen Freund. Er ist Anwalt und lebt in Hamburg.»

«Er lässt dich solange allein? Bist du dir sicher, dass er dich noch liebt?»

«Sehr sicher. Er schreibt mir hundert Nachrichten täglich und möchte, dass ich so schnell wie möglich nach Hamburg zurückkomme.»

«Er kann einem leidtun. Magst du noch Prosecco?»

«Nein, ich vertrage nicht viel Alkohol. Er macht mich müde.»

«Dann muss ich wohl alleine trinken.» Mattia zog ein enttäuschtes Gesicht.

«Gut, dann gib mir noch einen kleinen Schluck.»

Als es dunkel wurde, zauberte er zwei Solarlampen hervor und stellte sie zwischen uns. Es war ganz windstill geworden und nur noch wenige Strandläufer unterwegs. Mattia knipste ein paar Selfies von uns, auf denen wir Wange an Wange ausgelassen lächelten und wie ein Liebespaar wirkten.

Die Temperatur stürzte rasch ab. Ich zog meinen Pullover an und nahm Pippa auf den Schoß, die wie eine kleine Heizung war.

«Du frierst. Wollen wir auch gehen?»

«Nein müssen wir nicht. Es ist gerade so schön. Ehrlich gesagt, saß ich noch nie nachts am Strand. Es ist eine ganze neue und sehr schöne Erfahrung.»

«Ja, wenn das so ist, dann genießen wir es noch.» Mattia packte das Geschirr in den Korb und knabberte Salzstangen.

«Weißt du, was ich jetzt gern tun würde?», sagte er und legte sich auf den Rücken.

«Nackt im Meer baden?», riet ich belustigt.

«Auch eine gute Idee. Ich würde dich jetzt sehr gern küssen.»

Mein Herz fing an zu galoppieren, denn genau das Bedürfnis hatte ich ebenfalls verspürt, obwohl ich Paul hatte, obwohl Mattia nicht meine Liga war und vermutlich kein ernsthaftes Interesse an mir hatte. Es war diese besondere Stimmung, der Alkohol und dieser magische Moment, in dem meine Gefühle sich verselbstständigten und Mattia mich anzog wie ein Magnet. Welche Frau hätte diesem Prachtexemplar widerstehen können?

«Dann tu es doch.»

«Bist du dir sicher? Du hast doch einen Freund», meinte er verwundert.

«Der ist ja weit weg.» Was war nur in mich gefahren? Wo war meine Vernunft geblieben?

Mattia fackelte nicht lange, erhob sich und nahm mein Gesicht in seine Hände. Er zeigte sich ungestümer als Paul und kam mir vor wie ein ausgehungerter Löwe, der seit Wochen kein Fleisch bekommen hatte.

Ich schloss die Augen, spürte, wie sich in meinem Kopf alles drehte und bemerkte Mattias Hände auf meinen Brüsten, die er behutsam massierte.

Ich drückte ihn weg, wischte über meinen Mund und keuchte: «Ich kann das doch nicht. Es fühlt sich nicht richtig an. Es tut mir leid.»

Ich stand auf und säuberte meine Füße vom Sand.

Mattia sah mich sprachlos an. Ich vermutete, dass er nicht oft zurückgewiesen wurde.

«Du bist sehr wankelmütig», stellte er etwas angesäuert fest, weil er nicht das bekommen hatte, was er wollte.

«Mag sein. Danke für das Essen. Es war wirklich gut.»

«Carlotta! Morgen fahre ich nach Berlin. Vielleicht besuchst du mich dort mal.»

«Eher nicht.» Ich half ihm dabei, die große Decke zusammenzulegen und zog mir meine Schuhe an.

«Ich werde Sylt vermissen», sagte er in einem sentimentalen Tonfall.

«Du kannst doch jederzeit wiederkommen. Du hast hier ein tolles Haus.»

«Die nächsten Monate werde ich keine Zeit haben. Ich fliege mit meinem Partner ins Silicon Valley.»

«Wow! Toll!»

«Ja mal sehen, ob die Reise erfolgreich sein wird. Ich plane im Oktober nach Sylt zu kommen. Bist du dann auch hier?»

«Das weiß ich noch nicht.»

Als wir vor meinem Haus standen, streckte ich ihm meine Hand entgegen.

«Kein Kuss?», sagte er lächelnd.

«Nein kein Kuss. Nur meine Hand. Gute Nacht und eine gute Heimfahrt.»

Sylter Glückskind

FÜNFZEHN

Als ich am nächsten Morgen das Frühstück servierte, fragte ich Herrn Blatter, ob er eine Einladung vom neuen Nachbarn bekommen hatte.

«Ja habe ich, aber ich werde nicht hingehen. Ehrlich gesagt, finde ich es nicht mehr schön, dass sich jeder Hans und Franz, der irgendwie zu Geld gekommen ist, hier ein Ferienhaus zulegt, in dem er nur ein paar Wochen im Jahr lebt, seinen Reichtum zelebriert und unter seinesgleichen bleibt. Manche Interessenten kaufen ein Objekt, ohne es jemals betreten zu haben. Die Balance zwischen Einheimischen und Gästen ist aus dem Gleichgewicht geraten. Es muss dringend etwas passieren, um unsere Insel zu schützen. Weder das Land noch der Bund haben Interesse, etwas an den Verhältnissen auf Sylt zu ändern, denn zu viele verdienen daran. Allein rund 50 Millionen Euro jährlich fallen auf Sylt bei der Grunderwerbssteuer an und das auf einer Insel, die nur 99 Quadratkilometer groß ist», redete er sich in Rage und zeigte eine Zornesfalte auf seiner Stirn.

Ich nickte und fand, dass er Recht hatte.

«Meine Schwiegereltern waren gebürtige Sylter. Ihnen gehörte dieses Grundstück. Ihr Haus fiel einem verheerenden Brand zum Opfer, was sie zum Glück nicht mehr miterleben mussten. Die Ursache wurde nie geklärt. Es war nichts mehr zu retten und wir bauten ganz neu. Seit 1913 ist in Kampen als

Bauweise der traditionelle Friesenhaus-Stil vorgeschrieben, das heißt, die Häuser müssen ein Reetdach und rote Steine haben.»

«Dann ist Ihre Frau hier aufgewachsen?»

«Ja, deshalb sind wir auch an unseren freien Tagen immer nach Sylt gefahren und haben uns, nachdem ich in den Ruhestand gegangen bin, hier ganz niedergelassen.» Während seiner Erzählung schaute er auf ein Foto, das auf einem Sideboard stand.

«Ist das Ihre Frau?»

«Ja, Heike war der großartigste Mensch, dem ich jemals begegnet bin und schön war sie auch noch. Sie hatte ein sonniges Gemüt und niemals schlechte Laune.»

«Da haben Sie großes Glück gehabt, so eine liebenswerte Frau an Ihrer Seite gehabt zu haben.»

Kurz bevor ich das Zimmer verlassen wollte, sagte Herr Blatter: «Gilt Ihr Angebot mit dem Ausflug noch?»

«Ja natürlich. Ich würde mich sehr freuen. Wann möchten Sie ihn machen?»

«Ich habe gerade in der Zeitung gelesen, dass das Wetter morgen sehr schön werden soll.»

«Gut, dann fahren wir morgen nach List und könnten im Hafen zu Mittag essen.»

Es war eine große Überraschung, dass der Witwer mein Angebot angenommen hatte, von der ich Inge sofort aufgeregt berichtete.

«Jo schwärmt die ganze Zeit über in den höchsten Tönen von dir. Ihm schmeckt dein Essen, er rühmt deine ruhige Art und dein Aussehen. Man könnte glatt meinen, dass er sich in dich verguckt hat.» Im Unterton hörte ich Neid heraus, der mich kränkte, denn ich hatte gedacht, dass Inge eine loyale Person war.

*

Herr Blatter bestand darauf, dass wir seine schwere Limousine nahmen, die zwar schon ein paar Jahre auf dem

Buckel hatte, aber mit jeglichem Schickimicki ausgestattet war. Ich half Jo beim Einsteigen und verstaute den Rollstuhl im geräumigen Kofferraum in dem Platz für drei weitere waren.

«Ich bin noch nie einen Automatikwagen gefahren, aber ich muss sagen, dass es sehr angenehm ist.»

«Das finde ich auch und ich verstehe nicht, warum man überhaupt noch Schaltwagen baut.»

Herr Blatter strotzte vor guter Laune, hatte sein Frühstück aufgegessen und freute sich sichtlich über unseren Ausflug.

Ich fuhr sehr langsam und schaute begeistert aus dem Fenster, denn der Himmel trug ein Blau, das man stets auf Postkarten sieht.

«Sie fahren sehr gut», lobte mich der Beifahrer und zeigte mir, wo ich parken kann.

Zu meinem Erstaunen ließ er es zu, dass ich den Rollstuhl schob. Die Luft war noch kühl, der Wind kräftig, aber die Sonne wärmte unsere Körper rasch auf. Noch nie zuvor hatte ich einen Rollstuhl geschoben und stellte mir vor, wie es wäre, wenn ich nicht mehr laufen könnte. Kein schöner Gedanke, den ich schnell zur Seite schob.

«Es ist schön, wieder hier zu sein. Heike und ich haben unserem Sohn dort hinten am Strand sehr oft beim Surfen zugesehen. Er stieg mit zwölf Jahren das erste Mal aufs Brett und hatte Talent.»

«Hatte ihr Sohn auch an Wettbewerben teilgenommen?»

«Oh, ja. Und er hat oft den ersten Platz erreicht.»

«Und haben Sie sich auch mal aufs Brett gewagt?»

«Nein, obwohl Niels immer versucht hat, mich dazu zu überreden. Meine Frau und ich haben gern im Meer gebadet. Wir waren sehr gute Schwimmer. Fahren Sie bitte bis zu der Bank dort hinten. Dort habe ich mit Heike oft gesessen.»

Ich stellte den Rollstuhl neben der Bank ab und setzte mich.

«Die Bank ist neu. Ist der Blick nicht wunderschön?»

«Herrlich! Ich könnte hier stundenlang sitzen. Wo haben Sie Ihre Frau kennengelernt?» Da ich bemerkte, dass Joachim in

Plauderlaune war, wagte ich Fragen zu stellen, die mich brennend interessierten.

«Nach dem bestandenen Abitur unternahm ich mit meinem Freund Harald, der leider auch schon verstorben ist, meine erste Reise nach Sylt. Meine Eltern hatten uns eine Woche Urlaub in einer Pension spendiert. Wir wohnten im Schlafzimmer eines älteren Ehepaares, die zwei ihrer Zimmer vermieteten und auf dem Dachboden schliefen, auf dem es kalt und muffig war. Damals haben viele Sylter Zimmer vermietet, da es eine lukrative Einnahmequelle gewesen ist. Es gab kein fließendes Wasser und die Toilette war im Garten. Das können Sie sich vermutlich nicht vorstellen. Als wir uns am zweiten Tag einen heftigen Sonnenbrand zugezogen hatten und gerade den Strand verlassen wollten, wehte ein Strohhut an mir vorbei. Geistesgegenwärtig rannte ich ihm hinterher und konnte ihn gerade noch rechtzeitig schnappen, bevor er im Wasser landete. Eine junge Frau mit strohblonden Haaren und einem bezaubernden Lächeln wedelte eifrig mit ihren Armen. Das war meine Heike. Als ich ihr den Hut reichte, war es um uns geschehen. Ich fand sie toll und sie fand mich toll und so wurde aus uns ein Paar. Damals war Kampen noch ein armes Heidedorf, bevor die Stars und Sternchen es für sich entdeckten und einverleibten. Sie können sich vorstellen, dass es mir früher besser gefallen hat.» Jo trug Tränen in den Augen, die er sich verstohlen fortwischte.

«Das ist eine wundervolle Geschichte und könnte glatt aus einem Roman stammen.»

«Aus einem sehr kitschigen.» Joachim lachte und sah mich nachdenklich an.

«Sie sollten ein Buch über den Wandel der Insel schreiben. Sie haben alles hautnah miterlebt.»

«Diese Idee hatte ich tatsächlich auch schon, aber dann starb … Heike und seitdem habe ich keinen Antrieb mehr. Es ist, als wenn mir der Motor fehlen würde», schilderte er und streichelte Pippa, die zu seinen Füßen saß.

«Das verstehe ich. Aber Ihre Frau und Ihr Sohn hätten es bestimmt gewollt, dass sie glücklich weiterleben und sich nicht nur am Leben erhalten. Sie sollten wieder unter Leute gehen, Ausflüge machen und vielleicht an dem Buch schreiben.» In mir wuchs der Wunsch, Jo zurück ins Leben zu holen. Zudem hatte ich das Gefühl, dass uns etwas verband, auch wenn ich nicht genau sagen konnte, was es war.

«Und was ist mit Ihnen? Inge hat mir erzählt, dass Sie frisch verliebt sind.»

Ich war verblüfft, was Inge alles ausplauderte und musste aufpassen, dass ich ihr nicht zu viel anvertraute. Hatte sie nicht gesagt, dass sie nicht viel mit Jo spricht?

«Das stimmt. Es ist noch ganz frisch und …»

«Sie werden nach Hamburg zurückgehen?»

«Das habe ich vor. Sie haben mir ja selbst geraten, dass ich mein Studium fortsetzen soll.»

«Dazu rate ich Ihnen noch immer.»

«Ich plane, mich für das Wintersemester einzuschreiben, aber ich muss Ihnen auch sagen, dass es mir äußerst schwerfällt, die Insel zu verlassen. Ich arbeite sehr gern für Sie.»

«Das freut mich zu hören, aber ich denke, dass Sie studieren sollten. Es ist nie leicht, Entscheidungen zu treffen.»

Ich hatte noch so viele Fragen an Herrn Blatter, aber hielt mich zurück. Vielleicht würde er mir in den nächsten Tagen mehr über sich und sein Leben erzählen.

Nachdem wir einen kleinen Spaziergang unternommen hatten, fuhren wir in den Lister Hafen. Wie immer herrschte ein reges Treiben, an das wir uns nach der herrlichen Ruhe am Ellenbogen erst gewöhnen mussten. Während Herr Blatter am Tisch wartete, besorgte ich uns ein Fischgericht. Er aß mit großem Appetit und trank sogar ein Bier, was er zu Hause nie tat. Ich sah ihm an, dass der Ausflug ihm guttat und nicht traurig stimmte, so wie er es vermutet hatte.

«Danke, dass Sie mich zu dem Ausflug überredet haben.» Er hob sein Glas und aß mit großem Appetit.

«Vielleicht können wir das in den nächsten Tagen wiederholen? Ich habe bisher noch nicht viel von der Insel gesehen.» Ich schaute auf das kleine Riesenrad, in dem ich unbedingt bald mit Paul sitzen wollte.

«Sehr gerne. Bevor Sie gehen, sollten Sie sich noch die schönsten Ecken ansehen.»

Nach dem Essen wurde Herr Blatter müde und wir fuhren heim. Ich war tief bewegt, dass ich es geschafft hatte, den traurigen Mann ins Leben zurückzuholen. Vielleicht konnte ich ihn dazu bringen, wieder laufen zu lernen?

Am Nachmittag setzte ich mich auf die Terrasse und sah mir die vielen Nachrichten an, die am Vormittag eingetrudelt waren.

Paul hatte mir ein Video geschickt, in dem er mir seine Wohnung präsentierte. Ich war etwas enttäuscht, denn sie wirkte kalt und steril. Er hatte auch sein Bett gefilmt, auf dem zwei Bettdecken mit Herzchen lagen. Seine Art zu zeigen, dass ich ihm fehlte und er auf mich wartete, gefiel mir und ich verspürte Sehnsucht, aber konnte Sylt noch nicht verlassen, denn ich hatte das Gefühl, dass ich noch etwas zu Ende bringen musste.

Mattia hatte mir ein Foto von unserem Picknick geschickt, das ich mir verträumt betrachtete. Es war ein wunderschöner Abend gewesen und ich konnte nicht leugnen, dass ich für ihn Gefühle besaß, die ich jedoch nicht zuließ. Spontan leitete ich das Bild an Elodie weiter und schrieb darunter. «Ein romantischer Abend mit einem schönen Mann am Strand.»

Nach einer kurzen Pause machte ich mich an die Wäsche und kam beim Bügeln ins Schwitzen. Ich stellte mir vor, wie Joachims Schwiegereltern früher gelebt hatten. Es gab weder Waschmaschinen noch elektrische Bügeleisen. Unglaublich, was die Frauen geleistet hatten! Damals war Kampen ein Bauerndorf gewesen und niemand hätte geahnt, dass es sich zum Saint-Tropez des Nordens entwickeln und die Läden des täglichen Bedarfs durch Luxus-Geschäfte ersetzt würden.

Als ich das Abendessen zubereitete, kam Herr Blatter das erste Mal zu mir in die Küche, was mich überraschte. Ich drehte das Radio leiser.

«Guten Abend», begrüßte er mich lächelnd und schaute sich interessiert um.

«Haben Sie noch einen besonderen Wunsch?» Ich zupfte Salat in mundgerechte Stücke.

«Nein, ich wollte nur mal schauen, wie weit Sie sind.»

Er nahm ein Kochbuch in die Hand, auf dem diverse Flecken waren.

«Das hat meine Frau mir geschenkt. Als ich in den Ruhestand trat, habe ich angefangen zu kochen. Vorher konnte ich nicht mal ein Ei in die Pfanne hauen.»

«Ach tatsächlich! Hätten Sie nicht Lust, das Kochen wieder selbst zu übernehmen?»

«Ich denke, dass es im Rollstuhl schwierig ist. Die Arbeitsplatte ist zu hoch.»

«Frau Reimers meinte, ... dass Sie wieder laufen könnten, wenn Sie trainieren», sagte ich zögerlich und hoffte, dass er mir meine Worte nicht übel nahm.

«Meint Sie das. Ich fahre noch mal kurz in den Garten, bevor das Essen fertig ist.»

Ich war enttäuscht, dass er flüchtete und beobachtete durchs Fenster, wie er auf seinen Lieblingsplatz rollte und auf das unruhige Meer hinaussah.

Als ich den Tisch abräumte, legte Pippa sich auf Jos Füße und sah ihn stoisch an.

«Na, was willst du?», fragte er amüsiert und streckte seine Hand nach ihr aus.

«Wollen wir morgen vielleicht mal nach Westerland fahren? Wann sind Sie das letzte Mal dort gewesen?»

«Zuletzt als mein Sohn noch lebte.»

«Und? Haben Sie Lust?»

«Ich werde es mir überlegen. Gute Nacht Frau Buchbinder.»

Nachdem ich mit Pippa meine abendliche Runde gedreht hatte, rief Elodie an. Sie klang aufgebracht und druckste herum.

«Es ist etwas ganz Blödes passiert. Es tut mir so leid.»

«Was ist denn? Ist was mit eurem Baby?»

«Nein, es betrifft dich.»

«Mich? Wieso? Nun erzähl schon.»

«Du hast mir doch das Selfie von dir und Mattia geschickt und … ich hatte WhatsApp im Büro geöffnet und mir dein Bild amüsiert betrachtet, als mein Chef mich zu sich bat. Als ich zurückkam, stand Paul vor meinem Laptop, weil er mir einen Kaffee auf den Schreibtisch gestellt hatte …»

«Verdammt! Es war ein Fehler, dir das Foto zu schicken», jammerte ich. Jetzt wurde mir klar, warum Paul keine Nachrichten mehr abgesetzt hatte.

«Und? Wie hat er reagiert?»

«Von einem Moment auf den anderen war seine Heiterkeit flöten gegangen. Er schien mir zornig. Ich habe natürlich sofort versucht, die Wogen zu glätten und habe ihm gesagt, dass das ein homosexueller Schulfreund von uns wäre, den du zufällig auf der Insel getroffen hast.»

«Da hast du dir ja eine tolle Geschichte ausgedacht. Hat er sie denn geschluckt?»

«Ich weiß nicht. Er ist früher als sonst nach Hause gegangen. Vielleicht hat er sich betrunken?»

«Ich werde ihn gleich anrufen und alles wieder geraderücken.»

«Sorry, es wird bestimmt wieder.»

«Das hoffe ich. Aber sonst geht es dir gut?»

«Ja, alles bestens. Nur meine Schwiegermutter nervt total. Jetzt will sie mit mir schon Tapeten für das Kinderzimmer aussuchen.»

«Deine Sorgen möchte ich haben. Ich muss jetzt Paul anrufen. Pass zukünftig bitte besser auf, wenn ich dir diskretes Fotomaterial zukommen lasse.»

«Versprochen!»

Wie erwartet, meldete sich nur die Mailbox. «Paul, rufe mich doch bitte zurück. Elodie erzählte mir, dass du das Foto von mir und meinem alten Schulfreund gesehen hast. Du bist doch nicht etwa eifersüchtig?»

Um ihm meine Liebe zu verdeutlichen, schickte ich ihm zusätzlich viele Herzchen und wartete auf seinen Rückruf, der jedoch nicht erfolgte. Ich fand seine Eifersucht übertrieben.

Vielleicht war er einer von der Sorte Mann, der seine Partnerinnen kontrolliert oder im schlimmsten Fall nicht allein aus dem Haus lässt? Mir wurde bewusst, dass ich Paul eigentlich noch gar nicht richtig kannte.

In meinem Kopf verhakten sie viele Fragezeichen, sodass ich nicht in den Schlaf fand und mich mit einer Tasse Tee auf die Terrasse setzte. Es war eine ungewöhnlich milde und sternklare Nacht. Ich studierte den Himmel und horchte dem schwachen Rauschen der Nordsee. Kurz bevor ich ins Haus gehen wollte, sah ich, dass Herr Blatter an seinem Lieblingsplatz fuhr. Ich schlüpfte in meine Clogs und ging zu ihm.

«Nicht erschrecken!», flüsterte ich.

«Frau Buchbinder!», sagte er überrascht.

«Können Sie auch nicht schlafen?» Ich nahm auf der Bank Platz und spürte die Kälte an meinem Po.

«Ich schlafe nicht mehr viel.»

«Haben Sie es schon mal mit Lavendeltee oder Baldrian probiert?»

«Ja, aber das hilft nicht. Heute ist eine schöne Nacht. Das Meer ist ganz still und sehen Sie sich mal den fantastischen Sternenhimmel an.»

«Ich habe eben schon eine Weile den Anblick genossen. Soll ich Ihnen eine Decke holen?»

«Nein danke, mir ist nicht kalt. Ich werde die Einladung der Nachbarn annehmen. Würden Sie mich begleiten?»

Ich war freudig überrascht. «Sehr gerne.»

«Meine Frau und ich haben uns so sehr Enkelkinder gewünscht. Wir redeten oft darüber, wie die Kleinen durch den großen Garten rennen, ihr erstes Bad in der Nordsee nehmen oder wir mit ihnen durch das matschige Watt laufen. Es war uns nicht vergönnt. Leider konnte Niels' Frau keine Kinder bekommen, was er sehr bedauerte. Als wir nach Sylt zogen, habe ich mich in meine Bücher vergraben und Heike begann zu malen. Niels hat uns oft besucht und wir haben herrliche Tage verlebt. Er kam fast jedes Wochenende, vor allem zum Surfen. Wir kamen immer bestens mit unserem Sohn aus. Selbst in der

Pubertät war er umgänglich und hatte niemals das Bedürfnis, über die Stränge zu schlagen. Er hat eine Menge Liebe und Aufmerksamkeit von uns bekommen, aber wir haben auch aufgepasst, dass wir ihn nicht mit unserer Liebe, die auch für zehn Kinder gereicht hätte, erdrücken. Man muss immer das richtige Mittelmaß finden.»

«Ja, da haben Sie recht. Sie haben es offensichtlich gefunden. Was hat Ihr Sohn beruflich gemacht?»

«Was denken Sie?»

«Der Apfel fällt nicht weit vom Stamm?»

«Richtig. Niels haben Bücher genauso fasziniert wie mich und er studierte ebenfalls Literaturwissenschaften. Allerdings nicht in Hamburg, was ich nachvollziehen konnte. Er war in Oxford und Frankfurt.»

«War er verheiratet?»

«Ja, aber die Ehe war leider nicht so harmonisch. Niels' Frau ist auch nicht gern auf Sylt gewesen.»

Ich musste an das Foto meiner Mutter denken. Sollte ich es Joachim zeigen? Vielleicht hatte er meine Mutter kennengelernt? Es war vermutlich besser, zunächst mit Sonja zu sprechen. Ich fixierte einen Stern, der besonders hell leuchtete.

Ich begleitete Herrn Blatter ins Haus und stieg ins Bett, in dem Pippa auf mich wartete.

SECHZEHN

Der erste Blick am nächsten Morgen richtete sich auf mein Handy. Noch immer keine Nachricht von Paul! Ich fühlte mich schlecht und bereute es, Mattias Einladung angenommen zu haben. Jedoch war ich auch wütend auf Paul, der äußerst empfindlich reagierte. Hoffentlich hat er keinen Blödsinn gemacht? Die Wunden seiner letzten Trennung waren noch nicht verheilt.

In einer miesen Stimmung bereitete ich das Frühstück zu und hörte Inges Worte nicht, da ich überlegte, mich auf den Weg nach Hamburg zu machen, um die Sache mit Paul zu klären.

«Entschuldige, was hast du eben gesagt?» Ich schnitt mir in den Finger und leckte das Blut ab, um mir mein Kleid nicht einzusauen.

«Du bist heute etwas durch den Wind. Was ist los mit dir?», fragte Inge und kramte nach einem Taschentuch in ihrer Handtasche.

«Ach, nix.» Ich wickelte mir das Tuch um den Finger.

«Ich habe gesagt, dass Jo mich gebeten hat, einen guten Physiotherapeuten zu suchen. Er will nicht mehr länger im Rollstuhl sitzen. Was hast du mit ihm gemacht? Er ist auf einmal ganz verändert.»

«Wir haben nur geredet. Er hatte viel Spaß bei unserem Ausflug und will nun doch zur Party der Nachbarn gehen.»

«Schön, dann bin ich wohl bald überflüssig.»

Inge hat doch genug Patienten, dachte ich, aber sagte es nicht.

Ich betrachtete mir den glatten Schnitt, der tief war und klebte ein Pflaster auf die Wunde.

Herr Blatter saß bereits im Esszimmer, als ich mit Pippa und dem schweren Tablett zu ihm trat.

«Guten Morgen Frau Buchbinder. Konnten Sie noch schlafen?», fragte er fröhlich und streichelte Pippa. Von seiner Schwermut, die er am Todestag seiner Frau an den Tag gelegt hatte, war nichts mehr zu spüren. Es kam mir vor, als wenn jemand einen Schalter in seinem Kopf umgelegt hatte.

«Ja ein wenig. Ich werde mich nach dem Mittagessen hinlegen.»

«Wenn Sie Lust haben, morgen mit einem alten Mann nach Westerland zu fahren, würde ich mich sehr freuen.»

«Ja, natürlich habe ich Lust», teilte ich ihm freudig mit und bekam sofort bessere Laune, da ich Pauls Eifersucht vergaß.

«Wunderbar. Frau Reimers wird sich nach einem guten Therapeuten für mich umsehen. Vielleicht schaffe ich es schon bald, ein paar Schritte zu laufen», weihte er mich ein. Ich tat überrascht.

«Das finde ich ganz großartig. Ich werde Sie dabei unterstützen und denke, dass Sie bald wieder am Strand spazieren gehen können.»

«Früher bin ich so gerne im Watt gelaufen. Ich mag das Gefühl, den feuchten Matsch unter meinen Füßen zu spüren und die Luft einzuatmen, die etwas modrig riecht.»

«Ich habe noch nie eine Wattwanderung gemacht. Als Kind bin ich mit meiner Mutter immer nur an die Ostsee gefahren.»

«Dann können wir vielleicht gemeinsam eine machen?»

«Das wäre großartig. Herr von Blatter …»

«Sagen Sie doch bitte Joachim zu mir.» Ich war überrascht über dieses Angebot, das er Inge noch nicht unterbreitet hatte, obwohl sie ihn länger kannte.

«Ich bin Carlotta oder Carla. Ganz wie sie ... äh … du magst.»

Wir lachten und ich war überwältigt, dass der Witwer auf einmal persönlicher wurde. Inge wird mich erwürgen, dachte ich schmunzelnd.

«Joachim, ich wollte fragen, ob du mich für zwei Tage entbehren könntest? Ich muss ganz dringend nach Hamburg, um etwas Wichtiges zu klären», brachte ich zögerlich über die Lippen.

«Selbstverständlich. Essen kann ich mir kommen lassen, auch wenn es nicht so gut ist wie deins. Das Frühstück und Abendessen sollte ich allmählich auch alleine hinbekommen.»

«Dann würde ich am kommenden Wochenende fahren, wenn es dir recht ist?»

«Ganz wie du möchtest. Du kannst auch länger bleiben. Willst du dich an der Universität einschreiben?»

«Nein noch nicht. Ein paar Wochen möchte ich noch auf Sylt bleiben, wenn du mich denn noch haben möchtest.»

«Deine und Pippas Anwesenheit tun mir sehr gut und ich danke dir, dass du mir einen Schubs gegeben hast.»

«Das war mir ein Vergnügen. Es klingt vermutlich komisch, aber ich fühle mich bei dir wie zu Hause. Ich hatte ja nie einen Großvater und du … » Ich konnte nicht weiterreden, da mich die ganze Situation rührte und ich vor schwerwiegenden Entscheidungen stand, die mich belasteten.

Als ich mit der Küche fertig war, nahm ich mein Handy zur Hand, um nachzusehen, ob Paul sich endlich gemeldet hatte. Ein Stein fiel mir vom Herzen, als ich seine Nachricht las: «Sorry, mein Seestern, gestern habe ich mein Handy geschrottet. Konnte dich auch nicht anrufen, weil ich den ganzen Tag unterwegs gewesen bin. Ich liebe dich. Paul»

War er doch nicht eifersüchtig? Zwar wunderte ich mich, denn er hätte mir auch eine E-Mail schicken oder sich ein Handy leihen können, jedoch war ich froh, dass alles in Ordnung schien. Kurz überlegte ich, ob ich meine Reise nach Hamburg abblasen sollte, aber da ich sowieso mal nach meiner Wohnung sehen und Elodie treffen wollte, beließ ich es bei meinem Plan.

Erleichtert und in freudiger Erwartung, Paul zu sehen, tanzte ich bei der Hausarbeit durch die Villa und tat so, als wäre der Putzwedel ein Mikrofon. Ich war verliebt, Jos Lebenslust war dank meiner Unterstützung zurückgekehrt und ich hatte einen Plan. Vielleicht konnte ich mit Paul zusammenziehen, um Miete zu sparen. Natürlich musste ich auch neben dem Studium jobben, denn von Sonja konnte ich kein Geld erwarten. Mein Leben schien endlich in die richtige Richtung zu laufen.

*

Es nieselte leicht, was uns nicht davon abhielt, den Ausflug nach Westerland zu unternehmen. Mit wenigen Griffen konnte ich den Rollstuhl zusammenklappen und verstaute ihn im Kofferraum.

Herr Blatter hatte bereits beim Frühstück beste Laune gezeigt und war äußerst redselig.

«Morgen kommt der Physiotherapeut. Ich werde mein Bestes geben.»

«Das ist schön. Ich bin mir sicher, dass du in ein paar Wochen laufen kannst.»

«Sieh dir das an! Die Heide blüht. Auf Sylt befinden sich 50 % der Heidelandschaften von ganz Schleswig-Holstein», klärte er mich auf, während ich das Tempo drosselte, um den lilafarbenen Teppich zu bewundern.

«Wunderschön. Du hast großes Glück, dass du hier lebst.»

«Das weiß ich auch zu schätzen. Dennoch überlege ich, die Villa zu verkaufen. Was soll ich allein mit dem großen Haus? Zudem hängen in allen Räumen so viele Erinnerungen und es wäre vielleicht besser, wenn ich mir einen neuen Ort suche, um meine letzten Tage ...»

«Oh, nein! Es ist das Land deiner Schwiegereltern. Du liebst doch den Blick aufs Meer und ... Wo willst du denn hin?», stammelte ich aufgebracht, denn der Gedanke, dass die Villa und mein Gästehaus an einen Neureichen fielen, der nur wenige

Wochen im Jahr auf der Insel weilt, gingen mir mächtig gegen den Strich.

«Ich weiß nicht. Vielleicht wäre es besser, wenn ich wieder in meine alte Heimat ziehen würde? Dort habe ich noch ein paar Freunde.»

«Oder du mietest dir eine kleine Wohnung in Hamburg, behältst das Haus und pendelst zwischen beiden Orten?»

«Das wäre auch eine Idee. Ich bin noch sehr unentschlossen. Es ist wirklich schade, dass ich keine Enkelkinder habe, denen ich das Haus vererben kann.»

«Wo kann ich parken?»

«Fahre dahinten links rum und dann rechts.»

Ich steuerte den großen Wagen auf einen Parkplatz und musste mich abmühen, um in die enge Parklücke zu kommen. Jo lobte mich für meine Fahrkünste. Es hatte aufgehört zu nieseln und die Sonne kam ab und zu zwischen den Wolken hervor.

Wir gingen durch die Fußgängerzone. Jo ließ sich von mir schieben und gab mir ein Zeichen, dass ich anhalten sollte.

«Als ich das erste Mal hier gewesen bin, war die Friedrichstraße noch eine Straße und keine Fußgängerzone. In den 70er-Jahren waren alle Geschäfte noch in Sylter Hand und richteten sich nach dem Bedarf der Einheimischen und nun sieh dir diese Läden und Bausünden an. Früher waren das schöne Villen, die leider abgerissen wurden. Aus heutiger Sicht hätte man sie saniert. Es ist ein Jammer.»

«Woher hat die Straße ihren Namen?»

«Von Kapitän Friedrich Erichsen, der sein Grundstück für die Einkaufsstraße unentgeltlich zur Verfügung stellte.»

Wir schlenderten weiter bis zum Kurzentrum.

«Hier standen früher schicke Bäderstilvillen. Ja, so hat sich Sylt im Laufe der Jahre verändert.»

«Hast du noch Fotos von früher?»

«Ja auf dem Dachboden. Wir könnten Sie uns mal ansehen.»

«Sehr gerne.»

In einem Café, das nicht besonders gemütlich war, ließen wir uns nieder und tranken einen Kaffee, der mäßig schmeckte.

Offensichtlich brauchte man sich in diesem belebten Viertel keine Mühe geben. Die Gäste kamen, egal, wie das Essen schmeckte oder wie hoch die Preise waren.

Ich genoss den Ausflug und vor allem lauschte ich gebannt Jos Erzählungen, der die Insel im Wandel erlebt hatte.

«Wann sind deine Schwiegereltern gestorben?»

Jo rührte nachdenklich in seinem Kaffee.

«Zuerst starb mein Schwiegervater überraschend an einem Herzinfarkt nur wenige Tage vor seinem 70. Geburtstag. Eine große Feier war bereits organisiert, die dann zu einer Trauerfeier wurde. Seine Frau starb zwei Jahre später. Heike und ich hatten immer gedacht, dass wir locker die achtzig schaffen würden. Wer konnte denn ahnen, dass ihr so ein Idiot die Vorfahrt nimmt und dann auch noch selbst überlebt. Sie war so eine umsichtige Fahrerin und hätte niemals andere gefährdet.»

«Das Leben kann zuweilen wirklich grausam sein. Manchmal frage ich mich, ob es alles Schicksal ist. Dass man tun kann, was man will und dass es trotzdem passiert.»

«Wer weiß, wer oder was unser Leben bestimmt. Ich weiß noch so wenig über dich. Immer nur sprechen wir über mich.» Er packte den kleinen Keks aus, der auf der Untertasse lag und biss ein kleines Stück ab.

«Ich habe noch nicht besonders viel erlebt. Meine Mutter hat mich alleine großgezogen. Wir haben ein sehr gutes Verhältnis zueinander, auch wenn wir uns nicht ständig sehen. Meine Mutter liebt ihre Freiheit und ist viel auf Reisen. Jeder hat sein Leben und ab und zu trifft man sich mal. Nun ist sie gerade nach Ibiza gezogen und sehr glücklich.»

«Deine Mutter scheint ihr Leben zu genießen.»

«Ja, so ist es. Manchmal beneide ich sie um ihre unkonventionelle und entspannte Art. Sie macht sich über nichts und niemanden Sorgen und nimmt alles so wie es kommt. Irgendwie geht es immer weiter, ist ihr Leitsatz, den ich leider nicht verinnerlicht habe. Ich mache mir Sorgen um meine Zukunft und bin sehr frustriert, dass ich bisher noch nichts erreicht habe. Wenn ich mich mit meiner Freundin vergleiche, wirke ich wie ein Taugenichts», gestand ich dem Mann, der es weit gebracht hatte.

«Ach, du darfst dich nicht mit anderen vergleichen. Das erzeugt nur Frust. Jeder hat sein eigenes Tempo. Die Hauptsache ist doch, dass man zufrieden und glücklich ist.»

«Aber das bin ich ja nicht.»

«Dann musst du was ändern.»

«Joachim! Wir haben uns ja lange nicht gesehen.» Ein Graukopf, den ich um die Siebzig schätzte, stand an unserem Tisch und legte Jo seine große Hand auf die Schulter.

«Wie geht es dir?»

«Wie du siehst, bewege ich mich zurzeit im Sitzen fort, aber vermutlich nicht mehr lange.»

«Hast du eine Freundin?», fragte er grinsend und reichte mir auch seine Pranke, in der meine Hand wie eine Kinderhand erschien.

«Ja genau. Nein, das ist Frau Buchbinder, meine Haushälterin.»

«Moin, ist Joachim auch nett zu Ihnen?»

«Moin, wir kommen sehr gut miteinander aus.»

«Komm doch mal wieder bei uns vorbei. Helga backt dann auch den Kirschkuchen, den du so gerne magst.»

«Ja, ich komme bald mal. Mach's gut Peter.»

«Hast du viele Freunde auf der Insel?»

«Ja, aber ich habe zurzeit keine Lust, sie zu sehen. Sie haben alle Kinder, Enkelkinder und sogar Urenkel, von denen sie ständig erzählen. Das mochte ich in den letzten Monaten nicht hören.»

«Das kann ich verstehen. Meine beste Freundin erwartet ihr erstes Kind. Sie ist eine erfolgreiche Anwältin, hat einen tollen Mann, der aus gutem Hause stammt. Wie soll man da nicht neidisch sein?»

«Wie gesagt, du darfst dich nicht vergleichen.»

«Das werde ich versuchen. Wollen wir noch ein Stück laufen und danach ein Fischbrötchen essen?»

Jo nickte und trank seinen Kaffee aus.

Eigenartigerweise spürte ich zwischen Jo und mir eine tiefe Verbundenheit. Es bereitete mir große Freude, mich mit ihm zu unterhalten, mit ihm zu schweigen oder mich mit ihm über Schriftsteller zu unterhalten. Es machte mir auch Spaß, das Haus in Schuss zu halten und zu kochen. Eigentlich fühlte ich mich wohl und wollte nichts am gegenwärtigen Zustand ändern.

Am späten Nachmittag erreichten wir mit geröteter Haut und in einer heiteren Stimmung Jos' Haus, in dem es so still war und Leben fehlte.

Joachim legte sich hin, während ich mich auf die Terrasse setzte und meine Nachrichten checkte. Elodie schrieb mir, dass ihre Lieblingsjeans nicht mehr passte und von Paul kam nichts. Hatte er auf einmal so wenig Zeit?

SIEBZEHN

Als ich im Zug nach Hamburg saß, spürte ich, wie schwer es mir fiel, die Insel, die meine geworden war, zu verlassen. Jedoch freute ich mich auf ein Wiedersehen mit Paul und war gespannt, wie stürmisch unsere Begrüßung ausfallen würde. Was er wohl für ein Gesicht zieht, wenn ich plötzlich vor ihm stehe? Ich konnte es kaum erwarten, in seiner Wohnung zu sein und in der neuen Herzchen Bettwäsche zu liegen, die er extra für mich besorgt hatte.

Als ich am Hamburger Hauptbahnhof ausstieg, wäre ich am liebsten sofort wieder zurückgefahren. Die Menschenmassen, der dröhnende Lärm und abgerissene Typen, die mir Angst einjagten, machten mir bewusst, wie beschaulich es auf Sylt zuging. Im Stechschritt lief ich zur U-Bahn. In meiner Wohnung duftete es merkwürdig süßlich, vermutlich, weil meine Pflanzen eingegangen und am Faulen waren.

Erschöpft von der Reise legte ich mich mit Pippa aufs Sofa und überlegte, ob ich Paul in seiner Wohnung überraschen sollte. Nach einer kurzen Pause nahm ich ein Bad, kramte in der Kommode nach ansehnlicher Unterwäsche und schminkte mich, was ich auf Sylt nicht mehr getan hatte.

Ich kaufte einen guten Wein und drehte mit Pippa eine lange Runde, bevor ich mit dem Bus zu Pauls Wohnung fuhr. Die Gegend gefiel mir; alte Häuser, die hervorragend in Schuss waren und betagte Bäume, die die Kopfsteinpflasterstraße säumten, reihten sich aneinander. Ich suchte die Hausnummer 8, meine Glückszahl, und stand kurz vor zwanzig Uhr vor einem frisch getünchten Haus. Bevor ich die Klingel drückte, atmete ich tief ein und aus und konnte vor Freude kaum stillstehen. Die Tür öffnete sich, weil ein Bewohner das Haus verließ. Ich trat in den kühlen Hausflur, in dem es nach Bohnerwachs roch. Die zerschrammten Holzstufen knarrten unter meinen Füßen. Meine Absätze klackerten laut bei jedem Schritt. Bevor ich klingelte, betrachtete ich mir das Namensschild und den Fußabtreter.

Die Tür wurde aufgerissen. Paul stand, nur mit einer karierten Boxershorts bekleidet, vor mir und sah mich überrascht an, allerdings nicht freudig überrascht.

«Störe ich?», fragte ich etwas verstört, da er mir nicht um den Hals fiel oder mich mit Küssen überhäufte.

«Carlotta! Was machst du denn hier? Ich dachte, dass du auf Sylt bist.» Sein Haar war mächtig zerzaust, als hätte eine Frau ihre Finger da drin gehabt.

«Ich hatte Sehnsucht und du hast doch ständig gefragt, wann ich komme. Da bin ich.» Ich musste schlucken, weil ich bemerkte, dass etwas nicht stimmte.

«Ja, das ist schön, aber …»

«Aber was?» Mir schwante Böses. «Du hast Besuch?»

Er zog ein betretenes Gesicht und ließ mich nicht in seine schicke Wohnung, in der sich vermutlich eine weibliche Person aufhielt.

«Carlotta, ich wollte es dir ja sagen, aber …»

«Schon gut. Du musst mir nichts erklären», schrie ich so laut, dass jeder Bewohner des Hauses es mitbekommen musste. Ich schämte mich, dass ich die Kontrolle über meine Gefühle verlor, die förmlich explodierten. Pippa knurrte den Betrüger an. Wir rannten die Stufen herunter, als wäre der Teufel hinter uns her. «Carlotta, komm doch bitte zurück!», hörte ich Paul noch verzweifelt rufen.

Als ich auf dem Trottoir stand, fing ich an zu heulen und stieß Schimpfwörter aus, die ich zuvor nicht benutzt hatte. Zwei

Passanten machten einen großen Bogen um mich. Niemals hätte ich damit gerechnet, dass Paul mich so sehr verletzen könnte.

Pippa leckte meine Beine ab und ich streichelte sie im Gegenzug. «Die Männer kannst du doch echt vergessen. Ich habe jetzt erst mal genug von denen. Um Kinder zu bekommen, brauche ich sie auch nicht. Sonja hat schon alles richtig gemacht.»

Ich hörte Pauls Stimme, die vom Himmel kam. Er stand auf dem Balkon und wedelte mit den Armen, um auf sich aufmerksam zu machen. Mittlerweile trug er ein T-Shirt. Ich zeigte ihm den bösen Finger, was ich sonst nie tat, aber in so einer Ausnahmesituation bedurfte es eindeutiger Gesten.

Ich brauchte dringend Trost und eine bequeme Schulter, an der ich mich ausweinen konnte. Kurzentschlossen setzte ich mich in die S-Bahn und fuhr zu Elodie, die die erste Adresse war, wenn es darum ging, mich aufzufangen. Ich konnte nicht aufhören zu heulen, stand mit schwarz umrandeten Augen vor Elodies Haustür und schniefte in ein Taschentuch, das schon ganz zerfetzt war. Justus öffnete mir die Tür und zog ein besorgtes Gesicht. Vermutlich dachte er, dass ich einem Gewalttäter in die Hände gefallen war. Er kam vom Golfen, was ich an seiner karierten Hose erkennen konnte. Er zog mich am Arm in die große Wohnung, in der es immer blumig duftete, auch wenn das Traumpaar einträchtig in ihrer Designerküche Fisch briet.

«Elodie liegt gerade in der Badewanne. Ich sage ihr Bescheid.»

«Das musst du nicht.» Ich drängelte mich an ihm vorbei, eilte die Treppen hinauf und klopfte an die Badezimmertür.

«Justus, ich will jetzt meine Ruhe haben», rief meine Freundin gereizt. Oh, herrschte hier dicke Luft?

«Ich bin es, Carla. Kann ich reinkommen?»

«Carla? Ja klar!»

Die Schöne lag unter einem tuffigen Schaumberg, der himmlisch duftete. Ihr Kopf ruhte auf einem weichen Wannenkissen, das ich mir auch unbedingt zulegen wollte.

«Was ist denn passiert?», fragte sie, als sie mein verweintes Gesicht sah, das ich so aufwendig geschminkt hatte.

«Ich habe jetzt echt genug von Männern! Bin ich nicht gerade vor einem Jahr betrogen worden? Es ist wie ein Déjà-vu und tut so verdammt weh. Warum tun die Männer mir das an?», jammerte ich und setzte mich auf den Wannenrand.

«Beruhige dich. Ich werde mich abtrocknen und du gehst schon mal in die Küche und holst dir was zu trinken.»

Ich tat, was sie mir befahl. Justus hatte sich verzogen, weil er wohl keine Lust auf hysterische Frauen hatte.

Nach wenigen Minuten erschien meine Freundin in einem schneeweißen Bademantel und nahm mich stumm in die Arme.

«Nun erzähl!»

Wir setzten uns auf das superweiche Sofa, auf dem man sich wie auf einer Wolke fühlte, jedoch nach längerem Sitzen Rückenschmerzen bekam.

«Ich wollte Paul doch überraschen und war so voller Freude, ihn zu sehen und dann … öffnete er mir, völlig überrascht mit verwuscheltem Haar und nur mit einer Unterhose bekleidet, die Tür. Ganz offensichtlich hatte er Besuch.»

«Aber von wem?» Elodie schaute mich an, als würde ich eine Gruselgeschichte erzählen.

«Ich weiß nicht von wem. Jedenfalls machte er mir deutlich, dass ich äußerst ungelegen kam.»

«Alles klar!» Sie nahm einen großen Schluck vom Eiswasser und strich beruhigend über meinen erhitzten Schädel, was angenehm war. Ich kann nachvollziehen, warum Hunde es sichtlich genießen, wenn man ihren Kopf massiert.

Justus hatte sich mittlerweile umgezogen. Er konnte auch Lumpen tragen und sah darin blendend aus.

«Keine Sorge, ich störe euch nicht. Wollte mir nur ein Getränk holen.»

Wir nickten und sahen ihm schweigend dabei zu, wie er mühelos die steile Treppe erklomm.

«Paul ist heute nicht in der Kanzlei gewesen. Er meinte, dass er sich wohl was eingefangen hätte», berichtete Elodie ernst und legte ihre Hand auf den Bauch.

«Ja, eine Frau, mit der er wahrscheinlich die ganze Nacht durch ...», spekulierte ich und konnte es nicht verhindern, dass sich wieder Tränen aus meinen Augen drückten.

«Vor ein paar Tagen hat er noch so von dir geschwärmt und mich gefragt, ob ich weiß, wann du wieder nach Hamburg kommst», wunderte sich die werdende Mutter, die so herrlich duftete.

«Ich habe einfach kein Glück mit den Männern und sonst auch nicht. Immerhin habe ich einen tollen Hund.» Pippa spitzte die Ohren.

«Was ist denn mit deinem attraktiven Nachbarn? Auf dem Foto machtet ihr einen recht vertrauten Eindruck. Er ist schon ein Sahneschnittchen und hat Kohle.»

«Erinnere mich nicht an diese Entgleisung, aber wenn ich gewusst hätte, dass Paul mich nach nur drei Wochen betrügt, dann hätte ich, ohne ein schlechtes Gewissen zu haben, eine tolle Nacht mit ihm verbracht. Mattia ist eine Nummer zu groß für mich. Er denkt, dass ich zur Sylter High Society gehöre und es ist besser, wenn ich ihm nicht mehr über den Weg laufe, da meine Lüge vermutlich bald auffliegt.»

«Da hast du dich ja ganz schön tief reingeritten. Vielleicht solltest du möglichst schnell deine Zelte auf Sylt abbauen. Ich kann dich hier auch gut gebrauchen.»

«Sag mal, habt ihr euch gestritten?»

«Wir streiten uns täglich. Das ist doch normal. Seitdem ich dieses kleine Wesen in mir trage, bin ich überaus empfindlich und brauche Ruhe. Ehrlich gesagt, habe ich das Gefühl, dass wir schon wie ein altes Ehepaar sind. Das ist irgendwie erschreckend.»

«Es ist gut, dass ihr ein Kind bekommt. Damit ändert sich alles.»

«Mal sehen. Ich kann mir noch nicht wirklich vorstellen, wie es zu dritt werden wird. Aber ich freue mich total. Aber was machen wir jetzt mit dir?»

«Ich werde so schnell wie möglich nach Sylt zurückfahren, denn dort werde ich gebraucht. Ich bin so happy, dass Jo am

Aufblühen ist. Er kann wieder lachen und hat Spaß an den Ausflügen. Er ist mir schon ein bisschen ans Herz gewachsen und es macht mich traurig, dass er niemanden mehr hat. Ich hoffe, dass er Kontakt zu seinen Freunden aufnimmt.»

«Carla, du schreibst dich doch fürs Wintersemester ein?»

«Ich hatte es vor, aber überlege, ob ich noch ein paar Monate auf Sylt bleibe und mich erst fürs Sommersemester einschreibe. Ich erhole mich besser denn je und Pippa gefällt es auch.»

«Das ist nicht dein Ernst? Wann willst du denn deinen Abschluss machen?»

«Ich werde es mir in den nächsten Tagen überlegen.» Ich holte mein Handy aus der Handtasche und war nicht verwundert über Pauls unzählige Nachrichten. Ich wollte sie nicht lesen und legte das Handy zur Seite.

«Es tut mir leid, Carla, aber ich habe einen anstrengenden Tag hinter mir und muss gleich ins Bett. Sehen wir uns morgen?»

«Ja, wir könnten uns mittags treffen.»

«Das passt. Versuche, die Geschichte mit Paul nicht zu sehr an dich ranzulassen. Ich weiß jetzt gar nicht, wie ich mich ihm gegenüber verhalten soll?»

«Tu doch so, als wenn du nichts weißt. Entweder werde ich mich jetzt betrinken oder ich kaufe mir fünf Sahnetörtchen und schaue mir eine Liebesschnulze an.»

Ich tat keines von beiden, stattdessen sah ich mir einen Horrorfilm an, der mich jedoch nicht von meinem Kummer ablenken konnte. Mein Handy hatte ich auf stumm geschaltet, da ich vermutete, dass Paul versuchte, mich zu erreichen.

Ich zweifelte an meiner Menschenkenntnis, die bereits mehrere Male versagt hatte. Es war schwer zu verarbeiten, dass Paul mich gleich am Anfang unserer aufkeimenden Liebe betrog. Eigentlich hatte ich keine Ahnung, wer er wirklich war und wie er tickte. Vielleicht war es gut, dass es so abrupt mit uns vorbei war?

Trotz allem war meine Enttäuschung groß und ich konnte sie nicht verbergen, als ich Elodie am nächsten Tag bei unserem Stammitaliener gegenübersaß und eine Schnute zog.

«Paul ist heute wieder nicht in der Kanzlei erschienen», berichtete sie und war genauso enttäuscht von ihm wie ich.

«Ich möchte nicht mehr über ihn reden. Erzähl mir, wie die Tapete im Kinderzimmer aussieht oder zeig mir noch mal dein letztes Ultraschallbild.»

Elodie zückte ihr Handy und scrollte durch ihre vielen Aufnahmen. Mit tränenverschleiertem Blick betrachtete ich mir die zartblaue Tapete, auf der kleine Rennwagen gedruckt waren.

«Die ist wirklich entzückend, aber was macht ihr, wenn es ein Mädchen wird?»

«Dann reißen wir sie ab. Ich weiß, dass das total irre ist, aber alle sind fest davon überzeugt, dass es ein Junge wird. Mein Bauch ist eher spitz als rund, was auf einen Jungen schließen könnte. Zudem habe ich reine Haut und glänzende Haare. Würde ich ein Mädchen bekommen, hätte ich, nach Aussage meiner Schwiegermutter, fettige Haare und schlechte Haut.»

«Aber du hast einen Pickel auf der Stirn», scherzte ich.

«Ich glaube ehrlich gesagt auch nicht an diese Theorien und lasse mich einfach überraschen. Musst du wirklich heute schon wieder nach Sylt fahren?»

«Ja, ich spüre, dass mir die Insel guttut. Ich muss die Sache mit Paul jetzt erst mal in Ruhe verdauen.»

«Das kann ich verstehen. Carla, schreib dich fürs Wintersemester ein» riet sie mir noch einmal eindringlich und legte ihre gepflegte Hand, die jede Woche auf dem Tisch einer Maniküre lag, auf die meine.

«Mal schauen. Mein Zug fährt in zwei Stunden und ich muss noch kurz in meine Wohnung …»

«Soll ich Paul eine kräftige Backpfeife verpassen? Ich bereue es sehr, dass ich euch verkuppelt habe. Hätte ich gewusst, was für ein …»

«Ist schon gut. Mache dir keine Vorwürfe. Es hat mich nicht so stark verletzt wie bei meiner letzten Trennung. Ich denke, dass ich es schnell verwinden werde.»

Als der Zug über den Damm zuckelte und ich das Watt links und rechts sah, spürte ich ein angenehmes Kribbeln im Bauch. Ich freute mich auf Jo, auf mein gemütliches Gästehaus und die unglaublich schöne Landschaft, die einzigartig ist.

Inge holte mich vom Bahnhof ab und erzählte mir freudig, dass es Jo sehr viel besser ging. Er hatte sogar über ihren Witz gelacht und von der Küche aus beobachtet, wie er im Garten versucht hatte, ein paar Schritte zu laufen.

«Es ist unglaublich, wie er sich innerhalb weniger Tage verändert hat. Er hat mich gebeten, ein paar neue Hemden und Hosen zu bestellen. Zudem will er das Schlafzimmer renovieren lassen. Seine Lebensgeister kehren zurück.»

Das war mein Verdienst, dachte ich voller Stolz. Ich kurbelte das Fenster herunter und nahm einen tiefen Zug von der frischen Seeluft.

«Das freut mich. Ich habe die Insel vermisst. Obwohl ich Hamburg mag, muss ich sagen, dass ich eine neue Liebe gefunden habe. Schade, dass es auf Sylt keine Universität gibt.»

«Du kannst doch ein Fernstudium machen.»

«Daran habe ich auch schon gedacht.»

Während ich meine Tasche auspackte, sah ich Herrn Blatter im Garten. Ich zog mir einen Wollpullover über und spürte, wie mein Herz wild bubberte. Jo hatte mir gefehlt wie ein Seelenmensch, mit dem man sich tief verbunden fühlt.

Pippa lief ihm freudig entgegen und setzte sich brav vor seine Füße.

«Ah, da seid ihr ja wieder.» Er drehte sich zu mir um und zeigte ein freudiges Lächeln.

«Guten Abend. Wir sind gerade angekommen. Es ist recht kühl. Soll ich dir eine Jacke holen?»

«Nein, ich friere nicht. Wie ist es in Hamburg gewesen?»

«Etwas enttäuschend.» Ich setzte mich auf die weiße Friesenbank und knöpfte meine Jacke zu.

«Das tut mir leid. Möchtest du darüber reden?» Ich war über sein Angebot gerührt und wäre er mein Großvater gewesen, hätte ich mich an seine Schulter gelehnt, hätte mich bei ihm ausgeweint und von ihm trösten lassen.

«Nein, ich möchte die Angelegenheit lieber schnell vergessen. Erzähl, wie es dir ergangen ist?»

«Ganz gut, jedoch habt ihr mir gefehlt. Ich habe mir alleine das Frühstück zubereitet, aber es war bei Weitem nicht so gut und dekorativ wie deins.»

«Morgen kommst du wieder in den Genuss meiner Kochkünste.»

«Carlotta, ich wollte wissen, wann du gehen wirst. Ich muss Frau Eisner rechtzeitig Bescheid geben, damit sie eine neue Haushälterin für mich sucht.»

Mein Herz fing an, sich zu krümmen. Der Gedanke, dass eine andere Frau für Jo sorgte, war schmerzhaft. Ich wusste, dass ich ihm guttat, dass er dank mir neuen Lebensmut geschöpft hatte und wir mehr als ein freundschaftliches Verhältnis hatten.

«Ich werde es dir kommende Woche mitteilen. Ich denke, dass wir ins Haus gehen sollten.»

Am nächsten Morgen stand ich auf, bevor mich der Wecker aus dem Schlaf reißen konnte. Ich machte kurzen Prozess und blockierte Paul auf meinem Handy. Es hätte mir nur noch mehr wehgetan, mir seine fadenscheinigen Erklärungen und Entschuldigungen anzuhören.

Inge informierte mich darüber, dass Jo im Garten frühstücken wollte, obwohl es noch unter zwanzig Grad waren.

Kaum hatte ich draußen aufgedeckt, erschien der Witwer mit einem herzerwärmenden Lächeln. Ich war noch immer erstaunt über seine Verwandlung und musste an sein grimmiges, versteinertes Gesicht denken, mit dem er mir in den ersten Tagen begegnet war.

«Guten Morgen Carlotta. Ist das nicht ein wunderschöner Morgen?»

«Guten Morgen. Ja, wirklich traumhaft.»

«Hast du Lust, dich zu mir zu setzen? Hast du schon gefrühstückt?»

«Nein noch nicht. Ich hole mir Geschirr.»

Ich besorgte zwei Decken, die ich Jo und mir über die Beine legte und freute mich über seine Einladung. Vermutlich wollte er die letzten Tage mit mir nutzen. Wir konnten uns endlos lang über die großen literarischen Meister, jedoch auch über alles andere unterhalten und vergaßen dabei die Zeit.

«Herr von Blatter! Der Physiotherapeut ist da», rief Inge und half mir beim Abräumen des Tisches.

«Isst du jetzt immer mit ihm zusammen?», erkundigte sie sich etwas bissig und steckte sich die übrig gebliebenen Weintrauben in den Mund.

Was sollte ich dazu sagen? Ich zuckte mit den Schultern und fand es schade, dass Inge ihre Missgunst so deutlich heraushängen ließ.

Ich fuhr nach List und besorgte frischen Fisch, gönnte mir eine Limonade am Hafen und beobachtete das rege Treiben. Ich stellte mir vor, wie es wäre, auf Sylt zu leben und kam zu dem Resultat, dass es mir gefallen könnte. Aber das Problem bestand darin, dass ich mir nicht mal ein Zimmer auf der Insel leisten konnte. Viele Leute mussten bereits die Insel verlassen und aufs Festland ziehen, weil Wohnraum auf der Insel knapp und unbezahlbar ist.

Als ich mir die Augen des Fisches in der Küche betrachtete, bekam ich Mitleid mit dem Tier. Joachim kam in die Küche und riss mich aus meinen Gedanken, sodass ich sichtlich erschrak.

«Entschuldige, störe ich?»

«Nein gar nicht. Ich habe mir nur gerade diesen armen Kerl lebendig im Meer vorgestellt.»

«Der sieht aber prächtig aus. Wie wirst du ihn zubereiten?»

«Ich wollte ihn in einer Senfsoße anrichten, aber wenn du ihn anders haben …»

«Nein, das ist sehr gut. Ich wollte fragen, ob ich dir helfen kann?»

«Wenn du möchtest, sehr gerne. Es gibt genug zu tun.»

Jo bestand darauf, dass ich mit ihm aß. Ich war froh, dass Inge es nicht mitbekam.

Am Abend rief Elodie an, weil sie vermutete, dass es mir schlecht ging, was jedoch nicht der Fall war.

«Paul war heute in der Kanzlei. Er wollte in der Mittagspause mit mir reden.»

«Und? Was hat er gesagt?» Ich bürstete Pippa und wollte eigentlich gar nicht wissen, was er ihr zu sagen hatte, aber war etwas neugierig.

«Seine Ex stand unangekündigt vor der Tür und es blieb ihm nichts anderes übrig, als sie in seine Wohnung zu lassen. Angeblich sind sie nicht intim miteinander gewesen, sondern haben nur geredet. Er machte einen ziemlich desolaten Eindruck und beteuerte mehrmals, dass er dich liebt und sehr vermisst.»

«Und warum stand er nur mit einer Boxershorts bekleidet vor mir? Ich glaube ihm nicht und ich möchte auch nichts mehr mit ihm zu tun haben. Du weißt, wie empfindlich ich nach meinem letzten schlimmen Erlebnis auf Lügen reagiere. Richte ihm aus, dass ich kein Interesse mehr an ihm habe und auch kein Versöhnungsgespräch möchte», erklärte ich ihr aufgewühlt.

«Aber vielleicht war ja wirklich nichts zwischen den beiden.»

«Das ist mir egal. Es war sowieso viel zu überstürzt. Ich war noch gar nicht bereit für eine neue Liebe und muss jetzt wichtigere Entscheidungen treffen.»

«OK! Wie du meinst. Stell dir vor, ich habe heute Nacht mein Baby zur Welt gebracht. Es war ein Mädchen mit blonden Locken und einem wunderschönen Schmollmund.»

«Aber das kann nicht sein, deine Haut ist so rein und dein Bauch sehr spitz …»

«Ich muss jetzt Schluss machen. Gleich kommt das Schwiegermuttermonster.»

«Dann viel Spaß.»

Ich musste an meine Mutter denken und hoffte auf eine weitere Postkarte. Hoffentlich hatte sie nicht vor, nie wieder ein strahlungsaktives Handy in die Finger zu nehmen?

Der nächste Tag wurde ein herrlicher Sommertag, der die Insel zur Südsee machte.

Jo bat mich, ihm beim Frühstück Gesellschaft zu leisten.

Nachdem er gut gegessen hatte, lehnte er sich zurück und sagte: «Carlotta, du bist die einzige Person, mit der ich reden kann. Es gibt da eine Sache, … die mich sehr nachdenklich stimmt und ich bräuchte einen Rat und vielleicht auch Hilfe.»

Ich sah ihn mit großen Augen an und hatte keine Ahnung, um welche Art von Hilfe es sich handelte.

«Du weißt, dass ich immer für dich da bin.»

«Du hast doch einen Briefumschlag in «Candide oder der Optimismus» gefunden.»

«Ja.»

«In dem Umschlag befand sich ein Brief meines Sohnes, der mich sehr aufgewühlt hat. Ich würde mich freuen, wenn du ihn liest. Mache das bitte in aller Ruhe. Morgen können wir dann darüber sprechen.

Er reichte mir den Umschlag und sah mich aus herzbewegenden Augen an.

«Danke.» Ich war erstaunt, dass er mir die vermutlich persönlichen Worte seines Sohnes anvertraute. Ich brannte vor Neugier, doch bis zum Nachmittag kam ich nicht dazu, den Brief zu lesen, da ich Inge, deren Auto in der Werkstatt stand, nach Westerland fahren musste.

Jo verzichtete aufs Mittagessen und schlug vor, mit mir am Abend zu grillen.

Als ich eine Stunde Pause hatte, verzog ich mich ins kühle Haus, setzte mich in den Schaukelstuhl und hielt den Umschlag in den Händen. Ich hoffte, dass Jos Sohn nichts Schlimmes angestellt hatte.

«Lieber Papa, falls mir etwas zustoßen sollte, wollte ich, dass du noch etwas erfährst, über das ich bisher nicht sprechen konnte. Ich habe einen großen Fehler begangen, den ich zutiefst bereue. Ich weiß, dass ich mit euch über fast alles reden konnte, aber über diese eine Sache konnte ich nicht sprechen. Erinnerst du dich noch an den Windsurf Cup 1991? Ich hatte ihn gewonnen und war so happy, habe kräftig gefeiert und viel getrunken. Und dann war da dieses hübsche fremde Mädchen.»

Es klopfte an meiner Tür. Inge stand aufgelöst vor mir.

«Ich habe mich am Kopf gestoßen. Kannst du bitte mal nachsehen, wie es da oben aussieht.»

«Oh nicht so gut. Ich denke, dass es genäht werden muss. Ich fahre dich zum Arzt.»

«Ist es so schlimm? Eigentlich wollte ich gerade zu Jo gehen.»

«Dann sagen wir ihm Bescheid.»

Herr Blatter war nirgendwo zu finden. Ich lief durch das gesamte Haus, durch den Garten und atemlos zu Inge zurück.

«Er ist nirgendwo zu sehen. Hast du eine Idee, wo er sein könnte?», fragte ich beunruhigt, da ich mir ernsthafte Sorgen machte.

«Keine Ahnung! Eben war ich noch bei ihm. Hast du im Garten nachgesehen?»

«Ja!», antwortete ich verzweifelt. In meinem Kopf brummte es gewaltig. «Ich schreibe ihm eine Nachricht und lege sie in sein Schlafzimmer.»

Inge drückte ein frisches Taschentuch auf die Wunde und warf das blutgetränkte auf den Fußboden, wo Pippa es beschnupperte.

Während ich mit überhöhter Geschwindigkeit nach Westerland brauste, überlegte ich, wo Jo sein könnte. Zudem musste ich an den Brief denken, den er mir anvertraut hatte. Ich hoffte, dass sein Verschwinden nichts damit zu tun hatte.

Nachdem Inges Wunde mit ein paar Stichen genäht worden war, fuhr ich sie nach Hause.

Voller Unruhe stürzte ich ins Haus und fand Jo in der Küche vor, in der er kauend vor einem Teller saß und ganz munter ausschaute.

«Joachim! Wo bist du gewesen? Ich habe dich vorhin überall gesucht und mir große Sorgen gemacht», sagte ich aufgebracht und war so froh, dass er sich nichts angetan hatte.

«Wie geht es Frau Reimers?»

«Ihr geht es gut. Die Wunde wurde genäht und ich habe sie nach Hause gefahren. Und wo hast du gesteckt?»

Er lächelte und steckte sich ein Radieschen in den Mund, das zwischen seinen Zähnen, die alle noch echt waren, knackte.

«Ich bin in der Garage gewesen.»

«Da habe ich nicht nachgeschaut. Was hast du dort gemacht?»

«Ein paar Monate, bevor Niels den Unfall hatte, habe ich an einem Stück Holz gearbeitet. Ich wollte meinem Sohn zum Geburtstag einen Pilz schnitzen, den wir auf einer Ausstellung gesehen hatten.»

«Hast du heute daran gearbeitet?»

«Ja, ein bisschen. Hast du den Brief gelesen?»

«Ich habe angefangen, aber dann kam Inge mit ihrer Verletzung. Ich werde nachher weiterlesen.»

«Magst du etwas essen?»

«Ich habe ziemlich großen Appetit, da wir ja eigentlich grillen wollten.»

Er ließ es sich nicht nehmen, mir eine Scheibe von dem rustikalen Brot abzuschneiden und es dick mit Butter zu bestreichen. Ich glaube, dass es ihm Freude bereitete, mich zur Abwechslung zu verwöhnen.

Nachdem wir uns ein Bier geteilt hatten, lief ich mit Pippa eine kleine Runde und nahm voller Ungeduld Niels' Brief in die Hand. Mit wild pochendem Herzen las ich:

«Als ich am nächsten Morgen erwachte, lag das Mädchen, dessen Alter und Namen ich nicht mal kannte, neben mir. Sie dachte, dass ich ernsthafte Absichten gehabt hätte, aber ich machte ihr klar, dass es ein Ausrutscher gewesen war, worauf sie wütend ihre Sachen packte und verschwand. Ich war zu der Zeit mit Melissa verlobt und ihr habt euch so auf unsere Hochzeit gefreut. Drei Monate nach dem Vorfall erreichte mich ein Brief, der mich total schockierte. Das unbekannte Mädchen teilte mir in kurzen Worten mit, dass sie ein Kind von mir erwartete. In Panik zerriss ich den Brief, meldete mich nicht bei ihr und ließ die Sache auf sich beruhen. Ich glaubte ihr nicht. Das Kind hätte von jedem sein können.

Ein Jahr später schickte sie mir ein Foto von unserem Mädchen. Doch auch dieses zerriss ich. Das Bild des Kindes hatte sich jedoch all die Jahre in meinen Kopf eingebrannt. Ich wollte meine Ehe nicht zerstören und verschwieg Melissa und euch die

Briefe von der Frau, an die ich sehr oft denken musste. All die Jahre über fragte ich mich, ob das Kind von mir war und wie es ihm ging. Es war ein großer Fehler gewesen, diese Angelegenheit, die mich immerzu beschäftigte, für mich zu behalten. Ich hatte gehofft, mit Melissa Kinder zu bekommen, aber leider kam es anders. Nun bin ich fünfzig, Mutter ist nicht mehr da und ich bin enttäuscht darüber, dass ich euch keine Enkel schenken konnte. Lieber Papa, ich bin zu feige, dir diese traurige Geschichte persönlich zu erzählen und schreibe dir daher diesen Brief, den du irgendwann finden wirst, weil ich ihn in unser Lieblingsbuch gelegt habe. Nun weißt du, dass du ein Enkelkind hast. Lieber Papa, verzeihe deinem Sohn, der dich liebt und dir für alles dankt. Du warst ein grandioser Vater, der ich auch gerne geworden wäre. In Liebe dein Niels»

Tränen tröpfelten in meinen Schoß. Ich fotografierte die anrührenden Zeilen mit meinem Handy, faltete den Brief zusammen und steckte ihn zurück in den Umschlag. Jo hatte also ein Enkelkind, das sein Sohn ihm all die Jahre verheimlicht hatte. Hätte er sein Kind angenommen, hätte Niels seine Eltern glücklich machen können und vermutlich wäre das Leben der Familie ganz anders verlaufen.

Ich war aufgewühlt und wäre am liebsten auf der Stelle zu Jo gegangen, um mit ihm über die Zeilen zu sprechen, aber da es bereits nach elf Uhr war, versuchte ich zu schlafen.

ACHTZEHN

Eine ruhige Ballade holte mich am nächsten Morgen sanft aus dem Schlaf. Kräftiger Regen peitschte gegen das Fensterglas und man hörte den Wind ums Haus sausen, sodass ich mir die Bettdecke über den Kopf zog und stöhnte. Pippa sprang aus dem Bett und stellte sich vor die Terrassentür, da sie dringend auf die große Toilette musste.

Aufgewühlt schnappte ich mir den Brief und einen Regenschirm und eilte ins Haupthaus. Inge saß schon in der Küche und begrüßte mich mit einem leidenden Gesichtsausdruck.

«Guten Morgen. Was macht dein Kopf?»

«Er tut noch weh. Danke, dass du mich gestern vertreten hast.»

«Kein Problem. Jo kommt schon fast ganz alleine klar.»

«Allerdings. Ich bin wohl bald überflüssig.»

Ich erzählte Inge nichts von Niels Brief, den ich unter meinem Pullover versteckte.

Jo saß bereits im Esszimmer, als ich etwas verspätet das Frühstück servierte.

«Guten Morgen Carlotta. Das sieht wieder fantastisch aus. Ich werde dich und dein Essen sehr vermissen.»

«Guten Morgen Joachim. Noch bin ich nicht weg. Das Wetter meint es heute nicht gut mit uns.»

«Sylt macht auch im Regen eine gute Figur. Sieh dir das Meer an, wie herrlich wild es ist. Magst du dich zu mir setzen?» Pippa legte sich auf Jos Füße und bekam von ihm immer einen Happen ab, was ich nicht gut fand, jedoch tolerierte.

«Ich habe den Brief deines Sohnes gelesen. Er hat mich sehr bewegt. Das bedeutet, dass du eine Enkeltochter hast.»

«So sieht es wohl aus. Das war eine große Überraschung für mich und ich bedauere es sehr, dass Niels uns das nicht früher erzählt hat. Wir wären ihm weiß Gott nicht böse gewesen und hätten unser Enkelkind sehr gern kennengelernt und unterstützt.»

«Hast du denn Interesse daran, deine Enkelin jetzt noch kennenzulernen?» Ich knabberte an einer Gurke und schaute in den verregneten Garten hinaus.

«Ja auf jeden Fall! Ich habe nur keine Ahnung, wer die Mutter meines Enkels ist und wie ich sie finden soll.»

«Das wird schwierig werden. Vielleicht gibt es noch einen weiteren Brief? Ich könnte alle Bücher durchsehen?», schlug ich euphorisch vor, denn ich fand die ganze Geschichte äußerst spannend und hatte Spaß daran, Detektivin zu spielen.

«Ja, das wäre eine Möglichkeit.»

Ich musste an das Foto meiner Mutter und Niels denken. Ich ging nicht davon aus, dass Sonja die Frau gewesen war, mit der Niels diese eine verhängnisvolle Nacht verbracht hatte, denn ich war ein Spendersamen Kind. Zudem konnte es so einen großen Zufall, dass ich ausgerechnet bei meinem Großvater eine Anstellung gefunden habe, gar nicht geben.

Vermutlich war Niels eine Art Sylter Casanova gewesen, der viele Affären gehabt hatte.

«Ich werde dir auf jeden Fall bei der Suche behilflich sein. Weißt du, ob ehemalige Freunde von Niels noch auf Sylt leben? Oder erinnerst du dich, wer damals beim Windsurf Cup mit dabei gewesen ist?»

«Mir fällt nur Mark ein. Niels und er waren oft gemeinsam auf dem Wasser unterwegs. Er wohnt in Wenningstedt und betreibt dort eine Surfschule.»

«Das ist doch schon mal ein guter Hinweis. Ich werde ihn morgen aufsuchen.»

«Danke, dass du mir hilfst. Ich weiß es sehr zu schätzen. Du bist ein wundervoller Mensch Carlotta und ich ...» Er hielt inne und vollendete den Satz nicht, obwohl ich an seinen Lippen hing und das Bedürfnis verspürte, ihm um den Hals zu fallen.

«Nachher werde ich die Bibliothek auf den Kopf stellen. Vielleicht haben wir Glück und finden noch etwas Brauchbares.»

Über zwei Stunden schüttelte ich Bücher, wurde jedoch nicht fündig. Ich setzte all meine Hoffnung in Mark.

Der nächste Tag zeigte sich freundlicher, aber die Luft war kalt wie im Herbst, als ich aus dem Auto stieg und auf Marks Surfschule zusteuerte. Zwischen vielen bunten Brettern und Segeln traf ich auf einen jungen Mann, der lange Haare hatte, braun wie eine Haselnuss war und eine kunterbunte Badehose trug. Ein abgehärteter Surfer Typ wie aus dem Bilderbuch.

«Moin!» grüßte ich in der landestypischen Sprache und musste mich noch erst daran gewöhnen.

«Moin!» kam es zurück.

«Sag mal, ich bin auf der Suche nach Mark. Ist der hier irgendwo?»

«Wenn du meinen Vater suchst, muss ich dich enttäuschen. Er ist gerade am anderen Ende der Welt.»

«Oh, da komme ich jetzt wohl nicht so schnell hin. Wann kommt er denn zurück?»

«In zwei Monaten. Wolltest du bei ihm Surf Unterricht nehmen?»

«Nein, ich wollte ihn nur was fragen.»

«Bist du von der Polizei oder Privatdetektivin?»

«Nein, keins von beiden. Ich arbeite für Herrn von Blatter und ...»

«Ah, für Joachim. Wie geht es ihm denn jetzt? Das war schon hart mit seinem Sohn. Mein Vater hat das auch total geschockt, denn die beiden waren früher ganz dicke. Niels war ein hervorragender Surfer, von dem ich auch viel gelernt habe.»

«Joachim macht große Fortschritte und ich denke, dass er den Rollstuhl bald nicht mehr brauchen wird.»

«Prima. Willst du einen Surf Kurs machen?»

«Oh, nein danke. Das ist überhaupt nichts für mich, denn ich mag es nicht, wenn meine Ohren nass werden.»

Er lachte herzhaft und zeigte dabei seine weißen Zähne, die in der Jugend nicht korrigiert worden waren, was seiner Schönheit überhaupt nicht schadete. Es verlieh ihm das gewisse Etwas. Der junge Mann war ein kerniger Naturbursche und lief wohl auch im Winter barfuß über den angefrorenen Sand.

«Kannst du mir vielleicht Bescheid geben, wenn dein Vater wieder auf der Insel ist?»

«Klar, da mache ich doch gerne.»

Ich nutzte den Besuch für einen Strandspaziergang und ließ mich nach einigen Metern in den Sand fallen. Sollte ich acht Wochen warten oder mir die Handynummer von Mark geben lassen? Ich wollte Joachim um Rat fragen.

Als ich von meiner Recherchearbeit zurückkehrte, saß Jo mit zwei älteren Herren auf der Terrasse. Die Männer lachten laut und hatten Likörgläser vor sich stehen. Ich schmunzelte und war erfreut, dass Joachim endlich wieder Gäste empfing und offensichtlich Spaß dabei hatte.

«Guten Tag!» grüßte ich laut, damit ich gehört wurde.

«Das ist meine wundervolle Perle Carlotta, von der ich euch eben erzählt habe. Sie ist eine begnadete Köchin.»

Die Männer scannten mich und nickten.

«Kann ich Ihnen etwas bringen?» Ich siezte Herrn Blatter, da ich nicht wusste, ob es ihm recht war, ihn vor seinen Freunden zu duzen.

«Danke, wir haben alles.»

«Bleiben die Herrschaften zum Abendessen?», fragte ich so, wie echte Haushälterinnen es zumindest in Spielfilmen taten.

«Nein, meine Gäste werden nicht mehr lange bleiben.»

Ich verzog mich ins Gästehaus, um meine sandigen Füße zu waschen. Als ich sie abtrocknete, hörte ich ein leises Klopfen und Jos tiefe Stimme.

«Entschuldige. Störe ich?»

«Nein gar nicht. Komm doch bitte rein.»

Zum Glück hatte ich am Vortag aufgeräumt. Er parkte neben dem Schaukelstuhl und schaute sich um, als würde er den Raum zum ersten Mal sehen.

«Früher war das Gästehaus ein Stall gewesen. Die Eltern meiner Frau hatten zwei Schweine, als ich Heike kennenlernte. Luisa und Paula hießen sie. Die waren richtig dick und drollig und kamen dann irgendwann in die Wurst, was ich nicht so gut fand.»

«Aus dem Schweinestall ist eine Wohlfühloase geworden. Ich werde wohl nie wieder in meinem Leben so schön wohnen.»

«Gerd und Rainer kamen einfach so vorbei. Wir wollen uns jetzt wieder regelmäßig zum Skat treffen.»

«Das freut mich.»

«Und? Hast du etwas herausgefunden?»

«Nein leider nicht, denn Mark ist in Neuseeland und kommt erst in zwei Monaten zurück.» Ich zog ein enttäuschtes Gesicht und zog mir dicke Wollsocken an.

«Oh, das ist schade.»

«Morgen werde ich die restlichen Bücher durchsehen.»

«Vielleicht findest du noch was.»

Sein Blick blieb auf dem Foto kleben, das auf meinem Nachttisch lag. Ich hatte nicht damit gerechnet, dass Jo mich besuchen würde, sonst hätte ich es versteckt.

«Das ist doch Niels! Wo hast du das Bild her?», fragte er verwundert.

«Ich … bin doch auf dem Dachboden gewesen und … wollte nach der Maus suchen. Sie war in einem Karton, den ich ausräumen musste und da fiel mir dieses Foto in die Hände.»

«Das Bild habe ich noch nie gesehen.» Jo rollte zum Nachttisch, nahm das leicht zerknickte Foto in seine Hand und starrte es lange an.

Ich wollte ihm nicht sagen, dass die Frau auf dem Bild meiner Mutter ähnelte. Zunächst wollte ich mit Sonja sprechen.

«Entschuldige, dass ich es genommen habe, aber ich fand es schön und ...»

«Kein Problem. Die Frau auf dem Bild kenne ich nicht. Niels hatte viele Verehrerinnen. Er war ein gut aussehender, charmanter Mann. Carlotta, ich wollte dich fragen, ob wir heute Abend essen gehen wollen?»

«Sehr gerne.»

Herr Blatter entführte mich in das Lokal, in dem ich mit Mattia gewesen war. Da ich dieses Mal wusste, was mich erwartete, zog ich mir mein elegantestes Kleid an und zwängte meine Füße in Sandaletten. Jo wartete im Flur auf mich und spielte mit Pippa.

«Wollen wir laufen?»

«Ja sehr gern. Heute ist es ungewöhnlich windstill.»

Schweigend liefen wir durch den Ort. Ich schaute mir verträumt die schicken Reetdach Häuser an, die sich hervorragend in die Landschaft einfügten.

«Herr von Blatter! Wie geht es Ihnen? Wie schön, Sie wieder begrüßen zu dürfen», wurden wir herzlich empfangen und bekamen einen Tisch am Fenster. Der Kellner half Joachim auf den Stuhl und entfernte den Rollstuhl dezent.

«Der Physiotherapeut meinte, dass ich große Fortschritte mache», informierte Jo mich voller Stolz und fummelte an seiner Krawatte herum.

«Das ist großartig. Du musst fleißig weiter üben, dann können wir den Rollstuhl bald auf den Dachboden verbannen.»

«Ich habe noch mal überlegt, wer bei dem Wind Surf Cup 1991 noch dabei gewesen war. Mir fiel Ingo Petersen ein, der damals zu Niels Clique gehörte.» Er hielt inne und gab dem Kellner ein Zeichen.

«Magst du einen Aperitif trinken?»

«Ja gerne.»

«Zwei halbtrockene Sherry bitte.»

Ich nippte an dem süßen Likör und wartete ab, bis Jo seine Erzählung fortsetzte.

«Ingos Vater Peter war mit meiner Frau zur Schule gegangen und hatte ein Auge auf Heike geworfen, doch dann kam ich ...

Ein halbes Jahr nachdem ich Heike kennengelernt hatte und wir gemeinsam das Biikebrennen besuchten, kam es zu einem Streit zwischen Peter und mir. Der eifersüchtige Peter hatte viel getrunken und Heike belästigt, als ich Getränke holte. Heike war ganz aufgebracht und ich weiß auch nicht, was da in mich gefahren war, jedenfalls habe ich Peter ins Gesicht geschlagen. So etwas hatte ich noch nie zuvor getan, da ich jegliche Gewalt verabscheue. Peter hat sich nicht gewehrt, hat nur gelacht und stark aus der Nase geblutet. Ich habe mich für meinen Ausraster sehr geschämt und bei Heike kam das auch nicht gut an. Am nächsten Tag wollte ich mich bei Peter entschuldigen, aber er wollte mich nicht sehen. Seitdem ist er uns aus dem Weg gegangen.»

«Das hätte ich von dir nicht erwartet, aber wenn man wütend ist, kann einem die Hand schon mal ausrutschen. Was ist dieses Biikebrennen?»

«Es ist eines der wichtigsten und ältesten Volksfeste in Nordfriesland, bei dem der kalte Winter verabschiedet wird. Das Wort Biike leitet sich von Bake ab, was Feuermal bedeutet. Die Ursprünge des Rituals sind in grauer Vorzeit zu finden, als böse Götter durch die Feuer beschwichtigt werden sollten. Am 21. Februar laufen die Leute mit Fackeln bewaffnet und von Paukenschlägen und Trompeten begleitet zu den insgesamt neun Biiken, die es auf Sylt gibt. Die Bürgermeister, Pastoren oder besonders verdiente Einwohner Sylts halten auf Hochdeutsch und auf Söl'ring Reden, wobei die letzte mit den immer gleichen Worten: «Tjen die Biiki ön», zu Deutsch «Steckt die Biike an!» endet. Während die Biikefeuer brennen, wird das Lied «Üüs Söl'ring Lön'», was «Unser Sylter Land» heißt, gesungen. Danach wird in den Restaurants der Insel das traditionelle Biike-Gericht Grünkohl «mit alles» serviert.»

«Ein schöner Brauch, bei dem ich auch sehr gern mal dabei sein würde.» Vor meinem inneren Auge loderte ein riesiges Feuer, das eine herrliche Wärme erzeugte.

«Dann gehen wir im nächsten Jahr gemeinsam dorthin. Seitdem Heike nicht mehr ist, bin ich nicht mehr dort gewesen.»

«Lebt Peter denn noch?»

«Nein, er ist vor einem halben Jahr gestorben.»

«Und Ingo und Niels?»

«Die Freundschaft ging irgendwann auseinander und soweit ich weiß, hatten sie in den letzten Jahren gar keinen Kontakt mehr.»

«Lebt Ingo denn noch auf der Insel?»

«Ja, er hat das Hotel seiner Eltern übernommen. Es ist ein Luxus Ressort geworden», meinte Jo etwas abfällig und kippte sich den restlichen Sherry in den Mund.

«Meinst du, dass es Sinn hat, ihn aufzusuchen?»

«Du kannst es probieren, wenn du magst.»

«Dann werde ich mir das Luxushotel morgen mal ansehen.»

NEUNZEHN

Da mein Auto streikte, fuhr ich mit Joachims Limousine auf den Hotelparkplatz und bugsierte den großen Wagen zwischen zwei Luxuskarossen. Beeindruckt betrachtete ich mir den schicken Bau, in dem ich gerne Gast wäre.

Gern hätte ich mich einen Tag lang richtig verwöhnen lassen. Im Foyer herrschte zurückhaltende Eleganz. In einem aufrechten Gang steuerte ich direkt auf die Rezeption zu und wartete geduldig über zwanzig Minuten, da sich vor mir ein Gast über die Bademäntel beschwerte, die zu klein waren. Vielleicht sollte der adipöse Herr über eine Diät nachdenken! Ich schaute mich in dem Luxus Tempel um. Die Gäste, die hier rein und raus stolzierten, waren Menschen, die sich bestimmt nicht über den Zustand unserer Erde Gedanken machten, die nur daran dachten, wie sie ihre Freizeit maximal genießen und ihr Geld vermehren konnten.

«Willkommen in unserem Resort. Was kann ich für Sie tun?» begrüßte mich ein junger Mann kühl und sah mir bestimmt an, dass ich nicht zur Oberschicht gehörte.

«Guten Tag. Ich würde gerne Herrn Ingo Petersen sprechen.»

«Haben Sie einen Termin?»

«Nein, ich … hätte nur eine kurze Frage an ihn.»

«Sind Sie Gast in unserem Haus?»

«Nein, das bin ich nicht.»

«Einen Moment bitte. Ich werde Herrn Petersen fragen, ob er Zeit hat.»

«Vielen Dank.»

Hinter mir hatte sich auf einmal eine Schlange gebildet. Ich wurde mit abschätzigen Blicken bedacht, denn ich trug eine abgewetzte Jeans und mein ausgeleiertes Lieblings T-Shirt, von dem ich mich nicht trennen konnte. Über meiner Schulter baumelte ein bunter, bereits ausgefranster Beutel, den Mutter mir von einer Indienreise mitgebracht hatte.

Vermutlich dachten die Gäste, dass ich mich als Animateurin bewarb oder auf der Suche nach einem Servicejob war.

«Herr Petersen hat kurz Zeit. Sein Büro ist dort hinten.»

Ich zog meinen Pferdeschwanz stramm, räusperte mich, klopfte an die Tür und hörte ein lautes: «Ja bitte!» Hoffentlich schmiss Ingo mich nicht sofort raus, sobald ich Joachims Namen erwähnte.

«Bitte nehmen Sie doch Platz. Möchten Sie einen Kaffee?»

«Nein danke. Ich möchte Sie nicht lange stören.»

Ingo hatte schütteres blondes Haar und machte keinen überkandidelten Eindruck. Man hätte nicht vermutet, dass dieser leger gekleidete Mann, der eher aussah wie ein Landwirt, ein Luxus Hotel führte und das offenbar sehr erfolgreich.

«Mein Name ist Carlotta Buchbinder … Ich arbeite für Herrn von Blatter …»

Ingo verlor nicht sein Lächeln, als ich Joachims Namen etwas zögerlich aussprach.

«Herr von Blatter und ich … recherchieren gerade in der Vergangenheit, da … wir etwas aufklären möchten», stotterte ich und knetete nervös meine Finger.

«OK! Und wie kann ich Ihnen dabei behilflich sein?»

«Herr von Blatter erzählte, dass Sie mit seinem Sohn Niels befreundet waren.»

«Ja, das stimmt. Wir waren in einer Clique, aber das ist lange her. Mein Vater wollte nicht, dass ich mich mit Niels treffe, weil da wohl mal ein Vorfall gewesen ist, aber das hat uns nicht interessiert. Wir mochten uns und hatten eine nette Zeit. Niels war ja immer nur in den Ferien auf Sylt. Irgendwann haben wir uns aus den Augen verloren. Ich war sehr erschüttert, als ich von seinem Unfalltod hörte. Ich hätte mich gerne noch mal mit ihm getroffen.»

«Sagen Sie, können Sie sich an der Windsurf World Cup 1991 erinnern? War Niels an diesem Tag mit einem Mädchen, das nicht von der Insel kam, zusammen?»

«Oh, das ist schon so lange her. Warten Sie mal! Ich habe damals immer viel gefilmt, da ich eine neue Kamera hatte. Ich könnte mal nachschauen, ob ich die Filme noch finde.»

«Das wäre sehr hilfreich. Ich lasse Ihnen meine Handynummer hier.» Ich kramte in meiner Handtasche und legte einen vorbereiteten Zettel auf den edlen Holzschreibtisch, der keine einzige Schramme zeigte.

«Wie geht es denn Herrn von Blatter? Seine Frau kam ja auch auf tragische Weise ums Leben.»

«Er hatte einen Schlaganfall und sitzt im Rollstuhl.»

«Oh, das tut mir leid. Richten Sie ihm bitte ganz liebe Grüße aus. Als Niels Beerdigung war, machte ich gerade Urlaub in Asien, sonst wäre ich selbstverständlich gekommen.»

«Sagen Sie, was kostet eine Übernachtung im einfachsten Zimmer bei Ihnen?» erkundigte ich mich und hoffte auf einen satten Rabatt.

«Eine Übernachtung mit Verwöhn Frühstück und Benutzung unserer wunderschönen Wellnessoase bekommen Sie in der Nebensaison schon ab 299 Euro pro Nacht. Haben Sie schon einen Flyer von unserem Hotel?»

«Nein, aber ich denke, dass ich auch keinen brauche, weil ...» ich ein armes Schwein bin und leider kein Hotel oder eine wertvolle Immobilie geerbt habe und mich mit Jobs über Wasser halte, anstatt mal endlich ein Studium zu beenden, dachte ich verbittert. «Ich wohne in Herrn Blatters Gästehaus und habe einen traumhaften Meerblick.»

«Ach das Gästehaus. Dort habe ich mit Niels meinen ersten Joint geraucht. Wir hatten dort oft Besuch von Mädchen. Das war eine tolle Zeit», wurde er sentimental und lächelte süffisant.

«Dann lebe ich in einem Haus voller Sünden», scherzte ich und schloss meine Handtasche.

«Ich melde mich, sobald ich den Film gefunden habe. Vielleicht können wir ihn uns gemeinsam ansehen?»

«Ja, das wäre schön. Einen guten Tag noch.»

«Und grüßen Sie Herrn Blatter von mir. Er kann mich gerne mal besuchen kommen.»

Ich war erleichtert, als ich das schicke Büro verließ und machte noch einen Abstecher in den Garten und an den Poolbereich, in dem sich feine Damen mondän bewegten und sich gepflegte ältere Herren unter tuffigen Baldachinen aalten. Reich müsste man sein!

Nach dem Besuch im Hotel fuhr ich frischen Fisch kaufen. Ich liebte die lebendige Atmosphäre am Lister Hafen und gönnte mir ein Alsterwasser, das ich genüsslich trank, während ich die Leute und die Möwen beobachtete, die elegant über den Köpfen der Besucher segelten und auf gescheite Nahrung lauerten.

Während Joachim mein Essen wie immer über den grünen Klee lobte, berichtete ich ihm von meinem erfolgreichen Besuch im Hotel und richtete ihm Grüße von Ingo aus, über die er sich sichtlich freute.

«Auf dem Film werden wir bestimmt die Frau sehen, die die Mutter deiner Enkelin ist», meinte ich voller Enthusiasmus und klopfte mir gedanklich auf die Schulter, da ich gute Recherchearbeit geleistet hatte.

«Das ist schön und gut, aber wie sollen wir den Namen der Frau herausbekommen?», meinte er etwas resigniert.

«Wir werden gucken und weiter recherchieren. Heute nehme ich mir die letzten Bücher vor.»

Ich fand keinen weiteren Brief und hoffte, dass Ingo sich bald bei mir meldete.

Der Briefträger, der gerne mit mir einen kleinen Schnack hielt und alle paar Tage eine Süßigkeit von mir bekam, brachte mir einen dicken Umschlag, in dem meine gesammelte Post aus Hamburg steckte, die Elodie mir alle zwei Wochen schickte. Endlich gab es ein neues Lebenszeichen von Sonja.

Ich las mir leise vor: «Mein Engel, ich hoffe, dass es dir gut geht? Ich verbringe hier die schönste Zeit meines Lebens und könnte mir vorstellen, mit Pepe meinen Lebensabend auf Ibiza zu verbringen. Wir haben ein kleines Haus am Strand gefunden. Es ist einfach, aber wir brauchen keinen Luxus. Bist du noch immer auf Sylt? In welchem Ort bist du? Bisher habe ich noch keine Post von dir bekommen. Wenn du Zeit hast, musst du uns unbedingt bald besuchen kommen. Wir haben unsere Handys verkauft, da wir uns so daran gewöhnt haben, ohne zu sein, was ein ganz anderes Lebensgefühl ist. So wie früher. Ich gucke mal, ob ich noch eine Telefonzelle finde, damit wir kurz sprechen können. Dicker Kuss und eine innige Umarmung Deine Sonja.»

Ich stampfte mit dem Fuß auf und fluchte. Verdammt! Ausgerechnet jetzt, wo ich wichtige Fragen an sie hatte, war sie nicht erreichbar. Ich hoffte, dass sie mich in den nächsten Tagen anrufen würde.

ZWANZIG

Der Physiotherapeut, der Joachim auf die Beine bringen konnte, kam täglich und berichtete mir, dass sein Patient große Fortschritte machte und den Ehrgeiz besaß, bald wieder laufen zu können.

Es bürgerte sich ein, dass ich alle Mahlzeiten mit Joachim einnahm, was uns beiden sehr gefiel, weil wir uns bestens verstanden und die Gesprächsthemen nicht ausgingen. Nur Inge gefiel es offensichtlich nicht.

Als ich mit Joachim beim Abendbrot saß und über Kafka plauderte, klingelte es an der Tür. Wir sahen uns fragend an, da wir keinen Besuch erwarteten. Es war der Nachbar, Mattias Vater, den ich bisher noch nicht kennengelernt hatte.

«Guten Abend. Ich bin Herr Martinelli. Ihr Nachbar. Morgen findet ja unsere Nachbarschaftsfeier statt und ich wollte hören, ob Herr von Blatter kommen wird.»

«Guten Abend. Ja, er wird kommen und ich … werde ihn begleiten.»

«Sind Sie seine Enkelin?»

Ich nickte nicht ganz eindeutig und musste schlucken.

«Unser Sohn hat uns von dem schrecklichen Vorfall mit ihrem Hund erzählt. Das war auch ein Schock für uns, dass Ben so reagiert hat.»

«Ist ja zum Glück noch mal gut gegangen.»

«Ben muss seitdem einen Maulkorb tragen. Gut, dann sehen wir uns morgen. Einen schönen Abend noch.»

Als ich zu Jo zurückkehrte, saß Pippa auf seinem Schoß und kaute zufrieden.

«Sie wird immer dicker und schafft es bald nicht mehr bis zum Strand zu laufen.»

«Sie sieht mich immer so herzzerreißend an.»

«Ich weiß, dennoch müssen wir konsequent bleiben. Das war der Nachbar. Er wollte wissen, ob wir morgen kommen werden.»

«Ach Gott! Das hatte ich schon wieder vergessen. Große Lust habe ich nicht.»

«Nun habe ich aber schon zugesagt.»

«Dann sehen wir uns mal das protzige Haus an.»

Als ich gemütlich auf dem Sofa lag und mir bereits die Äuglein zufielen, meldete sich Elodie, die ich abwimmeln wollte, denn ich hatte keine Lust, mir das ewige Gejammer über ihre Schwiegermutter anzuhören.

«Carla, weißt du, dass Paul mich ziemlich nervt. Ich soll mit dir reden und dir ausrichten, dass du ihn anrufen sollst.»

«Sag ihm, dass ich nichts mehr mit ihm zu tun haben will und er dich auch in Ruhe lassen soll.»

«Das macht er aber nicht. Er meinte, dass zwischen seiner Ex und ihm nichts gewesen ist, dass er dich liebt und dich sofort heiraten würde. Du solltest ihm eine zweite Chance geben. Vielleicht sagt er ja, die Wahrheit?»

«Bitte Elodie. Ich bin durch mit ihm. Es tut nicht mehr weh und ich bin auch ohne ihn gerade sehr glücklich.»

Ich berichtete ihr von den neuesten Ereignissen und dem Brief meiner Mutter, doch sie hörte mir nicht richtig zu und schien gedanklich bei ihrer Traumhochzeit zu sein, die sie in Italien feiern wollte. Alle, die es sich leisten können, ließen sich neuerdings im Ausland trauen. Wenn ich jemals heiraten sollte, würde ich es auf Sylt tun, in einer Kirche, die ich bisher nur aus dem Reiseführer kannte. Vielleicht hatte Sonja ihren Pepe schon am Strand geheiratet, dachte ich erschrocken und sah sie vor meinem geistigen Auge mit einem Blumenkranz im wallenden Haar und ihrem Pepe, der ein buntes Flattergewand trug.

«Wie du meinst. Hast du dich jetzt schon entschieden, ob du dein Studium wieder aufnehmen wirst?», erkundigte sie sich etwas eingeschnappt.

«Nein noch nicht. Ich habe hier noch etwas zu erledigen.»

Nach dem Telefonat schaute ich mir auf meinem Handy Bilder von Paul an, die ich auf Sylt von ihm aufgenommen hatte. Ganz durch war ich offenbar doch nicht mit ihm, denn Tränen bildeten sich in meinen Augen und mein Herz schmerzte leicht. Ich musste an seine süßen Aktionen, an sein hübsches Gesicht und seinen trockenen Humor denken.

Am nächsten Tag fuhr ich mit Jo nach Westerland. Er hatte mich gefragt, ob ich ihm beim Kauf von Hosen und Hemden behilflich sein könnte und meinte, dass ich einen erstklassigen Geschmack besitzen würde, was mich wunderte, weil ich die meiste Zeit über in Jeans und T-Shirt herumlief. Da ich nicht auf die Preise achten musste, wählte ich das aus, was mir gefiel. Es bereitete mir großen Spaß, Joachim zu beraten und vor allem, ihn so voller Lebenslust zu sehen.

Nachdem ich Jo beim Binden der Krawatte geholfen hatte, schlüpfte ich in ein schlichtes Etuikleid, behängte mich mit mehreren Ketten und riesigen Creolen, bei denen die Gefahr bestand, sich die Ohrläppchen einzureißen.

Weil wir nicht die ersten Gäste sein wollten, zuckelten wir gemütlich eine dreiviertel Stunde nach dem offiziellen Einladungstermin los.

«Mit dem Vorbesitzer hatte ich kein gutes Verhältnis. Er kam nur für vier Wochen im Jahr und hatte es nicht nötig, uns zu grüßen», regte Jo sich auf.

«Es ist wirklich ärgerlich, wenn die Häuser in bester Lage die meiste Zeit im Jahr leer stehen und die arbeitenden Leute abends die Insel verlassen müssen, weil es hier keinen bezahlbaren Wohnraum mehr gibt. Warum unternehmen die Einheimischen nichts dagegen?»

«Heike und ich wollten eine Initiative gegen den Ausverkauf Sylts ins Leben rufen, aber dann … Ich habe dazu alleine nicht die Kraft.»

«Bald hast du wieder Kraft und ich würde dich gerne dabei unterstützen.»

In Joachims Schoß lag unser Gastgeschenk, eine Flasche Rotwein, die ich aus dem Keller geholt hatte.

Die Straße war vollgestellt mit noblen Karossen und dezente Musik drang an meine Ohren. Die Haustür stand offen, aber da es ein paar Stufen gab, blieben wir stehen und schauten uns ratlos an.

«Ich werde mal fragen, ob es hinten ebenerdig ins Haus geht.»

Obwohl es kühl und feucht war, hielten sich ein paar Gäste im Freien auf und pafften an dicken Zigarren. Ich suchte Herrn Martinelli zwischen den vielen Gästen und stieß überraschenderweise auf Mattia, mit dem ich überhaupt nicht gerechnet hatte.

«Ciao Carlotta! Das ist ja schön, dass du gekommen bist», sagte Mattia erstaunt und klimperte mit seinen langen dunklen Wimpern.

«Hallo! Ich begleite meinen … Großvater.»

«Meine Eltern freuen sich sehr, dass er zugesagt hat. Wir erfuhren von einem Nachbarn, dass er sich seit dem Tod seines Sohnes total zurückgezogen hat.»

«Ja, das stimmt. Mein Großvater erlitt zudem einen Schlaganfall und sitzt im Rollstuhl. Er steht vorne und wir kommen nicht ins Haus rein.»

«Oh, ihr könnt durch den Garten fahren und dann durch diese Terrassentür reinkommen.»

«Danke!»

Hatte Mattia mir nicht erzählt, dass er ins Silicon Valley fliegen wollte? Was sollte ich jetzt tun? Mattia und seine Eltern dachten, dass ich Jos Enkelin bin, nur Joachim wusste noch nichts davon. Ich geriet in Panik und rannte zu meinem vermeintlichen Großvater. Ich muss die Bühne sofort verlassen, dachte ich verzweifelt.

«Hinten kommen wir auch nicht rein, zudem ist mir auf einmal ganz komisch. Ich glaube, dass wir umkehren sollten.»

«Du bist auch ganz rot im Gesicht. Ist dir heiß?»

«Ja sehr. Joachim, ich … muss dir etwas sagen.» Es war das Beste, wenn ich ehrlich zu ihm war, nur so konnte ich mich nicht in weitere Lügen verstricken und meine Notlüge, die ich bereits so vielen Leuten aufgetischt hatte, endlich aufdecken.

«Ich habe dem Sohn des Hauses schon bei unserem ersten Treffen gesagt, dass du mein Großvater bist, weil ich …»

Er fing herzhaft an zu lachen. «Ah, das finde ich gut. Ich wäre liebend gerne dein Großvater. Gut, dann tun wir so, als wärst du meine Enkelin. Ja, das gefällt mir.»

Ein Stein fiel mir vom Herzen und vor lauter Freude fiel ich Joachim um den Hals und drückte ihm einen Kuss auf die Wange, der sichtbar blieb und den ich sanft fortwischte.

«Danke! Ich weiß auch nicht, was in mich gefahren war, aber ich kam mir neben dem reichen Fuzzi so armselig vor und da habe ich so getan, als wenn ich auch aus einer wohlhabenden Familie kommen würde. Dann werden wir mal sehen, wie es in der Hütte aussieht und was es Gutes zu essen gibt. Ich tippe auf Hummer und Kaviar.»

Mattia kam uns entgegen. «Guten Tag Herr von Blatter. Es freut mich sehr, Sie endlich kennenzulernen. Ich hatte ja bereits die Ehre, Ihre bezaubernde Enkelin zu treffen, auch wenn unsere erste Begegnung sehr dramatisch verlaufen ist.»

«Moin!» grüßte Joachim rustikal und drückte Mattias Hand kräftig.

«Meine Eltern sind im Haus. Gehen … äh, fahren Sie doch bitte schon ins Haus.»

«Der macht einen ganz netten Eindruck. Weißt du, was seine Eltern beruflich machen?», flüsterte Joachim und ließ sich von mir durch den mit Fackeln beleuchteten Garten schieben.

«Keine Ahnung. Ich weiß nur, dass Mattia eine Computerfirma in Berlin besitzt.»

Als wir im Wohnzimmer standen und uns umschauten, kam eine Servicekraft mit einem Tablett auf uns zu. «Mögen Sie ein Glas Champagner?»

«Sehr gerne!», sagte Jo und griff zu.

«Dann zum Wohl meine liebe Enkeltochter!»

«Zum Wohl lieber Großvater!» Ich war erleichtert, dass Joachim so cool reagiert hatte und mitspielte. Es fühlte sich auf einmal so an, als wäre er in Wirklichkeit mein Großvater.

Mattia gesellte sich zu uns und winkte seine Eltern heran. «Das ist unser lieber Nachbar Herr von Blatter und seine Enkelin Carlotta.»

«Wie schön, dass wir Sie endlich kennenlernen Herr von Blatter», begrüßte uns Herr Martinelli, der leger gekleidet war. Eine zierliche, in seidigen Stoff gehüllte Frau streckte uns ihre zarte Hand entgegen, die ich kaum zu drücken wagte. Ich schätzte, dass die magere Frau nicht mehr als vierzig Kilo auf die Waage brachte.

Joachim und die Martinellis kamen schnell ins Gespräch, während Mattia mich an die Hand nahm und in die obere Etage zog. Ich wehrte mich nicht und lachte ausgelassen, als wir die Stufen hinaufeilten. Er riss eine Tür auf und ging mit mir auf einen Balkon. «Sieh dir das mal an!»

«Wow! Das ist unglaublich!»

Die Sonne war ein leuchtender Glutball, der in diesen Minuten im Meer baden ging.

«Ist das nicht wunderschön? So einen Sonnenuntergang gibt es in Berlin nicht.»

«Es ist atemberaubend. Ich dachte, dass du nach Amerika fliegen wolltest?»

«Das hat sich verschoben. Ich hatte doch tatsächlich Sehnsucht nach Sylt und gehofft, dich zu sehen.»

Ich wusste nicht, was ich sagen sollte und ging ins Zimmer, wo ich mich interessiert umsah. «Ist das dein Reich?»

«Ja, es ist noch nicht ganz fertig eingerichtet.»

«Ich habe großen Hunger. Lass uns runtergehen.» Ich wollte mich nicht wieder verführen lassen, obwohl Mattia mich stark anzog und die kitschige Stimmung mit dem glühenden Himmel und der schmusigen Ballade, die bis in die obere Etage zu hören war, mich dahinschmelzen ließ.

«Das Buffet wird erst um acht eröffnet. Wir haben noch eine halbe Stunde Zeit.»

Ich lehnte mich gegen einen Schreibtisch, auf dem nur ein Laptop stand.

«Wie lange wirst du bleiben?» Ich spielte nervös mit der Creole, die kräftig an meinem Ohr schaukelte.

«Bis Montag. Falls du noch eine Begleitung für einen Strandspaziergang suchst, gib mir Bescheid. Wir könnten auch wieder ein Picknick machen?»

Ich musste aufpassen, dass ich mich in seinen glühenden Augen nicht verlor und auf seinem Wasserbett landete.

«Mal sehen. Was machen deine Eltern eigentlich beruflich?»

«Meine Mutter ist Italienerin und in Rom aufgewachsen. Dort hat sie von ihren Eltern eine Schuhfabrik übernommen, in die mein Vater eingestiegen ist.»

«Schuhe gehen ja immer», flüsterte ich kaum hörbar. «Stammen deine Schuhe auch aus dieser Schuhfabrik?»

Er hob sein rechtes Bein und lachte. «Nein, ich denke, dass sie in Asien produziert wurden.»

«Dein Großvater macht einen netten Eindruck. Ihr versteht euch gut?»

«Ja sehr gut. Er ist glücklich, dass ich hier bin und es fällt mir schwer, ihn alleine zu lassen, weil er sonst niemanden hat.»

Ich öffnete die Tür, hüpfte die Treppe hinunter und hielt Ausschau nach Joachim, der sich angeregt mit einer pummeligen Frau unterhielt. Es freute mich, dass er sich unter die Leute mischte. Ich holte mir ein Glas Orangensaft und ging in den Garten, wo ich sofort zu frösteln begann. Tief atmete ich die klare Luft ein, nippte an dem Saft und war froh, dass Joachim sein Leben wieder genießen konnte, woran ich nicht ganz unschuldig war.

«Ist dir kalt?», hörte ich Mattias sanfte Stimme.

«Es geht. Ich gehe gleich wieder ins Haus. Es sind ja ziemlich viele Nachbarn gekommen, obwohl die meisten Häuser in Kampen doch leer stehen.»

«Es sind auch Freunde und Bekannte gekommen, die von überall angereist sind.»

«Wow! Und was ist mit deiner Ex? Ist sie auch hier?»

«Nein, sie hatte keine Lust. Sie ist gerade in Florida. Und was ist mit deinem Freund?»

«Alles gut», log ich, ohne rot zu werden. Irgendwo hatte ich mal gelesen, dass jeder Mensch 25-mal am Tag lügt. So viel lüge ich bei Weitem nicht, und wenn ich es täte, hätte ich vermutlich ein schlechtes Gewissen.

«Wie geht es Bippa?»

«Pippa! Ihr geht es ganz gut. Aber wenn sie großen Hunden begegnet, fängt sie an zu bellen und zu zittern.»

«Mein Vater geht jetzt regelmäßig mit Ben zur Hundeschule.»

«Toll! Sag mal, musst du dich nicht um die anderen Gäste kümmern?»

«Keine Lust. Die sind mir alle zu oberflächlich. Die erzählen von ihren megagroßen Yachten, ihren Problemen mit dem Personal und anderen Banalitäten.»

«Ich besitze nicht mal einen Kutter und Personal habe ich auch keins.»

«Und, du bist trotzdem glücklich?» Er sah mich forschend an, als wenn er es anzweifeln würde.

«Ja schon, auch wenn ich mir noch immer nicht ganz sicher bin, ob ich mein Studium wieder aufnehmen soll oder nicht. Ich könnte mir vorstellen, noch eine längere Zeit auf Sylt zu bleiben, um meinem Großvater Gesellschaft zu leisten.»

«An deiner Stelle würde ich hierbleiben. Als ich letztens nach Berlin zurückgekehrt bin, fand ich es nur schrecklich und wäre am liebsten sofort nach Sylt zurückgefahren.»

«Kannst du deine Firma nicht auch von hier führen?» Ich zog meine Schultern hoch und bedeckte meine Arme mit den Händen, um mich zu wärmen.

«Ich glaube, dass wir jetzt lieber reingehen sollten oder soll ich dir wieder mein Sakko leihen?»

Ich lächelte und schüttelte den Kopf, sodass die Creolen an meinen Ohren kräftig ins Schaukeln gerieten. Meine Augen machten sich auf die Suche nach Jo. Er unterhielt sich noch immer angeregt mit derselben Frau und hatte einen gut gefüllten Teller auf seinem Schoß stehen.

Mattia wich nicht von meiner Seite, was mir gefiel, denn ich bin nicht der extrovertierte Typ, der auf fremde Leute zugeht und locker plaudert.

«Du musst unbedingt den Krabbensalat probieren. Die Krabben sind heute Morgen frisch gepult worden.»

«Ich liebe Krabben, aber pulen kann ich sie nicht. Ich habe es schon oft probiert, aber sie zerreißen immer in der Mitte.»

«Dafür braucht man Fingerspitzengefühl. Zeig mal deine Finger», bat er mich lächelnd und nahm meine rechte Hand in die seine, um sie zu begutachten.

Lachend zog ich sie zurück. Mattia war ein richtig netter Kerl, der überhaupt keine Allüren besaß und überaus witzig war. Hätte ich nicht gerade die große Enttäuschung mit Paul erlebt, hätte ich mich vielleicht auf Mattia, der mir deutliche Avancen machte, eingelassen, aber noch mehr Liebeskummer hätte mein geschundenes Herz nicht ertragen können.

«Mi scusi! Meine Mutter braucht meine Hilfe. Ich bin gleich wieder bei dir.» Vermutlich sprach er fließend Italienisch. Ich liebte die Sprache und spürte, wie mein Herz beinahe vor lauter Bewunderung überschäumte.

«Alles klar!» Etwas verloren stand ich neben dem Buffet, beobachtete die Gäste und warf immer wieder einen Blick zu Jo, der mich offenbar vergessen hatte.

Über eine halbe Stunde ließ mich Mattia allein. Niemand sprach mich an.

«Entschuldige, dass es so lange gedauert hat. Hast du schon vom Dessert probiert?»

«Ehrlich gesagt, bin ich satt. Ich glaube, dass ich den halben Krabbensalat gegessen habe.»

«Das Tiramisu mit Erdbeeren musst du unbedingt probieren, sonst ärgerst du dich morgen.»

«Überredet!»

Mattia füllte zwei Schälchen, während er mich unermüdlich anlächelte.

«Dazu muss man Champagner trinken.» Ohne meine Antwort abzuwarten, besorgte er zwei Gläser und stieß mit mir an.

«Auf die schönste Frau des Abends.»

«Du bist ein Spinner! Die anderen Frauen sind zwar etwas älter als ich, aber viel schöner. Deine Mutter sieht ein bisschen aus wie Audrey Hepburn, die für mich mit zu den schönsten Frauen der Welt zählt.»

«Sì mia mamma ist wirklich wunderschön und ich liebe sie sehr. Sie ist keine typische italienische Mutter, die angeblich die ängstlichsten ganz Europas sein sollen. Sie hat mich früh gehen lassen und mich nicht ständig kontrolliert oder angerufen.»

«Es ist ihr gewiss nicht leichtgefallen. Für eine Mutter ist es schwerer, sich von ihrem Kind zu trennen als für den Vater. Ich stelle es mir herzzerreißend vor, wenn meine Kinder das Nest für immer verlassen.»

«Das ist nun mal der Lauf der Dinge. Wann bist du von zu Hause ausgezogen?»

«Sehr früh. Ich war es gewöhnt, alleine zu sein, da meine Mutter viel herumgereist ist. Sie hat mich schon mit 16 Jahren für ein paar Wochen allein gelassen, aber ich hatte nie ein Problem damit. Daher fiel es uns beiden auch nicht schwer, als ich auszog.»

«Aber nun hast du ja einen Partner und Pippa.»

«Toll! Du hast dir ihren Namen gemerkt.»

«Hast du morgen schon etwas vor?»

Mattia ließ nicht locker. Wollte er mich ein weiteres Mal verführen oder brauchte er einfach nur jemanden zum Reden?

«Das kann ich dir jetzt noch nicht sagen.»

«Carlotta, ich bin sehr gerne mit dir zusammen. Du bist mir so vertraut, als würden wir uns schon ewig kennen. Meine Ex Freundin ist sehr attraktiv und arbeitet weltweit als Model. Sie war was fürs Auge, aber ich bemerkte schnell, dass da nicht viel mehr war als körperliche Anziehung. Es fehlte an Tiefe, an Seelenliebe und dem Gefühl, dass man füreinander geschaffen ist», gestand er mir überraschend. Hatte er zu viel Champagner getrunken und redete Unsinn?

«Ich mag dich auch Mattia und ich denke, wir können gute Freunde sein, aber wenn du denkst, dass da mehr sein könnte … Ich habe einen Freund und bin sehr glücklich mit ihm.»

«Ja ich weiß, aber du hast mich am Strand geküsst und ich habe gemerkt, dass du was für mich empfindest.»

«Du hast mich verführt und ich hatte zu viel Alkohol getrunken.»

«Carlotta! Kommst du mal bitte!», rief Jo und winkte mich zu sich heran.

«Ich möchte dir Maria Paulsen vorstellen. Du glaubst nicht, was sie beruflich macht», sagte er ganz aufgeregt und zeigte rosige Wangen.

Ich war noch ganz irritiert von Mattias Worten, der mich nicht aus seinen schönen Augen ließ.

«Guten Tag Frau Paulsen.»

«Guten Tag. Ihr Großvater hat gerade von Ihnen geschwärmt und erzählt, dass sie Literaturwissenschaften studieren.»

«Ja ich …»

«Frau Paulsen ist Schriftstellerin», klärte mich Jo ganz begeistert auf.

«Sie sind Maria Paulsen? Oh, ich habe schon viel von Ihnen gehört, aber leider noch kein Werk gelesen.» Da ich mich nicht für Krimis interessierte, hatte ich auch nicht vor, ihre Bücher zu kaufen.

«Maria wohnt auf Amrum. Ehrlich gesagt, habe ich es noch nicht bis dorthin geschafft, obwohl es ein Katzensprung ist», meinte Joachim und trank den Rotwein wie Wasser, was mich etwas beunruhigte.

«Sie haben versprochen, mich demnächst zu besuchen.» Maria hatte eine merkwürdige Lache, die mich an eine Möwe erinnerte.

«Das werde ich tun, aber ich denke, dass Amrum mit Sylt nicht mithalten kann.»

Ich war verblüfft, denn so ausgelassen und heiter hatte ich Joachim bisher noch nicht erlebt.

Ich ließ die beiden wieder allein und suchte das Gäste WC. Auf dem Weg dorthin fing Mattia mich ab.

«Dein Großvater scheint sich ja sehr gut zu unterhalten.»

«Seit dem Tod meiner Großmutter … habe ich ihn nicht mehr so fröhlich gesehen.»

«Hast du Lust, baden zu gehen?» Mattia grinste mich an. Er steckte voller Überraschungen.

«Im Meer? Es ist bereits dunkel und etwas kalt.»

«Wir haben im Keller ein Schwimmbad.»

«Ich weiß nicht. Dann müsste ich erst meinen Badeanzug holen und …»

«Bei uns darf man auch unbekleidet baden.»

«Ein anderes Mal vielleicht. Ich bin jetzt auch schon etwas müde und dann mit dem vielen Krabbensalat im Bauch würde ich vermutlich untergehen wie ein Stein. Es war wirklich eine tolle Party, die ich jetzt lieber verlassen werde.»

«Das ist schade. Ohne dich werde ich mich langweilen.»

«Ich bin mir sicher, dass hier einige Leute herumlaufen, die nur darauf warten, dass du ihnen von deiner erfolgreichen Firma erzählst und sie mit deinem reizenden Charme benebelst.»

«Sehen wir uns morgen?»

«Du kannst ganz schön nerven. Gut, wir können morgen einen Strandspaziergang machen, aber Ben lässt du zu Hause. Wo ist er eigentlich?»

«Er ist im Schlafzimmer meiner Eltern und sieht fern.»

«Du bist echt witzig. Danke für den unterhaltsamen Abend.»

Es war bereits kurz nach Mitternacht, als ich Jo eine Hand auf die Schulter legte und sagte: «Ich bin müde und möchte gehen. Willst du noch bleiben?»

«Wenn es dir nichts ausmacht? Ich komme schon alleine klar.»

«Wirklich?»

«Ja, du musst dir keine Gedanken machen.»

«Ich kann dich nach Hause bringen», bot die Autorin sich an, die den ganzen Abend über nicht von Jos Seite gewichen war.

Mattia ließ es sich nicht nehmen, mich bis zur Straße zu begleiten.

«Und du meldest dich dann morgen?» Der Wind trug den Duft seines Eau de Toilette an meine Nase und ich atmete es betört ein.

«Ja versprochen. Schlaf gut Mattia.»

Er hauchte mir drei Küsschen auf die Wangen und sah mich an wie ein Mann, der eine Frau auf den Mund küssen möchte. Ohne darüber nachzudenken, ob ich es zulassen sollte, drehte ich mich um und lief in schnellen Schritten durch die kalte Nacht.

Als ich das Gästehaus erreichte, erschrak ich, da ich im schwachen Licht der Außenbeleuchtung eine Gestalt auf meiner Liege sitzen sah.

«Nicht erschrecken!», hörte ich Pauls Stimme, der sich schwerfällig erhob, da seine Glieder offensichtlich steif geworden waren.

«Paul! Was machst du denn hier?» Mein Herz wummerte wild gegen die Rippen.

«Du hast mir keine Chance gegeben, mich zu erklären und so blieb mir nichts anderes übrig, als dich aufzusuchen.»

«Es ist doch viel zu kalt … Komm schnell rein. Ich koche dir einen Tee. Willst du heiß duschen?», fragte ich besorgt und berührte seine Hand, um zu prüfen, wie kalt er war.

«Nein, das brauche ich nicht. Wo bist du denn solange gewesen?» Sein Ton klang vorwurfsvoll.

«Ich war auf einer Party bei den Nachbarn.»

Völlig durcheinander griff ich nach dem Wasserkocher und musste kurz überlegen, wo ich meinen Tee aufbewahrte.

«Wie lange sitzt du denn schon vor der Tür? Hat Pippa gar nicht gebellt?»

«Erst ja, dann habe ich mit ihr gesprochen und sie wurde ruhig. Ich warte seit vier Stunden auf dich.»

«Das tut mir leid, aber wenn du hier unangekündigt auftauchst, hast du selbst schuld. Irgendwo muss noch eine

Wärmflasche sein ...» Ich tigerte durchs Haus und war völlig durcheinander.

«Carlotta, ich habe kein Zimmer mehr bekommen. Alle Betten sind belegt ...»

«Du kannst auf dem Sofa schlafen. Magst du Kamillentee?»

«Ja. Es tut mir leid, dass ich dich überfalle, aber du hast mir keine andere Wahl gelassen. Ich habe mit Elodie gesprochen und sie gebeten, mit dir zu reden ...»

«Ich weiß. Ich war überaus enttäuscht und gekränkt ... Es ist nicht das erste Mal, dass ich von einem Mann betrogen worden bin. Ich bin in dieser Beziehung äußerst empfindlich.»

«Aber ich habe dich nicht betrogen! Maja kam spontan nach Hamburg und hatte mich gefragt, ob sie bei mir übernachten kann. Natürlich auf dem Sofa. Als du kamst, hatte ich gerade geduscht, weil ich vom Football Training gekommen bin. Für dich sah es so aus, als wenn ich mit Maja ...»

«Es war irgendwie eindeutig und ich hatte auch das Gefühl, dass du noch an Maja hängen würdest.» Mich wühlte diese blöde Geschichte so sehr auf, dass mir übel wurde.

«Ich muss gestehen, dass ich unter der Trennung gelitten habe und Maja noch sehr gern habe, aber verliebt habe ich mich in dich. Meinst du, ich hätte dir einen Zahnputzbecher gekauft, wenn du mir egal wärst?» Er trug Tränen in den Augen, die noch nicht kullerten.

«Ich bin total müde. Lass uns morgen weiterreden. Ich mache dir das Sofa fertig.»

«Das kann ich doch machen. Geh ins Bett. Du siehst wirklich müde aus.»

«Morgen muss ich um acht Uhr raus, um meinem Großvater das Frühstück zu machen. Um neun Uhr können wir dann frühstücken.»

«Alles klar! Schlaf gut, Carlotta.»

Ich konnte überhaupt nicht gut schlafen, denn Paul und auch Mattia hatten meine Gefühle total durcheinandergebracht. Ich hatte die kurze, enttäuschende Beziehung mit dem Juristen relativ gut verarbeitet und fühlte mich von Mattia angezogen, der sich redlich um mich bemühte. Ich hoffte, dass ich am nächsten Tag klarer denken konnte und schlief erst fest ein, als der Wecker mich aus einem Traum holte.

Mit kleinen geschwollenen Augen bereitete ich das Frühstück vor. Inge informierte mich darüber, dass Jo länger schlafen und sein Frühstück erst um elf Uhr haben wollte, was mir ganz recht war. Ich unternahm mit Pippa einen Strandspaziergang und besorgte Brötchen. Als ich in mein Haus zurückkehrte, hatte Paul das Sofa in Ordnung gebracht und den Frühstückstisch gedeckt.

«Guten Morgen Carlotta.» Er wollte mich versöhnlich stimmen und tat sein Bestes.

«Guten Morgen. Wie hast du auf dem Sofa geschlafen?» Ich legte die Brötchen ins Körbchen und gähnte.

«Sehr gut. Und du bist noch müde?»

«Ja, ich habe nicht gut geschlafen. Dein Besuch hat mich ziemlich durcheinandergebracht.»

«Das tut mir leid, aber ich musste dich sprechen. Ich fühlte mich so schlecht und wollte diesen Irrtum klarstellen.»

«Trinkst du Kaffee?»

«Ja!»

«Sind die Blumen von dir?» Erst jetzt nahm ich einen großen Strauß mit knallroten Rosen wahr, der auf dem Wohnzimmertisch lag.

«Nein. Eben war dein homosexueller Schulfreund hier, mit dem du das Selfie … Er hat sie nur abgegeben und nichts weiter gesagt. Hast du was mit dem?», fragte Paul ganz direkt.

«Nein, denkst du, dass ich mich von einem Abenteuer ins nächste stürze? Ich bin gerade mehr darauf fokussiert, was ich beruflich tun soll», wurde ich laut und wäre gerne allein gewesen.

«Entschuldige. Ich liebe dich und meine es wirklich ernst mit uns. Komm mit mir nach Hamburg, nimm dein Studium auf und lass uns zusammenziehen. Elodie meint auch, dass wir perfekt zusammenpassen.»

«Ich habe gerade ein totales Wechselbad der Gefühle hinter mir und brauche noch Zeit zum Nachdenken. Zudem braucht mein Großvater mich. Ich denke, dass ich noch eine Zeit auf der Insel bleiben möchte.»

«Schade. Ich dachte, dass du Sehnsucht nach mir hast.»

«Ja, das hatte ich auch, aber diese Sache mit deiner Ex und ...»

«Sie bedeutet mir nichts mehr. Außerdem hat sie einen Freund. Ich werde nach dem Frühstück zurückfahren. Melde dich, wenn du weißt, was du willst. Ich gehe jetzt an den Strand», meinte er enttäuscht und griff nach seiner Jacke.

«Lass uns noch zusammen frühstücken.»

«Ich habe keinen Appetit», sagte er wie ein bockiges Kind.

«Paul, nun bleib doch! Ich finde es doof, wenn wir jetzt so im Streit auseinandergehen.»

«Es liegt nicht an mir.»

Vor lauter Verzweiflung hätte ich weinen oder laut schreien können, riss mich jedoch zusammen und sagte: «Bitte setz dich! Ich möchte jetzt mit dir frühstücken.»

Paul zog ein gequältes Gesicht. «Gut, wenn du es unbedingt möchtest.» Er legte seine Jacke zurück und nahm mit einer muckschen Miene Platz.

«Ich brauche noch zwei Wochen. Dann gebe ich dir Bescheid, ob ich nach Hamburg zurückkommen werde», stellte ich mir selbst ein Ultimatum und griff nach seiner Hand.

«Gut, solange werde ich wohl noch warten können.»

«Du musst diese leckeren Brötchen probieren ...»

Paul zeigte sich nach dem Frühstück versöhnlicher und ich konnte ihn dazu überreden, noch eine weitere Nacht zu bleiben.

«Ich muss jetzt kurz zu meinem Großvater. Entweder gehst du an den Strand oder machst die Küche», schlug ich ihm vor und küsste ihn zum Abschied auf den Mund.

«Dann gehe ich an den Strand. Nein, ich werde erst die Küche machen und dann mit Pippa laufen.»

Völlig kopflos stand ich in Jos Küche und brauchte länger als gewöhnlich. Der Witwer wartete bereits im Esszimmer auf mich und bemerkte sofort meinen diffusen Zustand.

«Na, was ist mit dir los?»

«Ich habe überraschend Besuch von meinem Freund bekommen. Er saß gestern Nacht vor meiner Tür.»

«Das ist doch nett. Du kannst mir den jungen Mann gern vorstellen, denn schließlich bist du jetzt meine Enkelin», meinte er gut gelaunt.

«Joachim, ich muss dir was sagen. Ich habe meinem Freund auch gesagt, dass du mein Großvater bist.» Ich tippelte nervös auf der Stelle und spürte, wie mir das Blut in den Kopf schoss. Ich kam mir vor wie eine notorische Lügnerin.

«Wenn das so ist, dann muss ich das Spiel wohl weiterhin mitspielen», sagte er sichtlich amüsiert und war überhaupt nicht böse mit mir. Mir fielen große Brocken vom Herzen. Ich liebte Jo, der ein Stück Familie für mich geworden war.

«Es tut mir leid. Normalerweise bin ich für die Wahrheit, aber … es hatte sich irgendwie so ergeben», versuchte ich mich zu erklären.

«Schon gut! Ich hatte früher auch mit ein paar Notlügen um mich geworfen. Manchmal geht es nicht anders. Als ich Heike kennenlernte, habe ich so getan, als wenn ich schon mehrere Frauen gehabt hatte, dabei war Heike meine erste.»

«Hast du das später aufgeklärt?»

«Ja und sie fand es viel beeindruckender.»

«Danke, dass du Verständnis zeigst. Darf ich dich kurz drücken?

«Nichts lieber als das.»

«Heute werde ich nicht zu Hause essen. Du nimmst dir heute frei und machst dir einen netten Tag mit deinem Freund.»

«Danke! Triffst du dich eventuell mit einer Schriftstellerin?»

Joachim schmunzelte und bekam glänzende Augen.

«Ja. Maria hat eine Lesung in Westerland, die mich interessiert.»

«Das ist doch toll! Sie macht einen sympathischen Eindruck und ihr habt euch sicherlich viel zu erzählen.»

«Ja, so ist es. Ich habe vorhin schon angefangen, in einem ihrer Bücher zu lesen. Sie hat es mir gestern geschenkt.»

«Bist du noch lange drüben gewesen?»

«Oh ja. Ich war selbst über mich erstaunt, dass ich solange durchgehalten habe.»

«Das freut mich, dass du dich gut unterhalten hast.»

«Du kannst mir deinen Freund heute Abend vorstellen.»

«Wenn du es möchtest. Aber dann müssen wir noch kurz besprechen, was wir meinem Freund erzählen, damit alles glaubwürdig klingt.»

Als ich zu Paul zurückkehrte, spielte er mit Pippa im Garten, was mein Herz weich werden ließ, denn wer sich mit meinem geliebten Hund so gut versteht, hat bei mir bereist einen dicken Stein im Brett.

«Wollen wir an den Strand gehen und baden?», schlug ich Paul vor, der sich etwas atemlos auf dem Rasen niederließ.

«Ja, ich habe auch meine Badehose dabei.»

«Mein Großvater möchte dich kennenlernen. Wir werden mit ihm heute Abend essen.»

«Das freut mich. Ich bin nämlich sehr interessiert daran, deine Familie kennenzulernen.»

Ich packte eine große Strandtasche, setzte mir einen Sonnenhut auf und war innerlich aufgewühlt. Meine Gefühle für Paul hatten sich ganz plötzlich verändert und ich wollte abwarten, was der Tag bringen würde. Paul griff nach meiner Hand und sah mich freudestrahlend an, als wäre alles zwischen uns wieder in Butter.

Etwas ungeschickt versuchte er die Strandmuschel aufzubauen, was ihm nicht gelang, sodass ich ihm die Beschreibung aus der Hand nahm und den Sonnenschutz mit wenigen Handgriffen aufstellte.

«Mit Rechtsfragen kenne ich mich bestens aus, aber wenn es an handwerkliche Dinge geht, bin ich raus. Nur das du es schon mal weißt.» Damit konnte er nicht bei mir punkten und ich musste einen Stein aus dem Brett wieder entfernen.

«Wollen wir jetzt ein erfrischendes Bad in diesem wilden Meer nehmen?»

Paul zog mich aus der Strandmuschel und rannte los, stürzte sich in die laut krachenden Wellenbrecher und war nicht mehr zu sehen, während ich im knöcheltiefen Wasser stehen blieb und zögerte.

Nach kurzer Zeit tauchte der sichere Schwimmer auf und winkte mir zu. «Komm! Es ist herrlich.»

Auf Zehenspitzen ging ich gemächlich weiter, bis mir das Wasser an den Bauch klatschte und mir einen spitzen Schrei entlockte. «Verdammt! Ist das kalt!» Schließlich ließ ich mich fallen und kraulte Paul wie eine Kampfschwimmerin entgegen, schluckte salziges Wasser und musste husten. Eine Welle erwischte mich voll, sodass ich in Panik geriet. Kaum hatte ich nach Luft geschnappt, kam die nächste Welle und füllte meinen geöffneten Mund, der nach Paul schrie, mit Wasser. Ich wollte zurück ans Land schwimmen, verlor jedoch die Orientierung und spürte einen Arm, der sich um meine Brust legte und mich abschleppte.

Ich kam mir vor wie ein sterbender Fisch, den man in die Sonne gelegt hatte und starrte geschockt in Pauls erschrockenen Augen. «Carlotta! Alles OK?», erkundigte er sich besorgt und atmete schwer.

«Alles bestens.» Ich rappelte mich auf und war wütend auf das Meer, das mich verschlingen wollte. Um uns herum hatten sich bereits ein paar Schaulustige oder besorgte Helfer versammelt, die, nachdem sie bemerkten, dass ich noch lebte, abzogen.

«Meine Güte! Ich hätte nicht gedacht, dass die Wellen mich so umwerfen können.» Das Salzwasser brannte in meiner Kehle und der Nase.

«Du hast Panik bekommen und Wasser geschluckt. Du kannst doch schwimmen?»

«Ja sicher! Bisher bin ich immer nur an der Ostsee gewesen. Die ist etwas ruhiger.»

Paul stützte mich, da ich wackelig auf den Beinen war. Der Gedanke, dass ich hätte tot sein können, erschreckte mich im Nachhinein so sehr, dass mir etwas schwindelig wurde und ich an meine arme Mutter denken musste, die ihr einziges Kind verlieren würde. Kurz bevor ich mich fröstelnd in die schattige

Strandmuschel verkriechen wollte, hörte ich meinen Namen rufen. Mit großen Augen und mit einem konfusen Gesichtsausdruck sah ich in Mattias schöne Augen, die mich fröhlich anfunkelten.

Meine Haare klebten nass und ungeordnet an meinem roten Kopf, mein Bikinioberteil war verrutscht und eine braune Alge in der Schleife meines knappen Höschens hängen geblieben. Was für einen jämmerlichen Anblick musste ich abgegeben haben.

«Hallo Mattia!»

«Warst du gerade auf Tauchgang?», fragte er belustigt und bemerkte Paul, der hinter der Strandmuschel einen Hering, der sich gelöst hatte, in den Sand bohrte.

«Ja, so kann man das sagen. Das ist Paul.»

«Ciao Paul. Ich wollte auch gerade ins Meer gehen. Schöne Wellen sind das heute.»

«Allerdings. Pass gut auf!», meinte Paul und betrachtete sich den prächtigen Adonis Körper, den ich bisher nur bekleidet gesehen hatte.

«Dann hast du heute keine Zeit mehr für mich?», fragte mich Mattia doch ernsthaft in der Gegenwart meines Freundes.

«Nein heute nicht mehr.» Ich legte mir ein Handtuch um die Schultern und nahm Pippa auf den Schoß.

«Gut, dann wünsche ich euch noch viel Spaß. Ich wage mich dann mal ins Meer.»

«Danke dir auch», wisperte ich leise und sah dem Mann, der mich ziemlich aus der Fassung brachte, wehmütig hinterher, was Paul offensichtlich nicht entging.

«Das war doch wieder dein Schulfreund? Stalkt der dich?»

«Quatsch! Er macht hier Urlaub. Wir haben uns einmal abends am Strand getroffen», brummte ich und konnte es nicht lassen, Mattia im Meer zu beobachten.

«Hast du nicht mitbekommen, wie der dich eben mit seinen Augen verschlungen hat? Und auf dem Selfie habt ihr ziemlich verliebt ausgesehen. Bist du dir sicher, dass er homosexuell ist?»

«Paul, wenn du jetzt eifersüchtig bist und mir den Umgang mit jedem Mann verbietest, dann können wir jetzt sofort einen

Schlussstrich ziehen. Jeder hat sein Leben, seine Freunde und kann tun und lassen, was er möchte, auch wenn wir ein Paar werden sollten», wurde ich wütend und etwas laut, sodass die Familie, die zwei Meter neben uns ihr Strandlager aufgebaut hatte, neugierig wurde.

«Sorry, aber wenn wir ein Paar sind, dann möchte ich dich schon alleine für mich haben und keine offene Beziehung führen. Du bist doch auch gleich weggerannt und sauer gewesen, weil du dachtest, dass ich wieder mit Maja zusammen bin.»

Ich ließ Mattia, der im Vergleich zu Paul wesentlich unkomplizierter und cooler war, nicht aus den Augen. Er schwamm weit hinaus, sodass ich Angst bekam und Paul nicht mehr zuhörte.

«Carlotta!» rüttelte Paul mich wach.

«Ja, ich weiß nicht. Mir ist das gerade alles viel zu kompliziert und ich muss erst mal wieder einen klaren Kopf bekommen. Gib mir zwei Wochen und dann kann ich dir sagen, was ich will.»

«Es kann also auch sein, dass du gar keine Beziehung mit mir eingehen willst, dass du auf Sylt bleibst und deinen Großvater bis an sein Lebensende pflegen willst?», spekulierte er und zog sich sein T-Shirt an.

«Wie gesagt, das weiß ich alles noch nicht. Wir kennen uns erst so kurz und ich habe keine Ahnung, ob das zwischen uns überhaupt funktioniert», verriet ich ihm meine Zweifel, die ihn treffen mussten wie spitze Pfeile.

Ich trocknete mein Haar und bemerkte, dass Paul äußerst enttäuscht war.

Geknickt setzte er sich in die pralle Sonne und starrte betreten aufs Meer hinaus. Ich rückte an ihn heran und streichelte seine heiße Haut, die schon rot wurde. Er tat mir leid. Zudem hatte er mir gerade das Leben gerettet. Ich sollte gütlicher mit ihm sein.

«Du bekommst einen Sonnenbrand. Soll ich dich eincremen?»

«Ist mir egal», antwortete er eingeschnappt und trank Wasser.

Ich cremte seinen Rücken ein und sah, wie Mattia aus dem Meer stieg. Ich begehrte ihn, war fasziniert von seiner schillernden Persönlichkeit und seiner Hartnäckigkeit, die er mir gegenüber an den Tag legte. Neben ihm sah Paul blass aus. Hatte der Halbitaliener ernsthaftes Interesse an mir?

Mattia winkte mir zu, ich nickte nur und war traurig, dass ich nicht mit ihm den Tag verbringen konnte.

Bevor wir uns zum Abendessen mit Joachim trafen, stellte Paul mir tausend Fragen zu meinem Großvater, die ich so gut es ging beantwortete. Ich hoffte sehr, dass sich keiner von uns verplapperte und Paul die Kröte, dass ich Jos Enkelin bin, schluckte.

Joachim hatte vorgeschlagen, Essen kommen zu lassen, damit ich keine Arbeit hatte. Ich deckte den Tisch auf der Terrasse und war sichtlich nervös vor dem Treffen, bei dem meine Lüge auffliegen konnte.

Nach unserem Strandbesuch hatte sich Pauls Laune merklich eingetrübt. Wir schwiegen uns an und warteten auf Joachim, der sich Zeit ließ. Hatte er keine Lust, meinen Opa zu spielen, dachte ich nervös und knetete meine Hände.

Dann kam er angerollt und zeigte sich bestens gelaunt, sodass ich mich entspannte und ihn mit Küsschen begrüßte.

«Guten Abend Paul. Carlotta hat mir schon viel Gutes über Sie erzählt.»

«Schön Sie kennenzulernen, Herr von Blatter. Sie haben ein wunderschönes Haus in einer Traumlage, die mich wirklich neidisch macht.»

«Sagen Sie doch bitte Joachim zu mir.»

«Gerne. Carlotta hat mir eben deine Bibliothek gezeigt. Du hast eine beachtliche Sammlung …»

Es wurde ein netter, unterhaltsamer Abend. Unser Schwindel flog nicht auf.

Als ich Joachim ins Schlafzimmer begleitete und Paul mit Pippa eine Runde drehte, lobte ich ihn und bedankte mich für den schönen Abend.

«Wir waren wirklich gut in unseren Rollen», stellte er voller Stolz fest und schaffte es, alleine aus dem Rollstuhl zu steigen.

«Du machst große Fortschritte.»

«Ich trainiere so viel, wie ich kann. Ich möchte doch mit dir eine Wattwanderung machen und möglichst noch in diesem Jahr.»

«Du bringst mich zum Weinen. Darf ich dich umarmen?»

«Aber gerne doch.»

Ich legte meinen Kopf an seine Schulter, atmete den Duft seines Rasierwassers ein und genoss seine Nähe. In diesem ergreifenden Moment musste ich daran denken, wie sehr ich mir als Kind einen Vater gewünscht hatte.

«Du bedeutest mir sehr viel Carlotta. Du bist viel mehr als eine Enkelin für mich.»

«Mir geht es genauso. Du bist mir ans Herz gewachsen und ich möchte nicht von hier fortgehen, obwohl ich studieren will und Paul mich drängt, nach Hamburg zu kommen.»

«Ich möchte auf keinen Fall, dass du meinetwegen bleibst und du sollst auch nicht mehr den Haushalt für mich führen, obwohl du es wirklich sehr gut machst. Was hältst du davon, wenn du mir bei meinem ersten Buch, das ich schon vor langer Zeit schreiben wollte, assistierst?»

«Das würde ich sehr gern tun, aber ich muss auch an meine berufliche Zukunft denken. Ich könnte ein Fernstudium machen, dann könnte ich hierbleiben.»

«Die Idee hatte ich auch schon. Denk in Ruhe über alles nach und tu das, was du wirklich willst, ohne Rücksicht zu üben. Meine Frau hat Sylt damals auch verlassen, um mit mir nach Hamburg zu gehen, obwohl sie gerne auf ihrer Insel geblieben wäre. Nun geh zu Paul. Er wird auf dich warten.» Er fuhr mit seiner warmen Hand über meinen Kopf und schämte sich nicht seiner Tränen.

«Danke Joachim. Du bist ein wundervoller Mensch. Deine Frau hatte großes Glück, dass sie dich gefunden hat. Gut, dass der Strohhut damals weggeweht ist.»

«Schau mal! Dort hängt er.»

«Ist er das wirklich? Er sieht noch sehr gut aus.»

«Setze ihn doch mal auf. Du siehst meiner Frau etwas ähnlich.»

«Soll ich wirklich?»

«Ja nur zu.» Vorsichtig nahm ich ihn vom Haken, betrachtete die etwas verblichene Kopfbedeckung von allen Seiten und setzte sie mir vor dem Spiegel auf.

Joachim sah mich schweigend an und murmelte: «Das ist unglaublich! Ich könnte fast meinen, dass Heike vor mir steht. Ich schenke ihn dir. Halte ihn in Ehren.»

«Wirklich? Aber er ist doch ein wichtiges Andenken aus deiner Vergangenheit.» Ich war gerührt und ließ den Hut auf meinem Kopf.

«Die Vergangenheit ist vorbei. Ich habe vielleicht noch ein paar Jahre vor mir und möchte die Zeit sinnvoll nutzen. Du hast mir dabei geholfen, wieder am Leben teilzunehmen. Dafür bin ich dir sehr dankbar. Zudem habe ich die Hoffnung, dass ich meine Enkeltochter finde.»

«Wir werden sie bestimmt finden. Schlaf gut Großvater.»

«Du auch.» Ich drückte ihm Küsse auf seine glattrasierten Wangen und warf ihm einen Kuss zu, bevor ich die Tür hinter mir schloss.

Paul saß auf dem Schaukelstuhl in meinem Haus und war an seinem Handy.

«Da bin ich wieder. Magst du noch ein Glas Wein?»

«Nein danke.»

«Du bist jetzt sauer, weil ich mich noch nicht entscheiden kann?»

«Als ich das letzte Mal hier gewesen bin, bist du anders gewesen und ich dachte wirklich, dass wir ein Paar sind, denn wir hatten doch eine wundervolle Nacht …»

«Ja, die hatten wir, aber das war auch überstürzt. Es tut mir leid, aber ich bin mir einfach noch in keiner Beziehung sicher. Ich bin ja nach Sylt gekommen, um einen klaren Kopf zu bekommen, aber nun herrscht ein großes Chaos dort oben, das ich in Ruhe sortieren muss.»

«Morgen bin ich weg und dann hast du deine Ruhe. Melde dich, wenn du weißt, was du willst», sagte er ernst und schaukelte mit dem Stuhl, sodass der Holzboden knarrte.

Paul schlief auf dem Sofa und ich weinte mich in den Schlaf, da mich ein schlechtes Gewissen plagte und ich ihm keine falschen Versprechungen machen wollte.

Am nächsten Morgen musste ich Paul zu einem gemeinsamen Frühstück überreden. Er wollte so schnell wie möglich weg und zeigte mir deutlich seine Enttäuschung, die verdammt schmerzte und mich unglücklich machte. Ich fühlte mich schlecht, da ich ihn belog und hinhielt.

Unser Abschied fiel ausgesprochen nüchtern aus.

«Ich melde mich, sobald ich weiß, was ich will», rief ich ihm hinterher, als er zum Taxi ging.

Joachim bemerkte meinen desolaten Zustand und sprach mich direkt an. «Du quälst dich Carlotta. Du erinnerst mich an Heike, als sie sich zwischen Sylt und Hamburg entscheiden musste. Sie hatte mich geliebt und wollte nicht ohne mich sein, aber dafür musste sie ihre Heimat verlassen.»

«Ist sie denn in Hamburg unglücklich gewesen? Hat sie ihre Entscheidung jemals bereut?»

«In den ersten Monaten hatte sie Heimweh und versuchte es vor mir zu verbergen. Aber als sie ihr Studium begann und Freunde fand, fühlte sie sich am richtigen Ort. So oft wir Zeit hatten, fuhren wir nach Sylt. Ich hatte ein großartiges Verhältnis zu meinen Schwiegereltern. Das waren ganz feine Leute. Sie sprachen nur Sölring und ich hatte wirklich Mühe, sie zu verstehen.»

«Wenn man den richtigen Partner an seiner Seite hat, fühlt man sich vermutlich an jedem Ort wohl, aber ich bin mir einfach nicht sicher mit Paul. Wir haben uns bisher nur dreimal gesehen.»

«Bei Heike wusste ich sofort, dass sie die Frau ist, mit der ich zusammen sein möchte. Mein Herz reagierte so kräftig, dass es schmerzte.»

«Ich finde Paul nett, aber … Ich kann wirklich nicht sagen, ob er der perfekte Mann für mich ist und mein Herz …»

«Vermisst du ihn denn, wenn er nicht bei dir ist?»

«Nicht so sehr, dass ich leide. Und dann ist da ja noch die Sache mit seiner Ex. Ich weiß nicht, ob er mir die Wahrheit gesagt hat.»

«Lass dir Zeit und überstürze nichts. Du bist noch so jung. Ich beneide dich um dein Alter und würde gern noch mal alles erleben, auch wenn wir damals nicht im Luxus schwelgten und uns keine Herzchen mit dem Handy schicken konnten, ist es eine schöne Zeit gewesen. Apropos Handy. Ich hätte auch gern ein Smartphone. Bisher habe ich mich geweigert, weil ich es nicht brauchte, aber ich denke, dass es an der Zeit ist …»

«Du wirst sehen, dass es ein Segen für dich sein wird. Du kannst dir nicht vorstellen, was man damit alles machen kann. Zum Beispiel kannst du Maria ein Selfie von dir schicken und es mit einem Herzchen garnieren.»

«Das wäre schön. Kannst du mir eins besorgen und dann natürlich auch erklären?»

«Sicher, das mache ich sehr gern. Ich werde nachher gleich nach Westerland fahren und dir eins besorgen.»

«Und Ingo hat sich noch nicht bei dir gemeldet?»

«Nein, ich denke, dass er gut beschäftigt ist mit seinem Hotel. Das musst du dir mal ansehen. Es ist eine echte Luxusherberge mit allem Schickimicki.»

«Früher war das Hotel ganz schlicht, aber schon immer gut ausgebucht, da die Lage perfekt ist. Du kannst dir nicht vorstellen, wie das damals gewesen ist. Da gab es noch keine Bäder in den Zimmern, sondern nur Schüsseln zum Waschen. Als es nach dem Krieg mit dem Tourismus auf Sylt losging, räumten viele Sylter ihre Schlafzimmer und übernachteten in der Küche oder auf dem Dachboden, um mit dem Fremdenverkehr Geld zu verdienen.»

«Ein krasser Wandel. Alle wollen von der Schönheit der Insel Profit schlagen. Leider sind die schönsten Orte auf der Welt überlaufen, was sie bald nicht mehr so attraktiv macht», sinnierte ich.

«Ja, so ist es, aber ich habe hier noch meine Ruhe und man wird mir kein Luxus Hotel vor die Nase setzen.»

«Ich fahre jetzt los und kaufe dir ein schickes Handy. Wenn du magst, können wir am Nachmittag schon mit der ersten Lektion loslegen.»

Bevor ich mich auf den Weg machte, ging ich mit Pippa ein kurzes Stück am Strand entlang, setzte Heikes Strohhut auf und stellte mir den jungen Joachim vor, wie er seiner Frau das erste Mal begegnet war. Als ich gedankenverloren an der Wasserlinie entlanglief, fing Pippa aufgeregt an zu bellen.

«Was ist denn los?»

Ich entdeckte Mattia wenige Meter von mir. Er hatte Ben an der Leine. Mein Herz pochte wild, denn die Bilder, wie das Riesenvieh Pippa ins Ohr gebissen hatte, waren sofort wieder präsent.

«Hallo Carlotta. Du musst keine Angst haben. Ben trägt einen Maulkorb und hat ein paar Lehrstunden hinter sich.»

Ben blieb tatsächlich friedlich und es machte den Eindruck, als wenn er sich entschuldigen wollte.

«Wow! Du bist ein braver Kerl», lobte ich ihn und streichelte sein kurzes samtiges Fell.»

«Die beiden werden noch beste Freunde.»

«Ja sieht so aus.»

«Ist dein Freund weg?»

«Ja. Vielen Dank für den prächtigen Rosenstrauß. Du kannst dir denken, was mein Freund gedacht hat.»

«Tut mir leid, dass ich ihn eifersüchtig gemacht habe. Ich hatte die Rosen gesehen und dachte, dass sie dir gefallen würden. Es macht mir Spaß, anderen eine Freude zu bereiten», tat er unschuldig und fuhr sich immer wieder mit den Fingern durch sein Haar.

«Schon OK. Die Party deiner Eltern war wirklich sehr nett. Ich denke, dass die Nachbarn euch lieben werden, bei dem, was ihr aufgefahren habt.»

«Wir hatten bereits viele positive Rückmeldungen und diverse Einladungen. Ohne dich hätte ich es total langweilig gefunden.»

Ich spielte mit einem Fuß im Sand und war erstaunt, dass Pippa und Ben sich auf einmal verstanden.

«Hast du heute Abend schon was vor?»

Ich war überrascht, dass er mich weiterhin anbaggerte, obwohl er wusste, dass ich einen Freund hatte. Vielleicht suchte er nur jemanden, mit dem er die schöne Zeit auf der Insel teilen konnte?

«Nein noch nicht, aber … Ich … brauche mal Zeit für mich.»

«Schade, denn heute Abend gibt es am Strand ein Konzert. Und bei dem Wetter ist das bestimmt toll.»

«Das hört sich gut an, aber … OK! Überredet! Wann geht's los?»

«Um acht. Ich kann dich abholen?»

«Gut! Ich muss jetzt weiter.»

«Der Hut steht dir übrigens sehr gut.»

In dem Moment, als er das sagte, kam eine Böe, sodass der Hut von meinem Kopf wehte und in einem hohen Bogen durch die Luft flog. Geistesgegenwärtig sprang Mattia hoch und fing ihn, bevor er im Wasser landete. Ich mochte mir nicht ausmalen, wie sehr ich mich geärgert hätte, wenn der Strohhut, den Jo mir anvertraut hatte, auf dem Meer davongetrieben worden wäre.

Ich musste an Joachim und Heike denken, die die gleiche Szene erlebt hatten. Sollte das ein Zeichen sein?

Nach dem Essen traf ich mich mit Joachim in der Bibliothek und präsentierte ihm sein neues Handy. Er freute sich wie ein kleiner Junge, war wissbegierig und hörte mir geduldig zu.

«Nun kannst du Maria schreiben. Ich habe dir ihre Nummer schon einprogrammiert.»

«Danke, dass du so viel Geduld mit mir hattest.»

«Aber die brauchte ich doch gar nicht. Du hast sehr schnell alles begriffen. Joachim, Mattia hat mich gefragt, ob ich heute Abend mit ihm zu einem Konzert gehe. Hast du was dagegen, wenn ich vorm Abendbrot gehe?»

«Nein überhaupt nicht. Ich habe dir doch gesagt, dass ich mich auch selbst versorgen kann. Ich werde Frau Eisner Bescheid geben, dass sie mir eine Reinigungskraft besorgt. Wir wollen doch mit dem Buch beginnen.»

«Darauf freue ich mich schon sehr, aber ich kann auch nebenbei noch den Haushalt erledigen.»

«Das kommt nicht infrage. Du kannst gerne kochen, aber mehr auch nicht.»

«Gut, wie du meinst, aber dann zahlst du mir auch weniger Gehalt. Ich muss mich noch um die Wäsche kümmern.»

Meine Freude, Mattia zu treffen, war groß. Ich sprintete zur Straße, wo er bereits auf mich wartete. Er saß im Wagen, sein Arm ruhte lässig auf der Fahrertür des Cabrios und laute Musik schallte aus den Hightech-Boxen. Als ich einstieg, drehte er am Lautstärkeregler.

«Mi scusi für die Verspätung.» Ich klärte ihn nicht darüber auf, dass ich niemals pünktlich sein konnte.

«Du sprichst Italienisch?»

«Genau zehn Wörter.»

«Schade!»

Ich hatte mich noch nicht angeschnallt, da dröhnte der Motor und der Wagen machte einen Satz nach vorn. War das hier nicht eine 30-Zone?

«Bist du nicht ein bisschen zu dünn angezogen?» Mattia scannte mich von den Füßen bis zum Scheitel und ließ den Schaltknüppel nicht los.

«Noch ist es doch warm. Ich habe eine Jacke und ein Tuch dabei.»

Es tummelten sich bereits viele Leute am Strand. Auf der Bühne fand der Soundcheck statt. Wir ließen uns im Sand nieder. Mattia besorgte Getränke. Die Stimmung war toll und ich war froh, dass ich die Einladung angenommen hatte.

Ich trank aus der Flasche, obwohl ich das nicht mochte, und lächelte Mattia, der locker auf der Seite lag, an. Er war so verdammt cool, so verdammt attraktiv und so verdammt liebenswert. Sollte er etwas für mich empfinden, wäre es verdammt dumm, ihm einen Korb zu geben.

Aber was war mit Paul? Wie würde mein Leben an seiner Seite aussehen? Bisher hatte ich noch keine Situation erlebt, in der sich zwei Männer gleichzeitig für mich interessierten.

«Tolle Stimmung. Wie heißt die Band?»

«Keine Ahnung!»

«Das ist aber ein komischer Name», sagte ich schmunzelnd.

«Möchtest du was essen?»

«Was gibt es denn?»

«Alles Mögliche.»

«Dann hole mir irgendwas. Ich lasse mich überraschen.»

«Alles klar!» Während Mattia in einer langen Schlange stand, ließ ich den warmen Sand zwischen meinen Finger hindurchrieseln.

«Hallo Carlotta!» riss mich eine Stimme aus meinen Gedanken.

«Inge! Du bist auch hier.»

«Ja, heute passt das Wetter und die Musik ist nett. Kann ich mich zu dir setzen?»

«Ja, aber … ich bin nicht allein hier.»

«Ah, OK! Dann will ich nicht stören.»

«Du störst nicht.»

«Weißt du, dass Jo mir eben gesagt hat, dass er mich nicht mehr braucht?» Sie zog eine runzlige Stirn und verlor ihr Lächeln.

«Nein, das wusste ich nicht», tat ich überrascht. «Das tut mir leid, aber du hast doch bestimmt noch genug Patienten?»

«Ich habe gern für Jo gearbeitet und bin etwas überrascht. Steckst du dahinter?», fragte sie mich ernsthaft und sah mich forschend an.

«Nein, warum sollte ich? Wir haben zwar ein gutes Verhältnis, aber ich habe ihm nicht nahegelegt, dass er dich entlassen soll.»

«Ihr seid ja jetzt ziemlich eng und esst auch zusammen. Willst du dich vielleicht einschleimen, damit er dir etwas vererbt?»

Ich dachte, dass sie einen Witz machte, aber so wie sie mich anschaute, meinte sie es ernst.

«Wie bitte?» Ich lief rot an und war so perplex, dass es mir die Sprache verschlug. «Das ist jetzt aber eine sehr bösartige Unterstellung.»

«Na ja, es ist schon auffällig, wie du ihn umgarnst.» Sie lächelte spöttisch und streckte ihre kurzen Beine aus, da es ihr Probleme bereitete, auf den Knien zu sitzen.

Das musste ich mir nicht länger bieten lassen. Wutentbrannt rappelte ich mich auf, wischte mir den Sand von den Händen und biss mir auf die Zunge, um nichts Unanständiges zu sagen.

«Das ist nicht mein Niveau. Schade, ich habe dich gemocht Inge, aber dass du so was von mir denkst, macht mich sehr traurig. Und einen guten Rat gebe ich dir noch. Trinke weniger Milch. Milch führt zu einem früheren Tod und ist Ursache für deinen Ausschlag.»

«Entschuldige, aber ich …»

Ich hörte nicht mehr, was sie sagte und stapfte wütend durch den Sand, um zu Mattia zu gehen, der mir mit zwei Tellern entgegenkam.

«Warum bist du aufgestanden?», wunderte er sich.

«Es stank dort ganz schrecklich. Lass und dort drüben hingehen.»

Ich war aufgewühlt und konnte mich nur schwer beruhigen; schlang das Reisgericht in mich hinein, sodass Mattia mich schmunzelnd ansah.

«Hast du heute noch nichts gegessen?»

«Doch, aber ich brauche gerade dringend etwas.»

«Du bist ganz rot. Geht es dir nicht gut?»

«Alles gut. Mir wurde eben nur übel von dem Gestank. Hier ist es besser.»

Als die Sonne sich verabschiedet hatte, wurde es schlagartig kalt. Ich zog meine Jacke an und schlang mir den Schal mehrmals um den Hals.

«Schade, dass es hier selten laue Nächte gibt. Ich könnte jetzt gut meine Winterjacke gebrauchen. Ich bin ein richtiger Frostködel.»

«Wir können ja woanders hingehen? Du kennst doch bestimmt eine nette Bar?», schlug Mattia vor.

«Ich bin müde und will Pippa auch nicht solange alleine lassen.»

«Und was ist, wenn ich noch mit zu dir komme?», fragte er frech und klimperte mich mit seinen langen Wimpern an.

«Du bist ganz schön penetrant. Ich kann dir aber nur einen ‹Schietwettertee› anbieten.»

«Das hört sich doch gut an. Den habe ich noch nie getrunken.»

Mattia zog seine Jacke aus und legte sie mir behutsam über die Schultern. Ich grinste ihn an und schnupperte an dem Kleidungsstück, als er das Geschirr zurückbrachte.

In meinem Häuschen war es herrlich warm. Ich setzte Teewasser auf, während Mattia sich interessiert umschaute.

«Du hast es hier wirklich nett. Ist das schon immer dein Reich gewesen?»

«Nein, früher hatte meine Großmutter hier ihr Atelier.»

«Sie hat gemalt?»

«Ja, so ein bisschen. Nimmst du Zucker oder Milch?»

«Zucker. Hängen hier noch Bilder von ihr?»

«Nein, die sind … alle weg. Ich weiß gar nicht, wo sie geblieben sind.» Oh mein Gott, an diesem Tag kam ich bestimmt auf 24 Lügen.

Ich reichte Mattia den duftenden Tee und setzte mich auf den Schaukelstuhl. Er nahm auf dem Sessel mir gegenüber Platz und wärmte sich seine Hände an der heißen Tasse.

«Wie lange bist du mit deinem Freund zusammen?» Mattia war nicht so zurückhaltend wie Paul und stellte ungeniert persönliche Fragen.

«Noch nicht so lange.»

«Wohnt ihr in Hamburg zusammen?»

«Nein, wir haben jeder eine eigene Wohnung.»

Er schaute nachdenklich und hatte offenbar keine weiteren Fragen. Wollte er vielleicht noch wissen, ob ich mit meinem Freund glücklich war, ob ich ihn heiraten und mit ihm Kinder haben wollte?

«Ehrlich gesagt, bin ich noch nicht lange mit Paul zusammen. Ich habe ihn vor ein paar Wochen auf einer Party kennengelernt und fand ihn nett, aber er war noch nicht bereit für eine neue Beziehung, da er sich gerade von seiner Freundin getrennt hatte. Aber dann besuchte er mich überraschend und nun sind wir zusammen», erzählte ich ihm ganz offen, da es mir ein Bedürfnis war, dass er die Wahrheit über mich und Paul erfuhr.

«Oh eine sehr frische Liebe und noch nicht erprobt. Paul macht einen netten Eindruck und ist eine gute Partie.»

«Und was ist mit dir? Bist du auf der Suche nach einer Partnerin oder genießt du dein Singleleben?»

«Suchen tue ich nicht, aber wenn mir eine charmante und humorvolle Frau über den Weg laufen sollte, würde ich mich auf eine neue Liebe einlassen.»

«Ich habe hier viele reizende Mädchen gesehen. Vielleicht läuft dir ja schon morgen eins in die Arme?»

Er schwieg gedankenverloren und kraulte Pippa, die sich auf seine Füße gelegt hatte. Sie mochte ihn, obwohl sie schlechte Erfahrungen mit ihm gemacht hatte.

Ich wollte mir nicht eingestehen, dass ich Mattia so sehr begehrte, dass ich ihn gerne berührt hätte und mehr sein wollte als eine gute Freundin. Der Gedanke, dass er sich in eine andere Frau verliebt, schmerzte ungemein. Ich wollte diesen tollen Mann ganz für mich allein haben. Vielleicht könnten wir gemeinsam auf Sylt leben?

«Ich will ja nicht unhöflich sein, aber ich bin ziemlich müde.»

«Hast du morgen Zeit? Meine Eltern sind heute Morgen nach Rom geflogen und ich bin ganz allein.»

«Morgen habe ich leider keine Zeit.»

«Schade! Übermorgen muss ich nach Berlin zurück. Lust habe ich nicht, aber ich muss mich um meine Firma kümmern. Das geht leider noch nicht alles online.»

Pippa und ich begleiteten Mattia zur Tür. Wir standen uns einige Sekunden schweigend gegenüber. Bevor er auf die Idee kam, mich zu küssen, drückte ich ihm einen schnellen Kuss auf die Wange und sagte: «Dann bis bald mal! Ciao!»

«Ja bis bald. Ich weiß noch nicht, wann ich wiederkommen werde. Vielleicht im Herbst.»

«Dann bis zum Herbst vielleicht.»

Als ich die Tür hinter ihm geschlossen hatte, krümmte sich mein Herz und Tränen lösten sich aus meinen Augen. Verdammt! Ich liebte diesen wundervollen Halbitaliener, den ich ziehen ließ, anstatt ihn festzuhalten.

Weil ich durchgehend an Mattia denken musste, setzte ich mich auf die Terrasse, anstatt schlafen zu gehen, und lauschte dem sanften Rauschen des Meeres. Das Außenlicht ging an und kurz danach sah ich, wie Jo in den Garten rollte. Er fuhr bis zu seiner Lieblingsbank. Ich zog mir eine dicke Wolljacke an und ging mit zwei Decken zu ihm.

«Nicht erschrecken! Ich bin es.»

«Carlotta! Du kannst auch wieder nicht schlafen. Was ist los mit dir?»

Da ich mit Jo mittlerweile über fast alles reden konnte, öffnete ich mich. Vielleicht hatte er einen weisen Rat für mich.

«Ich habe keine Ahnung, was ich tun soll. Mattia und Paul sitzen beide in meinem Herzen und ich kann nicht beurteilen, wer besser zu mir passt. Eigentlich habe ich gar keine Zeit für die Liebe, weil ich mich um meine berufliche Zukunft kümmern muss.»

«Oh, das sind ja ganz schön viele Probleme auf einmal. Als ich Heike kennenlernte, machte Peter, also Ingos Vater, ihr gerade den Hof und wäre ich nicht dazwischengefunkt, hätte sie Peter vermutlich geheiratet. Heike hatte gerade eine Lehre als Schneiderin beendet und ich überredete sie zu einem Studium. Genau wie du stand sie zwischen zwei Männern und der Entscheidung, welchen beruflichen Weg sie gehen soll. Sie hat auf ihr Herz gehört und das ist die richtige Entscheidung gewesen, denn wir waren ein glückliches Paar und Heike übte ihren Beruf mit großer Freude aus. Also höre auf dein Herz, kann ich dir nur raten.»

«Ich werde es versuchen. Übrigens ist mir heute etwas Lustiges passiert. Ich trug Heikes Hut am Strand und gerade als ich Mattia dort begegnete, kam eine Böe. Der Hut flog in die Höhe und Mattia fing ihn geistesgegenwärtig auf, genau wie du damals. Ist das nicht ein unglaublicher Zufall?»

«Meinst du, dass es ein Zufall und nicht eher Schicksal war?», stellte er nachdenklich diese Frage in den Raum, die niemand beantworten konnte. Ich schaute in den klaren Himmel, an dem die Sterne zahlreich funkelten und sich sekündlich vermehrten, je länger ich in die Dunkelheit sah.

«Ich glaube an das Schicksal, das Mattia und dich offensichtlich zusammenbringen will, und ich bin überzeugt, dass es auch Schicksal war, dass wir beide uns gefunden haben, weil du mich aus meiner Trauer führen solltest.»

«Ich weiß nicht, was ich glauben soll und warte einfach ab, was noch passiert.» Ich zog mir die Decke bis zum Kinn, da die feuchte Kälte an mir hochkroch.

«Ich finde, dass Paul ein sehr netter Mann ist, aber auch Mattia ist ein anständiger Kerl, den ich mir gut an deiner Seite vorstellen könnte.»

«Sie sind sehr unterschiedlich, aber beide auf ihre Art liebenswert und humorvoll. Oder ich bleibe einfach alleine, dann muss ich keine Entscheidung treffen und keiner von beiden kann mich unglücklich machen.»

Joachim lachte.

«Nun freue ich mich auf dein Buchprojekt, auf das wir uns konzentrieren werden.»

«Mal sehen, ob es mir so ergehen wird wie Jean Genet, der sagte: «Als ich das erste Mal schrieb, verspürte ich das erste Mal den Geschmack der Freiheit.»

«Aber du bist doch frei.»

«Ich bin noch etwas gefangen in dunklen Gedanken. Ich habe heute mit Frau Eisner gesprochen. Nächste Woche stellen sich ein paar Damen vor und ich wollte dir die Entscheidung überlassen.»

«OK. Ich denke, dass wir jetzt reingehen sollten, bevor wir uns erkälten.»

Ich begleitete Joachim bis zum Haus und musste noch etwas loswerden, was mich bedrückte.

«Ich habe Inge vorhin beim Konzert getroffen. Wir haben uns … überworfen.»

«Ehrlich gesagt, mag ich sie auch nicht, aber Frau Eisner hatte sie mir wärmstens empfohlen. Sie mag eine gute Pflegerin sein, aber menschlich gesehen ...» Ich war erleichtert, dass Jo meiner Meinung war.

«Sie hat mir direkt ins Gesicht gesagt, dass ich … mich an dich ranmache, damit ich … etwas von deinem Erbe abbekomme.»

«Was? Das ist ja unverschämt! Der werde ich was husten», regte er sich auf und kam nicht auf die Idee, dass Inge rechthaben könnte.

Ich verspürte Genugtuung und konnte etwas beruhigter weiterschlafen.

EINUNDZWANZIG

Am nächsten Morgen deckte ich den Tisch auf der Terrasse und wartete auf Joachim, der mit einem strahlenden Lächeln auf Krücken ins Freie trat und mich zum Heulen brachte.

«Guten Morgen. Das ist ja unglaublich! Du hast hart trainiert.»

«Allerdings. Ich habe nicht vergessen, dass wir gemeinsam eine Wattwanderung unternehmen wollen. Ich kann es kaum erwarten, den schlammigen, kühlen Boden unter meinen Füßen zu spüren.»

Jo zückte sein Handy.

«Maria hat auf meine Nachricht reagiert. Du musst mir noch mal zeigen, wie man diese gelben Figuren an den Text fügt.»

Vormittags lag ich faul in der Sonne und musste pausenlos an Mattia denken. Ich verspürte Sehnsucht nach seinem Lachen und seiner spontanen Art. Mit ihm würde ich keine Langeweile haben. Kurzentschlossen schrieb ich ihm eine Nachricht.

«Moin, habe heute doch Zeit.»

Seine Antwort ließ nicht lange auf sich warten. «Super! Komm jederzeit vorbei. Du weißt ja, wo ich wohne.»

Beim Mittagessen erzählte ich Joachim, dass ich mich ein letztes Mal mit Mattia treffen wollte, um zu prüfen, was er mir bedeutet. Der Gedanke, dass er am nächsten Tag auf unabsehbare Zeit nicht mehr nach Sylt kommen würde, stimmte mich unendlich traurig. Ich wünschte mir, dass er für immer in das Haus nebenan zog.

Ich ließ Pippa bei Jo, der sich Gedanken zu seinem Buch machen wollte.

Bevor ich zu Mattia ging, legte ich ein größeres Pflegeprogramm ein, schlüpfte in meinen neuesten BH und einen String, den Elodie mir geschenkt hatte. Erst machte ich mir einen Pferdeschwanz, den ich meistens trug, öffnete jedoch wieder das Haar, das mir über die Schultern bis zu den Brustwarzen floss.

Ich verstaute eine Sektflasche in einem Jutebeutel, ging unter extremem Herzklopfen die paar Meter zu Mattias Haus und malte mir aus, was in den nächsten Stunden alles passieren könnte. Ihn zu besuchen, war eine reine Herzensentscheidung.

Als ich ihn in der geöffneten Tür sah, wurden meine Knie weich und in meinem Bauch rumorte es gewaltig. Ich hätte ihm sofort um den Hals fallen können, aber tat cool und holte die Flasche aus dem Beutel.

«Ich habe uns etwas zu trinken mitgebracht.»

«Fein! Komm rein.»

Ben gab keinen Mucks von sich und machte den Eindruck, als wurde er sediert. Er schnupperte an meiner Hand und trottete gelangweilt ins Wohnzimmer.

«In einer Stunde soll es Gewitter geben, aber bis dahin können wir uns noch in den Garten setzen.»

«Ja gerne.»

Während ich mit erhöhtem Puls durch den Garten schlenderte, holte Mattia Gläser und Salzgebäck. Gekonnt öffnete er die Flasche, umschloss den Flaschenhals mit seiner Hand, damit der Schaumwein nicht heraussprudelte.

«Zum Wohl! Schön, dass du mich an meinem letzten Tag nicht allein lässt.»

«Eigentlich hatte ich etwas zu erledigen, aber habe es auf morgen verschoben.»

«Ich freue mich auf jeden Fall sehr, dass du gekommen bist.»

Ich nippte am Sekt und betrachtete mir die schwarzen Wolken, die sich über dem Meer zusammenbrauten. Man hörte bereits ein leises Grummeln.

Die Luft war unangenehm drückend. Ich trank hastig, um mich abzukühlen.

«Hast du Hunger? Ich könnte uns Rührei mit Krabben machen. Ich habe vorhin ganz frische Krabben gekauft.»

«Da kann ich nicht widerstehen. Hast du auch Schwarzbrot?»

«Da muss ich mal nachschauen.»

Die weiße Landhausküche war bestens ausgestattet und viermal so groß wie meine Küche in Hamburg. Man hatte viel Platz, um sich auszutoben. Geschickt schlug Mattia Eier auf, rührte Sahne und Schnittlauch hinein und würzte kräftig. Zwischendurch lächelte er mich an, sodass ich vor lauter Verliebtheit fast platzte.

Er steckte mir eine Krabbe in den Mund, bevor er die anderen in die Pfanne gab.

Mittlerweile hatte das Gewitter die Insel erreicht. Mattia holte rasch die Polster von den Gartenstühlen und deckte flink den Tisch im Esszimmer.

«Irgendwo müssen noch Kerzen sein.» Orientierungslos lief er durchs Wohnzimmer und öffnete diverse Schränke und Schubladen, bis er zwei Teelichter fand.

«Ich mag Gewitter», eröffnete er mir und faltete Servietten, die er auf die Teller legte.

«Am Tag finde ich es OK, aber in der Nacht muss ich sie nicht haben.»

«Guten Appetit. Ich werde die frischen Krabben vermissen.»

Wird er mich auch vermissen?

«Danke. Wann werden deine Eltern nach Sylt kommen?»

«Keine Ahnung. Sie arbeiten viel in der Firma und sind auch oft geschäftlich unterwegs. Eigentlich haben sie das Haus nur gekauft, weil es eine gute Wertanlage ist.»

«Die Einheimischen finden es nicht schön, wenn die ganzen Ferienhäuser die meiste Zeit über leer stehen. Viele Sylter können sich hier keine Wohnungen mehr leisten und wenn sie Häuser erben, können sie sie nicht behalten, weil die Erben sich gegenseitig nicht auszahlen können. Wenn ich Sylterin wäre, würde ich das nicht so einfach hinnehmen und auf die Straße gehen.»

«Aber die Sylter leben vom Tourismus.»

«Das stimmt schon, aber deswegen müssen sie ihre Insel nicht an Spekulanten verhökern.»

«Da hast du recht. Du hast mir noch nichts über deine Mutter erzählt. Hast du kein gutes Verhältnis zu ihr?»

«Doch schon. Wir verstehen uns bestens, aber sehen uns nicht oft, da sie nicht sesshaft sein kann. Kaum ist sie in Hamburg, plant sie ihren nächsten Trip. Sie ist fast schon überall gewesen, aber meistens ohne mich. Nun ist sie schon eine ganze Weile auf Ibiza, wo es ihr offenbar sehr gefällt. Vielleicht bleibt sie länger dort?»

«Und, wovon lebt sie?» Ein heller Blitz, der das Zimmer grell erleuchtete und ein dröhnender Donner, der nur wenige Sekunden später folgte, ließen uns zusammenzucken.

«Meine Mutter ist Psychotherapeutin und macht die Sitzungen mit ihren Patienten seit ein paar Jahren online. Das funktioniert gut und sie kann von überall arbeiten.»

«Das ist cool. Ich könnte das auch theoretisch, aber ich bin auch gern im Büro und habe meine Leute um mich. Meine Eltern sind von deinem Großvater sehr angetan. Meine Mutter liest auch sehr viel.»

«Wenn ich könnte, würde ich den ganzen Tag auf dem Sofa liegen und lesen. Mein Großvater hat unzählige Bücher, die ich in meinem Leben nicht schaffen werde.»

«Du hast eine Wimper unterm Auge. Darf ich sie entfernen?»

«Ja.» Ich beugte mich zu ihm, schloss meine Augen und spürte seine Fingerkuppen auf meiner zarten Haut. Er zeigte mir die Wimper. «Du kannst dir etwas wünschen.»

«Glaubst du an so was?», fragte ich lächelnd und versuchte, die Wimper zu nehmen. Jedoch fiel sie auf den Boden und die Chance auf einen Wunsch war somit vertan.

«Hast du Lust zu baden?»

«Ich habe keinen Badeanzug dabei.»

«Kein Problem. Bei meiner Mutter im Schrank hängen ein Dutzend. Nackt baden ist wohl nicht dein Ding?»

«Nicht mit Männern, die ich noch nicht gut kenne.»

Er löschte die Kerzen und führte mich in das riesige Schlafzimmer seiner Eltern. Es gab eine geräumige Ankleide, die gut gefüllt war.

«Wow! Dafür, dass deine Mutter nur selten hier ist, hat sie ziemlich viele Kleider.»

«Du musst ihre Schränke in Rom mal sehen.»

«Die würde ich mir gern anschauen. Ich bin leider noch nie in Rom gewesen.»

«Dann fliege mit mir dorthin. Die Stadt ist einmalig. Du wirst Rom lieben.»

«Bei Gelegenheit können wir das machen.»

«Schau! Hier liegen die Badeanzüge und Bikinis.»

Ich sah sie durch und entschied mich für einen schwarzen Bikini.

«Du kannst dich in diesem Bad umziehen.»

Bevor ich mich entkleidete, sah ich mich neugierig im Badezimmer um. Es gab eine Eckbadewanne, von der man einen Blick aufs Meer hatte. Wie gern hätte ich in dieser Wanne mit Aussicht gelegen. Ich schnupperte an einem Badesalz und betrachtete mich nackt im Spiegel. Mein Busen war zu groß für das Bikinioberteil, sodass meine Brüste aus den Körbchen quollen. Ich machte mir einen Dutt, drehte mich in dem knappen Schwimmdress vorm Spiegel und suchte Mattia, der im Wohnzimmer auf mich wartete. Er nahm die Sektflasche und zwei Gläser mit.

Das Schwimmbad war größer, als ich vermutet hatte. Der schwach beleuchtete Raum war herrlich warm und es roch dezent nach Chlor. Mattia schaltete Musik an, die leise im Hintergrund spielte; stellte sich unter die Dusche und hörte nicht auf, mich anzulächeln. Sein Sprung ins Wasser war preisverdächtig und bewirkte das, was er sich erhofft hatte, grenzenlose Bewunderung.

«Ist es kalt?», wollte ich wissen, während ich warmes Wasser über meinen Körper laufen ließ.

«Nein, schön warm. Komm rein!»

Ich nahm die Treppe und ließ mich in das angenehm temperierte Wasser fallen; schwamm zu Mattia, blieb wenige Zentimeter vor ihm stehen und ruderte mit den Armen.

«Herrlich! Ist schon nett, wenn man sein eigenes Schwimmbad hat.»

«In Rom haben wir nur einen Außenpool.» Mattia tauchte ab und an anderer Stelle wieder auf. Er erinnerte mich an einen Seelöwen und liebte offensichtlich das nasse Element.

Ich legte mich auf den Rücken und bewunderte die Malerei an der Decke, die unter anderem Neptun mit seinem eisernen Dreizack in der rechten Hand zeigte. Ich beneidete Mattia um sein unbeschwertes Leben, um seinen Erfolg, seinen Reichtum und die Frau, die eines Tages sein wunderschönes Leben mit ihm teilen durfte.

Er begann, mich mit Wasser zu bespritzen, mit seinen Füßen zu planschen, warf mich in die Höhe und sah mir laut lachend dabei zu, wie ich mit nassen Haaren und nach Luft japsend auftauchte. Ich versuchte, seine Schultern unter Wasser zu drücken, was mir jedoch nicht gelang. Nach längeren Wasserspielereien schlangen sich seine kräftigen Arme fest um meinen Körper, seine warmen Augen fixierten mich, bevor er mir sanfte Küsse auf den Hals drückte. Regungslos und erregt ließ ich seine Zärtlichkeiten zu und genoss sie mit geschlossenen Augen. Er führte mich an der Hand aus dem Wasser, drückte mich sanft auf eine Liege und überhäufte mich mit Küssen, die wunderbar auf meiner feuchten Haut kitzelten. Ich stöhnte leise und ließ meine Hände auf seinem Rücken spielen. Kurz sah ich Pauls enttäuschtes Gesicht, doch meine Lust war größer als alles andere. Ich ließ mich, ohne ein schlechtes Gewissen zu verspüren, fallen.

Später lagen wir in Mattias Bett, eng umschlungen unter einer Seidendecke, die unsere Haut wärmte.

Seine Finger wurden nicht müde, mich zu liebkosen. Mattia wurde auf einmal schweigsam und machte einen nachdenklichen Eindruck. Dachte er auch bereits an unsere Trennung, die mich unendlich traurig stimmte? Vielleicht konnte er bleiben, um mit mir einen wunderschönen Sommer auf dieser Trauminsel zu verbringen, die ihm doch auch so gut gefiel wie mir?

«Ich muss jetzt leider gehen», flüsterte ich ihm ins Ohr und setzte einen zarten Kuss hinterher.

«Bleib noch ein bisschen. Ich kann mich nicht von deinem Körper und deinem schönen Geist trennen.»

Ich schwieg und fuhr mit den Fingernägeln über seinen Rücken. Es fiel mir nicht leicht, meine Füße auf den Boden zu setzen, in mein Kleid zu schlüpfen und ihm Lebewohl zu sagen, aber ich wollte zu Jo und Pippa, die auf mich warteten.

«Sehen wir uns morgen früh?»

«Wann fährst du?»

«Um zehn.»

«Ich komme kurz vorbei.»

«Nächste Woche fliegen wir zu einem Kunden nach Barcelona und danach ins Silicon Valley. Ich werde also keine Zeit mehr haben, um nach Sylt zu kommen. Vielleicht im Oktober für ein paar Tage.»

Was wollte er mir damit sagen? Was war ich für ihn? War ich sein Mädchen auf Sylt? Er hätte mich doch fragen können, ob ich ihn begleite, denn er wusste, dass ich ungebunden war. Wenn er mich wirklich liebt, konnte er doch alles daransetzen, damit wir zusammen sind?

Ich nickte und versuchte zu lächeln, obwohl mir zum Heulen zumute war.

«Mattia, der Abend war wirklich schön … Du bist sehr anziehend und man kann dir kaum widerstehen, aber du hast dein Leben in Berlin und ich bin mit Paul zusammen. Die Nacht mit dir war nett, aber sie hat keine Bedeutung für mich. Es wäre schön, wenn das unter uns bleibt. Wenn du wieder nach Sylt kommst, werde ich vielleicht nicht mehr hier sein und wenn ich hier sein sollte, werden wir uns benehmen wie gute Freunde.»

Alles, was ich sagte, war völliger Blödsinn, doch ich wollte mich mit dieser Aussage schützen. Ich liebte Mattia grenzenlos und wäre sofort mit ihm nach Berlin, nach Barcelona oder sonst wohin gegangen, aber er gab mir das Gefühl, dass ich keinen Platz in seinem Leben hatte. Offenbar sah er in mir nur eine gute Freundin, mit der man reden und auch mal Sex haben kann. Aber das reichte mir nicht. Ich sehnte mich nach einer festen Beziehung, und da ich sie bei Mattia offensichtlich nicht bekommen konnte, wollte ich es mit Paul versuchen, für den ich auch Gefühle hatte, aber die stärkeren verspürte ich für Mattia, der in mir eine ungeahnte Leidenschaft entfachte.

Er brachte mich bis an die Haustür, zog mich an seinen nackten Körper und drückte mir einen Kuss auf die Lippen, der mich willenlos machte und erneut eine körperliche Lust in mir hervorrief, die ich nie zuvor so intensiv gespürt hatte. Es fiel mir unendlich schwer, mich von ihm zu lösen.

«Bis morgen!» hauchte ich und lief durch den prasselnden Regen nach Hause.

Jo saß in der Bibliothek und las. Pippa lag auf seinen Füßen. Beide sahen mich fragend an, als ich den Raum betrat.

«Da bist du ja. Ich habe Pippa schon etwas zu fressen gegeben.»

«Entschuldige, ich … wollte eigentlich früher kommen, aber …»

Ich fuhr mir durch mein feuchtes Haar und begrüßte die beiden mit einem Kuss.

«Kein Problem! Wir sind gut alleine klargekommen. Hattest du denn einen schönen Abend?»

Ich grinste und sagte: «Ja, einen sehr schönen.»

«Und? Wie geht es mit euch weiter?» Jo legte seine Brille in den Schoß.

«Es wird nicht weitergehen. Mattia wird beruflich unterwegs sein und ich … ich habe keine Ahnung», sagte ich seufzend und nahm auf einem Stuhl Platz.

«Die Liebe geht oftmals verschlungene Pfade. Ich lese gerade ein Buch, in dem es auch ein ewiges Hin und Her gibt, bis die beiden am Ende glücklich zusammenkommen. Du wirst sehen, dass sich alles von alleine zurechtlaufen wird. Magst du noch ein Glas Wein mit mir trinken?»

«Ja, sehr gern.»

Müde fiel ich ins Bett und warf einen letzten Blick auf mein Handy. Keine Nachricht von Mattia, in der er mich aufforderte, nach Berlin zu kommen oder mir schrieb, dass er mich liebte wie keine Frau zuvor und nicht mehr ohne mich leben konnte. Dafür hatte Paul mir ein Bild geschickt, von einem Hundekörbchen, das er für Pippa besorgt hatte. Eine weitere Aufnahme zeigte einen personalisierten Fressnapf. Ich war gerührt und mir sicher, dass Paul und ich auch glücklich werden konnten und den Schritt in eine gemeinsame Zukunft wagen sollten. Doch in der Nacht träumte ich nicht von Paul, sondern von Mattia, der mich auf dem Land irgendwo in Italien heiratete. Wir waren umgeben von knorrigen Olivenbäumen und vielen Leuten, die uns freudig zujubelten.

ZWEIUNDZWANZIG

Pippa stupste mich an. Ich hatte Mühe, meine Beine auf den Boden zu stellen, streckte mich und ließ Pippa in den Garten. Kein Wölkchen zierte den Himmel. Es war ungewöhnlich windstill und das Meer kaum zu hören.

Barfuß eilte ich zur Nachbarvilla. Ben saß im Garten und trottete auf mich zu. «Guten Morgen. Wo ist denn dein Herrchen?»

Mattia kam mit zwei Taschen aus dem Haus. Ich dachte, dass mein Bauch platzen würde. Unzählige Schmetterlinge flatterten dort wild herum.

«Guten Morgen» begrüßte ich ihn mit einem Kloß im Hals und wartete darauf, dass er mich in den Arm nahm.

«Guten Morgen Carlotta? Hast du gut geschlafen?» Ja, supergut, denn ich habe dich in Italien geheiratet und war zumindest im Traum die glücklichste Frau der Welt.

«Ja, danke. Kann ich dir helfen?»

Er machte keine Anstalten, mich in den Arm zu nehmen oder zu küssen. Ich hatte das Gefühl, dass mir ein Dolch ins Herz gestochen wurde.

«Ich habe schon alles im Auto. Ich hätte noch Zeit für einen Kaffee.»

«Prima!»

Enttäuscht über die distanzierte Begrüßung folgte ich ihm ins Haus und schaute Mattia nachdenklich dabei zu, wie er an der

Espressomaschine hantierte. Wir saßen am Tresen in der Küche. Er war ungewöhnlich schweigsam und ernst.

«Es fällt mir nicht leicht, die Insel zu verlassen.»

Ich nickte und pustete in den heißen Kaffee.

«Carlotta, ich habe über uns nachgedacht ...»

Wollte er mich doch mit nach Berlin nehmen, da er nicht mehr ohne mich leben konnte? Voller Hoffnung wartete ich, was er mir sagen wollte.

«Es tut mir leid, dass ich dich ... verführt habe. Es war deinem Freund gegenüber nicht fair und ich will dich nicht in Schwierigkeiten bringen. Ich bin zwar noch nie betrogen worden, aber wenn es mir passieren sollte, wäre ich vermutlich sehr verletzt.»

Enttäuschung breitete sich explosionsartig in mir aus und ich kämpfte damit, nicht vor ihm in Tränen auszubrechen.

«Ich würde mich freuen, wenn du mir ab und zu Bilder von Sylt schickst. Ich wünsche dir alles Gute. Übrigens hat dein Freund wunderschöne Augen. Addio bellezza mia.»

Innerlich sackte ich in mir zusammen und wurde beinahe bewusstlos. War es ein Fehler gewesen, ihn zu belügen und zu behaupten, dass die Nacht mit ihm für mich keine Bedeutung gehabt hatte? Es war die schönste Nacht, die ich jemals mit einem Mann verbracht hatte. Noch nie zuvor war ich derart betrunken vor Liebe gewesen. Hatte ich es mit uns gründlich vermasselt? Vielleicht wäre er noch auf Sylt geblieben, vielleicht hätte er mir sofort einen Heiratsantrag gemacht, wenn ich ihm meine Liebe gestanden und Paul in den Wind geschossen hätte?

«Das werde ich tun. Ich muss jetzt zu meinem Großvater. Mach es gut Mattia und viel Erfolg in Amerika» brachte ich mit erstickter Stimme gerade noch heraus und ließ den Kaffee unberührt stehen.

Ich rutschte vom Hocker und wusste nicht so recht, wie ich mich von ihm verabschieden sollte; schaute zu ihm hoch und dachte, dass ein Kuss auf den Mund nicht mehr angemessen war, denn ab jetzt waren wir nur noch gute Freunde.

Mein Mund landete auf seiner Wange. Ich faselte ein paar Worte und verließ in eiligen Schritten das Haus. Nachdem ich die weiße Pforte geschlossen hatte, brach ich in Tränen aus und rannte völlig aufgelöst nach Hause. Ich spürte nicht mal die spitzen Steine unter meinen Füßen, die sich in die zarte Haut bohrten.

Theatralisch warf ich mich aufs Bett, ließ mich von Pippa ablecken und wollte erst nicht an mein Handy gehen, das pausenlos klingelte. War es Mattia, der mich doch mit Berlin nehmen wollte, dachte ich hoffnungsfroh und angelte das Telefon vom Nachttisch.

Es war eine Nummer aus dem Ausland, die mir fremd war.

«Carla?», hörte ich Sonjas Stimme.

«Mama!», schrie ich freudig und versuchte, fröhlich zu klingen, obwohl ich so traurig war wie nie zuvor.

«Ich wollte mich mal wieder melden. Hast du meine Post bekommen?»

«Ja habe ich. Danke. Ich wollte dir auch schreiben, aber hatte so viel um die Ohren. Geht es dir gut?»

«Ja bestens. Nächste Woche komme ich nach Hamburg und muss ein paar bürokratische Dinge erledigen.»

«Das ist schön. Mama, ich wollte dich mal was fragen …»

«Sorry Süße. Die Verbindung ist hier ganz schlecht. Ich höre dich nicht mehr. Dicken Kuss.»

Wütend warf ich das Handy aufs Bett. Wieder hatte ich es nicht geschafft, sie zu fragen, ob sie die von Blatters kannte, aber in einer Woche würde ich mehr wissen.

Lustlos bereitete ich das Frühstück zu und musste die ganze Zeit über an Mattia denken, der sich auf dem Weg nach Berlin befand. Ich bereute es zutiefst, ihm den entscheidenden Satz: «Mattia, diese Nacht hatte keine Bedeutung für mich. Jeder hat sein Leben …» gesagt zu haben. Das musste ihn verletzt haben.

Ich brachte keinen Bissen herunter und litt wie ein Hund, was Joachim nicht entging.

«Nun ist er weg und du bläst Trübsal. Ich stelle mir gerade vor, wie es gewesen wäre, wenn sich Heike damals gegen mich entschieden hätte und sie nicht mit nach Hamburg gekommen wäre. Dann hätte ich mich gefühlt wie du jetzt. Es hätte mir das Herz gebrochen.»

«Vielleicht habe ich die richtige Entscheidung getroffen und Paul und ich gehören zusammen.»

«Du wirst es herausfinden. Kann ich dich irgendwie ablenken? Wollen wir einen Ausflug machen? Das Wetter lädt doch geradezu dazu ein.»

Es tat gut, dass ich Joachim mein Herz ausschütten konnte. Wir fuhren nach Hörnum, das ich noch nicht kannte, und kamen erst abends von unserem Ausflug zurück. Als ich alleine in meinem Häuschen war, kam der Kummer wieder über mich. Mattia hatte sich nicht mehr gemeldet, aber was erwartete ich auch? Ich hatte ihm klar und deutlich mitgeteilt, dass ich einen Freund habe.

Ich sollte glücklich sein, dass Paul mich liebte und originelle Dinge tat, um mir seine Liebe zu zeigen. Ich sollte Mattia vergessen und die wunderschöne Nacht als ein nettes Abenteuer abspeichern. Doch so einfach war es nicht. Immerzu musste ich an Mattia denken, mich daran erinnern, wie sein Körper sich anfühlte, wie er duftete und wie er mich berührt hatte. Doch all das konnte ich auch mit Paul erleben, redete ich mir ein.

Ich fasste eine Entscheidung, die nicht aus dem Herzen rührte und schrieb Paul, dass ich mir eine Zukunft mit ihm vorstellen könnte und ihn lieben würde. Ich zögerte lange, bevor ich die schwerwiegenden Worte abschickte.

Es dauerte keine zwei Minuten, da rief Paul mich an und konnte vor Freude kaum sprechen. Als Erstes wollte er wissen, wann ich nach Hamburg kommen würde.

«Nächste Woche werde ich für ein paar Tage kommen, aber ich werde danach wieder nach Sylt gehen, da mein Großvater mich noch braucht. In den nächsten Wochen werde ich dann wohl pendeln», erklärte ich ihm und war mir bewusst, dass ihn das nicht zufriedenstellen würde.

«Ich weiß zwar nicht, wie mir das gefallen wird, aber für ein paar Wochen ist das wohl auszuhalten. Ich liebe dich, Carlotta und es ist mir wirklich sehr ernst mit uns. Du weißt, dass ich mir eine große Familie wünsche und möchte auch nicht zu lange warten.»

Wollte er mir damit sagen, dass es nicht nötig war, dass ich meinen Abschluss machte? Stellte er sich für uns das antiquierte Modell, der Mann sorgt für den Unterhalt und die Frau für den Rest, vor? Ich war etwas erschrocken, denn vor dreißig wollte ich keine Mutter werden und eine abgeschlossene Berufsausbildung war mir wichtig.

«Nächste Woche können wir über alles in Ruhe reden. Das Hundekörbchen wird Pippa bestimmt gefallen.»

DREIUNDZWANZIG

Am Tag, an dem sich Joachim mit der Krimiautorin Maria treffen wollte, zeigte er sich nervös und wollte von mir wissen, was er anziehen kann. Jo kam bereits alleine gut zurecht, aber brauchte ab und an noch Hilfe. Wir waren uns vertraut, hatten keine Scham voreinander und redeten auch über intime Angelegenheiten ganz offen.

Ich schaute in Joachims gut sortierten Kleiderschrank, in dem viele Anzüge hingen. Nach langer Durchsicht wählte ich ein weißes Hemd und eine beige Hose.

«Magst du dieses Rasierwasser riechen?», wollte er wissen und hielt mir einen Flakon unter die Nase.

«Ja sehr gern sogar. Du kannst davon ruhig ordentlich auftragen, da es nicht aufdringlich ist.»

Ich fuhr den aufgeregten Mann, der seit über fünfzig Jahren kein Date gehabt hatte, zur «Kupferkanne», einem entzückenden Café, in dem es reelle Kuchenstücke inklusive Meerblick gibt.

Vielleicht hatte Joachim bald wieder eine Frau an seiner Seite, die sich gut um ihn kümmerte? Wenn ich Sylt verließ, wollte ich keinen einsamen Mann zurücklassen, der wieder in Lethargie und Einsamkeit versinkt.

Nachdem ich Joachim abgesetzt hatte, fuhr ich weiter Richtung List und unternahm einen ausgedehnten Spaziergang am Ellenbogen. Der böige Wind zerzauste mein Haar und wirbelte den Sand auf, der sich in jeder Ritze meines Körpers festsetzte. Ich schaute auf das Meer hinaus und beobachtete fasziniert Surfer, die in einem schnellen Tempo über die Wellen ritten, genau wie Niels damals. Ich war betrübt, dass er nicht mehr lebte, dass er das schöne Haus nicht übernehmen konnte und seinen Vater alleine zurückgelassen hatte.

Ich stellte mir Elodie vor, wie sie ihr Baby, das genauso hübsch ist wie ihre Eltern, voller Stolz auf den Armen trägt und es zärtlich aufs Köpfchen küsst. Ich stellte mir Paul als Vater vor, wie er von der Arbeit nach Hause kommt, ihm unsere fünf Kinder schreiend in die Arme laufen und laut «Papa! Papa!» rufen. Und ich? Ich halte das Reihenhaus mit dem kleinen Garten sauber, kümmere mich um die Kinder und bin ... unglücklich. Ich sah mich abgemagert, blass und völlig überfordert, mit ausgelutschten Hängebusen und einem unzufriedenen Gesichtsausdruck. Nein! So wollte ich nicht leben! Ich wollte nicht nur Mutter sein, ich wollte auch eine Arbeit ausüben, die mir Spaß macht, mein eigenes Geld verdienen und nicht den ganzen Tag nur Kinder hüten und für meinen Mann da sein.

Ich musste mit Paul reden, musste wissen, wie er sich unsere Zukunft vorstellte und bekam auf einmal große Zweifel, ob der Jurist der richtige Partner für mich war.

Joachim schickte mir ein Selfie von sich und Maria. Sie strahlten in die Kamera und hatten offensichtlich Spaß.

Er schrieb: «Du musst mich nicht abholen. Ich nehme mir später ein Taxi.»

Ich räumte das Gästehaus auf, aß drei Stückchen Kuchen und wartete auf Jo, der erst nach zehn Uhr nach Hause kam. Als das Licht in der Villa anging, zog ich eine Wolljacke an und stiefelte rüber.

Joachim saß in der Küche und schenkte sich Wasser ein.

«Guten Abend. Hattest du einen netten Tag?»

«Ja, einen sehr netten sogar. Und was ist mit dir?»

«Mir geht es gut. Und? Trefft ihr euch ein weiteres Mal?»

Er schmunzelte und seine Wangenfarbe veränderte sich.

«Ich habe Maria für morgen zu mir eingeladen. Ist das OK für dich?»

«Ja natürlich. Du musst mich doch nicht fragen. Es ist dein Haus.»

«Ich dachte nur, weil wir morgen mit dem Buch weitermachen wollten.»

«Dafür haben wir doch noch genug Zeit.»

«Kannst du mir beim Kochen behilflich sein?»

«Klar hast du schon eine Idee?»

«Nein, ich bin noch am Überlegen. Ich bin jetzt müde. Kannst du mir noch helfen?»

Nachdem ich ihm bei der Abendwäsche geholfen hatte, ging ich zu Jos Lieblingsplatz und schaute aufs Meer hinaus, das man nur ganz schwach im Mondschein erkennen konnte. Vielleicht wird Joachim mich bald nicht mehr brauchen, weil Maria in die Villa oder in mein Gästehaus einzieht, dachte ich beunruhigt. Das Schicksal wollte es vielleicht, dass ich nach Hamburg zurückgehe, redete ich mir ein und fand mich damit ab. Auf Dauer würde ich die leere Villa nebenan, in der ich Mattia so schrecklich vermisste, nicht ertragen können und würde vermutlich die ganze Zeit über denken, dass ich mich am falschen Ort befinde, einem Ort, an dem wunderschöne Erinnerungen haften. Ich war mehr als unglücklich und weinte mich in den Schlaf.

*

Während ich Gemüse schnippelte, schwärmte Joachim von Maria, die ihm ziemlich den Kopf verdreht hatte. Die quirlige Autorin hatte bereits zwei Ehemänner verloren, lebte seit zwanzig Jahren auf Amrum und schrieb seit 30 Jahren erfolgreich Kriminalromane. Sie sah für ihr Alter gut aus, war jedoch pummelig und klein wie eine Grundschülerin.

Als sie klingelte, verzog ich mich in mein Häuschen und ließ die beiden allein, auch wenn Joachim mir angeboten hatte, mit ihnen zu essen.

Bei ungemütlichem Nieselregen und starkem Wind lief ich mit Gummistiefeln und einer Regenjacke wetterfest angezogen am leeren Strand entlang und hing meinen trüben Gedanken nach, die sich in keine eindeutige Richtung entwickelten.

Ich wartete auf ein Zeichen, auf das Eingreifen des Schicksals, das mich offenbar im Stich ließ und von mir verlangte, dass ich selbst Entscheidungen traf.

Ich beschloss, Elodie anzurufen, um sie um Rat zu bitten, auch wenn ich wusste, dass sie mir zu Paul und dem Studium riet.

Als ich vom Spaziergang durchgefroren zurückkehrte und einen vorwurfsvollen Blick von der zitternden Pippa kassierte, die tropfte wie ein nicht ausgewrungenes Handtuch, hörte ich Marias Lachen durchs geöffnete Fenster. Wenigstens hatten die beiden Spaß, dachte ich etwas eifersüchtig und äffte ihre eigenartige Lache nach.

Nachdem ich Pippa abgetrocknet hatte, kam eine Nachricht rein, auf die ich mich ausgehungert stürzte, denn in letzter Zeit bekam ich nur noch wenige Mitteilungen.

Mattia hatte geschrieben! Mein Herz fing sofort an zu rasen und ich trank einen Schluck Wasser, bevor ich las:

«Moin, alles gut bei dir? In Berlin ist es schrecklich heiß und laut. Sehne mich nach Sylt zurück. Morgen fliege ich nach Barcelona. Grüße mir die Insel. Mattia.»

Ich war enttäuscht, hatte jedoch nichts anderes erwartet. Es gab keine Liebesbekundungen und keine Kussemojis. Es war einfach nur eine nette Nachricht von einem guten Freund, der ab und zu an mich denkt. Ich fragte mich, ob er sich nach mir sehnte, mich in sein Herz geschlossen hatte und sich wünschte, dass ich ihm gesagt hätte, dass ich ihn über alles liebe und die Nacht mit ihm die schönste gewesen war, die ich jemals erlebt hatte? Ich hatte selbst schuld. Wäre ich ehrlich zu ihm gewesen, wäre ich jetzt vielleicht an seiner Seite und wir hätten voller Glück und Freude unsere gemeinsame Zukunft geplant.

Völlig frustriert rief ich Elodie an, bei der offenbar immer alles glatt lief und rosig ausschaute.

«Hallo, hier ist Carla. Hast du kurz Zeit für deine …»

«Ich rufe dich gleich zurück. Meine Schwiegermutter ist gerade hier.»

Um die Zeit zu überbrücken, kochte ich mir einen Milchreis, den ich oftmals aß, wenn ich Kummer hatte. Auf den süßen Reis gehörte eine ordentliche Schicht Zimt und Zucker. Der Gaumenschmaus konnte mich für ein paar Minuten gegen all meine Sorgen immun machen.

Nachdem ich zwei Portionen verdrückt hatte, vibrierte mein Handy. Elodie hatte einen Videoanruf gestartet, auf den ich nicht vorbereitet gewesen bin. Seitdem Mattia fort war, hatte ich mich gehenlassen, trug nur noch ausgebeulte Hosen, alte T-Shirts und verzichtete auf die Haarbürste.

«Bist du krank?», wunderte sie sich über mein schlunziges Aussehen.

«Nein, ja, in gewisser Hinsicht kränkele ich etwas.»

«Was ist denn los? Ich habe lange nichts mehr von dir gehört. Hast du mit Paul gesprochen?»

«Ich habe ihm gesagt, dass ich nächste Woche nach Hamburg kommen werde und wir dann unsere Zukunft planen können.»

«Echt? Das finde ich toll! Ich bin ja noch immer der Meinung, dass ihr füreinander geschaffen seid. Er ist auch ein so angenehmer Kollege.»

«Er ist wirklich ein Traummann», sagte ich nicht gerade überzeugt und musste dabei an Mattia denken, der eigentlich mein Traummann war.

«Das müssen wir unbedingt feiern. Wenn du hier bist, lade ich dich ein. Endlich können wir mal wieder zu zweit was unternehmen.»

«Und wie geht es dir?»

«Ganz gut. Ich bin nur gereizter als sonst. Bei jeder Kleinigkeit gehe ich in die Luft. Und Justus nervt mich gerade ziemlich.»

«Das ist normal in der Schwangerschaft. Elodie, ich werde wohl wieder nach Hamburg zurückkommen und mein Studium aufnehmen, aber ehrlich gesagt, macht mich diese Entscheidung nicht glücklich. Ich fühle mich so wohl auf Sylt, habe mich mit Joachim angefreundet und es fällt mir wirklich schwer, das, was ich gerade lieb gewonnen habe, aufzugeben.»

«Du lebst am schönsten Ort Deutschlands in einer tollen Unterkunft. Natürlich fällt es dir schwer, dass hinter dir zu lassen, aber der alte Mann wird dich irgendwann nicht mehr brauchen, weil er … und dann stehst du vor dem Nichts. Du hast jetzt gar keine andere Wahl, als dein Studium zu beenden. Wie wäre es, wenn wir eine Doppelhochzeit feiern würden? Meine Schwiegereltern hätten gewiss nichts dagegen und du könntest viel Geld sparen.»

«Nein, danke. Das geht mir zu schnell. Du weißt, dass ich Paul noch gar nicht richtig kenne. Wir werden es langsam angehen lassen und vielleicht …»

«Schade! Ich glaube, mir wird gerade übel. Ich freue mich auf nächste Woche und muss jetzt Schluss …»

«Eine Doppelhochzeit!», wiederholte ich und schüttelte den Kopf.

Neugierig schaute ich alle zehn Minuten zum Haupthaus hinüber. Vielleicht blieb Maria über Nacht? Ob sie sich schon küssten?

Paul wollte mit mir telefonieren, wozu ich jedoch keine Lust hatte. Ich gab vor, mit meinem Großvater in einem Restaurant zu sitzen.

Am nächsten Morgen erschien Joachim bestens gelaunt zum Frühstück. War er verliebt? War er schon bereit, eine Frau in sein Leben zu lassen?

Einerseits freute ich mich für ihn, andererseits war ich jedoch auch etwas eifersüchtig. Vielleicht überredete Maria ihn, nach Amrum zu ziehen?

Mehr und mehr wurde mir bewusst, dass es das Vernünftigste war, ganz nach Hamburg zurückzugehen. Zwar war ich nicht glücklich mit dieser Entscheidung, aber es musste sein.

Während ich gedankenverloren ein Croissant zerpflückte und mir Worte überlegte, wie ich Joachim am besten sagen konnte, dass ich ihn schon in Kürze verlassen wollte, regte sich sein Handy. Natürlich war es Maria, die ihm vermutlich viele Emojis schickte und sich baldigst mit ihm treffen wollte. An seinem süffisanten Lächeln konnte ich erkennen, dass es seine Liebste war, die sich beachtlich schnell in sein Herz geschlichen hatte, obwohl sie ein ganz anderer Typ war als seine verstorbene Frau.

«Eine Nachricht von Maria» informierte er mich freudig.

«Schön. Hattet ihr einen netten Abend?», erkundigte ich mich floskelhaft und starrte in meine Tasse, in der eine kleine Obstfliege schwamm.

«Einen sehr netten sogar. Wir können uns stundenlang unterhalten, vor allem über Literatur. Maria hat mir von ihrem neuesten Buchprojekt erzählt. Sie schreibt täglich sechs Stunden. Ich bewundere sie.»

«Toll! Wann werdet ihr euch wiedersehen?», fragte ich gereizt und fischte nach der Fliege, die ich nicht mehr retten konnte.

«Maria hat mich zu sich eingeladen. Ich plane in Kürze zu ihr zu fahren.»

«Prima! Joachim, ich ... habe letzte Nacht eine endgültige Entscheidung getroffen.» Ich trank einen Schluck Kaffee und sah auf das Meer hinaus, das ich schrecklich vermissen würde. In Hamburg musste ich mich erst wieder an den Lärm und den Blick auf die Häuserlandschaft gewöhnen.

Er sah mich mit großen Augen an und köpfte sein Ei perfekt.

«Ich werde dich schweren Herzens verlassen und schon nächste Woche nach Hamburg zurückgehen. Ein online Studium ist nicht so das meine. Zudem werde ich es mit Paul versuchen. Du kommst ja jetzt alleine klar und hast Maria ...»

«Oh, damit hatte ich jetzt nicht gerechnet, dass du mich so schnell verlässt. Ich dachte, dass wir noch zusammen an meinem Buch arbeiten ...»

«Das würde ich auch gerne, aber ich muss nun an mich denken.»

«Ja natürlich. Du wirst mir sehr fehlen, mein Enkelkind. Wirst du mich ab und zu besuchen kommen? Für dich habe ich immer ein Zimmer frei.»

«Selbstverständlich werde ich das tun oder du besuchst mich in Hamburg. Ich kann dir aber nur ein durchgesessenes Schlafsofa anbieten. Nachher kommt Frau Eisner mit ein paar

Damen, die sich um die Stelle als Haushälterin bewerben. Möchtest du dabei sein?»

«Ja, wir entscheiden gemeinsam. Voraussetzung ist, dass sie auf Sylt wohnt. Das Gästehaus halte ich für dich frei.»

«Das ist wirklich sehr lieb von dir. Ich werde sooft kommen, wie es mir möglich sein wird.»

Wir waren uns schnell einig und entschieden uns für eine fünfzigjährige Hausfrau, die im Nachbarort lebte und gebürtige Sylterin war. Frau Hansen machte einen zuverlässigen Eindruck und war keine Plaudertasche. Sie wollte gleich am nächsten Tag ihre Arbeit aufnehmen, weil Joachim wollte, dass ich meine letzten Tage auf der Insel genießen sollte.

Es war nicht schwer zu übersehen, dass Joachim über meine spontane Entscheidung traurig war und mich gerne noch bei sich gehabt hätte. Uns beiden wird die Trennung schwerfallen und ich haderte mit meiner Entscheidung, mit der ich mich nicht wohlfühlte. Der Witwer war für mich wie ein Großvater, den ich mir immer gewünscht, aber nie gehabt hatte.

Wir genossen die letzten Tage auf Sylt, in dem wir Ausflüge machten, essen gingen oder im Garten saßen und über Gott und die Welt schnackten.

VIERUNDZWANZIG

Dann kam der schwere Tag, an dem ich meine Koffer packte und schrecklich wehmütig wurde. Mein Herz wurde schwer und der Gedanke, dass ich in Kürze in meiner kleinen Wohnung saß, die nicht mal einen Balkon hatte, war unerträglich.

Heulend lagen wir uns in den Armen. Jo holte ein frisches Stofftaschentuch aus seiner Hemdtasche und tupfte mir behutsam die Tränen fort.

«Wir bleiben in Kontakt. Du hast ja nun dein Handy. Ich wünsche dir eine schöne Zeit mit Maria. Frau Hansen ist die perfekte Haushälterin und kann den besten Apfelkuchen backen, den ich jemals gegessen habe», sagte ich mit erstickter Stimme.

«Schreibst du mir bitte, wenn du angekommen bist.»

«Ja, das werde ich tun. Pass auf dich auf. Vielleicht kommst du bald nach Hamburg. Du könntest auch mit Maria kommen.»

«Ja, das ist eine gute Idee.»

Er drückte mich ganz fest an seinen Körper, sodass es den Eindruck machte, als wenn er mich nicht gehenlassen wollte. Ich war kurz davor, meine Abreise zu canceln, zumal Pippa sich strikt weigerte, ins Auto zu springen. Auch sie wollte offensichtlich auf der Insel bleiben und nicht zurück in die Großstadt, in der sie sich mit vielen Hunden eine kleine Grünfläche teilen musste.

Ich drückte dreimal auf die Hupe, streckte meinen Arm aus dem Fenster und konnte kaum etwas sehen, da meine Augen mit Tränen verschleiert waren.

«Verdammt!» fluchte ich über meine Emotionen und schaute mir ein letztes Mal die Schönheit der Insel an, die ich mir ganz fest einprägen wollte.

Als der Zug über den Hindenburgdamm zuckelte und sich dem Festland näherte, kam ich ins Zweifeln, ob es gut gewesen war, Joachim zu verlassen. Doch nun war es zu spät!

Die Rückfahrt bei Starkregen war einfach nur schrecklich und zog mich noch mehr in die Tiefe. Zwar freute ich mich auf Paul, der mich sehnsüchtig erwartete, aber da war dieser bittere Beigeschmack, der sich hoffentlich bald verflüchtigen würde.

Wie immer fand ich vor meinem Haus keinen Parkplatz und kurvte mehrere Male erfolglos durch meine Straße. Hamburg war bei Regen hässlich. Ich zog die Koffer über die nassen Bürgersteige, auf denen Tretminen lagen, die ich genervt umschiffte. Ich musste an meine herrlichen Spaziergänge auf Sylt denken, die mich durch die wunderschöne Dünenlandschaft bis zum breiten Strand geführt hatten.

In meiner Wohnung roch es muffig. Im Schlafzimmer hatte sich der Schimmel, den ich bereits mehrere Male meinem Vermieter gemeldet hatte, ausgebreitet.

Erschöpft hängte ich meine nasse Jacke auf, gab Pippa etwas zu trinken und stellte die Koffer in die Wanne.

«Da sind wir wieder. Nicht schön hier oder?», fragte ich Pippa, die mich mit schiefem Kopf anschaute.

Weil Paul zu mir kommen wollte, lüftete ich ausgiebig, räumte die Post vom Tisch, die ich in eine Schublade stopfte und huschte unter die Dusche. Es war gut, dass er kam, um mich in meinem neuen alten Leben zu begrüßen. Ich hoffte sehr, dass er meinen schmerzhaften Abschied von Sylt betäuben konnte.

Als Paul klingelte, galoppierte mein Herz und ich hatte etwas Angst vor meinen Gefühlen, die vielleicht nicht mehr so stark waren, nachdem ich mit Mattia …

Doch als ich sein lächelndes Gesicht hinter dem üppigen Rosenstrauß sah, freute ich mich und fiel ihm freudig um den Hals.

Es wurde eine stürmische Begrüßung und es dauerte eine Weile, bis wir den Flur verließen. Ich musste mich erst wieder in meiner kleinen Küche zurechtfinden und suchte nach einer Vase.

Paul beobachtete mich schmunzelnd und war offensichtlich happy, dass ich zurückgekommen war.

«Magst du ein Glas Wein?»

«Ja sehr gerne. Wie war die Fahrt?»

«Anstrengend, denn es hat die ganze Zeit über geregnet.»

«Ist dein Großvater nun traurig?»

«Ja schon, aber er hat eine Frau kennengelernt, eine Krimiautorin, die auf Amrum lebt. Die beiden verstehen sich sehr gut und ich denke, dass sich daraus etwas entwickeln könnte.»

«Fein! Du hast mir gefehlt. Komm doch mal zu mir.»

Er zog mich auf seinen Schoß, küsste mich sanft und betrachtete sich eingehend mein Gesicht. «Ich hatte echt große Angst, dich zu verlieren. Ich freue mich auf eine gemeinsame Zeit mit dir und Pippa.»

«Ja ich auch.» Wenn er wüsste, dass ich mit Mattia eine Nacht verbracht hatte, würde er mich vermutlich von seinem Schoß schubsen und anklagen.

«Elodie hat mich zu ihrer Hochzeit eingeladen. Sie wird in Italien feiern. Ich könnte mir vorstellen, dass wir dort auch heiraten.»

Er dachte bereits an Hochzeit und wollte danach vielleicht sofort Kinder? Wir mussten doch erst mal sehen, ob wir es länger als ein halbes Jahr miteinander aushielten! Vielleicht besaß Paul Macken, die mich störten und die mir ein Zusammenleben mit ihm unmöglich machten?

«Das ist bestimmt sehr romantisch.» Ich spielte mit seinem Haar, legte meinen Kopf an seine Brust und hoffte so sehr, dass er der Richtige für mich war.

Paul blieb über Nacht und musste früh raus. Ich blieb liegen, ließ Pippa ins Bett, die ich in der Nacht ausgesperrt hatte. Mattia ließ mich nicht in Ruhe. Immer wieder musste ich an unsere schönen Stunden denken und fragte mich, wo er war und was er tat.

Ich vermisste den Blick aufs Meer und Pippa den Garten, in dem sie sich austoben konnte. Der Großstadtlärm war mir fremd geworden. Gereizt schloss ich die Fenster und blickte auf die Straße, auf der die Menschen mit düsteren Gesichtern zur Arbeit hetzten.

Mittags traf ich mich mit Elodie, die mich so fest drückte, dass ich mich um ihr Baby sorgte.

«Ich habe dich so vermisst. Endlich bist du wieder hier. Schau mal! Das Ultraschallbild ist von gestern. Ist er nicht schon groß?»

«Wow! Das soll mal ein Mensch werden?»

«Paul war gestern schon bei mir. Er hat mir Rosen mitgebracht.»

«Er war die letzte Woche schon ganz aus dem Häuschen und wollte wissen, was du gern isst, welche Blumen du magst und was du verabscheust. Er gibt sich wirklich Mühe. Er wird dich auf Händen tragen und dir jeden Wunsch erfüllen. Ich hoffe so sehr, dass es dieses Mal länger als vier Monate hält.»

«Ja, das hoffe ich auch. Ich habe ein gutes Gefühl. Nächste Woche kommt meine Mutter. Ich bin so gespannt, was sie zu dem Foto sagen wird.»

«Habt ihr noch nichts rausbekommen?»

«Nein, ich war ja bei einem ehemaligen Freund von Niels, der aber schon lange keinen Kontakt mehr zu ihm hatte, aber er meinte, dass er eventuell bei dem Surf Cup gefilmt hat. Bisher habe ich nichts von ihm gehört.»

«Schade. Ich plane gerade meine Baby Shower Party. Es ist alles so aufregend.»

«Ja, das kann ich mir vorstellen. Nun bin ich wieder an deiner Seite und kann dich unterstützen.»

«Ich muss jetzt zurück in die Kanzlei. Kommst du übermorgen zu uns? Natürlich mit Paul. Wir haben ein paar Freunde eingeladen.»

«Ich freue mich!»

FÜNFUNDZWANZIG

Es dauerte ein paar Tage, bis ich mich in der pulsierenden Stadt wieder einigermaßen eingelebt hatte. Immer wieder dachte ich mit Wehmut an die Ruhe und die einmalige Natur, die Sylt so wunderschön machte, zurück.

Ich schrieb mich an der Universität ein, suchte Mutters Freundin Laura auf und war begeistert von ihrem kuscheligen Café, das bombig lief.

Laura drückte mich auf ein rotes Samt Sofa mit goldenen Füßen, servierte mir eine traumhafte Himbeerbaisertorte und meinte: «Du kommst wie gerufen. Ich brauche dringend eine Verstärkung.»

«Und ich brauche dringend einen Job», juchzte ich begeistert und war froh, dass ich mich nicht auf nervige Jobsuche begeben musste. Alles schien sich endlich zu fügen, auch wenn ich noch nicht vollkommen glücklich war und mit meiner Rückkehr nach Hamburg haderte.

«Du kannst morgen gleich anfangen, wenn es dir passt.»

«Perfekt! Sonja kommt in drei Tagen. Wollt ihr euch nicht mal treffen?»

«Von mir aus gerne. Geht sie wieder zurück nach Ibiza?»

«Ich denke schon, aber so genau weiß man es bei Sonja nie.»

«Deine Torten sehen köstlich aus. Ich muss aufpassen, dass ich nicht jeden Tag schwach werde.»

Beschwingt lief ich nach Hause und schrieb Paul, dass ich einen Job hatte und ihn am Abend zum Essen einladen wollte.

Joachim schickte mir täglich Bilder, die schief oder verwackelt waren. Er schrieb, dass er mich vermisste, dass das Haus ohne mich und Pippa sehr leer war; lobte Frau Hansen, die ihn mit leckerem Kuchen verwöhnte und schickte mir ein Video, auf dem er ein paar Schritte ohne Krücken lief. Mit tränenerfüllten Augen sah ich mir das Video mehrmals an und wünschte mir, dass ich bei seinen ersten Schritten dabei gewesen wäre.

Pippa hatte Pauls Körbchen nur zögerlich und mit gutem Zureden angenommen. Pauls Wohnung war minimalistisch eingerichtet, was mir überhaupt nicht gefiel. Ich bevorzugte den gemütlichen Hyggestil und befürchtete, dass wir bei der Einrichtung nicht auf einen Nenner kamen. Auch von Hygiene hatten wir unterschiedliche Ansichten. Paul bat mich, meine Schuhe bereits im Treppenhaus auszuziehen und wusch sich ständig die Hände, sodass ich vermutete, dass er unter einem Waschzwang leiden könnte. Wenn ich in seiner Küche hantiere, wischte er die Oberflächen hinterher mit Essigwasser ab, was ich überhaupt nicht riechen konnte. Er ekelte sich vor meinen langen Haaren, wenn sie auf dem Boden oder in der Dusche lagen. Auf meinem Kopf störten sie ihn jedoch nicht.

Ich hoffte sehr, dass er seine übertriebene Hygiene etwas herunterschraubte, wenn wir eine gemeinsame Wohnung bezogen.

Die Arbeit im Café war stressig, machte mir aber Spaß und brachte mir eine Menge Trinkgeld ein. Laura war total entspannt und die Kolleginnen waren überaus nett, sodass ich zufrieden war.

*

Der Tag, an dem meine Mutter aus Ibiza einflog, stand unter einem schlechten Stern, denn Pippa war krank und Elodie hatte starke Schmerzen im Unterleib.

Pippa hatte sich die ganze Nacht übergeben, sodass ich kein Auge zubekommen hatte. Morgens lag sie kraftlos in ihrem Körbchen und trank nicht mal Wasser. Ich war die Erste, die vor der Tierarztpraxis wartete und war so besorgt, dass ich weinte und mich total elend fühlte. Die Ärztin wollte meine Kleine in der Praxis behalten, da sie dehydriert war. Es fiel mir verdammt schwer, meinen Liebling allein zurückzulassen. Völlig aufgelöst raste ich zum Flughafen, um festzustellen, dass Sonjas Maschine Verspätung hatte. Ich musste mich stark beherrschen, nicht alle halbe Stunde in der Tierarztpraxis anzurufen, um mich nach Pippas Zustand zu erkundigen.

Elodie schrieb mir, dass alles in Ordnung wäre und es nur starke Blähungen waren, was mich außerordentlich beruhigte und amüsierte.

Während ich nervös im Flughafengebäude auf und ab tigerte, sah ich einen Mann, der von hinten wie Mattia aussah. Mein Herz wummerte wild und die Freude, ihn zu treffen, war bereits riesig. Als der vermeintliche Mattia sich umdrehte, war ich betrübt. Seit über einer Woche hatte ich nichts von ihm gehört, aber ich schrieb ihm auch nicht, da es besser war, keinen Kontakt mehr zu halten, zumal Paul noch immer etwas eifersüchtig war.

Auf den ersten Blick erkannte ich Sonja nicht. Ihre Haut war dunkelbraun, ihr Haar viel heller. Sie schrie laut, als sie mich entdeckte, ließ ihren Koffer, in dem sich offensichtlich nichts Wertvolles befand, einfach stehen, um mich stürmisch zu begrüßen.

Es tat gut, sie in den Armen zu halten, auch wenn wir lange Trennungen gewöhnt waren.

«Ich hätte dich beinahe nicht erkannt. Gut siehst du aus. So erholt.»

«Das bin ich auch. Wir leben gerade ein paradiesisches Leben und haben zwei Monate nicht gearbeitet. Lass dich anschauen! Du siehst aber auch aus wie das blühende Leben.»

«Mir geht es auch gut. Die Zeit auf Sylt war sehr schön.»

«Davon musst du mir unbedingt später erzählen.» Sonja ging zurück zu ihrem Koffer und zog sich eine Jacke an, die ziemlich alternativ aussah.

«Und wo ist Pepe?»

«Der musste doch nicht nach Hamburg. Ich werde für ihn alles erledigen.»

«Ihr seid aber noch zusammen?»

«Ja, es läuft bestens zwischen uns. Er ist mein Seelenverwandter.»

Das hörte ich nicht zum ersten Mal.

Ich fuhr meine Mutter nach Hause. Ihre Wohnung, die sie an eine Bekannte untervermietet hatte, sah picobello aus. Sofia, eine junge Musikerin, reichte uns Kaffee und Kuchen. Sie war Sonja sehr dankbar, dass sie für eine geringe Miete in der schönen Wohnung leben konnte.

Ich fand am ersten Tag unseres Wiedersehens keine Möglichkeit, mit Sonja alleine zu reden und ihr das Bild, auf dem sie offenbar mit Niels zu sehen war, zu zeigen.

Kurz bevor ich mich verabschieden wollte, rief die Tierarztpraxis an. Ich konnte Pippa abholen. Ein Stein fiel mir vom Herzen und ich eilte ans andere Ende der Stadt, um das kleine Häufchen Elend mit nach Hause zu nehmen.

Ich streichelte Pippa in den Schlaf, reichte ihr das teuerste Hundefutter, das sie jedoch nicht anrührte und redete beruhigend auf sie ein. Immerhin spuckte sie nicht mehr und ich konnte die Nacht durschlafen.

Am nächsten Abend wollte Paul sich mit mir in einem Beach Klub treffen. Große Lust hatte ich nicht, zumal ich Pippa nicht solange allein lassen wollte. Sonja war den ganzen Tag über beschäftigt und hatte keine Zeit für mich. Wir verabredeten uns für den nächsten Tag zum Frühstück.

Ich arbeitete sechs Stunden im Café und fuhr direkt nach der Arbeit zum Beach Klub an die Elbe. Paul war nicht alleine. Er relaxte mit ein paar männlichen Kollegen auf Liegestühlen und genoss den Blick auf die Wasserstraße, auf der immer viel los ist. Hätte ich gewusst, dass wir nicht alleine sind, wäre ich zu Hause geblieben. Was sollte ich mit der Horde von Juristen reden? Paul entdeckte mich und sprang auf, um mich mit einem Kuss zu begrüßen.

«Das sind meine lieben Kollegen. Jonathan, Mark ...»

Ich machte mir nicht die Mühe, mir die Namen zu merken, lächelte freundlich und beschloss, plötzliche Bauchschmerzen vorzutäuschen, um mich rasch aus dem Staub zu machen.

«Paul hat erzählt, dass du noch studierst? - Paul hat erzählt, dass du eine Weile auf Sylt gelebt hast. - Paul hat erzählt, dass du einen Hund hast ...»

Ich war wütend auf Paul, weil er mich nicht vorgewarnt hatte, dass er seine Kollegen mitschleppt und er ihnen offensichtlich schon viel über mich erzählt hatte. War es ihm mit mir alleine schon zu langweilig?

Zwei Stunden stellte ich mich den Fragen der Anwälte, trank Cocktails, die reihum ausgegeben wurden, und lächelte tapfer, obwohl ich müde und enttäuscht war.

Paul war ziemlich angetrunken und kam mit zu mir. Kaum waren wir in der Wohnung, drückte er mich aufs Bett, ohne dass er sich vorher die Hände wusch, was es sonst strikt tat. Vermutlich hatte der Alkohol seinen Verstand benebelt. Ich hatte keine Lust auf Sex, weil ich sauer auf ihn war und mit Pippa noch die letzte Runde drehen musste. Als ich zurückkam, lag Paul mit offenem Mund und voller Montur auf meinem Bett und schnarchte so laut, dass der Nachbar es hören musste.

Frustriert legte ich mich aufs Sofa und fragte mich, ob ich mit Paul Kinder haben wollte. Er würde durchdrehen, wenn sie mit schmutzigen Füßchen durchs Haus laufen oder mit ihren klebrigen Patschhändchen die Fensterscheiben berühren.

In der Nacht träumte ich intensiv von Mattia. Wir saßen am Strand. Zwischen uns lag ein Baby. Mattia küsste mich und steckte mir einen Löffel mit Krabben in den Mund.

«Carlotta! Hast du eine Schüssel? Mir ist so schlecht.»

Paul riss mich aus meinem schönen Traum. Ich rannte in die Abstellkammer und schaffte es gerade noch rechtzeitig, die Schüssel unter sein Kinn zu halten. Schwallartig spritzten

Currywurststückchen und klein gehechselte Pommes in die Schüssel.

Als mir der säuerliche Geruch in die Nase stieg, wurde mir auch übel und ich entfernte mich schleunigst und holte ein Glas Wasser, das ich Paul auf den Nachttisch stellte.

«Oh, ist mir schlecht», stöhnte er, während ich die volle Schüssel mit angehaltener Luft ins Badezimmer trug. Pauls Magen beruhigte sich und er schlief bis zum nächsten Morgen durch.

«Paul musst du nicht los?», flüsterte ich und legte eine Hand auf seine Schulter.

«Was? Wie spät ist es?»

«Nach neun Uhr.»

«Scheiße! Ich habe um zehn Uhr einen Termin.» Er war sofort hellwach, brauchte sich nicht anziehen, da er sich nicht ausgezogen hatte und verließ fluchtartig die Wohnung.

Sonja kam mit einer größeren Verspätung zum Frühstück. Der Kaffee war mittlerweile kalt geworden und die Butter schmolz dahin.

«Sorry mein Liebling. Ich habe Rudi getroffen. Erinnerst du dich noch an ihn?»

«Ja klar. Wie geht es ihm?»

Rudi war mit Sonja neun Monate zusammen. Er arbeitete als Psychologe in einer Klinik. Die beiden hatten versucht, sich gegenseitig zu therapieren, was nicht funktioniert hatte. Zudem lebte Rudi, während er mit meiner Mutter verbandelt war, noch mit seiner Frau und vier Kindern unter einem Dach, die jedoch nicht alle von ihm waren.

Ich setzte frischen Kaffee auf und beneidete Sonja um ihr unkonventionelles Leben. Sie tat immer nur das, was ihr guttat und was sie wirklich wollte. Für sie war die Welt immer nur rosig und voller Überraschungen, während mich negative äußere Umstände lähmten und schwermütig stimmten. Warum bin ich nicht so wie sie geworden?

«Schön, dass wir uns sehen. Erzähl mal, wie es dir die letzten Wochen ergangen ist?», forderte ich sie auf und hielt ihr das Brotkörbchen hin.

«Oh, du hast Franzbrötchen besorgt. Die habe ich vermisst.»

Bevor sie begann zu erzählen, biss sie genussvoll in das süße Gebäckstück und spülte mit Kaffee nach.

«Erst wohnten wir bei Bekannten, aber das wurde uns schnell zu eng. Durch Zufall fanden wir ein ganz kleines Häuschen in Strandnähe. Es ist nichts Besonderes und es gibt nur kaltes Wasser und Strom von einem Solarpaneel, aber wir kommen bestens damit zurecht. Der Strand und das Meer sind traumhaft. Die Insel kann locker mit der Karibik mithalten und die Menschen sind alle total entspannt», schwärmte sie, genau wie sie von den Cook Island, Barbados, den Peloponnes … geschwärmt hatte.

«Toll! Und was macht ihr den ganzen Tag?»

«Wir beginnen den Tag mit Meditation. Danach frühstücken wir in aller Ruhe, nehmen ein Bad im Meer oder laufen am Strand entlang. Mittags essen wir nur Obst und halten danach Mittagsruhe im Haus, weil es draußen zu heiß ist. Nachmittags treffen wir uns mit Bekannten und zwischendurch basteln wir diese Armbänder und Ketten.»

Sie streckte ihren braunen, dünnen Arm aus, an dem ein buntes Etwas hing.

«Sehr schick! Und die verkauft ihr dort?»

«Ja, die kommen richtig gut an. Wir brauchen ja nur Geld für die Miete und Lebensmittel. Mehr brauchen wir ja nicht.»

«Und wie lange wollt ihr noch bleiben?»

«Du weißt doch, dass ich nie plane. Wir bleiben einfach so lange, bis wir genug haben. Kann ich das andere Franzbrötchen noch haben? Nun erzähl aber mal von dir. Wo genau hast du auf Sylt gearbeitet?»

«Ich hatte großes Glück mit dem Job. Ich habe einem alten Herrn den Haushalt geführt und für ihn gekocht. Und das Beste war, dass ich in einem schnuckeligen Gästehaus, das sich auf einem Traumgrundstück in Kampen befindet, kostenlos wohnen konnte.»

«Super! Stört es dich, wenn ich rauche? Ich bin auf E-Zigarette umgestiegen.»

«Nein nur zu.»

Ich stand auf, um das Fenster zu öffnen.

«War der Job denn nur befristet?»

«Nein, ich hätte dort weiterarbeiten können, aber ich bin verliebt und zudem habe ich mich an der Uni eingeschrieben. Ich werde mit Germanistik weitermachen.»

«Oh, das finde ich gut.»

«Sag mal, du bist doch auch mal auf Sylt gewesen. Wann war das?»

Meine Mutter sah mich durchdringlich an und schien nachzudenken.

«Das ist schon so lange her, dass ich mich kaum noch daran erinnern kann.»

«Ist es vielleicht 1991 gewesen?»

«Wie kommst du darauf?» Sonja bekam einen verzerrten Gesichtsausdruck und pustete ihre Emissionen zur Seite.

«Ich hole mal eben was.»

Ich eilte ins Schlafzimmer und griff nach dem Foto, das mich so viele Stunden beschäftigt hatte.

Aufgeregt reichte ich es meiner Mutter, die es zögerlich entgegennahm. Wie lange hatte ich auf diesen Moment warten müssen!

Ich bemerkte sofort, dass sie das Foto kannte, dass sie es war, die dort mit Niels zu sehen war. Ihre Hand zitterte leicht und sie gab mir das Foto zurück.

«Wo hast du das her?», fragte sie kühl. Ich hatte den Eindruck, dass sie den Syltaufenthalt in keiner guten Erinnerung hatte.

«Vom Dachboden des Hauses, in dem ich gearbeitet habe. Das bist doch du?»

«Ja kann sein.»

Sie zog an der Zigarette, als wäre es der letzte Zug ihres Lebens und schwieg betreten, was selten vorkam.

«Der Mann, für den ich gearbeitet habe, heißt Joachim von Blatter. Sagt dir der Name etwas?» Ich starrte sie an.

«Nein, der Name sagt mir nichts.»

«Aber der Mann, der dich dort umarmt, ist der Sohn von Herrn Blatter. Hattest du was mit dem?»

«Das weiß ich doch jetzt nicht mehr. Du weißt doch, dass ich im Laufe meines Lebens viele Leute kennengelernt habe und das ist schon so lange her. Wohnt er noch auf Sylt?»

«Nein, er ist … gestorben.»

«Was?» Mutter war sichtlich getroffen, was mich wunderte, denn angeblich konnte sie sich nicht an ihn erinnern.

«Er kam bei einem Autounfall ums Leben.»

«Schrecklich! Und du hast dieses Bild bei dem alten Mann auf dem Dachboden gefunden? Gab es dort noch weitere Fotos?»

«Ich habe nicht alles durchgeguckt. Eigentlich bin ich auf der Suche nach einer Maus gewesen und dabei fiel mir dieses Bild ganz zufällig in die Hände. Das war schon eine Überraschung, dich auf dem Bild zu sehen.»

«Das ist wirklich verrückt!»

«Bist du auch in dem Haus von den Blatters gewesen?»

«Ich weiß nicht. Carla sei mir nicht böse, aber ich habe gleich einen Termin. Ich muss jetzt los. Wir sehen uns.»

Mutter flog förmlich aus dem Haus und vergaß ihre E-Zigarette. Neugierig steckte ich das Gerät zwischen meine Lippen und musste husten. Es war einfach nur abscheulich, sich den stinkenden Rauch in die Lunge zu ziehen.

Ich kannte Sonja gut genug, um zu wissen, dass sie mir etwas verheimlichte. Sie hatte auf die Nachricht von Niels Tod betroffen reagiert. Ihre Augen hatten angefangen zu flackern und ich hatte ein Zucken um ihren Mund registriert. Ihre plötzliche Flucht war ebenfalls auffällig gewesen.

Ich werde nicht lockerlassen und irgendwann erfahren, was Mutter auf Sylt widerfahren ist, dachte ich und legte das Foto zurück auf meinen Nachttisch.

SECHSUNDZWANZIG

Paul entschuldigte sich dafür, dass er über die Stränge geschlagen und mich aus meinem Schlafzimmer vertrieben hatte. Er brachte mir am Abend einen großen Kasten Pralinen mit, die er in einer der teuersten Confiserien Hamburgs besorgt hatte.

«Ich muss ein jämmerliches Bild abgegeben haben», meinte er und zog mich an seinen Körper.

«Das kann man wohl sagen. Noch mal lasse ich dich nicht betrunken in meine Wohnung.»

«Carlotta, du könntest doch deine Wohnung aufgeben und zu mir ziehen. Dann würdest du Miete sparen und bräuchtest nicht mehr so viel jobben. Wenn das Studium beginnt, wirst du sowieso nicht mehr so viel Zeit haben, um nebenbei zu arbeiten. Meine Wohnung ist doch groß genug.»

«Wir sollten nichts überstürzen. Du kennst noch nicht alle meine Macken. Ich laufe gerne mit Schuhen durch meine Wohnung und Pippa mag es auch nicht, wenn du ihre Pfötchen nach jeder Gassirunde in Seifenwasser tunkst.»

«Du kannst es dir in Ruhe überlegen. Das Angebot steht. Hast du uns was gekocht?»

«Nein, hast du heute Mittag nicht ein Steak gegessen?»

«Doch schon, aber ich esse zweimal am Tag warm.»

«Oh, ich esse nach 18 Uhr nichts mehr. Das ist gesünder, aber ich kann dir noch etwas kochen.»

«Nein schon gut. Wollen wir noch raus gehen?»

«Wohin? Ich würde mich einfach nur gerne aufs Sofa legen. Im Café war heute die Hölle los. Ich habe bestimmt 30000 Schritte gemacht.»

Paul zog ein enttäuschtes Gesicht und setzte sich aufs Sofa. Ich stellte ihm gesalzene Erdnüsse hin und überlegte, ob wir zusammenpassten. Während ich an die schönen Sylter Tage zurückdachte, kam eine Nachricht von Joachim. Er war bei Maria auf Amrum und schrieb, dass ihm Sylt besser gefällt als die kleine Schwester. Das Foto von dem breiten Kniepsand war jedoch beeindruckend.

Am nächsten Tag war ich den ganzen Tag über im Café und humpelte mit schmerzenden Füßen nach Hause. Sonja hatte mir aufs Band gesprochen. Sie wollte sich mit mir treffen. Sie wartete bei einem Spanier, der für seine guten Tapas bekannt war.

«Hallo mein Schatz. Schön, dass du kommen konntest.»

«Ich bin zwar müde und habe platte Füße, aber wenn du schon mal in Hamburg bist … Laura würde sich freuen, wenn du mal im Café vorbeischaust.»

«Das hatte ich vor. Möchtest du etwas essen?»

«Nein, ich hatte heute zu viel Kuchen.»

«Carla, eigentlich hatte ich vor, es dir niemals zu erzählen, weil … es ist eine hässliche Geschichte.»

«Es geht um Niels. Du hattest was mit ihm?»

Sie nickte und hätte vermutlich gerne an ihrer Zigarette gezogen, stattdessen spielte sie an ihrem selbst gebastelten Armband, für das ich keinen Euro ausgegeben hätte.

«Julia und ich waren im August 1991 spontan nach Sylt gereist. Es war ein traumhafter Sommer. Wir wollten uns die Insel der Schönen und Reichen mal ansehen und übernachteten auf dem Zeltplatz. Wir hatten nur ein winziges Zelt und zwei Schlafsäcke dabei. Wir badeten nackt im Meer, aßen Unmengen von Krabben und fuhren zum Windsurf Cup, der dort gerade stattfand. Wir waren begeistert von den tollen Typen, die mit den bunten Segeln über die Nordsee schossen. Am Abend des letzten

Wettkampftages mischten wir uns unter die Surfer, die uns mächtig beeindruckten. Sie waren braun gebrannt und hatten lange Haare, die im Wind flatterten. Niels sprach mich an. Wir tranken viel, tanzten und ich ließ mich von ihm mitnehmen. Als ich am nächsten Morgen erwachte, war Niels bereits angezogen und wollte, dass ich sofort das Haus verlasse. Aufgebracht erzählte er mir, dass er verlobt ist und bald heiraten wird. Er fuhr mich zum Zeltplatz und verlangte von mir, dass unser Techtelmechtel geheim blieb. Das Foto ist am Abend der Feier entstanden. Ich kann mich aber nicht mehr daran erinnern, wer es gemacht hat.»

«Und du hast Niels dann nie wieder getroffen?»

«Nein. Er hatte mir wirklich gut gefallen und ich hätte mir mehr vorstellen können. Hätte er mir gleich gesagt, dass er verlobt ist, wäre ich nicht mit ihm gegangen.»

«Mama, ich kann ja rechnen und ...»

Die Servicekraft stellte uns zwei Gläser auf den Tisch und schenkte Wasser ein.

«Du denkst, dass Niels dein Vater ist?»

«Ja», sagte ich betreten und sah Sonja erwartungsvoll an.

«Es tut mir wirklich leid, dass ich ... dir all die Jahre nicht die Wahrheit gesagt habe, aber ich war so schrecklich enttäuscht von ihm, weil er nichts ... von dir wissen wollte, weil er nicht mal bereit war, einen Vaterschaftstest zu machen. Er hat sich einfach nicht gerührt, obwohl ich ihm ein Foto von dir geschickt habe. Natürlich hätte ich ihn auf Unterhalt verklagen können, aber dafür war ich zu stolz.» Tränen bildeten sich in ihren Augen. Ich hatte meine Mutter noch nie so aufgelöst und traurig erlebt. Ich setzte mich neben sie und schlang meine Arme um ihren bebenden Körper.

«Ich bin dir nicht böse. Ich kann dein Verhalten verstehen. Hätte ich das Foto nicht gefunden ...»

«Es hat mich sehr verletzt, dass er mir nicht geglaubt hat, dass du unser Kind bist und er dich nicht sehen wollte. Ich wollte nicht, dass du jemals erfährst, dass dein Vater dich nicht kennenlernen möchte, daher habe ich mir die Geschichte mit der

Samenspende ausgedacht. Offenbar kommt die Wahrheit immer irgendwann ans Licht.»

«Alles gut, Mama. Es sollte wohl so sein, dass ich das Foto finde und die Wahrheit erfahre. Nun musst du nicht mehr mit der Lüge leben.»

Die Wimperntusche lief ihr übers Gesicht und hinterließ blaue Rinnsale. Es sah aus, als wenn sie Tinte weinen würde.

«Ich bin so froh, dass du nicht wütend auf mich bist. Danke. Es ist sehr traurig, dass du deinen Vater nicht kennengelernt hast.»

«Aber dafür habe ich nun einen sehr liebenswerten Großvater. Es ist seltsam, Joachim war mir gleich so vertraut und ich hatte das Gefühl, dass uns irgendetwas verbindet. Als hätte mein Unterbewusstsein bereits gespürt, dass wir verwandt sind.»

«Ich bin deinem Großvater damals nicht begegnet und würde ihn sehr gerne kennenlernen.»

«Ich glaube, dass er sich wahnsinnig freuen wird, denn er hat seine Familie verloren. Wir könnten ihn gemeinsam besuchen. Kannst du nicht noch ein paar Tage länger bleiben?»

«Doch, obwohl Pepe enttäuscht sein wird, aber ich möchte endlich mit der Vergangenheit abschließen. Die Sache hat mich all die Jahre belastet. Es ist mir nicht gelungen, mich selbst zu therapieren.»

«In Joachims Bibliothek habe ich in einem Buch einen Brief von Niels gefunden. Darin gesteht er seinen Eltern, dass er ein Kind hat. Joachim weiß erst seit ein paar Wochen, dass er eine Enkelin hat, aber dass ich das bin, wird eine große Überraschung für ihn sein.»

«Darf ich den Brief lesen?»

Ich schaltete mein Handy an und öffnete die Galerie, wo ich den Brief abgespeichert hatte.

Nachdem Sonja die Zeilen gelesen hatte, wurde sie bleich, entschuldigte sich auf die Toilette, wo sie vermutlich bittere Tränen weinte.

SIEBENUNDZWANZIG

Nachdem ich erfahren hatte, wer mein Vater ist, war ich aufgewühlt und aufgedreht. Am liebsten hätte ich Joachim sofort darüber informiert, dass ich seine Enkelin gefunden habe, aber wollte es ihm persönlich sagen und plante, mit meiner Mutter nach Sylt zu reisen.

Paul wunderte sich über meine plötzliche Heiterkeit und dachte vermutlich, dass ich seinetwegen so happy war. Ich konnte ihm den wahren Grund meiner unbändigen Freude nicht erzählen. Meine Lüge verwandelte sich von ganz alleine in die reine Wahrheit, was sich einfach wunderbar anfühlte und unbeschreiblich war.

«Ich fahre mit meiner Mutter morgen nach Sylt. Wir haben dort noch etwas zu erledigen», stellte ich Paul kurzfristig vor vollendete Tatsachen.

«OK! Ich würde deine Mutter auch gern mal kennenlernen.»

«Sie ist nicht lange hier und … Ich werde sie fragen.»

Ich vermutete, dass Sonja von Paul nicht begeistert sein würde und sich eher einen unkonventionellen Mann wie Pepe, der das Leben locker nahm und seine Gäste nicht bat, die Schuhe im Hausflur auszuziehen, für mich vorstellte.

Elodie fiel aus allen Wolken, als ich ihr von der Neuigkeit erzählte und meinte, dass sie es geahnt hätte.

Sonja hatte ihre Füße auf das Armaturenbrett gelegt und hielt das Foto von sich und Niels nachdenklich in ihren Händen.

«Wenn er nicht verlobt gewesen wäre, hätte was aus uns werden können und du hättest einen Vater und Großeltern gehabt. Er war schon ein toller Typ», sinnierte sie und legte das Bild ins Handschuhfach.

«Es sollte nicht sein und ich bin auch ohne Niels ein glückliches Kind gewesen. Vielleicht hättet ihr euch nach wenigen Monaten getrennt und dann wären wir auch alleine gewesen. Mama, hast du ein etwas … seriöseres Kleid dabei?»

«Gefällt es dir nicht?», fragte sie verwundert.

«Doch, aber es ist etwas kurz und etwas …»

«Du findest, dass ich zu alt bin, um so was zu tragen. Sieh dir mal meine Beine an! Die sind doch noch tadellos.» Sie zog ihr Kleid über das Knie, um es mir zu beweisen.

«Ja schon, aber … Joachim ist etwas konservativer als du und …», druckste ich herum.

«Verstehe! Keine Sorge, ich habe eine weiße Hose und eine Bluse dabei. Wenn es dich glücklich macht, ziehe ich sie an und mache mir einen Dutt. Wenn ich dann noch meine Lesebrille aufsetze, sehe ich aus wie eine Beamtin. Ist das OK?» Sie rollte mit den Augen und fand ihre Tochter vermutlich ziemlich spießig.

«Ja, das wäre prima.» Ich lächelte sie zufrieden an und trat aufs Gaspedal, damit wir den Autozug nicht verpassten.

Als wir das Watt links und rechts an uns vorbeiflitzen sahen, erinnerte sich Sonja an ihren ersten und einzigen Syltaufenthalt.

«Julia und ich hatten gerade mit unserem Studium begonnen und jobbten in einer Kneipe. Es war ein heißer Sommer und wir fuhren ganz spontan nach Sylt. Ich hatte die Pille damals strikt abgelehnt und hatte immer aufgepasst, doch in der Nacht mit Niels ... Es sollte wohl passieren.»

«Ich bin sehr froh darüber, auch wenn ich es schade finde, dass du mir nicht von Anfang an die Wahrheit gesagt hast.»

«Aber Niels wollte partout nichts von dir wissen. Nicht mal das Bild von dir, das ich ihm schickte und auf dem du zuckersüß ausgesehen hast, konnte ihn dazu bewegen, sich zu dir zu bekennen. Ich wollte dich doch nur schützen», erklärte sie mir verzweifelt und drehte sich zur Seite, damit ich ihre Tränen nicht sah.

«Das verstehe ich ja auch. Es muss verdammt enttäuschend für dich gewesen sein und ich bewundere dich, dass du mich alleine aufgezogen, nebenbei dein Studium durchgezogen und gejobbt hast. Das war wirklich eine große Leistung und ich weiß nicht, ob ich das geschafft hätte.»

«Es war keine leichte Zeit, aber sie war auch schön. Du warst meine Sonne, hast mich jeden Tag glücklich gemacht und mir die Kraft gegeben, jeden Tag, so anstrengend er auch gewesen ist, durchzustehen. Ohne unsere liebe Irene, die oft auf dich aufgepasst hat und wie eine Oma zu dir war, hätte ich das nicht geschafft.»

«Ja, die liebe Irene. Sie war mehr als nur eine nette Nachbarin. Ich habe ihr Grab frisch bepflanzen lassen. Jetzt ist sie schon seit zehn Jahren tot. Wie die Zeit vergeht. Mama, Paul möchte dich gerne kennenlernen. Wenn wir wieder in Hamburg sind, könnten wir zu dritt essen gehen.»

«Ja natürlich. Ich bin schon sehr gespannt auf ihn und werde dann auch meine weiße Hose und Bluse anziehen.»

«Sehr schön. Schau mal! Man kann Sylt schon sehen.»

Ein Gefühl des Nach-Hause-kommens stieg in mir auf. Mein Herz fing wild an zu flattern. Wie würde Joachim auf die Wahrheit reagieren? Würde er uns glauben?

Am Vortag hatte ich ihm geschrieben, dass ich spontan mit meiner Mutter auf die Insel kommen würde. Er freute sich und hatte Frau Hansen sofort ins Gästehaus geschickt, um es für uns herzurichten.

Damit meine Mutter sich umziehen konnte, parkte ich auf einem wenig besuchten Parkplatz und streckte meine steifen Glieder. Die salzige, herrliche Luft und der Blick in die weite Landschaft entspannten mich sofort.

Sonja knöpfte den obersten Knopf ihrer Bluse zu, band ihr langes Haar zusammen und setzte ihre Lesebrille auf, mit der sie jedoch nicht in die Ferne gucken konnte.

«Und sehe ich dir seriös genug aus?»

«Perfekt!» Schön wäre es gewesen, wenn sie auch noch ihre acht Armbänder abgenommen hätte, jedoch wollte ich es mir nicht gänzlich mit ihr verderben.

«Meine Güte! Hier hat sich ja einiges verändert.» Bevor wir nach Kampen fuhren, lief ich mit ihr die Friedrichstraße auf und ab bis zur Promenade.

«Und es ist vermutlich auch voller als früher?»

«Ohne Zweifel. Dort drüben habe ich mit Julia Fisch gegessen. Es war am Tag, nachdem ich mit Niels diese schicksalhafte Nacht verbracht hatte. Ich hatte die ganze Zeit über geheult und konnte den Fisch gar nicht genießen. Ich war verliebt in Niels, der mich so erbärmlich abserviert hatte. Was meinst du, wie oft ich es bereut habe, mit ihm nach Hause gegangen zu sein.»

«Es war Schicksal, aber am Ende hatte es doch etwas Gutes, denn ich habe nun einen Großvater und du einen Schwiegervater, der dich sicherlich mögen wird.»

Während ich vor lauter Aufregung zu schnell oder zu langsam fuhr, färbte Sonja sich die Lippen und legte etwas Rouge auf.

«Gleich sind wir da.»

«Wow! Hier ist ja ein Luxusladen neben dem anderen. Kampen haben wir uns damals gar nicht angeschaut.»

Ich bog in die Straße ein, in der Joachims Haus stand und bekam kaum noch Luft, während meine Mutter völlig unaufgeregt zu sein schien, denn sie plapperte munter in einem fort.

Ich parkte auf der Straße und trank hastig eine Wasserflasche leer, schaute in den Spiegel und atmete tief durch.

«Erkennst du das Haus wieder?»

«Damals war es eine stockdunkle Nacht, als wir hier ankamen. Niels hatte mich nur in das Gästehaus geführt. Wir waren nicht im Haupthaus.»

«Gut, dann werde ich mal klingeln.» Mutter kaute lässig auf einem Kaugummi. Sie war so rücksichtsvoll gewesen und hatte die ganze Fahrt über nicht geraucht.

Ich hörte Joachims vertraute Stimme in der Gegensprechanlage. «Bist du es, Carlotta?»

«Ja!», antwortete ich mit einem Kloß im Hals und drückte das Tor auf, das sich mit einem langen Summen öffnen ließ. Alles war mir vertraut. Ich kannte jede Pflanze und jeden Pflasterstein. Pippa lief freudig durch den Garten und bellte.

Mein Großvater stand in der Friesentür. Er trug das Hemd und die Hose, die ich ihm für das Treffen mit Maria rausgesucht hatte. Kaum hatte ich ihn erblickt, schossen mir Tränen in die Augen und meine Beine schienen zu versagen.

Bevor ich Jo meiner Mutter vorstellte, fiel ich ihm heulend um den Hals.

«Wie schön, dass du wieder hier bist», flüsterte er mir ins Ohr.

«Ich freue mich sehr, dich zu sehen. Du hast mir gefehlt», brachte ich schluchzend heraus, als hätten wir uns Jahre nicht gesehen.

Ich wischte mir die Feuchtigkeit mit dem Handrücken aus dem Gesicht und lächelte gequält.

«Das ist meine Mutter.»

«Guten Tag Herr von Blatter. Meine Tochter hat in den höchsten Tönen von Ihnen geschwärmt. Ich freue mich sehr, Sie kennenzulernen.»

«Ganz meinerseits. Kommen Sie doch bitte ins Haus.»

Joachim lief mit einem Stock und bereits recht sicher.

Er führte uns ins Esszimmer, wo wir eine einladende Kaffeetafel vorfanden. Zwei Kuchen standen in der Tischmitte.

«Frau Hansen hat gebacken. Nehmt doch bitte Platz. Ich hole nur noch den Kaffee.»

«Lass mich das doch machen. Ich kenne mich ja aus.»

«Gut! Bringst du bitte auch die Kaffeesahne mit.»

Ich fühlte mich wie zu Hause und erinnerte mich an die schönen Tage zurück, die ich hier verbracht hatte. Es war jedoch ein anderes Gefühl, denn nun hatte ich eine Daseinsberechtigung in diesem Haus.

Als ich das Esszimmer betrat, unterhielten sich die beiden angeregt.

«Ich freue mich sehr über den spontanen Besuch.»

«Ja ich auch. Du hast riesige Fortschritte gemacht.»

«Ich trainiere täglich. Der Physiotherapeut meint, dass ich in ein paar Monaten ohne Stock laufen kann. Du weißt, dass wie noch gemeinsam eine Wattwanderung machen wollten?»

«Das habe ich nicht vergessen.»

«Sind Sie zum ersten Mal auf Sylt Frau Buchbinder?», wendete er sich an meine Mutter, die nervös mit den Augen klimperte und mir einen hilflosen Blick zuwarf.

«Bisher war ich nur ein einziges Mal hier. Es ist … lange her.»

«Wie lange werdet ihr bleiben?»

«Leider nur bis morgen. Ich jobbe ja jetzt in einem Café und meine Mutter fliegt nach Ibiza zurück.»

«Wie schade! Darf ich euch heute Abend zum Essen einladen oder habt ihr schon etwas anderes vor?»

«Nein, das ist sehr nett. Wir werden uns gleich etwas frisch machen und wollten am Strand laufen. Pippa braucht Bewegung nach der langen Autofahrt.»

«Hier ist der Schlüssel. Ich habe noch ein Gästebett ins Wohnzimmer stellen lassen.»

«Das ist sehr aufmerksam. Wann möchtest du Essen gehen?»

«Ich dachte, dass ich um neunzehn Uhr einen Tisch reserviere?»

«Ja, das ist gut.»

Wir wollten Joachim nicht gleich mit der unglaublichen Neuigkeit überfallen und schoben es auf den Abend.

«Dein Großvater ist ausgesprochen nett», stellte meine Mutter fest und wurde ganz still, als sie das Gästehaus betrat.

Es war ein merkwürdiges Gefühl zu wissen, dass ich an dem Ort, an dem ich mich so wohlfühlte, gezeugt worden war. Vor meinem geistigen Auge sah ich Sonja und Niels, wie sie sich stürmisch liebten.

«Es hat sich komplett verändert. Es ist gemütlich.»

«Ich habe mich sehr wohlgefühlt und wäre am liebsten hiergeblieben.»

«Wenn Joachim positiv reagiert, wirst du sicherlich häufiger hier sein.»

«Das wäre sehr schön. Ich habe etwas Angst, wie er reagieren wird. Er weiß zwar, dass er irgendwo auf der Welt ein Enkelkind hat, aber dass ausgerechnet ich es bin, wird ihn verblüffen. Vielleicht wird er uns nicht glauben und uns für Erbschleicherinnen halten?»

«Wenn das der Fall sein sollte, können wir einen Gentest machen.»

«Aber Niels lebt nicht mehr. Wie soll das gehen?»

«Darüber müssen wir uns noch keine Gedanken machen.» Mutter kramte ein Foto aus ihrer Handtasche, auf dem ich als zweijähriges Mädchen zu sehen war. «Sieh dir das an und dann sieh dir das Bild von Niels genau an. Siehst du sein Muttermal am Hals?»

«Bei mir ist es an der gleichen Stelle.»

«Das ist doch Beweis genug.»

Ich war erleichtert, dass wir etwas in den Händen hatten, falls Joachim uns nicht glaubte.

«Wollen wir uns richtig schicke Kleider in einer dieser Kampener Luxus Boutiquen kaufen?», schlug Sonja vor. Ich liebte sie für ihre verrückten und spontanen Ideen und ließ mich mitreißen.

«Weißt du, was die Kleider dort kosten?»

«Egal! Ich habe in den letzten Monaten so gut wie nichts ausgegeben.»

Alles was passierte, erschien mir wie ein Traum und es würde eine Zeit dauern, bis ich das alles verarbeitet hatte.

Mutter spielte in der Boutique total überzeugend eine betuchte Dame, während ich mich köstlich amüsierte und lasziv am eiskalten Prosecco nippte.

«Wir sind gerade erst nach Kampen gezogen und waren uns nicht ganz einig, ob wir uns eine Wohnung in Monaco oder ein

Haus auf Sylt kaufen sollen. Am Ende haben wir gelost und es wurde ein schnuckeliges Reetdach Haus auf dieser windigen Insel. Sie haben wirklich ausgesucht schöne Kleider. Letzte Woche waren wir in Mailand shoppen. Unglaublich, was die Italiener für einen guten Geschmack haben. Hätte meine Tochter mich nicht gebremst, hätte ich die Boutique leergekauft ...»

Ich musste mich zusammenreißen, um nicht einen Lachanfall zu bekommen und spielte die wohlhabende Tochter. «Maman, das Kleid steht dir ausgezeichnet. Das musst du unbedingt nehmen. Und wie günstig das ist. Vater wird dich darin noch mehr lieben. Wenn wir nächste Woche in New York sind, finden wir bestimmt noch die passende Handtasche zum Kleid.»

«Bist du dir sicher, dass es mir steht Chéri? Sehe ich darin nicht mollig aus?» Mutter drehte sich vor dem Spiegel und nahm danach einen Schluck vom Prosecco.

«Entschuldigen Sie, dass ich mich einmische, aber Sie sind so schlank wie eine Gerte. Das Kleid ist wie für sie gemacht.»

Nach zwei Gläsern Prosecco kauften wir zwei heruntergesetzte Kleider und verließen kichernd den Laden.

«Maman, du hast total überzeugend gespielt. Wie die uns hofiert hat. Es ist traurig, dass nur wohlhabende Leute so aufmerksam behandelt werden.»

Als wir ins Gästehaus zurückkamen, fanden wir einen großen Strauß gelber Rosen auf dem Esstisch vor, der einen süßlichen Duft verbreitete. Im ersten Moment dachte ich, dass er von Mattia sein könnte, aber das Nachbarhaus stand verlassen im prachtvollen Garten, dessen Schönheit niemand bewunderte.

Während ich Sonja eine Hochsteckfrisur auf den Kopf zauberte, wurde ich melancholisch, da ich intensiv an Mattia denken musste.

«Mama, ich muss dir was sagen ...»

Ich schüttete ihr mein Herz aus, erzählte ihr unter Tränen von Mattia und meinen starken Gefühlen, die ich für ihn hegte und dass sie einfach nicht verschwanden.

«Carla, ich möchte nicht, dass du auch so unglücklich wirst, wie ich es gewesen bin. Wenn du dir mit Paul nicht sicher bist und deine Gefühle für Mattia stärker sind, dann mache nicht den Fehler und gehe den einfachsten Weg.»

«Dummerweise habe ich Mattia nach unserer … Nacht gesagt, dass sie keine Bedeutung für mich gehabt hat und ich ja Paul habe. Das hätte ich nicht sagen sollen. Nun denkt er, dass ich nichts für ihn empfinde.»

«Deshalb musst du ihm jetzt so schnell wie möglich sagen, was du wirklich fühlst und dass du Paul verlassen wirst oder sehe ich das falsch?»

«Nein, ich weiß nicht, … aber ich denke, dass Mattia keine Zeit für eine Freundin haben wird. Er hat seine Firma und …», versuchte ich Gründe vorzuschieben.

«Hast du ein Foto von ihm?»

«Moment! Halte noch mal ein paar Minuten still. Ich muss nur noch zwei Strähnen befestigen.»

«Wow! Vielleicht solltest du eine Hair Dresserin werden? Ich sehe ja richtig gut aus.»

Während ich das Foto von mir und Mattia suchte, betrachtete sich Sonja begeistert ihre Frisur mit einem zweiten Spiegel, um auch den Hinterkopf zu bewundern.

«Das ist er!»

«Den würde ich auch nehmen. Echt süß.»

«Mama, was machen wir, wenn Joachim uns nicht glaubt? Ich habe keine Ahnung, wie ich dann reagieren werde.» Bevor ich mir Gedanken über Mattia machte, stand mir der Abend mit Joachim bevor, der mir Bauchschmerzen bereitete.

«Ich bin mir sicher, dass er uns glauben wird. Man sieht, dass er dich in sein Herz geschlossen hat» beruhigte sie mich und zupfte eine Strähne aus der Frisur.

«Gut, wir sollten in fünf Minuten losgehen. Joachim mag es nicht, wenn man unpünktlich ist.»

Mein Großvater wartete im Garten auf uns. Er hatte sich schick gemacht und schien sich zu freuen, mit uns auszugehen. Ich war gespannt, was er uns über Maria erzählen würde, denn in den letzten Tagen hatte er sie in seinen täglichen Nachrichten nicht mehr erwähnt.

Wie ich vermutete, entführte er uns in das beste Lokal am Platz.

Sonja sah in dem babyblauen Etuikleid und der raffinierten Hochsteckfrisur aus wie eine gut situierte Frau von Welt. An diesem Abend ließ sie den Hippie zu Hause und spielte eine charmante, eloquente Dame, was mir sehr gut gefiel. Sie sprach fließend drei Sprachen, die sie geschickt in ihre Geschichten einfließen ließ. Ich bewunderte die facettenreiche Frau und wäre gern wie sie gewesen.

Das Essen schmeckte hervorragend. Sonja und Joachim plauderten angeregt, während ich die beiden still beobachtete und vor Nervosität meine Serviette auf dem Schoß bearbeitete. Als das Dessert serviert wurde, gab ich Sonja ein Zeichen und sie nickte unauffällig.

Wir hatten besprochen, dass ich es Joachim sagen wollte. Doch auf einmal verließ mich der Mut. Mein Herz schlug bis zum Hals und ich schaffte es nicht, ihm diese unglaubliche Nachricht aufzutischen. Anstatt es ihm zu sagen, verschwand ich auf der Toilette und atmete tief ein und aus. Auch als ich zurückkam, brachte ich es nicht fertig und dachte, dass es besser sein würde, wenn wir es in seinem Haus tun würden.

Joachim lud uns auf ein Glas Wein ein, das wir dankbar annahmen. Er zeigte Sonja voller Stolz die Bibliothek, von der er ihr während des Essens berichtet hatte.

Als wir auf der Terrasse saßen und alle fasziniert dem Meeresrauschen lauschten, sagte ich leise, sodass man mich kaum hören konnte: «Joachim, wir müssen dir etwas sagen. Du wirst vermutlich sehr überrascht sein, so wie ich es auch gewesen bin ...»

Er sah mich lächelnd an und kraulte Pippa, die die Streicheleinheiten sichtlich genoss.

«Wir sind doch auf der Suche nach deinem Enkelkind ...»

«Hast du etwas herausgefunden?» Erwartungsvoll schaute er mich an.

«Ja, das habe ich und es wird eine große Überraschung für dich sein.»

Ich trank Wasser und blickte hilfesuchend zu meiner Mutter, die mir bestätigend zunickte.

«Deine Enkelin … sitzt vor dir», brachte ich stockend heraus und konnte meine Emotionen nicht länger unterdrücken. Tränen kullerten aus meinen Augen und ich rannte ins Haus, weil ich Angst vor Joachims Reaktion hatte. Ich blieb eine Weile in der Küche und überließ Sonja alle weiteren Erklärungen.

Als ich zurückkam, saß Joachim nachdenklich und eingesunken auf seinem Stuhl.

«Ich kann es nicht glauben. Das tut mir unendlich leid, dass Niels dich nicht als sein Kind angenommen hat. Das ist mit nichts zu entschuldigen und nicht wiedergutzumachen. Wenn Niels noch leben würde, hätte er eine ordentliche Standpauke bekommen. Irgendwie habe ich gespürt, dass uns etwas verbindet und habe mir insgeheim gewünscht, dass du meine Enkelin bist.» Er streckte mir seine Hand entgegen. «Darf ich dich umarmen, meine liebe Carlotta?»

«Ja natürlich.» Ein großer Brocken fiel mir vom Herzen. Sonja war ebenfalls gerührt, kämpfte mit Tränen des Schmerzes und der Freude und ging ins Haus.

«Ist das nicht ein unglaublicher Zufall, dass ich ausgerechnet in deinem Haus eine Anstellung gefunden habe? Dass ich das Foto auf dem Dachboden entdeckte, woran ganz alleine die Maus Schuld hatte? Ist das Leben nicht manchmal verrückt?»

«Ich habe dir doch gesagt, dass das Schicksal das Leben in die Hand nimmt. Wir sollten uns finden. Heike und ich haben uns immer so sehr Enkelkinder gewünscht. Es ist nur schade, dass wir dich nicht früher bei uns gehabt haben und Heike das nicht mehr miterleben kann, was für eine bezaubernde Enkeltochter wir haben. Als du Heikes Strohhut trugst, war da eine verblüffende Ähnlichkeit mit ihr und ich dachte schon, dass ich es mir einbilden würde.»

«Ich hätte Heike und auch meinen Vater so gerne kennengelernt, aber es sollte nicht sein. Nun bin ich überglücklich, dass ich dich habe. Aus unserer Lüge ist Wahrheit geworden und wir müssen niemanden mehr etwas vorspielen.»

«Wer hätte das gedacht. Deine Mutter ist wirklich eine bemerkenswerte Frau. Ich schäme mich für Niels' Verhalten. Aber wir sollten unseren Frieden mit ihm schließen und uns nun freuen, dass wir uns gefunden haben.»

«Da hast du recht. Ich werde mal eben nach Sonja sehen. Ich glaube, dass sie das alles sehr aufgewühlt hat.»

Meine Mutter saß in der Bibliothek und weinte.

«Ist doch gut gelaufen. Ich bin so erleichtert», sagte ich und legte meine Hand zärtlich auf ihre Schulter.

«Carla, da ist noch etwas, was ich dir sagen muss ...»

Ich rückte mir einen Stuhl heran und lauschte ihrer leisen Stimme.

«Niels hatte sich an deinem zehnten Geburtstag bei mir gemeldet.»

«Was? Und was wollte er?»

«Er wollte dich sehen und hatte sich entschuldigt, dass er sich all die Jahre nicht bei mir gemeldet hat. Zudem wollte er mir viel Geld geben.»

«Und du hast das abgelehnt?», fragte ich mit bebenden Lippen und sah sie entgeistert an.

«Ja, das habe ich. Ich war wütend und enttäuscht. Nach zehn Jahren des Schweigens kam er auf einmal daher ... Ich erteilte ihm eine Abfuhr, was ich später jedoch sehr bereut habe. Ich wusste einfach nicht, was richtig oder falsch war.»

Ich biss mir auf die Unterlippe und versuchte, mich an meinen zehnten Geburtstag zu erinnern, was mir jedoch nicht gelang.

«Ich hoffe, dass du mir mein Verhalten verzeihen kannst?»

Ich schwieg und spürte ein dumpfes Gefühl in meinem Kopf; öffnete die bodentiefe Tür und trat ins Freie.

Joachim kam zu uns. Sonja weinte noch immer und stützte ihren Kopf in die Hände.

«Ihr müsst doch nicht weinen. Wir sollten uns freuen, dass wir uns gefunden haben. Ich bin sehr glücklich und wir sollten keinen Groll gegen Niels hegen. Immerhin hat er den Brief geschrieben.»

«Joachim, meine Mutter muss dir noch etwas sagen, was ich auch eben erst erfahren habe.»

Ich stellte mich schützend hinter Sonja und steckte eine Strähne zurück in die Hochsteckfrisur.

«Kannst du es Herrn Blatter sagen», forderte sie mich auf.

In stockenden Worten berichtete ich Joachim, dass sein Sohn sich doch Gedanken über sein Kind gemacht hatte, wenn auch spät.

Er schwieg eine Weile und meinte: «Immerhin hat er sich noch mal gemeldet. Es hatte ihn sicherlich all die Jahre belastet, zumal er keine Kinder mit seiner Frau bekommen konnte. Niels hatte zu Trinken angefangen und ich denke, dass sein schlechtes Gewissen der Grund dafür gewesen war.»

«Ich hätte es zulassen sollen, dass er sein Kind kennenlernt», schluchzte Sonja und zeigte uns ihr verweintes Gesicht.

«Du hast alles richtig gemacht. Komm! Lass dich in den Arm nehmen, meine liebe Schwiegertochter. Niels hat alles falsch gemacht, nicht du. Du hast ein wunderbares Mädchen großgezogen und nebenbei noch studiert. Ich bewundere dich und bin stolz auf euch beide. Ich habe zwei liebe Menschen verloren und zwei liebe Menschen gewonnen. Nun lasst uns darauf anstoßen.»

Ich war erstaunt, wie souverän Joachim diese unglaubliche Neuigkeit aufgenommen hatte und bemerkte, dass sich ganz langsam ein wundervolles Glücksgefühl in mir ausbreitete.

Wir unterhielten uns bis weit nach Mitternacht. Mein Großvater zeigte uns Fotos von Niels und entschuldigte sich mehrmals für das Verhalten seines Sohnes. Zudem wollte er meine Mutter finanziell entschädigen, was sie jedoch strikt ablehnte, denn sie war es gewohnt, mit wenig Geld glücklich zu sein.

*

Nachdem wir am nächsten Morgen gemeinsam ein ausgiebiges Frühstück eingenommen hatten, zeigte Joachim meiner Mutter Niels' Zimmer. Sie war äußerst gerührt, strich mit der rechten Hand über die hochwertigen Holzmöbel und nahm einen goldenen Bilderrahmen in ihre Hände, in dem ein Foto von Niels steckte, das ihn als jungen Mann zeigte.

«Wenn du zu Besuch kommst, würde ich mich freuen, wenn du in Niels' Zimmer wohnst», bot Joachim Sonja an, die sichtlich mit ihren Gefühlen kämpfte.

Später fuhren wir zu dritt nach List, wo Joachim uns die Stelle zeigte, an der sein Sohn früher oft gesurft hatte. Wir waren sehr ergriffen und wünschten uns wohl alle, dass Niels noch lebte.

Am Nachmittag verließen wir die Insel in einer nachdenklichen Stimmung und schwiegen die meiste Zeit über, da wir die aufwühlenden Begebenheiten verarbeiten mussten. Joachim hatten wir versprochen, ihn so bald wie möglich zu besuchen.

ACHTUNDZWANZIG

Ich bat Sonja, sich für das Kennenlerntreffen mit Paul seriös zu kleiden, was sie mir zuliebe ohne Einwände tat. Wir trugen unsere neuen Kleider und amüsierten uns noch immer köstlich über unseren grandiosen Auftritt in der Kampener Boutique.

Paul hatte als Treffpunkt ein neues Lokal vorgeschlagen, das sich als steriler Schickimicki Schuppen entpuppte, den Sonja naserümpfend betrat.

Während wir auf den kalten Plastikstühlen saßen und uns nicht gerade begeistert in dem weißen Raum umsahen, erschien Paul etwas abgehetzt. Er kam direkt aus der Kanzlei und trug noch seinen Anzug. Zuerst reichte er Sonja die Hand, faselte, dass er sich sehr freuen würde und drückte mir danach einen flüchtigen Kuss auf den Mund. Bevor er sich setzte, entledigte er sich seines Sakkos, hängte es ordentlich über die Stuhllehne und öffnete den obersten Knopf seines weißen Hemdes.

«Entschuldigt, aber mein Chef wollte mich eben noch sprechen …»

«Kein Problem, wir haben uns schon einen Cocktail bestellt», beruhigte ich ihn, da er einen leicht nervösen Eindruck machte.

«Sie sehen aus wie Carlottas Schwester», wagte er sich an ein abgedroschenes Kompliment.

«Sag doch bitte Sonja zu mir. Ich habe Carla mit neunzehn bekommen.»

«Das war sehr früh. Hat Carlotta dir erzählt, dass ich Kinder liebe und gern möglichst viele hätte?»

«Nein, das hat sie mir noch nicht erzählt.» Sonja sah mich verwundert an.

Unsere Unterhaltung verlief recht stockend. Ich bemerkte sofort, dass meine Mutter nicht viel von Paul hielt, sodass auch ich wieder ins Zweifeln geriet.

Als ich Sonja nach Hause fuhr, sagte sie nur: «Sorry Carla, aber der ordnungsliebende Jurist passt überhaupt nicht zu dir.»

«Ich wusste, dass du das sagen würdest, aber ich liebe Paul. Es gibt da sicherlich einige Punkte ...»

«Wenn du dir nicht ganz sicher bist, solltest du nicht mit ihm zusammenziehen. Ihr seid erst so kurz zusammen. Überstürze nichts.»

«Ich will ja auch noch nicht mit ihm zusammenziehen und so viele Kinder, wie er sich wünscht, möchte ich auch nicht haben.»

«Was ist denn mit Mattia? Denkst du noch täglich an ihn?»

«Ja», gestand ich ihr und sah sie aus traurigen Augen an.

«Wann ist er wieder auf Sylt?»

«Wohl im Oktober.»

«Dann reist du im Oktober auf die Insel. Dein Großvater wird sich freuen und Mattia vielleicht auch.»

«Ich kann Paul jetzt nicht enttäuschen. Er hat sich so um mich bemüht.»

«Du musst an dich denken. Frage dich, was dich glücklich macht und nimm nicht immerzu Rücksicht. Das wird dich auf Dauer unglücklich machen.»

«Ich werde nachdenken. Schade, dass du morgen wieder fort bist. Wirst du deine Medien Abstinenz fortsetzen?»

«Für dich nicht. Komm her, mein Schatz. Du bist doch immer ohne mich klargekommen und ich bin sehr stolz auf dich.»

Ich schluchzte wie ein Schlosshund, als meine Mutter sich in die lange Schlange bei der Sicherheitskontrolle einreihte. Liebend gern hätte ich mit ihr und Joachim noch mehr Zeit verbracht.

Als ich in einer trüben Stimmung auf meinem Sofa saß und zwei Tüten getrocknete Mangos knabberte, rief Paul an. Er klang glücklich und plante bereits eifrig unsere gemeinsame Zukunft.

«Ein Kollege hat sich ein Haus gekauft und sucht einen Nachmieter für seine Wohnung. Die liegt in der wunderschönen Hafen City und man kann sogar ein kleines Stück von der Elbphilharmonie sehen. Das wäre doch was für uns», erzählte er euphorisch.

«Die wird aber sicher teuer sein. So viel verdiene ich nicht im Café und …»

«Ich werde die Miete übernehmen. Lass sie uns doch morgen gleich angucken.»

«Ich weiß nicht … Gut, ansehen können wir sie uns ja.»

Am nächsten Tag trafen wir uns an einer S-Bahnstation. Paul war fröhlich, während ich einen inneren Kampf ausfocht. Mir kamen immerzu die mahnenden Worte meiner Mutter ins Gedächtnis: «Er passt nicht zu dir. Übe nicht immerzu Rücksicht.»

«Deine Mutter ist sehr sympathisch. Sie wird eine tolle Oma sein.»

Ich nickte und schaute mir die vielen Neubauten und die versiegelten Flächen an, die mich nicht begeistern konnten. Hier wollte ich nicht leben! Schon gar nicht mit Kindern. Ich sehnte mich nach Sylt zurück und träumte davon, dort dauerhaft mit Mattia oder alleine zu leben.

Die Wohnung war groß und modern, mir fehlte jedoch der Charme. Von der Elphi war so gut wie nichts zu sehen.

Paul war hin und weg, während ich mir überhaupt nicht vorstellen konnte, in diesem Stadtteil zu leben.

«Und was sagst du?», wollte er wissen, nachdem wir alle Räume besichtigt hatten.

«Sie ist schön, aber ich möchte nicht aus meinem Stadtteil weg.»

Paul verzog enttäuscht seinen Mund und bewunderte noch mal den Ausblick aus der großen Fensterfront.

Auf der Rückfahrt fasste ich mir ein Herz und begann zögerlich: «Paul, es tut mir leid, aber ich … Vorsicht eine Radfahrerin! Wir beide passen nicht zusammen. Wir sollten unsere Beziehung beenden, bevor es wehtut.» Es fiel mir verdammt schwer, das zu sagen, aber ich hörte auf meine Mutter, die Lebenserfahrung besaß und bereits einige gescheiterte Beziehungen hinter sich hatte.

Sein Gesicht versteinerte sich. Er steuerte den Wagen an den Straßenrand und sah mich völlig entgeistert an. «Wie kommst du denn darauf? Machst du einen Witz? Hast du einen anderen? Deinen schwulen Schulfreund, der vielleicht gar nicht schwul ist?»

«Nein, ich habe keinen anderen. Wir sind einfach zu unterschiedlich. Du stehst auf Luxus und ich nicht. Du willst viele Kinder und ich höchstens zwei. Du bist ordentlich und ich nicht. Du brauchst zwei warme Mahlzeiten täglich und ich nicht. An diesen Punkten würden wir uns vermutlich so sehr aufreiben, dass wir es nicht lange miteinander aushalten.» Es tat mir so verdammt weh, ihm das zu sagen, aber es musste sein.

«Liebst du mich gar nicht?», fragte er und sah mich forschend an.

Ich zögerte. «Doch, aber … es würde zwischen uns nicht funktionieren.»

«Lass es uns doch wenigstens probieren. Wenn wir merken, dass es nicht passt, dann trennen wir uns.»

Ich wusste nicht, was ich darauf erwidern sollte und starrte auf einen Obdachlosen, der in einem Hauseingang campierte und seinen Hund liebevoll streichelte.

«Nein, das möchte ich nicht. Ich möchte mein Studium jetzt durchziehen und es ist besser, wenn ich alleine bleibe. Bitte sei mir nicht böse. Ich schlage dir jetzt auch nicht vor, dass wir gute Freunde bleiben sollten.»

Paul fuhr in einem aggressiven Fahrstil weiter und war sichtlich enttäuscht. Er setzte mich mit quietschenden Reifen zu

Hause ab und verschwendete kein Wort mehr an die Frau, die ihn so brutal sitzen ließ. Einerseits war ich erleichtert, dass ich ihm meine wahren Gefühle mitgeteilt hatte, andererseits tat es mir unendlich weh, ihn zu verletzen.

Zum Abschied wollte ich ihn umarmen, jedoch stieß er mich zurück und gab viel Gas, als ich das Auto verlassen hatte.

Nachdem ich mich etwas beruhigt hatte, rief ich meinen Großvater an und erzählte ihm, dass ich mich von Paul getrennt hatte. Er fand tröstende Worte für mich und bot mir an, nach Hamburg zu kommen, was mich zu Tränen rührte. Ich lehnte es dankend ab und versprach ihm, bald zu ihm zu kommen.

Elodie war erschrocken und zeigte nicht viel Verständnis, als sie erfuhr, dass ich Paul eine Abfuhr erteilt hatte. «Paul ist so ein toller Mann. Du wirst es bereuen. Überlege es dir noch mal.»

Zwei Tage nachdem ich Paul meine wahren Gefühle mitgeteilt hatte, fand ich das Hundekörbchen, den Fressnapf und den Kaffeebecher, den er extra für uns besorgt hatte, vor meiner Haustür. Das war ein deutliches Zeichen!

Sonja meldete sich jeden Abend per WhatsApp und wollte wissen, wie es mir mit meinem Liebeskummer erging.

Elodie war so mit sich und ihrer Hochzeit beschäftigt, dass wir uns kaum noch trafen. Ich arbeitete täglich im Café und begann hoch motiviert im Oktober mein Studium. Jedes zweite Wochenende fuhr ich nach Sylt und verbrachte wunderschöne und intensive Tage mit meinem Großvater, denn wir hatten viel nachzuholen.

Ende November blieb ich für eine Woche auf Sylt. Es war lausig kalt und der Wind pustete so stark, dass ich Mühe hatte, mich aufrecht fortzubewegen.

Als ich am zweiten Tag in meinem vertrauten Heim erwachte, sah ich, dass in Mattias Haus Licht brannte. War es die Putzfrau oder waren Mattias Eltern gekommen? Von Mattia hatte ich nur noch sporadisch etwas gehört.

Joachim hatte den Kontakt zu Maria sanft einschlafen lassen. Sie hatte ihm zu viel geredet und zu wenig Zeit für ihn gehabt, weil sie den ganzen Tag mit Mord und Totschlag beschäftigt war.

Seitdem Joachim wusste, dass wir zu seiner Familie gehörten, blühte er auf, traf sich wieder regelmäßig mit Freunden, hatte einen Lesekreis gegründet und arbeitete intensiv an seinem ersten Buch. Ich erinnerte mich nur zu gut an den grimmigen, wortkargen Mann zurück, der traurig im Rollstuhl gesessen und mit seinem Schicksal gehadert hatte.

Als ich an einem sonnigen Morgen mit Pippa einen Spaziergang am Strand unternahm und mich auf das gemeinsame Frühstück mit Joachim freute, kam mir eine dunkle Gestalt entgegen, die sich bei näherem Hinsehen als Mattia entpuppte. Er steckte in einer dicken Daunenjacke und trug eine schwarze Mütze, sodass ich ihn erst auf den zweiten Blick erkannte.

Mein Herz tat einen großen Hüpfer. Die Freude, Mattia zu sehen, war grenzenlos und entfachte ein Feuer in mir, das sofort lichterloh brannte. Ich hatte gehofft, ihn zu treffen, aber nicht wirklich damit gerechnet, da das Wetter zu dieser Jahreszeit unfreundlich war.

«Carlotta!», rief er freudig, als er mich entdeckte.

«Moin Mattia. Du bist auch hier», fiel mir nichts Besseres ein.

«Ich brauchte dringend eine Pause und wollte mir den Kopf kräftig durchpusten lassen.»

«Sind deine Eltern auch hier?»

«Nein, denen ist es zu kalt. Wie geht es dir?»

Unsere Kleidung flatterte im Wind und Pippa fing an zu zittern und zog an der Leine, denn sie wollte ins warme Haus. Ich nahm sie auf den Arm.

«Danke, mir geht es sehr gut.» Ich konnte ihm ja nicht erzählen, dass mein gespielter Großvater nun mein wirklicher war.

«Prima. Und deinem Großvater geht es auch gut?»

«Ja, sehr gut sogar. Und wie war es im Silicon Valley?»

«Ach, das war enttäuschend. Darüber müssen wir nicht reden.»

«Alles klar. Wie lange bleibst du?» Ich hoffte so sehr, dass er länger blieb.

«Ich weiß es noch nicht. Mal sehen, wie lange ich das Reizklima aushalten werde. Und du?»

«Eine Woche. Ich studiere wieder und jobbe nebenbei in einem Café.»

«Fein! Hast du heute Abend schon was vor?» Es war genau das, was ich mir erhofft hatte. Ich wünschte mir nichts lieber, als mit Mattia zusammen zu sein. Erst jetzt bemerkte ich, wie sehr ich ihn vermisst hatte und dass ich ihn liebte und festhalten musste.

«Eigentlich wollte ich für meinen Großvater kochen … Du kannst doch zu uns kommen. Ich wollte ein neues Gericht ausprobieren.»

«Wenn ich nicht störe?»

«Nein überhaupt nicht. Dann komm doch gegen sechs Uhr.»

«Toll! Ich freue mich. Ich bringe einen guten Wein mit. Unser Keller steht voll mit edlen Tropfen.»

«Ich muss jetzt weiter, sonst erfriert mir hier noch jemand.»

Mattia ging in die andere Richtung. Ich drehte mich nach ihm um und sah, dass er einen Luftsprung machte. Freute er sich, mich zu sehen oder war er einfach nur happy, weil es auf Sylt so schön war?

«Er ist da!», rief ich aufgebracht, als mein Großvater zum Frühstück erschien.

«Wer ist da?», fragte er lächelnd und genoss meine Umarmung.

«Mattia. Er bleibt wohl länger und ist alleine hier.»

«Oh, du hast ihn schon getroffen?»

«Ja, eben am Strand. Ich habe ihn zum Abendessen eingeladen. Ich hoffe, dass es dir recht ist?»

«Natürlich! Du hast auf einmal so ein Strahlen in den Augen.»

«Ich bin ja auch glücklich, dass ich einen wundervollen Großvater habe.»

«Nun übertreib mal nicht.»

«Denkst du, dass Niels mich gemocht hätte?», fragte ich nachdenklich, da ich oft an meinen Vater denken musste.

«Mehr als das. Er hätte dich geliebt. Er hat sich immer Kinder gewünscht. Einmal hatte er mich gefragt, was ich davon halten würde, wenn sie ein Kind adoptieren würden. Ich habe ihm gesagt, dass er mich das nicht fragen darf. Kurz danach ging die Ehe auseinander.»

Als ich fürs Abendessen einkaufte, traf ich Ingo Petersen, der mich in meiner dicken Steppjacke erst erkannte, als ich ihn grüßte.

«Moin! Entschuldigen Sie, dass ich mich noch nicht gemeldet habe, aber die Saison war unglaublich stressig. Letztes Wochenende habe ich endlich Zeit gefunden, um nach dem Film zu suchen. Ich bin fündig geworden.»

«Das ist ja toll! Kann ich mir den Film ansehen?»

«Ich lasse ihn gerade digitalisieren und dann können Sie ihn haben.»

«Das ist sehr freundlich. Ich bin nicht immer auf der Insel. Sie können den Film bei Herrn Blatter abgeben.»

«Alles klar und tut mir leid, dass es so lange gedauert hat.»

«Kein Problem. Vielen Dank!»

Ich war sehr gespannt, was auf dem Film zu sehen war.

Joachim half mir in der Küche. Ihm entging nicht meine Aufregung. Er erzählte mir von seinen ersten Treffen mit Heike, bei denen er geflattert hatte wie eine Motte, um ja nichts zu vermasseln.

«Ich wünsche dir so sehr, dass Mattia deine Liebe erwidert. Ich muss immer wieder an deine Großmutter denken und frage mich oft, was gewesen wäre, wenn sie nicht mit mir nach Hamburg gegangen wäre.»

«Dann würde es mich jetzt nicht geben.»

«Oh, das mag ich mir gar nicht vorstellen. Carlotta, ich hätte einen Wunsch ...», begann er zögerlich und schnitt ein Radieschen in dünne Scheiben.

«Und der wäre?» Ich sah ihn gespannt an und stibitzte eine Radieschenscheibe, die höllisch in meinem Mund brannte.

«Ich würde mich sehr freuen, wenn du und Sonja bei mir Weihnachten feiert. Die letzten Jahre waren so traurig. Früher habe ich das Fest geliebt, habe mit großer Freude den Baum geschmückt und Stollen gebacken …»

«Nichts täte ich lieber und ich denke, dass Sonja auch kommen wird. Sie mag dich wirklich sehr gern und findet es äußerst schade, dass ihr euch nicht früher kennengelernt habt. Ich frage mich oft, ob Niels und Sonja ein Paar geworden wären, wenn er damals nicht verlobt gewesen wäre.»

«Tja, das sind Fragen, die einen niemand beantworten kann. Ich bin jetzt glücklich und hadere nicht mehr mit der Vergangenheit, auch wenn Heike und Niels mir immer fehlen werden. Ich trage sie und die vielen schönen Erinnerungen fest in meinem Herzen und freue mich nun auf eine neue spannende Zeit mit euch.»

«Ja, das tue ich auch.»

«Nun mache dich hübsch! Ich übernehme den Rest.»

Ich drückte Jo zwei dicke Küsschen ins Gesicht und zog mir ein neues Kleid an, das ich am Vormittag in einen der Kampener Luxusläden im Ausverkauf ergattert hatte.

Mein Herz pochte bis zum Hals, als die Klingel ging und ich zur Tür eilte. Ein letzter Blick in den Flurspiegel zeigte mir ein Gesicht mit erröteten Wangen und strahlenden Augen.

«Guten Abend. Hier ist der versprochene Wein.» Mattia sah in dem grauen Pullover und der dunklen Jeans umwerfend aus.

«Vielen Dank. Ich kenne mich nicht aus, aber nehme an, dass es sich um einen guten Tropfen handelt.»

«Auf jeden Fall. Hallo Pippa!» Er bückte sich und massierte ihren Rücken kräftig durch, so wie sie es liebte.

«Gib mir deine Jacke.» Als er seine Mütze abnahm, war ich überrascht, denn seine langen Haare, die mir gut gefallen hatten, waren ab.

An meinem erstaunten Gesichtsausdruck erkannte er, dass mich seine Frisur überraschte.

«Die mussten mal ab. So ist es viel praktischer.»

«Es steht dir. Komm doch bitte mit.»

Joachim stand in der Küche und rührte in der Suppe.

«Guten Abend Herr von Blatter. Danke für die Einladung. Das duftet köstlich.»

«Guten Abend. Die Suppe hat Carlotta gekocht. Ich erwärme sie nur.»

«Großvater, setz dich doch bitte mit unserem Gast ins Esszimmer. Ich übernehme den Rest.»

Die Herren fanden sofort Gesprächsstoff, was mich beruhigte. Ich stellte die Terrine auf den Tisch und schenkte Wein ein.

«Ich hoffe, dass die Suppe nicht zu scharf geworden ist. Guten Appetit.»

«Danke für die Einladung. Ehrlich gesagt, koche ich für mich nicht so gern alleine und hätte mir wohl was kommen lassen.»

Es wurde ein netter Abend und mein Essen kam gut an. Joachim verabschiedete sich kurz nach zehn Uhr in sein Zimmer und ließ uns allein. Als er ging, zwinkerte er mir verschwörerisch zu.

Wir begaben uns ins Wohnzimmer, in dem der Kamin gemütlich knisterte. Mattia setzte sich auf das Sofa und ich wählte den Sessel.

«Wollte dein Freund nicht mit nach Sylt kommen?», wurde er persönlich, nachdem wir zuvor über politische Themen und seine Firma gesprochen hatten.

«Wir sind nicht mehr zusammen.»

«Oh, das tut mir leid.»

«Ich habe unsere Trennung gut überstanden. Es ging mir alles zu schnell und es war gut, dass ich rechtzeitig erkannt habe, dass wir zu unterschiedlich sind. Und was ist mit dir? Hast du eine nette Amerikanerin in Kalifornien kennengelernt?»

«Nein, und ehrlich gesagt, sind die Amerikaner nicht so mein Fall. Sie sind sehr oberflächlich und viele Frauen sind aufgedreht und unnatürlich.»

Ich legte ein Holzscheit in den Kamin und starrte ins Feuer.

«Carlotta, ich ... musste ständig an dich denken. Die kurze Zeit, die wir hatten, die war wunderschön und unvergesslich.»

Gebannt hörte ich ihm zu und wünschte mir nichts sehnlicher, als ihn zu küssen und ihm meine Liebe zu gestehen.

Pippa sprang zu ihm aufs Sofa, was ungewöhnlich war. Offensichtlich hatte sie sich auch verliebt.

«Ich habe keine Ahnung, was du für mich empfindest und ob dir unsere gemeinsame Nacht wirklich nichts bedeutet hat,» stammelte er, während ich ein Schmunzeln nicht mehr unterdrücken konnte.

«Mattia, ich muss dir gestehen, dass ich seit unserer ersten Begegnung Tag und Nacht an dich denken muss, aber ich dachte, dass ich dir niemals genügen könnte, denn schließlich bin ich kein Supermodel und keine erfolgreiche Frau, die sich mit Luxusgegenständen ausstatten kann und ich hatte ja auch Paul ...»

«Ich möchte kein Model oder eine erfolgreiche Geschäftsfrau. Ich wünsche mir eine bodenständige Partnerin, die einen süßen Hund hat und die ausgedehnte Strandspaziergänge bei starkem Wind mag.»

Nach wenigen Sekunden lagen wir uns in den Armen. Ich hoffte so sehr, dass unsere Beziehung länger als vier Monate halten würde. Ich hatte ein gutes Gefühl.

Es war einfach nur wunderschön, am nächsten Morgen neben Mattia aufzuwachen, ihn zu berühren und in seine warmen Augen zu schauen.

Der Regen und der starke Sturm hatten sich über Nacht verzogen. Die Sonne strahlte ins Schlafzimmer und setzte es in ein warmes Licht, das bestens zu meiner Laune passte.

Ich nahm Mattia mit zum Frühstück. Joachim wusste sofort, dass seine Enkelin nun restlos glücklich war.

Wir verbrachten eine unvergessliche Woche auf der Insel, jedoch wussten wir nicht, wie wir unsere Zukunft planen sollten. Mattia hatte seine Firma in Berlin und ich mein Leben in Hamburg. Er verlangte nicht von mir, dass ich nach Berlin zog und war sich sicher, dass wir eine Lösung finden würden, während ich etwas zweifelte und Angst hatte, dass die räumliche Distanz uns auseinanderbringen könnte.

Während wir unsere letzte Nacht in seinem Haus verbrachten, weinte ich bittere Tränen, die er mir zärtlich wegküsste.

«Wir werden einen Weg finden», versprach er, nannte jedoch weder Lösungsvorschläge noch eine konkrete Zeit, wann wir uns wiedersahen.

Als ich in mein Auto stieg und versuchte zu lächeln, obwohl ich innerlich laut weinte, öffnete Mattia die Wagentür und zog mich heraus. «Carlotta, sei nicht traurig. Ich liebe dich und auch wenn wir uns jetzt eine Weile nicht sehen, wird es nichts ändern. Schreib mir bitte, wenn du in Hamburg angekommen bist.»

«Ja, das werde ich tun.»

Mit verheulten Augen fuhr ich los und stoppte an der nächsten Möglichkeit, um mich zu fangen. Nicht nur der Abschied von Mattia war mir schwergefallen, auch der Abschied von Joachim und meiner Insel, die auch im Herbst wunderschön war.

NEUNUNDZWANZIG

Jeder einzelne Tag ohne Mattia war kaum zu ertragen. Wir hatten keine Zeit, um unsere frische Liebe auszukosten. Immerhin telefonierten wir lange und schickten unzählige Küsschen hin und her.

Zwei Wochen nachdem wir uns herzzerreißend trennen mussten, kam mein Geliebter nach Hamburg. Wir verbrachten ein aufregendes Wochenende, das viel zu kurz war. An unserem letzten Abend holte Mattia eine Schatulle aus seiner Reisetasche und stellte sie auf den Esstisch.

«Carlotta, ich habe mir etwas überlegt. Ich habe dir ja schon gesagt, dass ich nicht mehr lange in Berlin bleiben möchte. Könntest du dir vorstellen, auf Sylt zu leben? Wir könnten im Haus meiner Eltern wohnen. Ihnen ist das Wetter dort zu rau und sie werden nur selten dort sein.»

Mein Herz sprang fast aus der Brust und ich schlug meine Hände vors Gesicht.

«Oh, mein Gott! Das ist genau das, was ich mir insgeheim gewünscht habe. Ich fühle mich in der Großstadt nicht mehr wohl und sehne mich nach Ruhe und Natur. Zudem möchte ich bei meinem Großvater sein, weil … er nur noch uns hat.»

Mattia griff nach der Schatulle und sagte: «Ich habe noch nie daran gedacht, mich zu verloben, aber bei dir tauchte dieser Wunsch ziemlich schnell auf. Möchtest du mich heiraten Carlotta Buchbinder, du bezauberndes Wesen?»

Ich ließ die Tränen hemmungslos laufen und lachte freudestrahlend.

«Und wie ich das will.» Ich fiel meinem Verlobten um den Hals und dachte voller Freude, dass ich vielleicht noch vor Elodie heiraten werde.

Mattia wartete gebannt darauf, dass ich das Schmuckkästchen öffnete. Meine Hände zitterten, und als ich den wunderschönen Ring erblickte, schrie ich wie eine Schauspielerin in einem amerikanischen Film.

«Der Ring gehörte meiner Großmutter. Kurz bevor sie starb, gab sie ihn mir und sagte, dass ihn meine Frau bekommen soll. Ob es die Frau fürs Leben ist, erkennst du daran, wenn sie dir auch in den Nächten im Kopf herumspukt.»

«Er ist wunderschön und ich weiß nicht, was ich jetzt sagen soll, außer, dass ich gerade unendlich glücklich bin und sofort meine Mutter, Elodie und meinen Großvater anrufen möchte.»

«Ich habe auch schon eine Idee, wo wir heiraten könnten?»

«In Italien?»

«Nein viel schöner. Auf Sylt gibt es eine hübsche Kapelle …»

«Ich sage heute zu allem ja. Kannst du mich jetzt bitte küssen und mir versprechen, dass wir uns ganz schnell wiedersehen.»

Nun saß ich auch auf einer Glückswolke, die ich mir so sehr herbeigesehnt hatte.

EIN JAHR SPÄTER

«Es ist so schade, dass dein Vater eure Hochzeit nicht miterleben kann. Du siehst zauberhaft aus, mein Engelchen», sagte Sonja und sah mich verträumt an.

«Es ist wirklich jammerschade. Ich bin so verdammt aufgeregt. Schau mal, wie meine Hände zittern.»

Elodie kam mit Mariella, ihrem entzückenden Baby, ins Zimmer gerauscht.

«Oh, Carla. Du bist so schön! Sonja, kannst du mal eben die Kleine halten?»

«Mit Vergnügen.»

Elodie flüsterte mir ins Ohr: «Ich bin so froh, dass du Paul nicht geheiratet hast. Er hat echt einen Ordnungstick. Letztens hat er von der Putzfrau verlangt, dass sie seinen gesamten Schreibtisch täglich desinfizieren soll.»

Ich musste prustend lachen und zupfte an meinem Schleier herum.

«Wir müssen jetzt los», unterbrach uns meine Mutter und gab Elodie ihr Baby zurück.

Als ich Mattia in seinem dunkelblauen Anzug sah, musste ich mich sehr zusammenreißen und biss mir auf die Unterlippe.

Er war so gerührt wie alle Männer, die ihre Braut in einem weißen, wunderschönen Kleid erblicken. Ich war mir sicher, dass ihm das schlichte, elegante Kleid gefiel und er sich an mir nicht sattsehen konnte.

Ich war froh, als ich den Satz hörte: «Sie können die Braut jetzt küssen.» Wir verschmolzen in einem innigen Kuss und wurden von den vielen Gästen laut bejubelt.

Joachim fuhr uns in seiner schweren Limousine ins Lokal, in dem wir bis zum Morgengrauen feierten.

Auf der Feier überreichte mir Ingo den Film, auf den ich bereits ungeduldig gewartet hatte. Am nächsten Morgen saß ich mit Sonja alleine vor dem Fernseher. Wir hielten uns ganz fest an den Händen. Der Film zeigte meine Mutter und Niels, wie sie tanzten, wie mein Vater ihr zeigte, wie man auf dem Surfbrett steht und wie sie sich leidenschaftlich küssten. Ich glaube, dass die beiden glücklich geworden wären, aber das Schicksal hatte es anders gewollt.

Ach ja, ihr möchtet bestimmt noch wissen, wie es dazu kam, dass ich Elodie das Leben gerettet habe.

Eine Woche nachdem Elodie und ich unser Abitur in der Tasche hatten, reisten wir zu zweit an den Gardasee. Elodies Eltern hatten uns ein zauberhaftes Hotel in Sirmione spendiert, das direkt am See lag und einen verwunschenen Garten mit Badesteg besaß.

Als wir am zweiten Tag in einem kleinen Restaurant speisen wollten, bestellte Elodie sich eine Meeresfrüchtepizza. Intuitiv schnupperte ich an der Pizza und sagte: «Die darfst du auf keinen Fall essen!»

Meine Freundin hatte mich angesehen, als wäre ich verrückt geworden und griff nach dem Besteck, um sich ein Stück von der Pizza abzuschneiden. Ohne lange zu überlegen, nahm ich ihren Teller und ließ ihn auf den Boden fallen.

«Was soll das denn? Bist du vollkommen irre?», schrie sie mich an und schüttelte voller Unverständnis ihren hübschen Kopf.

«Es tut mir leid, aber die Meeresfrüchte sind schlecht. Hast du das nicht gerochen? Du hättest dir eine schwere Lebensmittelvergiftung zugezogen», erklärte ich ihr ruhig.

«Das ist doch Blödsinn! Ich habe nichts gerochen.» Elodie war stocksauer, stand auf und ging ins Hotel. Sie redete einen Tag lang kein Wort mit mir, bis uns die Hotelchefin ganz aufgeregt erzählte, dass im Restaurant, das wir besucht hatten, eine Touristin an einer Lebensmittelvergiftung gestorben sei. Sie hatte eine Meeresfrüchtepizza gegessen.

Elodie fiel mir weinend um den Hals und bat mich fortan, an ihrem Essen zu schnuppern, bevor sie es verzehrte.

Ich habe ein sehr feines Näschen und kann schon von weitem riechen, wenn etwas faul ist.

ENDE

Liebe Leserinnen, liebe Leser,

es freut mich sehr, dass Sie mein Buch gelesen haben. Ich hoffe, dass es Ihnen gefallen hat und Sie noch weitere Werke von mir lesen werden. Wenn Sie sich die Mühe machen, eine Rezension zu schreiben, wäre ich Ihnen sehr dankbar. Sie können aber auch einfach nur Sternchen vergeben, ohne eine Bewertung zu schreiben.
Falls Sie Fragen oder Kritik üben möchten, scheuen Sie sich nicht, mir eine E-Mail (andrea.froh@gmx.de) zu schreiben. Ich freue mich, von Ihnen zu hören.

Alles Gute, bleiben Sie gesund und liebe Grüße

Andrea Froh

Meine weiteren Werke:

Pias Glücksflug
Watt für eine Reise
Mein Traumprinz zu Weihnachten
Watt ist das schön
Zeit für eine neue Liebe
Sylter Herbstregen – Stürmische Zeiten
Sylter Glücksregen – Die beste Entscheidung meines Lebens
Zwei Sommer mit dir
Paradiesische Dezembertage
Amore mio – mein Herz lässt dich nicht los
Wundervolle Weihnachten
Tränen unter dem Mandelbaum
Ein Haus, 4 Frauen und das Leben
Unruhe in meinem Herzen
Verheiratet bis Weihnachten
Zeit des Schmerzes - Zeit des Glücks
Wechseljahre - Liebeswechsel (Teil 1 und 2)
Charlotte & Johann
Verlogene Liebe
4 Herzen für Paul
Adeus Lissabon
Ihn oder ihn?
B+B=Liebe?
Ein Hundemasseur zum Verlieben
Liebes Lebens Pläne
Ist er bestimmt für mich?
Frau im besten Alter auf Suche
Kanarische Liebeswelle
Felicita im Un-Glück
Adios Alltag, hola Abenteuer
Gesellschaft im Berg
Zucker ade - Tut das wirklich weh?
Schlanker und vor allem gesünder werden
Veggie Kochbuch mit Geschichtenbeilage

LESEPROBE AUS «WATT FÜR EIN GLÜCK»

EINS

«Musst du deine verdammten Treter immer mitten im Flur stehenlassen!», brumme ich wütend, nehme die schwarzen Business-Schuhe, die etwas müffeln, und stelle sie ins Schuhregal. Ich bin abgespannt, denn der Tag im Büro war anstrengend, sodass meine Nerven blank liegen und mich jede kleinste Unstimmigkeit auf die Palme bringt.

«Was? Ich habe dich nicht verstanden», ruft Elias mir aus der Küche zu.

«Das heißt, wie bitte», korrigiere ich ihn, verschwinde im Badezimmer, knalle die Tür hinter mir zu und freue mich auf ein duftendes Bad, das mich zumindest etwas von der Palme herunterbringen kann.

Während ich mich im heißen Wasser zu entspannen versuche, steckt mein Freund seinen Kopf zur Tür hinein. «Möchtest du auch eine Pizza? Ist das nicht ein bisschen viel Schaum?»

«Ich esse Salat. Kannst du bitte die Tür schließen. Ich meditiere gerade», fahre ich Elias in einem gereizten Ton an und puste ihm eine Schaumwolke hinterher.

«Sorry! Dann schiebe ich mir jetzt eine Pizza rein …»

In letzter Zeit bin ich von meinem Verlobten oftmals genervt. Wir streiten uns über jede Kleinigkeit und verbringen nur noch wenig Zeit zusammen. Unsere arbeitsintensiven Berufe dominieren unser Leben. Am Abend bin ich müde und am Wochenende finde ich auch keine Ruhe, da ständig etwas anliegt. Mein Leben plätschert dahin, wie ein kleines Bächlein, das kurz vorm Austrocknen ist. Die leidenschaftliche Liebe, die starke Sehnsucht nacheinander ist schon längst verpufft. Hin und wieder frage ich mich, was uns überhaupt noch zusammenhält. Das Gefühl, dass ich nur noch lebe, um zu arbeiten, ergreift immer mehr Besitz von mir und bringt mich in den letzten Wochen vermehrt dazu, mein Leben zu überdenken.

«Hast du den Pizzaroller gesehen?» Elias wühlt in einer vollen Schublade und flucht leise.

«Warum legst du ihn nicht immer in die rechte Schublade? Vielleicht ist er ja auch noch im Geschirrspüler?»

Da ich mich über Elias Unordnung ärgere, bin ich unkonzentriert und schneide mir mit dem Messer, das viel zu scharf und gefährlich für Hobbyköche ist, ins Fleisch. Der Tomatensaft brennt in der offenen Wunde. Ich stecke mir den Finger in den Mund und sehe Elias dabei zu, wie er im schmutzigen Besteck sucht. «Die Maschine stinkt bestialisch!», stellt er mit gerümpfter Nase fest.

«Du hast ja gestern deinen Teller, auf dem Thunfisch lag, nicht abgespült. Ist kein Wunder, dass es stinkt.»

«Da ist er auch nicht!»

Ich rolle mit den Augen, öffne eine Schublade und hole das gesuchte Objekt hervor.

Schweigend stopfe ich die knackigen Salatblätter in meinen Mund und sehe Elias plötzlich als alten Mann vor mir. Mit wenigen grauen Haaren an den Schädelseiten, mit tiefen Stirnfalten und farblosen, trüben Augen hinter einer Brille, die schief auf der Nase sitzt. Das Bild erschreckt mich, ich lasse meine Gabel fallen und tupfe mir das Dressing von den Lippen.

«Ist was?» Elias sieht mich verwundert an und kaut mit halb geöffnetem Mund, was mich auf einmal schrecklich stört. In letzter Zeit stört mich so viel an dem Mann, den ich bald heiraten wollte.

«Nein, ich … bin total müde und lege mich schon mal aufs Sofa.»

Gerade als ich meine Augen geschlossen habe und kurz vorm Einschlafen bin, reißt mich das Gedudel des Telefons aus dem Halbschlaf. Ich bin zu träge, um mich zu erheben und rufe: «Elias, kannst du mal rangehen!»

Mein Freund reagiert nicht, da er vermutlich in seinem Arbeitszimmer sitzt und sich bei einem Computerspiel entspannt. Es ist mir ein Rätsel, wie man sich bei einem Rennspiel oder einer Jagd nach goldenen Sternen entspannen kann.

Schwerfällig erhebe ich mich wie eine alte Frau und sehe auf dem Display, dass es meine Freundin Amelie ist. Eigentlich habe ich keine Lust auf ein Frauengespräch, aber da ich weiß, dass Amelie nicht lockerlassen und später noch mal anrufen wird, greife ich zum Hörer und drücke ihn fest gegen mein Ohr.

«Moin Emilia, störe ich beim Essen oder Kuscheln?»

«Wir haben schon gegessen und kuscheln tun wir nur noch selten», informiere ich sie gähnend und ziehe mir eine Decke über meinen müden Körper.

«Ich wollte dich fragen … du kannst auch nein sagen, wenn du …», druckst sie herum und spielt vermutlich mit ihren langen, glänzenden Haaren, so wie sie es immer tut, wenn sie nervös ist.

«Ich soll auf Marlon aufpassen.»

«Das wäre ganz toll. Passt es dir morgen Abend? Da er schlafen wird, musst du ja auch nicht aufpassen, sondern nur die Stellung halten.»

«Und was machst du, während ich die Stellung halte?», will ich wissen und ziehe mir die Decke bis zum Kinn.

«Meine Exkollegen haben mich zum Essen eingeladen. Ich habe große Lust, sie mal wieder zu sehen.»

«Ja, dann mach das doch. Ich passe gerne auf den Kleinen auf und wenn er schläft, kann ich ja auch schlafen.»

«Ich besorge dir auch Sushi und stelle dir deinen Lieblingswein hin.»

«Keine Umstände. Dann komme ich morgen. Wann soll ich bei dir sein?»

«Passt es dir ab 20 Uhr?»

«Ja, das geht. Einen schönen Abend.»

Ich schalte den Fernseher an, zappe mich durch hundert Programme und finde nichts Gescheites. Elias sitzt an seinem Computer, hält den Controller fest umklammert und bemerkt mich nicht, da er Kopfhörer trägt und ganz in seinem Spiel steckt.

Als ich mich abschminke und kritisch in mein junges Gesicht sehe, schleichen sich wieder grundlegende Fragen in meinen müden Kopf: Bin ich glücklich? Werde ich bis zu meiner Rente in Werbeagenturen arbeiten? Will ich diesen Job, der ziemlich aufreibend ist und in unserer Agentur bereits einige Burn-out Fälle zur Folge hatte, weiterhin ausüben? Elias möchte nicht unbedingt Kinder haben und verlangt von mir, dass ich ihn davon überzeuge, warum man Kinder in die Welt setzen sollte. Ich arbeite bereits seit Monaten an einer Pro-Kinder-Liste, die jedoch noch nicht besonders lang ist. Amelies Sohn ist leider ein abschreckendes Beispiel, der manches Mal selbst meinen Kinderwunsch infrage stellt.

Da ich kurz vor meiner Periode bin, weiß ich, warum ich eine leichte depressive Stimmung habe und nach dem Sinn des Lebens und dem Glück, das jeder sucht, frage.

*

«Nach der Arbeit gehe ich direkt zu Amelie zum Babysitten», informiere ich Elias, der sich gerade rasiert, während ich meinen Espresso hinunterstürze und eine Banane verschlinge, die mir fast im Hals stecken bleibt. Ich drücke meinem Freund einen Kuss auf seine - mit Rasierwasser benetzte - Wange, sodass ich den herben, bitteren Duft auf meinen Lippen schmecke.

«Viel Spaß mit dem kleinen Racker. Vielleicht treffe ich mich heute Abend mit Bosse.»

Es ist Mai, aber das Wetter gebärdet sich wie im Februar. Der Himmel trägt ein hässliches Grau und die Temperatur ist einstellig. Ich trotze der Kälte und verzichte auf meinen Wintermantel, Schal und Handschuhe. Mein Fahrrad scheint wöchentlich immer schwerer zu werden. Angestrengt schleppe ich es aus dem Keller ins Erdgeschoss und brauche eine kurze Verschnaufpause, bevor ich mich auf den Sattel schwinge. Gerade als ich in die Pedale treten will, kommt meine Nachbarin Frau Meyer-Schnurrhahn, die täglich um diese Zeit mit ihrem Paulchen spazieren geht, aus unserem Haus. Da ich nicht unhöflich sein möchte, steige ich wieder ab, begrüße die alte Dame und knie mich zu Paulchen, einem sehr betagten Rauhaardackel, der nur noch wenige Schritte laufen kann und daher meistens in einem ausgepolsterten Bollerwagen transportiert wird. Paulchens Tierarzt hatte vor drei Jahren prognostiziert, dass der Dackel nur noch ein paar Monate zu leben hat. Offenbar will er sein Frauchen nicht alleine lassen, das vor zwei Jahren ihren Mann an den Himmel abgeben musste.

«Kindchen, Sie laufen ja herum wie im Hochsommer. Hoffentlich erkälten Sie sich nicht», macht die alte Dame sich Sorgen um mich und berührt prüfend meine eiskalte Hand.

«Ich bin nicht so empfindlich und nachher soll es ja auch wärmer werden. Wie geht es Paulchen denn heute?»

«Ach eigentlich ganz gut. Er hat es gestern sogar bis zur Wiese geschafft.»

«Prima! Ich muss jetzt ins Büro und wünsche Ihnen einen schönen Tag Frau Meyer-Schnurrhahn.»

«Das wünsche ich Ihnen auch und grüßen Sie ihren Mann.»

Ich habe unserer Nachbarin bereits mehrmals erklärt, dass wir noch nicht verheiratet sind, aber vermutlich hat sie es vergessen.

Wie immer bin ich die Erste im Büro und genieße die Ruhe vor dem Sturm. In zwei Stunden wird in dem Großraumbüro die Hölle los sein.

Seit vier Jahren arbeite ich in der gut laufenden Werbeagentur, in der sehr kreative Köpfe rauchen und eine Menge fette Aufträge an Land gezogen werden. Der Termin- und

Leistungsdruck ist hoch. Mit Selbstverständlichkeit häufen wir Überstunden an, bearbeiten Anfragen noch kurz vorm Schlafengehen und opfern Stunden unserer Urlaubszeit. Jeder, außer mir, greift zu Zigaretten, die teilweise durch E-Zigaretten ersetzt wurden. Die fünf Kaffeemaschinen produzieren den ganzen Tag über eine sehr schwarze Brühe, die manch einem auf den Magen schlägt. Aber es gibt ja Magentabletten, die das richten können.

Unser Chefpärchen Peter und Benedikt, das glücklich verheiratet ist, hat die erfolgreiche Agentur vor zehn Jahren gegründet. Im Sommer wird es eine große Jubiläumsparty geben. Ort und Ablauf ist noch geheim.

Nach dem Studium wollte ich einen kreativen Beruf ausüben und entschied mich dafür, Werbetexterin zu werden, ohne eine Ahnung davon zu haben, wie der Job in der Praxis aussieht. Im ersten Jahr war ich noch hoch motiviert und überaus stolz, in einer der bekanntesten Agenturen mitarbeiten zu dürfen, im zweiten Jahr schlichen sich die erste Unzufriedenheit und Zweifel ein, die ich versuchte zu ignorieren. Seit ein paar Wochen denke ich ernsthaft daran, die Agentur zu verlassen, da ich das Gefühl habe, dass mich der Job mit Haut und Haaren auffrisst. Bisher habe ich nur Amelie von meinem Vorhaben erzählt, die mich in meinem Entschluss bestärkt hat.

Ich mag meine Kollegen und auch meine Chefs sind lieb und nett, aber ich glaube, dass ich für diese Branche nicht robust genug bin.

Kurz bevor ich den Job voller Eifer antrat, hatte mein Vater mich gewarnt und gemeint: «Niemand blutet heute mehr für Werbung, die nur nervt und die sowieso niemand sehen will.» Jetzt gebe ich meinem Vater recht und ärgere mich, dass ich nicht auf ihn gehört habe.

Die Mittagspause fällt mal wieder ins Wasser, da Peter mich zu sich ruft und für zwei Stunden in seinen Klauen behält. Ich kann froh sein, dass ich vor acht das Büro verlassen darf und muss kräftig in die Pedale treten, damit ich rechtzeitig bei Amelie zum Babysitten bin.

Ich freue mich auf das Sushi und ein Glas Wein und hoffe, dass Marlon bereits tief und fest schlummert, damit ich mir einen netten Film ansehen kann, bei dem ich vermutlich einschlafen werde.

Mittags kam die Sonne raus und erwärmte die Luft auf über 18 Grad. Am Abend ist es schon wieder kühler, sodass ich in meiner Sommerkleidung fröstele. Gerne hätte ich am Tage im nahe gelegenen Park ein bisschen Sonne getankt, da mein Vitamin D Speicher vermutlich komplett leer ist.

Amelie steht in der offenen Tür und trommelt mit ihren Fingern auf den Türrahmen. Ihr Sohn, der verweinte Augen hat und mir die Zunge zur Begrüßung entgegenstreckt, hängt an Mutters Blusenzipfel. Wieso ist das Kind noch nicht im Bett?

«Da bist du ja endlich! Hattest du einen Platten?», wundert sich die junge Mutter, weil ich mich um sieben Minuten verspätet habe.

«Nein, ich musste solange ar ...»

Ehe ich mich versehe, habe ich den Buben auf dem Arm, der gegen meine Brust trommelt, was ziemlich weh tut, denn der Kleine hat seine immense Kraft offenbar von seinem Daddy, der erfolgreicher Kickboxer ist, geerbt.

Amelie zieht sich geschwind einen Trench an, wickelt einen Schal um ihren langen Schwanenhals, knipst ein Foto von sich, postet es mit dem Text: «Mama geht aus!» und gibt mir klare Anweisungen für ihr streng erzogenes Kind: «Kein Fernsehen, auch nicht, wenn Marlon so laut schreit, dass die Nachbarn gegen die Wände trommeln, keine Süßigkeiten, keine angsteinflößenden Geschichten und keine Versprechungen.»

«Alles klar! Wird gemacht. Wünsche dir viel Spaß. Weißt du schon, wie lange ...»

«Keine Ahnung! Wie lange kann ich denn ...»

«Solange wie du möchtest und danke für das Sushi!», rufe ich ihr hinterher und freue mich auf das Essen, über das ich mich sofort hermachen werde, da ich keine Zeit zum Mittagessen hatte.

«Ach! Ich habe nichts bestellt. Du hast doch gesagt, dass ich mir keine Umstände machen soll. Wolltest du was essen?»

«Nein, schon gut.»

Super! Das kann ja ein richtig schöner Abend werden. Das Kind ist noch wach, es gibt nichts zu essen … Marlon zerrt an meinem Rock und zieht ein weinerliches Gesicht, weil seine geliebte Mutter ihn mit der bösen Tante alleine lässt. Er will die Haustür öffnen, um Amelie zu folgen, aber vorweislich habe ich die Tür abgeschlossen und den Schlüssel in einer Schublade versteckt. Mit seinen kleinen Fäusten haut Marlon mit aller Kraft gegen die Haustür und ruft laut nach seiner Mama. Was für eine Horrorvorstellung, wenn der Junge aus der Wohnung türmen würde!

«Marlon, komm mal zu mir. Ich habe dir etwas mitgebracht», locke ich ihn zu mir. Aus der Agentur habe ich ein paar Gadgets mitgenommen, mit denen ich ihn vielleicht ablenken kann. Aber nein, der Dickkopf rennt ins Wohnzimmer, schiebt einen Stuhl ans Fenster und haut mit voller Kraft gegen die Fensterscheibe. Amelie hört ihn zum Glück nicht und ist nicht mehr zu sehen.

«Marlon, ich bringe dich jetzt ins Bett und lese dir noch eine schöne Geschichte vor.»

«Nein, ich will nicht. Ich will zu Mama.»

«Mama geht heute mal ohne dich aus.»

«Ich mag dich nicht.»

«Warum magst du mich denn nicht?» Marlon mag niemanden außer seiner hübschen Mama. Ich bin froh, dass er mir nicht sagt, dass ich hässlich bin.

«Weiß nicht. Hast du Schokolade mitgebracht?»

«Nein, weil deine Mutter nicht möchte, dass du Süßigkeiten isst.»

«Zeig mir mal deine Handtasche.»

Das kann ich nicht tun, weil ich immer ein paar Schokoriegel und Bonbons in meiner riesigen Handtasche mit mir herumtrage.

«Die ist nicht aufgeräumt.»

«Das stört mich nicht. In meinem Zimmer ist es auch nicht aufgeräumt.»

«Lass uns mal in dein Zimmer gehen. Wollen wir vielleicht ein bisschen aufräumen?»

«Nein, das macht keinen Spaß.»

Blitzschnell rennt der Kleine in den Flur, schnappt sich meine Tasche und leert sie aus. Was da alles drin ist, verblüfft mich selbst.

«Und was ist das?» Marlon hält einen Schokoriegel in die Höhe.

«Ach! Den hatte ich vergessen. Den kann man aber nicht mehr essen, der ist schon lange abgelaufen.»

«Schokolade kann nicht schimmeln, hat Mama gesagt.»

«Nein, aber sie schmeckt dann ganz scheußlich.»

Ich will dem Frechdachs die Schokolade aus der Hand nehmen, schaffe es jedoch nicht, da er in sein Zimmer rennt, die Tür schließt und seinen kleinen Körper gegen die Tür drückt. Unglaublich, was er für Kräfte besitzt! Langsam schiebe ich die Tür auf und stemme meine Hände in die Hüften, um etwas autoritärer auszusehen. «Marlon, gib mir jetzt bitte den Schokoriegel. Erstens darfst du den gar nicht essen und zweitens kann dir davon ganz schlecht werden, sodass du dich erbrechen musst», versuche ich ihm Angst zu machen.

«Wenn ich jetzt fernsehen darf, dann gebe ich dir die Schokolade.»

«OK, aber nur eine halbe Stunde und du darfst es auf keinen Fall deiner Mutter sagen.»

«Mach ich!» Er wirft mir die Süßigkeit, die noch ein Jahr haltbar ist, vor die Füße und rennt ins Wohnzimmer, schmeißt sich aufs Sofa und schnappt sich die Fernbedienung.

«Moment! Ich muss dir erst mal den Kinderkanal raussuchen.»

«Ich weiß, wo der ist.»

«Ich dachte, dass du nicht fernsehen darfst», wundere ich mich.

«Doch darf ich», behauptet er sehr überzeugend.

«Das ist aber kein Kinderkanal! Gib mir mal die Fernbedienung.»

Ich habe keine Ahnung, ob zu dieser Uhrzeit überhaupt noch etwas für Kleinkinder ausgestrahlt wird und zappe mich durch die vielen Sender.

«Ich glaube, dass es am Abend kein Kinderprogramm mehr gibt, da ja alle braven Kinder jetzt schon im Bett sind.»

Ich schalte den Fernseher aus. Sofort schreit Marlon los und trampelt mit seinen Füßen auf dem Holzboden herum, sodass ich Sorge habe, dass gleich die Nachbarn klingeln werden.

«Mach den Fernseher wieder an oder ich schreie so laut ich kann», droht mir der Kleine und pustet seine Backen auf.

«Wir können auch etwas spielen?», schlage ich ihm verzweifelt vor und möchte nicht länger auf den kleinen Terroristen, dem offenbar der Vater fehlt, aufpassen.

«Keine Lust.»

«Ich kann dir eine ganz spannende Geschichte erzählen.»

«Deine Letzte war langweilig.»

«Wenn du jetzt ins Bett gehst, kaufe ich dir ein ganz tolles Spielzeug. Was wünschst du dir denn?»

«Einen Porsche von Lego.»

«OK! Musst du noch mal auf die Toilette?»

«Ich hab doch eine Windel.»

«Die Zähne sind auch schon geputzt?»

«Ja.» Er zeigt mir seine kleinen Beißerchen.

«Wann krieg ich den Porsche?»

«Nächste Woche. Diese Woche komme ich nicht mehr zum Einkaufen.»

«Du kannst ihn auch jetzt im Internet bestellen. Wir können an Mamas Computer gehen.»

«Das mache ich morgen. Du musst jetzt ins Bett, sonst wird deine Mama böse.»

Endlich flitzt Marlon in sein Zimmer, legt sich brav ins Bettchen und schließt seine Äuglein. Ich bin erleichtert und versuche, nicht auf das Spielzeug zu treten, das im gesamten Zimmer verstreut herumliegt.

«Soll ich dir noch etwas vorlesen?»

«Nein, deine Stimme ist immer so komisch.»

«OK! Dann gehe ich jetzt ins Wohnzimmer und wenn was sein sollte, meldest du dich.»

«Wann kommt Mama wieder?»

«Bald. Träum etwas Schönes.»

«Danke für den Porsche.»

«Ja gerne. Schlaf gut.»

Müde und geschafft vom langen Arbeitstag lege ich mich aufs Sofa und schalte den Fernseher an. Mein Magen macht sich knurrend bemerkbar. Ich werfe einen Blick in den riesigen Kühlschrank, der nicht viel hergibt und nehme mir zwei Scheiben veganen Käse, eine Tomate und suche nach Brot, das es nicht gibt, da Amelie gerade eine Low-Carb-Ernährung ausprobiert. Ein schöner Abend! Ich bin zu müde, um mir die Nummer vom Pizzaservice rauszusuchen und schlafe schnell ein. Nach einem kurzen Nickerchen spüre ich eine Hand auf meiner Wange und fahre erschrocken hoch. Benommen blicke ich in Marlons Augen, die sich direkt vor den meinen befinden.

«Marlon! Was ist los?» Mein Herz rast und mein Nacken ist steif, da ich mit abgeknicktem Kopf eingeschlafen bin.

«Ich kann nicht schlafen. Wann kommt Mama?»

«Moment! Ich gucke mal eben, wie spät es ist.»

Es ist zehn Uhr und ich habe keine Ahnung, wann Amelie zurückkommen wird. Sie hat mir bisher auch noch keine Nachricht geschickt.

«Ich kann dir eine Mondmilch machen. Die hat meine Mutter mir früher immer gemacht, wenn ich nicht schlafen konnte.»

«Milch ist nicht vakanz und Honig auch nicht.»

«Du meinst vegan. Ja, stimmt. Soll ich dir einen Tee kochen?» Ich reibe meine müden Augen und wünsche mir Amelie herbei, wünsche mich in mein Bett und sehne mich nach Schlaf und Ruhe vor diesem Kind, das mich noch dazu bringt, kinderlos zu bleiben.

«Ich mag keinen Tee. Erzählst du mir eine Geschichte? Mit Schafen, die mag ich gerne.»

«Klar, das mache ich. Ich kenne eine ganz schöne Geschichte mit drei Schäfchen ...»

Der Kleine nimmt mich sogar an die Hand und zieht mich in sein Zimmer.

«Es war einmal ein kleines weißes Schäfchen mit einem schwarzen Köpfchen. Das hieß Lammi ...»

Obwohl ich ein kreativer Kopf bin, fällt es mir schwer, mir zu so später Stunde und völlig übermüdet eine kindgerechte Geschichte auszudenken, in der Friede, Freude, Eierkuchen herrschen.

Nachdem ich über zwanzig Minuten eine ganz nette Story entwickelt habe, sehe ich, dass Marlons Augen sich endlich schließen, wieder öffnen, schließen ... Ich warte einen Moment ab, schleiche mich aus dem Zimmer, trete dummerweise auf ein Quietschtier und höre Marlon weinen.

Ich bin am Ende meiner Kräfte und könnte heulen. Am nächsten Tag steht mir ein anstrengender Tag bevor, an dem ich einen wachen Verstand brauchen werde.

Sanft streichle ich dem Jungen über das warme Köpfchen, singe ein Schlaflied mit einem völlig neuen Text und quetsche mich neben Marlon in das kleine Bettchen.

«Emilia!» höre ich eine leise Stimme in weiter Ferne. Im ersten Moment wundere ich mich, dass Amelie in meinem Bett liegt, erinnere mich jedoch rasch an den schrecklichen Abend, rappele mich auf, trete auf einen Bauklotz und unterdrücke einen Schmerzschrei, damit ich das Kind nicht wecke.

«Wie spät ist es?», frage ich gähnend und spüre meine schmerzenden Knochen, da ich auf der harten Bettkante gelegen habe.

«Es tut mir wirklich leid, dass es so spät geworden ist, aber es war ein so netter Abend und die Zeit ist verflogen.»

«Macht ja nichts, aber ich muss jetzt schnell ins Bett.»

«War Marlon denn lieb?»

«Ja total. Er ist schnell eingeschlafen und ich auch. Ich mach mich dann mal auf den Weg.»

«Danke, du hast etwas gut bei mir.» Amelie drückt mich an ihr tiefes Dekolleté und setzt mir einen dicken Kuss auf die Wange.

Als ich im Treppenhaus bin, werfe ich einen Blick auf meine Uhr und vermute, dass sie stehen geblieben ist. Es ist zwei Uhr! Ich kann nur noch fünf Stunden schlafen, was definitiv zu wenig ist. Schlaftrunken radele ich die kurze Strecke nach Hause und werfe mich sofort ins Bett, neben den schnarchenden Mann, der mein Herz schon lange nicht mehr in Wallung bringt.

Weitere Wattgeschichten gibt es als E-Book oder Taschenbuch bei Amazon: «Watt ist das schön» und «Watt für eine Reise».

LESEPROBE AUS «SYLTER GLÜCKSREGEN – DIE BESTE ENTSCHEIDUNG MEINES LEBENS»

«Ich wusste doch, dass er nichts für dich ist! Ich hatte immer das Gefühl, dass er sein Auto mehr liebt als dich», stellte meine Mutter mit Genugtuung fest und polierte konzentriert ein Glas, das sie vor ein paar Jahren als Senfglas gekauft hatte und das seitdem als Trinkglas diente. Das war gelebte Nachhaltigkeit! Mutter hauchte das Trinkgefäß an und tat so, als wäre es teures Kristall.

Mein Kopf, der mit traurigen Gedanken vollgestopft war, lag auf meinen geballten Fäusten und meine tränenerfüllten Augen starrten in den kleinen Vorgarten, der in den Wintermonaten äußerst trist ausschaute.

«Du bist noch jung, aber dein Äußeres … du musst mal mehr aus dir machen, sonst werden die Männer ... Wenn du ein bisschen abspeckst und …»

Es dauerte ein paar Sekunden, bis ich realisierte, was Mutter für unsensible Worte von sich gab. Ich riss meine Augen auf und starrte die Frau, die mir vor 29 Jahren das Leben geschenkt hatte, entgeistert an.

Mutter drückte mir das dämliche Senfglas in die Hand, aus dem Vater täglich seine Vollmilch trank. Zur Krönung kniff sie mir auch noch aufmunternd in das zarte, speckige Wangenfleisch. Das brachte mich vollends zum Kochen.

«Ich muss jetzt zum Sport, damit ich nicht so werde wie du. Du kannst ja den Rest abtrocknen.»

Ich stampfte mit dem rechten Fuß wütend auf die harten Fliesen, dass meine Ferse schmerzte und ich einen spitzen Wutschrei von mir gab; setzte mich auf den verblichenen gelben Kunststoffstuhl und betrachtete die alte Küche, in der sich seit vierzig Jahren nichts verändert hatte. Warum konnten meine Eltern sich nicht endlich mal eine moderne, schicke Küche kaufen? Diese gelben Fronten, die noch tadellos aussahen, konnte ich einfach nicht mehr sehen!

Obwohl ich böse auf meine Mutter war, die ziemlich direkt sein konnte, trocknete ich brav den großen Geschirrberg ab und warf nach getaner Arbeit das klatschnasse Handtuch auf die Eckbank. Früher hatte ich hier jeden Nachmittag unkonzentriert meine Hausaufgaben erledigt.

Vater saß mit einem dicken Buch auf dem Sessel, den er zu seinem 70. Geburtstag von uns geschenkt bekommen hatte. Er war nicht begeistert gewesen, als wir ihn mit verbundenen Augen in den Multifunktionsstuhl gesetzt hatten. «Der ist doch was für alte Leute», hatte er abfällig bemerkt und ein enttäuschtes Gesicht gezogen. Über eine Stange Zigaretten hätte er sich vermutlich mehr gefreut. Doch nach einigen Wochen hatte er sich an den Sessel gewöhnt und wusste seine Vorzüge zu schätzen.

Vater bemerkte mich nicht und ich hüstelte kräftig, als ich ins Wohnzimmer trat. Zwischen seinen Lippen klemmte eine ausgerauchte Zigarette.

«Ich geh jetzt!», informierte ich ihn laut und verfolgte den bläulichen Rauch, der an die Decke mit dem Grauschleier aufstieg. Der Geruch in der Wohnung erinnerte mich an eine Kneipe. Auch die vier Duftlampen änderten nichts daran.

Da Vater schlecht hörte, wiederholte ich den Satz so laut, dass er aufschreckte und mich ansah, als wäre ich ein maskierter Einbrecher. Ich drückte ihm einen Kuss auf die Stirn und stellte den schweren, gläsernen Aschenbecher auf seinen linken Oberschenkel. «Papa, pass auf, dass du mit der Zigarette nicht wieder einschläfst, sonst habt ihr bald kein Heim mehr. Bei mir könnt ihr nicht wohnen.»

«Ja, ja. Warum ist dein … Ludwig denn heute nicht mitgekommen?» Vater drückte den Zigarettenstummel aus und schlug das dicke Buch zu.

«Leon!», korrigierte ich ihn und rollte mit den Augen. Er tat so, als hätte ich jeden Monat einen neuen Mann, sodass man mit den Namen durch den Tüdel kam. Ich nahm ihm den vollen Aschenbecher aus der Hand. «Wir haben uns getrennt.»

«Was? Warum das denn? Deine Mutter und ich haben uns schon auf eine baldige Hochzeit gefreut und dachten, dass du … dein Bauch ist in letzter Zeit so dick und wir …»

«Tut mir leid, ich bin nur dick und nicht schwanger! Leon und ich passten nicht zusammen. Es ist alles gut. Ich bin nicht unglücklich über unsere Trennung», erklärte ich in groben Zügen, die nicht ganz der Wahrheit entsprachen, denn ich war sehr wohl unglücklich! Sehr sogar! Aber das musste ich Vater nicht auf die Nase binden. Es genügte, wenn ich litt.

«Ich komme am Sonntag zum Kaffee. Mach es gut, Papa, und rauche nicht so viel!»

«Haben Sie das Buch von der … jetzt komme ich nicht auf den Namen. Ist ein Bestseller … », stammelte die junge Frau mit den roten Pausbacken und dem dunklen Mantel, unter dem sie einige Pfunde versteckte. Sie legte ihre linke, fleischige Hand auf den Tresen und flüsterte, als wenn sie etwas Unanständiges kaufen wollte: «Es soll die ultimative Fibel zum Abnehmen sein.»

«Meinen Sie das Buch «Morgen bin ich schlank und schön» von Susanna Dürr?», fragte ich laut und bemerkte, dass ein älterer Herr, der hinter der jungen Frau stand, spitze Ohren bekam. Er trug einen ballonartigen Bauch vor sich her und war vielleicht auch an dem Buch interessiert, das ich ihm aus gesundheitlichen Gründen nahelegen sollte.

«Ja, genau das meine ich.»

Ich verließ die Kasse und holte den Bestseller von dem Verkaufstisch, an dem sich die Leute drängelten. Wir hatten bereits einige Hundert Exemplare davon verkauft.

«Soll ich das Buch als Geschenk verpacken?», erkundigte ich mich gespielt freundlich und kassierte, während die Frau wild mit dem Kopf schüttelte, wobei ihr Wangenfleisch wackelte.

Ich hatte mir Frau Dürrs Buch ebenfalls gekauft, aber es bisher noch nicht angerührt. Ich war nach dem plötzlichen Beziehungsaus derart frustriert gewesen, dass ich meinen Kummer mit ungesunden Lebensmitteln betäuben musste. Doch die Gewichtszunahme verschreckte mich noch mehr, sodass ich in einen Teufelskreis geriet, aus dem ich nicht herauskam. Innerhalb von drei Wochen hatte ich fünf Kilo zugenommen. Jeden Tag schwor ich mir, in ein paar Tagen mit einer Diät zu beginnen, kaufte aber weiterhin beträchtliche Mengen an Schokolade und ungesundem Zeug. Das tröstete mich abends, wenn ich alleine auf dem Sofa weinte, ein wenig und lenkte mich von meinem Kummer ab.

Mit verheulten Augen betrachtete ich mir Leons Foto, auf dem er ziemlich unnatürlich vor dem beleuchteten Eiffelturm lächelte. Drei Kinder, ein Reihenhaus am Stadtrand und eine baldige Hochzeit hatte ich mir mit ihm vorgestellt; hatte mir so sehr gewünscht, vor meinem dreißigsten Geburtstag unter der Haube zu sein. Meine Eltern fragten mich jedes zweite Wochenende, wenn ich sie ohne Leon zum Kaffeetrinken besuchte, ob wir schon Ringe gekauft hätten.

Es war ein kalter, ungemütlicher Tag gewesen, an dem ich mit schmerzenden Füßen und leichten Kopfschmerzen von der Arbeit nach Hause gekommen war. Leon hatte kerzengerade und mit einer ernsten Miene wie eine Schaufensterpuppe auf dem Sofa gesessen. Seine Hände lagen wie zum Gebet im Schoß und er hatte uns noch keine Pizza in den Ofen geschoben. Neben ihm standen ein Koffer und eine Reisetasche. Wollte er spontan mit mir verreisen, dachte ich im ersten Moment freudig über seine Spontanität, die neu war. Sein starrer Gesichtsausdruck ließ jedoch nichts Gutes erahnen. Ich warf meinen Mantel auf die Kommode, was ich sonst nie tat, und spürte, dass in den nächsten Sekunden ein Hammer auf mich niedergehen würde. Leons unsicherer Blick, sein betretenes Schweigen und das Gepäck signalisierten mir nach wenigen Sekunden des Nachdenkens, dass er mich verlassen wollte. Ich spürte weder meine schmerzenden Füße, die er mir an manchen Abenden etwas ungeschickt massiert hatte, noch den Hunger, der mich auf dem Heimweg wie ein brutaler Räuber überfallen hatte. Wortlos und wie in einem dichten Nebel, der mich betäubte, ließ ich mich auf unseren neuen Sessel plumpsen und wartete auf eine triftige Begründung, die erst nach einem verlegenen Räuspern zaghaft folgte. «Viola, ich … es tut mir leid. Ich brauche eine Auszeit … » Dann folgten das übliche Blabla und die Info, dass keine andere Frau im Spiel wäre. Ich hörte seinen schlecht formulierten, holprigen Sätzen nicht weiter zu und versuchte, Tränen zu unterdrücken, die hinter meinen Augäpfeln lauerten. Obwohl sich hundert Fragen und hundert Schimpfworte in meinem Kopf ansammelten und ich Leon beinahe angebettelt hätte, mich nicht zu verlassen, da ich doch unbedingt noch vor meinem nächsten Geburtstag heiraten wollte, bekam ich keinen Ton heraus.

In den letzten Monaten hatten wir uns ab und zu gestritten. Eigentlich hatten wir gar nicht zusammengepasst, aber ich hatte mir immerzu eingeredet, dass sich Gegensätze anziehen und man sich auf Dauer arrangieren kann, aber offenbar war das nicht der Fall. Trotz der Meinungsverschiedenheiten verbrachten wir in unseren zwei gemeinsamen Jahren ein paar nette Stunden zusammen, die mich zufriedengestellt hatten und die ich unter einer guten, wenn auch nicht glücklichen Lebenszeit abspeichern wollte.

«Viola, du bist eine tolle Frau und es war schön mit dir … », versuchte Leon sich nicht gerade originell zu erklären; stand auf, griff nach meiner Hand, an der ein schlichter Goldring steckte, den er mir am - vermutlich letzten gemeinsamen - Heiligen Abend geschenkt hatte. Als ich das schlichte Schmuckstück damals ausgepackt hatte, hatte ich im ersten Moment mit pochendem Herzen und voller Glück gedacht, dass Leon mir einen Heiratsantrag machen würde, aber da hatte ich mich gründlich geirrt, denn er hielt nicht um meine Hand an. Enttäuscht hatte ich nach der Bescherung eine halbe Gans und vier Knödel verdrückt, die mir in der Nacht schwer im Magen gelegen hatten.

Ehe er mich zum Trost spenden berühren konnte, schoss ich wie eine Rakete aus dem Sessel und flüchtete ohne Mantel und ohne Haustürschlüssel aus der Wohnung auf die Straße. Es herrschte wie immer reges Treiben, doch ich spürte weder den eiskalten Ostwind, der an meiner dünnen Bluse zerrte, noch die Blicke der Passanten, die mich ansahen, als wäre ich aus der Psychiatrie geflohen. Das war ein ziemlich theatralischer Abgang gewesen, der Leon zeigen sollte, wie sehr er mich verletzt hatte. Ihn anzuschreien oder Geschirr nach ihm zu werfen, war mir zu abgedroschen erschienen, zumal mir das Geschirr meiner Oma heilig war. Bibbernd setzte ich mich auf die kalte Bank an der Bushaltestelle und versuchte, mich mit meinen Armen zu wärmen, die ich um meinen Körper schlang. Ich flüchtete zu meiner jüngeren Schwester, die in einer noblen Gegend wohnte und mit einer Bilderbuchfamilie gesegnet war, die ich auch gerne gehabt hätte.

Während ich zitterte wie ein zartes Bäumchen im Wind und nicht aufhören konnte, dem Mann nachzuweinen, der vermutlich bereits ohne unserer Beziehung nachzutrauern, bei einem Freund oder einer anderen Frau Unterschlupf suchte, wartete ich vor dem verschlossenen Eisentor auf Einlass. «Wer ist da?», hörte ich Vanessas Stimme, die lieblich und melodisch klang wie der Gesang eines Vögelchens.

«Ich bin es! Viola.», sagte ich halbwegs gefasst.

Mit steifen, kalten Fingern wischte ich mir durchs Gesicht. Durch die frostige Temperatur war mein Körper ausgekühlt. Ich sehnte mich nach einem heißen Bad.

«Wie siehst du denn aus? Was ist passiert?», empfing mich meine Schwester überrascht und holte mir sofort Puschen, da man ihre Puppenstube nicht mit Straßenschuhen kontaminieren durfte. Javier und Jamie, das drollige Zwillingspärchen, kam neugierig in den Flur gelaufen und hielt sich an Mutters Rockzipfel fest. Offensichtlich erkannten sie ihre zitternde, verweinte Tante nicht.

Meine Lippen bebten, ich war geschafft vom Tagwerk und bekam keinen klaren Gedanken mehr hin. Ich versuchte, ein paar verständliche Worte herauszubekommen, aber es gelang mir nicht.

«Du bist ja total durchgefroren! Warum hast du keine Jacke an?», wollte Vanessa wissen und sah mich an, als hätte ich einen Steckschuss im Kopf sitzen.

«Ich lasse dir sofort ein Bad ein und koche dir einen Ingwer Tee.» Mit den Kleinen im Schlepptau ging sie schnellen Schrittes in die obere Etage und ließ mich im Flur stehen, obwohl ich mich nach einer warmen Umarmung und tröstenden Worten sehnte. Ich folgte ihr mit hängendem Kopf, rutschte dabei mit den viel zu großen Puschen auf der Treppe aus und fiel auf die Stufen. Den Schmerz in den Knien spürte ich nicht, so sehr überwog mein innerer Schmerz.

Im Badezimmer war es herrlich warm und es duftete nach Seife und Parfum. Die zweijährigen Jungs holten ihre Badeenten aus den Kinderzimmern, die auch quietschen konnten, was sie mir, begleitet von einem lustigen Kichern, demonstrierten. Die beiden brachten mich zum Lachen, obwohl ich am Boden zerstört war. Als sie die Entchen zu Wasser lassen wollten, sagte die Mutter energisch: «Nein! Die beiden baden jetzt nicht! Ihr geht mal in eure Zimmer.»

Vanessa holte zwei flauschige weiße Handtücher aus dem Schrank und steckte einen Finger in die vollgelaufene Wanne, die einen hohen Schaumberg trug.

«Du badest erst mal in Ruhe und ich koche dir eine Suppe und einen Tee.»

«Danke!» brachte ich gerührt über die Lippen und schloss die Badezimmertür. Im warmen Wasser fühlte ich mich sofort besser, aber als ich die Augen schloss, sah ich Leon vor mir und seine letzten Worte hallten in meinem schmerzenden Kopf und hörten nicht auf zu verstummen. Erneut musste ich weinen. Nach zwanzig Minuten vernahm ich ein leises Klopfen. «Alles OK, Viola?»

«Ich komme gleich.»

«Ich lege dir frische Sachen vor die Tür.»

Vanessas Pullover war mir definitiv zu klein und auch die Leggins drückte am Bauch. Ich saß vor der dampfenden Kürbissuppe, die meine Schwester schnell gezaubert hatte, und starrte in die gelbe Flüssigkeit.

«Und, was ist passiert?», wollte sie wissen und sah mich forschend an.

«Leon hat mich verlassen.»

«Oh, das tut mir leid.» Meine Schwester griff nach meiner Hand und drückte sie kurz.

«Ich war so geschockt, dass ich einfach weggelaufen bin. Das war ziemlich dämlich, ohne Jacke bei der Kälte … », erklärte ich ihr schluchzend und löffelte rasch die heiße Suppe, in der viel Ingwer und Chili steckte, sodass mir schnell warm wurde.

«Du kannst erst mal bei uns bleiben. Jan ist für eine Woche auf Geschäftsreise. Ich freue mich über Gesellschaft und vielleicht kannst du dich mal um die wilden Zwerge kümmern?»

Es gibt noch eine weitere Sylt Geschichte als E-Book und Taschenbuch bei Amazon: «Sylter Herbstregen».

Printed in Poland
by Amazon Fulfillment
Poland Sp. z o.o., Wrocław

29684625R00183